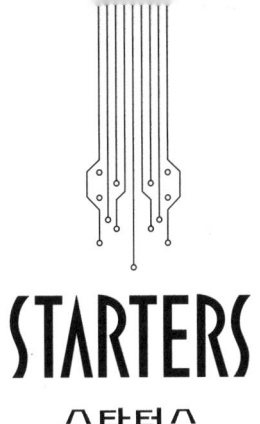

STARTERS
by Lissa Price

Copyright © 2012 by Lissa Price
All rights reserved.

Korean Translation Copyright © 2012 by Minumin

This translation published by arrangement with Wings of Narrative, Inc.
c/o BAROR INTERNATIONAL, INC., Armonk, New York, U.S.A.
through Danny Hong Agency.

이 책의 한국어 판 저작권은 대니홍 에이전시를 통해
BAROR INTERNATIONAL, INC.와 독점 계약한 (주)민음인에 있습니다.
저작권법에 의해 한국 내에서 보호를 받는 저작물이므로
무단 전재와 무단 복제를 금합니다.

STARTERS
스타터스

리사 프라이스 | 박효정 옮김

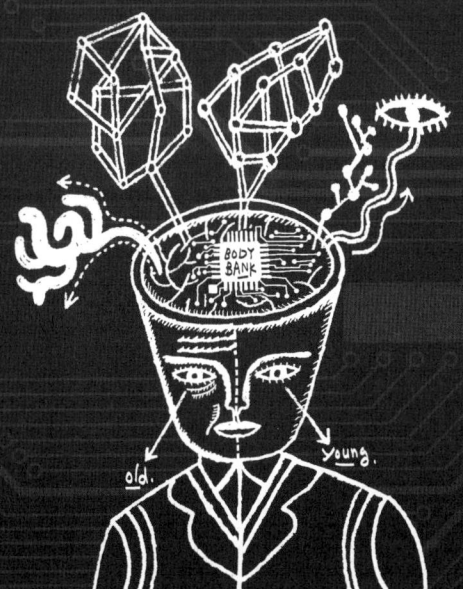

차 례

스타터스 9

감사의 글 475

나를 항상 믿어 준
데니스에게 바칩니다.

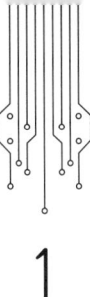

1

 엔더들은 항상 소름 끼치는 존재였다. 경비원은 나를 바디 뱅크로 들여보내 주며 씩 웃어 보였다. 아마도 110살 정도 되어 보이니 그렇게까지 늙은 것은 아니었지만, 그를 보고 나는 여전히 몸서리를 쳤다. 대부분의 엔더들처럼 그는 은발 머리였고, 자신의 나이에 대한 존경을 나타내는 종류의 허울 좋은 배지를 자랑스레 달고 있었다. 안쪽에 펼쳐진 초현대적인 공간의 높디높은 천장이 날 왜소해 보이게 만들었다. 난 마치 꿈속을 거니는 것처럼 로비를 통과한 후 대리석 바닥을 발로 살짝 살짝 디뎠다.
 경비원은 나를 접수 담당자에게로 데려갔다. 접수 담당자는 하얀 머리에 무광의 붉은 립스틱을 발랐는데, 그녀가 미소를 짓자 앞니에 묻은 립스틱이 보였다. 이곳 바디 뱅크에서는, 그들은 나에게 친절하게 굴 수밖에 없었다. 하지만 만약 그들이 나를 길거리에서 보았다면, 난 아마 투명 인간 취급을 받았을 터였다. 예전에 학교를 다닐 때에는, 내가 우리 반에서 일등이었던 사실은 잊어버리자. 난 16살이었다. 그들이 보기에는 아기가 아닌가.

접수 담당자가 나를 구석에 놓인 은색 양단 의자들만 빼면 비어 있는 거나 다름없는 작은 대기실로 데려가는 동안, 그녀의 하이힐 소리가 이 황량한 공간 속으로 딸깍거리며 울려 퍼졌다. 의자들은 고풍스러운 가구로 보였지만, 새 페인트와 인조 가죽에서나 날 법한 화학적인 냄새가 공기 중에 떠돌았다. 소위 숲 속 새들이 내는 자연의 소리도 그저 속임수였다. 난 내 닳아빠진 스웨터와 흠집투성이의 신발을 흘깃 보았다. 내가 할 수 있는 한 옷과 신발을 박박 닦았지만 얼룩은 가시질 않았다. 게다가 아침 보슬비 속을 뚫고 베벌리 힐스까지 쭉 걸어온 탓에, 길 잃은 고양이마냥 젖어 있기까지 했다.

발이 아팠다. 의자에 몸을 쿵 하고 던져 버리고 싶긴 했는데, 아무래도 저 양단 위로 축축한 엉덩이 자국을 감히 남길 수가 없었다. 에티켓에 관한 내 사소한 딜레마를 방해하기라도 하듯 갑작스레 키가 큰 엔더 한 명이 방에 나타났다.

"캘리 우드랜드?" 그는 손목시계를 보았다. "늦었군요."

"죄송해요. 비가……."

"괜찮아요. 여기 왔으니까요."

그가 손을 내밀었다. 그의 은색 머리는 인공적으로 태운 피부와는 대조적으로 더욱 하얗게 보였다. 그가 함박웃음를 지으며 눈을 크게 뜨자, 보통 엔더와 함께 있을 때보다도 더욱 긴장이 됐다. 결국 삶의 마지막에 이토록 욕심 많고 고루한 늙은이가 되길 원한 것은 그들

자신이었기에, 사실 연장자라고 불릴 자격도 없건만. 난 억지로 그의 주름진 손을 잡아 흔들었다.

"난 틴넨바움이라고 합니다. 프라임 데스티네이션(Prime Destination)에 잘 왔어요."

그는 다른 쪽 손바닥으로 내 손을 덮었다.

"전 그냥 단지 좀 둘러보고……."

난 마치 이곳의 인테리어 디자인을 연구하러 오기라도 했다는 듯이 벽들을 둘러봤다.

"일이 어떻게 돌아가는지 알고 싶다? 물론 그렇겠죠. 거기까지는 공짜예요."

틴넨바움은 활짝 미소를 지으며 마침내 내 손을 놓아 주었다.

"따라와요, 캘리."

그는 내가 방 밖으로 나가는 길을 못 찾을 거라는 듯이 팔을 뻗었다. 그의 치아가 어찌나 환한지, 나는 그가 미소를 지을 때마다 살짝 움찔거렸다. 우리는 짧은 복도를 따라 그의 사무실로 걸어갔다.

"들어와요, 캘리. 책상 옆의 의자에 앉죠."

그는 문을 닫았다.

방 안 전체가 사치스러운 것에 놀라 숨이 턱 막히는 걸 참다가 혀를 깨물었다. 한쪽 벽을 따라 거대한 구리 분수에서 끊임없이 물이 흘렀다. 이렇게나 맑고, 깨끗한 물을 그저 떨어지며 철벅거리게 하는 방식이라니, 당신들은 이런 게 공짜라고 생각하겠지.

유리로 된 테이블에는 방 전체를 비추는 LED 등을 끼워 넣었고, 그 30센티미터 정도 위로 에어스크린 디스플레이가 허공에 떠 있었다. 스크린에는 내 또래의, 긴 붉은 머리에 짧은 체육복 바지를 입은 여자애의 사진이 보였다. 그 애가 웃고 있음에도 불구하고, 그 사진은 그저 꼭 전신 길이로 찍어 놓은 현상 수배 사진 같았다. 그 애의 표정은 달콤했다. 희망이 가득했다.

나는 틴넨바움 씨가 책상 뒤에 서서, 에어 디스플레이를 가리키는 동안 현대적인 금속 의자에 앉았다.

"가장 최근에 우리 멤버가 된 아가씨 중 하나죠. 당신처럼, 이 아가씨도 친구를 통해 우리 이야길 들었어요. 그녀의 몸을 빌린 여성분은 몹시 만족하셨습니다."

그가 스크린의 구석을 건드리자 여자애의 사진은 엄청난 복근을 자랑하는, 경주용 수영복을 입고 있는 10대의 모습으로 바뀌었다.

"아담이라고 하는데, 이 친구가 그녀를 소개했어요. 아담은 스노보드, 스키, 암벽 등반을 할 수 있죠. 아담은 야외 활동을 좋아하는데도 몇 십 년간 이런 쪽 운동을 즐기지 못했던 분들에게 무척 인기가 많은 렌탈이랍니다."

그의 말을 듣고 있으니 모든 것이 너무나 현실적으로 다가왔다. 팔다리가 몽땅 관절염에 걸린 소름 끼치는 늙은 엔더들이 이 10대의 몸을 일주일 동안 차지하고는, 그의 피부 안에서 살아간다. 속이 홱 뒤집히는 것 같았다. 그저 바로 도망가고만 싶었지만, 한 가지 생각이 날 붙들었다.

타일러.

양손으로 의자의 좌석을 꽉 쥐는데 위장이 으르렁거렸다. 틴넨바움은 종이 포장에 싸인 슈퍼트뤼플 초콜릿이 담긴 백랍 접시를 내밀었다. 우리 부모님도 예전에는 똑같은 접시를 가지고 계셨다.

"하나 먹어 볼래요?" 그가 권했다.

난 커다란 초콜릿 한 개를 조용히 집어 들었다. 그러고 나서야 내 매너가 녹슬었다는 사실에 생각이 미쳤다.

"감사합니다."

"더 먹어요."

그는 내 쪽으로 접시를 흔들어 보냈다.

접시가 여전히 내 손 근처 허공을 맴도는 동안 난 두 번, 세 번 초콜릿을 집었다. 원래 포장지였던 종이컵에 초콜릿 몇 개를 싸서 스웨터 주머니로 슬쩍 집어넣었다. 틴넨바움은 마치 내가 자신의 오늘 하루의 기쁨이라도 된다는 양, 내가 초콜릿을 먹지 않자 실망한 얼굴을 했다. 내가 앉은 의자 뒤로, 분수가 나를 놀리듯 거품을 만들며 찰박 찰박 흘러내렸다. 그가 바로 내게 뭔가 마실 것을 주지 않았다면, 그는 아마 내가 분수 아래에 머리를 박고 개처럼 후루룩 대며 물을 마시는 모습을 곧장 볼 수 있었을 것이다.

"물 한잔 마실 수 있을까요, 네?"

"물론이죠." 그는 손가락을 딱 부딪치고는 어떤 안 보이는 장치에 대고 말하듯 목소리를 키웠다. "여기 어린 숙녀 분을 위해 물 한 잔."

잠시 후, 모델처럼 보이는 엔더 한 명이 접시 위에 물 한 잔을 균형을 맞춰 들고 들어왔다. 물 잔은 천으로 된 냅킨으로 싸여 있었다. 잔을 들자 그 안에 작고 네모난 조각들이 다이아몬드처럼 반짝이는 게 보였다. 얼음이었다. 그녀는 쟁반을 내 옆에 놓고는 방을 나갔다.

머리를 뒤로 젖히고 단숨에 달콤한 물을 들이마셨다. 차가운 액체가 목을 따라 시원하게 내려갔다. 전쟁이 끝난 이래 마셔 본 중 가장 맑은 물의 풍미를 느끼며, 나는 눈을 감았다. 물을 다 마시고, 입속에 얼음 조각 하나를 떨어뜨렸다. 와삭 소리를 내며 깨물었다. 눈을 뜨자, 틴넨바움이 나를 보고 있었다.

"더 줄까요?" 그가 물었다.

더 마시고 싶었지만, 그의 눈은 사실 더 주고 싶어서 물어본 게 아니라는 말을 하고 있었다. 나는 머리를 흔들고 남은 얼음 조각을 삼켰다. 쟁반에 유리잔을 돌려놓는데 보니, 내 손톱이 더욱 지저분해 보였다. 유리잔에서 얼음이 녹는 걸 보고 있자니, 내가 마지막으로 얼음물을 마셨던 때가 생각났다. 엄청나게 먼 일 같았지만, 실제로는 고작 1년 전, 집행관들이 들이닥치기 전 우리 집에서 보낸 마지막 날이었다.

"자, 이제 일이 어떻게 진행되는지 알려 줄까요?" 틴넨바움이 물었다. "여기 프라임 데스티네이션에서 말이죠."

난 눈을 굴리는 것을 멈췄다. 엔더들이란. 하긴 달리 내가 무슨 이유로 이곳에 있단 말인가. 나는 그에게 희미한 미소를 지어 보이며 고개를 끄덕였다.

틴넨바움은 화면을 지우기 위해 에어스크린의 구석을 톡 쳤고, 두 번째로 톡 치자 홀로메이션(홀로그램 애니메이션의 합성어. 작가가 만든 신조어—옮긴이)이 나타났다. 첫 번째 장면은 머리 뒤쪽으로 꼭 맞는 작은 캡을 쓴 채, 안락의자에 의지하고 있는 연장자를 보여 줬다. 캡에서 튀어나온 색색의 선들이 컴퓨터에 연결되어 있었다.

"렌터는 BCI, 즉 바디 컴퓨터 인터페이스(Body Computer

Interface)에 연결돼요. 숙련된 간호사들로 된 스태프가 있는 방에서요. 그러고 나서, 그녀는 반마취 상태로 빠져들죠." 그가 말했다.

"치과에 갔을 때처럼요?"

"그래요. 전체 여행 기간 동안 그녀의 모든 활력 징후는 모니터링됩니다."

다른 쪽 화면에, 푹신해 보이는 긴 의자에 누워 있는 10대 소녀가 보였다.

"당신은 일종의 무감각 상태에 놓이게 됩니다. 전혀 고통도, 어떤 해도 없어요. 당신은 약간 몸을 가누지 못하는 상태로, 하지만 분명히 훨씬 부자가 되어 일주일 뒤에 깨어나는 거죠."

그는 다시 하얀 치아들을 번쩍였다.

나는 움찔 놀라지 않으려 애를 썼다.

"그 한 주 동안에는 무슨 일이 일어나나요?"

"그녀가 당신이 되는 겁니다."

틴넨바움은 자신의 손바닥을 펼쳐 보이더니 한 바퀴 휙 돌렸다.

"팔 절단 수술을 받은 사람들이 인공 손을 움직이도록 도와주는 컴퓨터 도우미에 대해서는 알고 있죠? 사람들이 생각하는 순간 움직이도록 하는? 그거랑 유사하다고 보면 돼요."

"그러니까 그녀는 자신이 나라고 상상하고 그리고 만약 그녀가 뭔가를 원하면, 그냥 생각하기만 해도 내 손이 그걸 잡는 그런 식인가요?"

"그녀가 바로 당신 몸속에 들어 있는 것 같이요. 그녀는 자신이 마음먹은 대로 당신 몸을 이용해서 여기서 나가고, 그렇게 다시 한 번 젊어지는 겁니다. 아주 잠시만."

그는 다른 쪽 손으로 한 쪽 팔꿈치를 부드럽게 잡았다.

"하지만 어떻게……?"

그는 고개를 까닥여 다른 한쪽 스크린을 가리켰다.

"바로 여기, 다른 쪽 방에서 기증자가, 그게 바로 당신이 되겠죠, 컴퓨터에 무선 BCI를 통해 연결되어 있어요."

"무선이라고요?"

"아주 작은 신경칩을 당신 머리 뒤쪽에 집어넣게 됩니다. 있다는 것도 느끼지 못할 거예요. 전혀 고통이 없다니까요. 그 칩이 당신을 컴퓨터에 항상 연결시키도록 해 주는 거죠. 당신의 뇌파를 컴퓨터에 연결하고, 컴퓨터는 당신들 두 사람을 연결해 주는 겁니다."

"연결한다."

두 개의 다른 정신이 그런 방식으로 연결되는 걸 상상해 보느라고 이마에 주름이 졌다. BCI. 신경칩. 집어넣는다. 일 분 일 분 흐를수록 점점 더 소름이 끼쳤다. 도망가고 싶은 욕구가 다시 강하게 밀려왔다. 하지만 동시에, 더 알고 싶었다.

틴넨바움은 거들먹거리며 능글맞게 웃어 보였다.

"나도 알아요, 모든 게 너무 새롭죠. 우린 당신을 완벽하게 잠들게 만들 거예요. 그리고 렌터의 마음이 당신 몸을 차지하는 겁니다. 모든 게 잘 돌아가고 있는지 확인하는 팀이 있어서, 렌터에게 일련의 질문들을 하고, 렌터는 답을 해야 해요. 그걸 통과하면 그녀는 빌린 몸을 즐기러 나갈 수 있는 겁니다."

도표가 빌린 몸이 골프, 테니스, 다이빙을 하고 있다는 그래픽을 보여 줬다.

"신체는 자체적인 근육 기억을 갖고 있기에, 당신이 할 줄 알았던 운동은 그게 무엇이든 그녀도 역시 할 수 있게 됩니다. 대여 기간이 끝나면, 렌터는 몸을 이곳으로 다시 되돌려 놓아야 하죠. 연결은 정확한 순서를 따라 끊기게 되고요. 렌터에게는 반마취에서 깨어나는 약을 복용시켜요. 깨어나면 신체검사를 받고, 그 다음에는 즐거운 자기 갈 길을 가면 되는 겁니다. 당신, 바로 기증자는, 당신 자신의 뇌를 컴퓨터를 통해 다시 전체 기능을 회복하게 되고요. 그저 마치 며칠 잠들었던 것처럼 자신의 몸으로 깨어나게 될 겁니다."

"그녀가 내 몸에 들어 있는 동안 내게 무슨 일이 생기면 어떻게 되죠? 스노보드를 타거나, 스카이다이빙을 하는데요? 제가 다치게 되면요?"

"여기서 그런 일이 일어난 적은 없어요. 렌터들은 경제적으로 법적 책임을 진다는 계약서에 서명을 합니다. 날 믿어요, 모두가 보증금을 돌려받고 싶어 한다니까요."

내가 마치 렌터카라는 것 같은 표현이었다. 누가 내 척추를 따라 얼음 조각을 문지르기라도 하는 것처럼 몸이 떨렸다. 그 떨림이 내게 날 이 의자에 붙들어 주는 유일한 존재, 타일러를 되새겨 주었다.

"칩은 어떤 거죠?" 나는 물었다.

"세 번째 대여가 끝나면 제거될 겁니다." 그는 내게 종이 한 장을 건네주었다. "여기. 좀 더 쉬운 이해를 도와줄 거예요."

프라임 데스티네이션을 이용하시는 렌터들이 지키셔야 할 규칙 :

1. 귀하께서는 피어싱, 타투, 머리 손질, 또는 염색, 미용적 콘택트 렌즈 착용에 한정되지 않고, 확대 수술을 포함하여 어떤 외과 수술 절차를 포함, 어떤 방식으로도 귀하의 대여 신체의 외관을 바꾸는 것은 허용되지 않습니다.
2. 필링, 제거, 보석 박기를 포함한 어떤 치아의 변경도 허락되지 않습니다.
3. 프라임 데스티네이션의 주변 반경 80킬로미터 안에 머무르셔야 합니다. 지도가 유용하실 겁니다.
4. 칩을 허락 없이 건드리는 어떤 시도가 있을 경우, 환불 없는 즉각적인 취소가 이뤄질 것이며, 또한 법적으로 벌금을 과금합니다.
5. 귀하의 대여 신체에 어떤 문제가 생길 경우, 가능한 빠른 시간 내로 프라임 데스티네이션으로 돌아와 주십시오. 당신의 렌탈을 소중히 다뤄 주십시오. 신체가 실제 젊은 사람의 몸임을 항상 기억해 주십시오.

각각의 신경칩은 렌터들이 불법적 행위에 연루되는 것을 막는다는 사실을 알려 드립니다.

규칙을 읽는다고 기분이 나아지지는 않았다. 오히려 내가 고려조차 해 보지 않은 더 많은 문제들을 알려 줄 뿐이었다.
"다른 것들……은 어떻게 되어 있죠?" 나는 물었다.
"예를 들면?"

"저도 모르겠어요."

틴넨바움이 내가 그 말을 하지 않도록 도와줬으면 싶었다. 하지만 그는 결국 내 입으로 그 말을 내뱉도록 만들었다.

"섹스라든가?"

"그게 어쨌다는 거죠?"

"규칙에는 섹스에 관한 항목이 전혀 없잖아요." 내가 말했다.

내가 내 몸에 있지 않은 순간에 첫날밤을 맞고 싶진 않았다.

틴넨바움이 머리를 흔들었다.

"그 부분이라면 렌터들에게 분명히 하고 있습니다. 섹스는 금지되어 있어요."

아하, 맞다. 적어도 임신은 불가능하겠지. 그저 일시적인 문제일 거라고 희망적으로 믿고는 있지만, 모두가 그건 백신의 부작용임을 알고 있었다.

위장이 조이는 기분이었다. 나는 눈을 가린 머리카락을 뒤로 흔들어 넘기고 일어섰다.

"시간 내 주셔서 감사합니다, 틴넨바움 씨. 그리고 설명해 주신 것도요."

틴넨바움의 입술이 씰룩거렸다. 그는 씰룩거림을 희미한 미소로 가리려 애썼다.

"만약 오늘 계약서에 서명을 한다면, 보너스가 있어요."

그가 서랍에서 어떤 양식을 꺼내더니 뭔가를 갈겨쓰고는 책상 위로 밀었다.

"세 번의 렌탈에 대한 금액입니다."

그는 펜 뚜껑을 덮었다.

나는 계약서를 집어 들었다. 집과 1년 치의 음식을 살 수 있는 돈이었다. 자리에 다시 편하게 앉아 심호흡을 했다.

그가 펜을 내밀었다. 나는 그 펜을 받아 꼭 쥐었다.

"세 번의 렌탈이라고요?" 내가 물었다.

"그래요. 그리고 계약 완료 즉시 그 금액을 지급할 겁니다."

종이가 흔들렸다. 그제야 내가 손을 떨고 있음을 깨달았다.

"이건 매우 관대한 제안입니다. 오늘 서명할 때에만 줄 수 있는 보너스예요."

나는 그 돈이 필요했다. 타일러도 돈이 필요했다.

펜을 꼭 쥐고 있자니, 분수의 거품 소리가 머릿속에서 점점 커졌다. 나는 종이를 뚫어져라 쳐다보고 있었지만, 실제로는 무광의 빨간 립스틱, 도어맨의 눈, 틴넨바움 씨의 가짜 같은 치아의 홍수를 보고 있었다. 나는 펜으로 종이를 눌렀으나, 서명을 하기 전 그를 올려다보았다. 어쩌면 나는 마지막으로 다시 보장을 받고 싶었던 것 같다. 그는 고개를 끄덕이며 미소를 지었다. 그의 양복은 옷깃에 묻어있는 하얀 실오라기만 빼면 완벽했다. 그 실 조각은 꼭 물음표 모양처럼 보였다.

틴넨바움의 얼굴은 너무 열렬해 보였다. 그 사실을 깨닫자마자 나는 펜을 내려놓았다.

그의 눈이 가늘어졌다.

"뭐가 잘못되었나요?"

"우리 엄마가 항상 말씀하시던 게 있어요."

"뭔데요?"

"엄만 중요한 결정을 하기 전에는 항상 잠을 자라고 하셨죠. 좀 더 생각해 봐야겠어요."

그의 눈이 차가워졌다.

"나중에도 이 제안이 좋은 조건을 유지할 거라고는 보장 못하겠는데요."

"일단 해 보는 수밖에요."

나는 계약서를 접어서 주머니에 넣고 의자에서 일어났다. 나는 간신히 미소를 지어 보였다.

"정말 그럴 수 있겠어요?"

그가 내 앞에 다가섰다.

"어쩌면 못 할지도요. 하지만 좀 더 생각해 봐야 해요."

나는 그의 주변을 돌아 문으로 걸어갔다.

"궁금한 게 생기면 전화해요."

그는 조금 큰 목소리로 말했다.

내가 그렇게 빨리 떠나는 것을 보자 당황스러워하는 접수 담당자 앞을 지나 돌진했다. 그녀는 마치 내가 패닉 버튼이라고 상상한 걸 때려 누르기라도 한 듯이 눈으로 날 좇았다. 난 멈추지 않았다. 경비원은 내가 문을 열기도 전에 유리문을 통해 나를 보았다.

"벌써 떠나니?"

그의 텅 빈 표정은 귀신 같았다.

나는 그를 지나쳐 달아났다.

일단 밖으로 나오자, 상쾌한 가을 공기가 얼굴을 때렸다. 나는 보도를 가득 메운 엔더들 무리 사이를 흔들리듯 통과하며 공기를 가득 들이마셨다. 아마도 내가 틴넨바움의 제안을 거절하고, 그의 권유에 홀딱 넘어가지 않은 유일한 사람인 게 틀림없었다. 하지만 나는 엔더는 절대 믿어서는 안 된다는 걸 배워 왔다.

베벌리 힐스를 통과해서 걸으며, 전쟁이 끝나고 1년이 넘게 지난 지금도 여전히 이 거리가 부유함으로 가득하다는 사실에 고개를 설레설레 저었다. 이곳의 가게들은, 두 개 걸러 하나 정도만 앞에 사람이 없었다. 디자이너 의류, 시각 전자기기, 로봇, 부유한 엔더들의 쇼핑을 위한 모든 것. 공짜로 우려내는 게 여기서는 미덕이었다. 뭐라도 부서지면, 엔더들은 그냥 그 물건을 내버렸다. 아무도 그걸 고칠 수도 없고 부속품을 구할 방법도 없기 때문이었다.

난 머리를 계속 숙이고 걸었다. 이 순간 불법적인 일이라고는 전혀 하질 않았음에도, 만약 집행관이 날 세운다면, 난 미성년자들이 갖고 다니도록 되어 있는 필수 서류를 전혀 보일 수 없었다.

교통 신호를 기다리고 있으려니, 침울한 얼굴을 하고 있는 한 무리의 스타터들을 태운 트럭이 멈춰 섰다. 더럽고, 심하게 매를 맞은 그 애들은 다리를 꼬고 등을 기댄 채 앉아 있었다. 그 애들의 가운데에는 곡괭이와 삽이 한 무더기 놓여 있었다. 머리에 붕대를 두른 여자아이 하나가 죽은 사람 같은 눈으로 나를 바라봤다.

그 눈에 부러움이 반짝였다, 마치 내 인생이 그보다 더 낫기라도 한 것처럼. 트럭이 멀어지자, 그 여자아이는 마치 자신을 끌어안으려는 것처럼 팔짱을 꼈다. 내 삶이 아무리 힘겹다 한들, 그 애의 삶은 더 팍팍한 거였다. 이런 미친 짓에서 벗어날 수 있는 방법이 뭐라도 있어야 했다. 저 소름 끼치는 바디 뱅크나 합법적인 강제 노동 말고, 다른 방법이.

나는 집행관들을 자석처럼 끌어당기는 곳으로 유명한 윌셔 대로를 피해 옆길을 따라 걸었다. 검정색 우비를 입은 엔더 두 명이 내 쪽으로 걸어왔다. 나는 계속 머리를 숙인 채로 걸으며, 주머니에 양손을 집어넣었다. 왼쪽 주머니에는 계약서가 만져졌다. 오른쪽에는, 종이에 싸인 초콜릿이 들어 있었다.

쌉쌀하고도 달콤했다.

베벌리 힐스에서 멀어질수록 길거리의 사람들은 점점 거칠어 보였다. 이미 버려진 지 한참이 지났지만 여전히 쓰레기 수거차를 기다리고 있는 쓰레기 더미를 피해 걸었다. 올려다보니 붉은 천막으로 덮인 건물을 지나가고 있던 참이었다. 오염 구역이었다. 마지막 생물학 포자 미사일들이 떨어진 지 벌써 1년도 넘게 지났건만, 위험물질 전담반의 관심이 아직 이 집에까지는 미치지 않은 모양이었다. 아니면 관심을 두고 싶지 않았든가. 나는 아빠가 가르쳐 주신 대로 소맷자락을 코와 입에 대고, 서둘러 그곳을 지나쳤다.

햇빛이 사라지면서 한결 이동이 수월해졌다. 나는 손목용 손전등을 꺼내 왼 손등에 감았지만, 켜지는 않았다. 이곳의 거리등은 고장 난 지 오래였다. 이곳 주민들에게는 어두운 그늘이 방어 수단이나 마찬가지였다. 덕분에 정부 당국이 말 같지도 않은 변명을 들어 우릴 데려가기가 어려웠다. 우리를 보호소에 가두는 것이 그들의 유일한 행복이었다. 난 아직 보호소 안이 어떻게 생겼는지 본 적은 없지만, 얘기는 많이 들었다. 그중에서도 최악이라고 손꼽히는 37호 보호소가 여기서 고작 몇 킬로미터도 떨어지지 않은 곳에 위치해 있었다. 다른 스타터들이 이런 얘길 속닥거리는 걸 듣고 있자면, 항상 주제는 이 끔찍한 장소로 흘러가곤 했다.

집에서 두어 블록 정도 떨어진 곳까지 오는 사이에, 날은 점점 더 어두워졌다. 나는 손전등 스위치를 켰다. 1분 정도 뒤에, 길 건너편에서 두 개의 손전등 불빛이 각도를 이루며 빠르게 다가오는 것이 보였다. 계속 불을 켜고 있기에, 우호주의자들인가 보다고 생각했다. 그 순간, 동시에 불빛이 둘 다 꺼졌다.

이탈자들이었다.

위장이 단단해지고 심장은 목구멍까지 뛰어올랐다. 나는 달렸다. 생각할 시간 따위 없었다. 본능만을 따라 나는 우리가 거주하는 빌딩까지 달렸다. 키가 크고 다리가 긴 여자애 하나가, 나를 거의 따라잡았다. 그 애는 바로 뒤에서, 내 스웨터를 움켜쥐려고 손을 뻗었다.

다리에 좀 더 힘을 줘서 뛰었다. 빌딩의 옆문까지 이제 고작 반 블록밖에 남지 않았다. 그 애가 다시 나를 잡으려 시도했고, 이번에는 내 후드를 잡는 데 성공했다.

그 애가 나를 홱 뒤로 잡아당기는 바람에 나는 거세게 뒤로 넘어졌다. 등이 심하게 아팠고 머리까지 울렸다. 여자애가 내 위로 올라타더니, 내 주머니를 뒤졌다. 그 애의 동료인 좀 더 작은 남자아이가 손전등 불빛을 내 눈에 쏘았다.

"난 가진 돈 없어."

난 눈을 찡그리면서 그 애의 손을 떨쳐내려 애썼다.

여자애가 손바닥을 펴 내 옆얼굴을 때렸고, 탁 소리가 귓가에 크게 울렸다. 최대한 고통을 줘 머리를 울리게 만드는 더러운 길거리 방식이었다.

"나 줄 돈은 없으시다? 그럼 좀 더 제대로 뒤져 봐야겠군."

여자애의 한껏 낮춘 목소리조차 내 머릿속에 쾅쾅 울렸다.

아드레날린 폭풍이 내 팔에 힘을 실어 주어서 나는 그 애의 턱에 주먹을 날렸다. 그 애는 거의 넘어질 뻔했지만 내가 자기 밑에서 빠져나오기 직전에 몸을 똑바로 했다.

"넌 이제 죽었어, 꼬맹이."

난 꿈틀거리며 몸부림을 쳤지만 여자애는 강철 같은 넓적다리로 나를 꽉 눌렀다. 그 애가 주먹을 뒤로 들더니 온몸을 실어 내리쳤다. 나는 마지막 순간에 고개를 옆으로 돌렸고, 그 애의 주먹은 보도를 내리찍었다. 여자애는 비명을 질렀다.

그 애가 비명을 지르며 고통에 정신을 못 차리는 동안 나는 재빨리 여자애의 밑에서 기어 나왔다. 내 심장이 가슴에서 뛰쳐나올 듯이 뛰어 댔다. 다른 꼬마가 돌 하나를 들고 다가왔다. 나는 일어나면서 침을 꿀꺽 삼켜 호흡을 진정했다.

뭔가가 내 주머니에서 떨어졌다. 모두가 멈춘 채 바라봤다.

귀중한 슈퍼트뤼플 하나.

"먹을 거다."

여자애의 동료가 자신의 손전등 불빛을 거기다 비추며 외쳤다.

여자애가 부서진 손을 가슴에 대고 보호하며 슈퍼트뤼플을 향해 기어갔다. 여자애의 동료는 아주 땅으로 다이빙을 하더니 초콜릿을 낚아챘다. 여자애는 남자애의 손을 꽉 잡더니 초콜릿을 조각내서는 게걸스럽게 먹어치웠다. 몹시 배가 고팠는지 남자애도 나머지를 걸신들린 듯이 집어삼켰다. 나는 우리가 사는 빌딩의 옆문으로 뛰어갔다. 문을, 우리 빌딩의 문을 밀어서 열고 안으로 몸을 숨겼다.

제발 그 애들이 우리 빌딩 안으로 들어오지 않기를 빌었다. 그 애들이 내 친구 우호주의자들을 두려워하기를, 그리고 내가 건물 안에 어떤 덫이라도 설치해 뒀을지도 모른다고 믿기를 바라는 수밖에 없었다. 나는 확인을 위해 계단에 손전등을 비춰 보았다. 아무도 없었다. 두 층계를 올라, 꼭대기 층으로 가서 더러운 창문을 통해 밖을 내다봤다. 아래로 기생충 같은 이탈자 도둑들이 총총거리며 사라지는 모습이 보였다. 재빨리 다친 곳을 점검했다. 보도에 부딪히면서 다친 머리 뒤쪽이 아팠지만, 뼈가 부러지거나 깊은 상처를 입지는 않았다. 나는 가슴에 손을 얹고 호흡을 진정시키려 노력했다.

이제 건물 안으로 주의를 돌려 늘 하듯이 주변을 둘러보았다. 최대한 소리에 귀를 기울였지만 아직도 싸움의 여파로 귀가 울리고 있었다. 나는 귀를 정상적으로 돌리기 위해 머리를 흔들었다.

특별히 새로운 소리가 나진 않았다. 새로운 입주자도 없었다. 위험도 없었다. 복도 끝의 사무실은 잠을 약속하는 유도등처럼 나를 끌어당겼다. 우리의 야영장은 휑뎅그렁하고 아무것도 없는 방으로 된 구역을 구석에 책상으로 바리케이드를 쳐서 봉쇄해 놓은 곳으로, 어떻게든 그럭저럭 안락하다는 환상을 주긴 했다. 타일러는 아마 벌써 자고 있을 터였다. 나는 주머니에 남아 있는 슈퍼트뤼플을 손가락으로 더듬었다. 아마 아침에 타일러를 깜짝 놀라게 해 줄 수 있을 것 같았다.

하지만 그때까지 기다릴 수가 없었다.

"야, 일어나 봐. 선물을 좀 가져왔어."

나는 책상들 사이로 들어갔는데, 거기엔 아무것도 없었다. 담요도, 동생도 없었다. 아무것도. 우리가 가진 몇 개 안 되는 물건들 전부가 사라졌다.

"타일러?" 소리쳐 불렀다.

숨을 쉬려니 목이 조여 왔다. 문으로 내달리는데 문에 막 도착하자마자, 얼굴 하나가 불쑥 문간에 나타났다.

"마이클!"

마이클은 텁수룩한 금발 머리카락을 뒤로 흔들어 넘겼다.

"캘리."

마이클은 자기의 손전등을 턱 밑에 대고는 무서운 얼굴을 만들어 보였다. 하지만 웃음을 터뜨리느라고 오래 유지하지도 못했다.

마이클이 웃는 걸 보니, 타일러한테 문제가 생긴 건 아닌 모양이었다. 나는 그 애를 일부러 약간 밀쳤다.

"타일러는 어디 있어?" 내가 물었다.

"너희들 짐을 내 방으로 옮겨야 했어. 여긴 지붕이 새기 시작했거든. (그 애는 손전등 불빛을 비춰 천정의 어두운 얼룩을 보여 줬다.) 그래도 괜찮지?"

"모르겠는데. 네 인테리어 기술에 달렸지."

복도를 가로질러 마이클을 따라갔다. 안에는 두 개의 다른 모퉁이를 가진 공간이, 책상들이 아늑한 모양으로 배치된 채로 방어하기 좋은 구석에 자리 잡고 있었다. 가까이 가 보니, 마이클이 몇 안 되는 우리 재산을 원래 위치와 똑같이 배열해 놓은 것이 보였다. 구석 안으로 들어가니 좀 더 먼 모퉁이에 타일러가 다리에 담요를 덮고 벽에 기대 앉아 있었다. 그 애는 자기 나이인 일곱 살보다도 더 작아 보였다. 찰나라도 타일러를 잃었다고 생각했기 때문인 건지, 아니면 하루 종일 나가 있었던 탓인지, 아니 어쩌면 꼭 새로 타일러를 보고 있는 것 같기 때문인 건지 알 수가 없었다. 우리가 거리에 나앉게 된 이래로, 타일러는 체중이 많이 줄었다. 머리도 자르지 못해 너무 길었다. 눈 밑의 피부는 그늘져 어두워 보였다.

"어디 갔다 온 거야, 원숭이 얼굴?" 타일러의 목이 쉬어 있었다.

나는 얼굴에 걱정을 보이지 않으려 애썼다. "밖에."

"누난 너무 오래 나가 있었어."

"하지만 마이클이 같이 있었잖아." 타일러의 옆에 무릎을 꿇고 앉으며 말했다. "게다가 널 위한 특별 처방전을 받아 오느라고 오래 걸린 거란 말이야."

타일러의 입술이 미약한 미소를 그렸다. "나한테 줄 게 뭔데?"

나는 종이컵 하나를 꺼내서 비타민이 함유된 초콜릿의 포장을 벗겼다. 거의 쿠키만 한 크기였다. 타일러의 눈이 커다래졌다.

"슈퍼트뤼플?"

그 애는 내 옆에 서 있는 마이클을 쳐다보며 외쳤다. "와아."

나는 또 하나를 꺼내 보였다.

"두 개 가져왔어. 너희 둘이 하나씩 먹어."

타일러가 고개를 저었다.

"누나도 하나 먹어."

"넌 비타민을 좀 먹어야 해." 내가 말했다.

"누나 오늘 뭐 먹었어?" 타일러가 물었다.

나는 그 애를 마주봤다. 거짓말로 이 상황을 모면할 수 있을까? 아니, 타일러는 나를 너무 잘 알았다.

"두 사람 나눠먹기다." 타일러가 말했다.

마이클은 어깨를 으쓱했다. 마이클의 머리카락이 흘러내려 특유의 아름답고 힘도 들이지 않는 방식으로 한쪽 눈을 가렸다.

"그 문제로는 싸우기 없기."

타일러는 미소를 짓고 내 손을 잡았다.

"고마워, 누나."

＊ ＊ ＊

우리는 방 한가운데에 위치한 책상 주변에 둘러앉아 슈퍼트뤼플을 나눠먹었다. 마이클의 손전등을 중앙에 촛불 모드로 설정해 두고, 우리는 식탁을 차렸다. 초콜릿을 작은 조각들로 자른 후에 첫 번째 한 입은 애피타이저, 두 번째는 앙트레, 그리고 세 번째는 디저트라고 농담을 했다. 초콜릿은 마치 천국처럼 달고도 두꺼웠으며, 브라우니와 퍼지의 중간쯤 되는 풍부하고도 깊은 맛이 혀를 자극했다. 초콜릿은 너무 빨리 사라졌다.

타일러는 먹고 나자 기운을 좀 차렸다. 마이클이 한 손을 턱 밑에 받치고 책상 너머로 나를 바라보는 동안, 타일러는 혼자서 노래를 불러 댔다. 마이클은 바디 뱅크에 대해 물어보고 싶어 죽을 지경인 모양이었다. 어쩌면 그 이상일지도 몰랐다. 그 애의 눈이 내 몸에 새롭게 생긴 찢기고 긁힌 상처들을 훑는 것을 알아챘다.

"트뤼플을 먹었더니 목이 마르네." 내가 말했다.

"나도 그래." 타일러도 말했다.

마이클이 일어났다.

"물병을 채워 오는 게 좋겠다."

마이클은 문 옆에 끈으로 걸려 있는 우리 물병들을 목욕용 들통과 함께 움켜쥐었다. 그러더니 방을 나갔다.

타일러는 책상에 머리를 기댔다. 초콜릿으로 인한 흥분이 가시면서 몸이 피곤해진 것 같았다. 나는 아기처럼 부드러운 타일러의 머리카락과 목을 문질렀다. 타일러의 후드 티셔츠가 한쪽 어깨에서 흘러내리면서 백신을 맞고 남은 흉터가 드러났다. 나는 그 작은 자국에 감사하는 마음으로 손가락을 흉터에 대고 움직였다. 그 백신이 아니었다면, 우리 역시 부모님처럼 죽었을 터였다. 20살과 60살 사이의 모든 다른 사람들이 그랬듯이. 더 나이 많은 엔더들처럼, 우리가 가장 취약한 세대였기에, 우리는 대량 살상용 생물학 포자 미사일에 대비하는 백신을 가장 먼저 맞았다. 덕분에 지금 우리만이 이렇게 살아남아 있었다. 이 얼마나 아이러니인가.

몇 분 뒤에, 마이클이 물이 가득 찬 병들을 갖고 돌아왔다. 나는 마이클이 들통을 두고 온 화장실로 향했다. 우리가 처음 이곳에 살게 된 첫 주에는 그래도 이 건물에 여전히 물이 나오고 있었다. 나는 한숨을 쉬고 아까 보았던 그 호화스러운 생활을 생각했다. 아무도 보지 않을 때에 바깥의 파이프에서 물을 훔쳐야 되는 것보다 훨씬 더 쉬운 생활.

벌써 11월이고 건물 안에 어떤 열기도 없음에도 차가운 물은 신선하게 느껴졌다. 나는 물줄기를 끊어 팔과 얼굴에 철벅 부딪혔다.

방으로 돌아오자, 타일러는 우리의 구석 공간으로 들어가 있었다. 마이클은 거울에 비친 것처럼 반대편 모퉁이에 똑같이 꾸며 놓은 자기 요새에 누워 있었다. 우리 모두가 같은 방에 모여 있으니 조금 더 안전한 느낌이 들었다. 누가 침입해 들어오더라도, 우리 중 한 명은 침입자의 뒤로 다가갈 수 있을 테니까. 마이클은 금속 파이프를 가지고 있었다. 나는 아빠 것이었던 소형 전기 충격기를 가지고 있었다. 집행관들의 것만큼 강력하진 않아도 나는 무척 거기에 의존하고 있었다. 안락을 주는 물건이 그런 것이 되다니 얼마나 슬픈 일인지.

나는 내 침낭에 앉아서 신발을 벗었다. 스웨터를 벗고 곧장 잠잘 것처럼 침낭 속으로 미끄러져 들어갔다. 마음속으로 그리운 물건 목록에 잠옷을 더했다. 건조기에서 막 꺼낸 따끈따끈한 플란넬 잠옷. 항상 옷을 갖춰 입고 누워 달아나거나 싸울 준비를 해야 되는 건 이제 너무 지겨웠다. 나는 솜털이 보송보송한 잠옷을 그리워하며 세상을 다 잊을 수 있는 깊은 잠을 청했다.

"마이클이 우리 짐들을 다 옮겼어."

타일러가 주변의 책상 위에 놓인 우리의 책과 보물들을 자기의 손전등으로 비췄다.

"알아. 그래 주다니 얼마나 좋은지 몰라."

타일러는 불빛을 자기 장난감 강아지에게로 비췄다.

"꼭 예전 같아, 누나."

처음에 나는 타일러가 우리 집에 있을 때와 같다는 말을 하려는 줄로 생각했다. 하지만 이내 우리가 이전에 그 물건들을 갖고 있던 방식과 같다는 말을 의미했다는 걸 깨달았다. 마이클은 우리의 소지품들을 정확하게 우리가 원래 가지고 있던 것처럼 배열하는 데 중점을 뒀다. 마이클은 그 물건들을 우리가 얼마나 애지중지하는지 알았던 거였다.

타일러는 홀로그램 액자를 꺼내들었다. 그 애는 보통 슬픈 기분이 들 때면 꼭 저러곤 했다. 액자를 손바닥에 들고는 홀로그래픽 동영상을 틀었다. 해변에 있는 우리 가족, 모래를 갖고 노는 우리 남매, 사격 연습을 하는 아빠, 엄마 아빠의 결혼식. 내 동생은 항상 그랬듯 같은 장면에서 멈췄다. 3년 전, 태평양에서 전쟁이 시작되기 바로 전, 유람선 여행을 떠나신 부모님의 영상이었다. 두 분의 목소리를 듣는 건 언제나 고통스러웠다. "보고 싶구나, 타일러. 사랑한다, 캘리. 항상 동생을 잘 돌봐 줘야 해." 첫 번째 달에는, 나는 두 분의 목소리를 들을 때마다 울음을 터뜨리곤 했다. 더 이상은 울지 않았다. 두 분의 음성은 이제 제목도 없는 영화의 무명 배우들만큼이나 공허했다.

타일러는 결코 우는 법이 없었다. 그 애는 두 분의 말을 몇 번이고 계속해서 듣고 또 들었다. 이 영상이 이제 엄마 아빠를 대신하는 것 같았다.

"그만, 이제 충분해. 잘 시간이야."

나는 액자에 손을 뻗었다.

"안 돼, 제대로 기억하고 싶단 말이야."

타일러의 눈이 애원했다.

"잊어버릴까 봐 무섭니?"

"아마도."

나는 타일러가 손목에 맨 손전등을 톡 쳤다.

"이걸 발명한 분이 누구시라고?"

타일러가 진지하게 고개를 끄덕이면서 아랫입술을 크게 벌렸다.

"아빠."

"그래 맞아. 다른 몇 분의 과학자들과 함께 개발하셨지. 그러니까 이 손전등에서 나오는 빛을 볼 때면 항상, 아빠가 너를 지켜보고 계신다고 생각해."

"누난 그렇게 해?"

나는 타일러의 머리를 어루만졌다.

"매일 그래. 걱정 마. 약속할게. 우린 결코, 절대 두 분을 잊어버리지 않을 거야."

나는 프레임을 들어 타일러가 제일 좋아하는 장난감인(이제는 유일한 장난감이 되었지만) 작은 강아지 로봇으로 바꿔 주었다. 타일러는 로봇을 팔 밑에 밀어 넣으며 끌어안았고, 소프트 모드에 들어간 로봇은 꼭 진짜 강아지처럼 누웠다. 녹색 눈을 빛내는 것만 빼면 진짜 같았다.

나는 프레임을 우리 위의 책상에 돌려놓았다. 타일러가 기침을 했다. 나는 그 애의 침낭의 지퍼를 목까지 잠가 주었다. 매번 타일러가 기침을 할 때마다, 나는 병원의 의사 선생님이 했던 말이 마음속에 메아리치는 것을 듣지 않으려 애썼다······. "무척 드문 폐 기능 장애…… 고칠 수도 있지만, 안 될 수도 있어요." 나는 타일러의 가슴이 오르락내리락 하는 것을 지켜보며 잠에 빠진 그 애가 힘겨운 숨을 들이쉬는 것을 들었다. 그러다가 침낭 밖으로 기어 나와 책상 주변을 둘러보았다.

마이클의 손전등이 벽 너머에서 빛났다. 나는 어깨에 스웨터를 대충 걸치고 소리 죽여 나갔다.

"마이클?" 내가 속삭였다.

"이리 와." 마이클의 목소리는 나지막했다.

나는 마이클의 작은 요새로 들어갔다. 연필과 목탄화로 둘러싸인 그곳은 모퉁이마다 마이클의 예술 작품으로 채워져 있었다. 난 마이클의 공간이 좋았다. 마이클은 도시의 풍경을 그렸다. 손전등과 겹겹이 걸쳐 입은 누더기, 마른 몸통 위로 아무렇게나 매고 있는 물병들을 포함해서 텅 빈 건물들, 우호주의자와 이탈자들로 가득한 우리네 풍경을 자신 나름대로 해석한 그림들이었다.

그 애는 책을 내려놓고 벽에 등을 기대앉았다. 마이클이 자신의 군용 담요 안으로 들어와 옆에 앉으라는 시늉을 하며 물었다.

"그래, 얼굴은 왜 그렇게 된 거야?"

나는 뺨을 만져 보았다. 불타는 것 같았다.

"많이 안 좋아 보여?"

"타일러는 눈치 못 챘어."

"단지 여기가 너무 어두워서 그런 거잖아."

나는 그 애와 마주보는 자리에 책상다리를 하고 앉았다.

"이탈자들이었어?"

고개를 끄덕였다.

"으응. 그래도 심하진 않아."

"거긴 어땠어?"

"괴상했지, 뭐."

마이클은 잠시 조용했다. 그 애는 머리를 숙였다.

"왜?" 내가 물었다.

마이클은 고개를 들었다. "네가 돌아오지 않을까 봐 걱정했어."

"내가 약속했었잖아, 안 그래?"

그 애가 끄덕였다. "그래. 그랬긴 했지만…… 어쩌면 네가 돌아올 수 없게 된 거라면 어쩌지 하고 생각했달까?"

난 그 말에 대답하지 않았다. 그 애가 먼저 침묵을 깰 때까지 우린 잠시 앉아 있었다.

"그래서, 어떻게 생각해?"

"그 사람들이 여기에다 신경칩을 삽입할 거라던데?"

나는 말하며 내 머리의 뒤쪽을 가리켰다.

"어디에? 한번 보자."

마이클이 내 머리카락을 건드렸다.

"말했잖아, 난 그냥 구경만 하러 간 거였다고."

마이클의 얼굴에 걱정이 떠오르고, 눈에는 친절한 부드러움이 감돌았다. 우습게도, 나는 전쟁 전 마이클이 우리가 살던 곳의 길 아래쪽에 살고 있던 시절에는 그 애의 존재도 거의 알지 못했다. 생물학 전쟁이 우리를 함께 있도록 만들어 준 건, 참 이상한 일이었다.

주머니 속으로 아무렇게나 손을 쑤셔 넣는데, 뭔가가 만져졌다.

종이였다. 밖으로 꺼내 보았다.

"그게 뭐야?" 그 애가 물었다.

"바디 뱅크의 그 남자가 준 거야. 계약서랬어."

"그게 그 사람들이 주겠다는 돈이야?"

마이클이 가까이 몸을 기울이더니 내 손가락에서 계약서 양식을 잡아챘다.

"돌려 줘."

그 애는 계약서를 읽었다. "……세 번의 접속에 대한 금액이다."

"안 할 거라니까."

"잘됐네." 그 애는 잠시 말이 없었다. "하지만 왜? 난 널 잘 알아. 넌 겁먹는 타입은 아니잖아."

"그 사람들이 절대 그렇게 많은 돈을 줄 리가 없잖아. 현실성이 떨어져. 딱 불법적인 일이라는 느낌이 오더라."

"그나저나 어떻게 법망을 살살 피해 가는 거지? 스타터들을 고용하면서도?"

나는 어깨를 으쓱했다. "어딘가에 구멍이 있겠지."

"아마 눈치 채지 못하게 사업을 벌이는 걸 거야. 너도 대놓고 광고하는 건 한 번도 본 적이 없잖아."

마이클 말이 옳았다.

"내가 이 일에 대해 알게 된 것도 1층에 살고 있는 남자애로부터 들은 얘기가 전부였어."

"그 녀석 아마 자기가 소개해 주는 모든 스타터들에 대해 수수료를 받고 있을걸."

"내 몫의 수수료 버는 건 물 건너갔어. 거길 믿을 수가 없더라."

나는 옆으로 편하게 드러누워, 손으로 얼굴을 받쳤다.

"피곤하겠다." 그 애가 말했다. "꽤 먼 길이었잖아."

"피곤하다 뿐이겠어."

"내일은 하역장 쪽에 가 보자, 어쩌면 과일을 좀 얻을 수 있을지도 몰라."

그 애의 말이 점점 작게 들리며 눈이 무거워지기 시작했다. 그 다음으로 기억나는 건, 눈을 떴더니 마이클이 날 보며 미소 짓고 있었다는 것뿐이었다.

"캘." 그 애가 부드럽게 말했다. "가서 자."

나는 끄덕였다. 계약서를 다시 내 주머니에 되는 대로 쑤셔 넣고 타일러에게로 돌아왔다. 침낭 속으로 몸이 녹아들었.

내 손전등을 수면 모드로 설정했다. 불빛은 부드럽게 빛났다.

남부 캘리포니아의 겨울은 그다지 잔혹하진 않지만, 타일러에게는 분명 너무 추운 날씨일 터였다. 그 애에게 좀 더 따뜻한, 진짜 집을 구해 주어야 했다. 하지만 어떻게? 이것이 내가 밤마다 으레 하는 걱정이었다. 바디 뱅크가 그 답이 될 수 있었다면 좋았겠지만, 그렇지가 않았다. 내가 서서히 잠이 들면서, 내 손전등도 스스로 꺼졌다.

＊ ＊ ＊

화재경보기의 날카로운 소음이 우리를 깨우는 바람에 나는 화들짝 깨어났다. 콧구멍 가득 연기의 씁쓸한 악취가 차올랐다. 근처에서 타일러가 일어나 앉아 기침을 하는 것이 느껴졌다.

"마이클?" 나는 외쳐 불렀다.

"불이야!" 마이클이 방을 가로지르며 외쳤다.

손목 밴드의 시계가 새벽 5시를 가리키고 있었다. 나는 우선 물병을 찾아 열었다. 내 위쪽 서랍을 열어 티셔츠를 꺼내 물을 뿌려 적셨다.

"이걸 코에 대고 있어." 나는 타일러에게 말했다.

마이클의 손전등 불빛이 연기를 뚫고 들어왔다.

"가자!" 그 애가 외쳤다.

나는 어린 동생에게 팔을 단단히 둘렀다. 부분적으로 연기를 뚫고 보이는 손전등의 불빛을 따라서 우리 모두 쭈그리고 앉아 문까지 향했다.

마이클이 손으로 내 등을 밀어 나를 계단까지 데려갔다. 연기가 계단을 구름처럼 덮고 있었다. 영원히 계속될 것 같았지만, 우리는 어떻게 간신히 아래로 내려왔다. 밖으로 나올 때쯤에는 다리가 고무로 변한 듯 후들거리고 있었다.

화염과 잔해가 떨어져 나오는 것을 피해서 건물에서 멀찍이 떨어져 나왔다. 새벽의 어둠 속에서 우리 말고도 다른 우호주의자들이 밖으로 나와 있는 것을 볼 수 있었다. 두 명은 우리도 아는 사람들이었고, 나머지 세 명은 아마도 더 낮은 층의 거주민들 같았다.

그들은 쇼크 상태로 건물을 바라보고 있었다. 나는 얼굴을 휙 돌렸다.

"불길은 어디야?" 내가 물었다.

"어디서 화재가 난 거지?" 마이클이 말했다.

"이 사람들이 전부요?" 한 남자가 외쳤다.

"네에."

100살쯤 되어 보이는 엘더 한 명이 다가오는 게 보였다. 그는 까슬까슬한 양복을 입고 있었다.

"확실하오?" 그 엘더는 우호주의자들이 고개를 끄덕이는 것을 둘러보았다. "잘됐군."

그 남자가 손을 들어 보이자, 건설용 장비를 갖춰 입은 엘더 세 명이 앞으로 나왔다.

건설 인부 한 명이 테이프를 뜯더니 옆문의 자물쇠에 붙였다. 나머지 사람들은 수작업으로 공고물을 게시했다. 양복은 오더니 안내문 복사본을 우리에게 나눠주었다.

마이클이 글을 읽었다. "무단 침입 금지. 소유권자 이전된 부지임."

"그들이 연기를 피운 거야." 우호주의자 중 한 명이 말했다.

"어쨌든 이제 이 공간을 비워야 합니다." 양복은 차분하면서도 권위적인 목소리로 말했다.

아무도 움직이지 않는데, 그가 덧붙였다. "1분 드리겠소."

"하지만 우리들 물건이……." 나는 빌딩 앞쪽으로 움직였다.

"저 건물 안으로 다시 들어가게 할 순 없습니다. 보험 책임이 있어서." 양복이 말했다.

"당신들이 그냥 우리 소유물을 가질 수는 없어요." 마이클이 말했다.

"불법 점거는 무단 침입이오." 그 엘더가 말했다. "당신들 좋으라고 경고하는 중이오. 30초 남았소."

심장이 무너지는 듯했다. "우리 물건 중에 남은 건 전부 저 안에 있어요. 우리가 들어갈 수 없다면, 제발 꺼내 주기라도 하세요."

그가 고개를 저었다. "시간이 없소. 당신들은 떠나야 합니다. 집행관들이 오고 있소."

그 말은 다른 우호주의자들을 달아나게 하기 충분했다. 나는 타일러에게 팔을 두르고 돌아섰지만, 뭔가가 나를 멈춰 세웠다. 양복을 입은 남자는 이미 우리에게 등을 보이고 돌아섰지만, 건설 인부들은 우리를 보고는 그 남자에게 고개를 끄덕였다. 그가 돌아섰다.

"제발요. 우리 부모님은 돌아가셨어요." 내 눈이 눈물로 번쩍였다. "우리가 가진 마지막 부모님의 사진이 저 건물 안에 있어요. 2층에, 복도 맨 끝 방이에요. 누군가 저희들에게 그 액자만 가져다줄 수 없을까요? 창문 밖으로 던져 주기만 해도 괜찮아요."

그는 잠시 멈춰서 그 문제를 고려해 보는 것 같았다. 그러더니 그는 나와 눈을 마주치려고도 하지 않고는 퉁명스럽게 미안하다고 중얼거린 후 등을 보이며 돌아섰다. 이제껏 그렇게 속이 텅 빈 느낌을 받은 적이 없었다. 그에게 항의할 희망조차 없었다. 100년도 넘는 시간이 우리 사이를 가로막고 있었고, 그는 결코 우리가 무슨 일을 겪고 있는 건지 이해할 수 없을 터였다.

타일러가 내 손을 잡아당겼다.

"누나, 괜찮아. 사진 같은 거 없어도 엄마 아빠를 기억할 수 있어. 우린 절대 안 잊어버릴 거야."

사이렌 소리가 요란하게 울려 퍼졌다.

"집행관들이야." 마이클이 말했다. "뛰어."

선택의 여지가 없었다. 우리 가족과의 마지막 물리적 연결 고리를 남긴 채, 우리는 돌아서서 새벽의 어둠 속으로 뛰어들었다. 딱 1년 전에 우리가 살아야 했던 바로 그 삶 속으로.

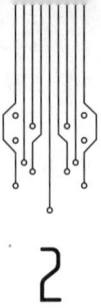

2

 우리는 거리까지 달려 집행관들의 사이렌 소리로부터 멀어졌다. 뒤를 돌아보았을 때, 금속으로 된 회색 유니폼을 입은 은발 머리들이 차에서 쏟아져 나오는 것을 보기에는 충분했다. 마이클은 자신의 팔에 타일러를 재빨리 안아 올렸고, 우리는 가능한 빨리 뛰었다. 우리가 살던 오래된 빌딩과 또 다른 버려진 사무실 빌딩 사이의 좁은 보도로 몸을 구부리고 달아났다.

 집행관들이 쫓아오는 소리가 들렸지만 우리가 그들이 입구로 들어서기 전에 보도에서 벗어났기 때문에 그들은 우리가 어느 길로 꺾었는지는 보지 못했다. 그들은 총을 가졌으며, 100년이 넘는 경력이 있었지만 우리는 젊은 다리를 가졌다.

 우리는 두 건물 사이의 마당에 긴 줄을 형성하고 있는 덤불에 숨었다. 나무들은 이미 죽은 지 오래라 따끔거렸지만, 지금의 어둠 속에서는 우리를 숨겨 주기에는 충분했다. 우리가 처음 들어간 곳은 숨어서 감시하기에도 좋았다. 마이클이 타일러를 땅에 내려놓는 동안 나는 나뭇가지를 붙잡고 있었다. 그 다음 우리는 함께 나무를 뛰어 넘었다.

집행관들이 길에서 나왔다. 나는 덤불 사이의 틈으로 그들을 바라보며 그들의 움직임을 감시했다. 한 명은 왼쪽을 향했다. 다른 하나는 바로 우리 앞쪽으로 다가왔다.

타일러가 소리를 냈다. 기침 뒤에 항상 따라오는 쌕쌕거리는 소리였다. 팔에 난 모든 털이 곤두서는 것이 느껴졌다. 마이클이 자신의 손을 타일러의 입에 덮었다.

집행관이 다가왔다. 그가 우리를 발견한 걸까? 그는 쭈그리고 앉더니 총을 겨눈 채로 조금씩 점점 가까이 다가왔다. 내 심장이 뛰는 소리가 귀에 메아리 칠 지경이었다. 나는 마이클의 셔츠를 붙잡고 내 뺨을 그 애의 어깨에 꽉 눌렀다.

집행관의 손이 내 얼굴 앞에 있는 나뭇잎들을 더듬었다. 그가 너무 가까이에 있어서, 나는 그의 장갑에서 나는 기름 냄새까지 맡을 수 있었다. 나는 숨을 참았다.

"여기 있다!" 다른 집행관이 외치는 소리가 들렸다.

그리고 척추를 따끔거리게 만드는 소리가 차가운 밤을 찢으며 들려 왔다. 전자 장비에서 전기가 발생할 때 들리곤 하는 탁탁 거리는 소리였다.

전기 충격기.

극심한 고통에서 나오는 비명 소리가 탁탁 거리는 소리에 뒤따라 들려 왔다. 그 소리들은 우리 모두의 안으로 콱 하고 틀어박혀서, 우리의 이에 통증을 주고 우리의 영혼에 아픔을 주었다. 우리 쪽의 집행관이 뛰어나가자 잎사귀들이 흔들렸다.

나는 덤불에 난 구멍에 얼굴을 바싹 가져다 댔다. 남자애 하나가 얼굴을 아래로 한 채 바닥에 드러누워 있었다. 그 애의 비명 소리는 점차 신음 소리로 바뀌었다.

집행관들 중 한 명이 그 애에게 자동 수갑을 탁 하고 채우고는 그의 몸을 돌려 눕혔다. 나는 그 애를 알아보았다. 우리 건물에 새로 온 남자애들 중에 한 명이었다. 그 애의 목 옆에 전기 충격기 때문에 생긴, 검게 지져진 흔적이 보였다. 전기 충격기가 너무 가까이 있거나, 아니면 너무 강도를 높여 쏠 경우에 종종 저런 상처가 생기곤 했다. 집행관들은 전기 충격기를 일부러 저렇게 사용하고는 했다. 우리에게 낙인을 찍는 거였다.

그 애는 집행관들이 그 애의 손목을 따라, 그리고 그 애의 가슴을 가로 질러 줄을 묶는 동안 계속해서 자신을 보내 달라고 애걸했다. 집행관들은 그 애의 간청을 무시했고, 그 애의 몸을 비스듬하게 젖히고는 그 애를 자신들 뒤로 끌고 가기 위해서 어깨 너머로 단단하게 줄을 그러쥐었다. 남자애의 발꿈치가 바닥에 질질 끌리며 긁혔고, 계속해서 들리는 쿵 쿵 하고 찧는 소리 사이로 간간히 비명이 섞여 전해 왔다.

마치 덫을 놓아 짐승을 잡기라도 했다는 듯한 행동이었다.

집행관들은 언제나 비겁했다. 집행관들이 이런 종류의 습격을 집중적으로 밤의 어둠을 틈타 행하는 이유는, 마음씨 고운 엔더들이 개입할 수 없도록 그들의 눈을 피하기 위함이었다.

잎이 무성한 보호막 안에서 안전하게, 우리는 둥그렇게 모여 앉아 서로를 끌어안았다. 이렇게 함으로써 우리는 타일러를 따뜻하게 보호하고, 타일러가 기침하지 않도록 할 수 있었으며 우리 중 누구든 어떤 작은 소리라도 내는 것을 막을 수 있었다. 비명 소리가 들릴 때마다 우리는 움찔했다. 우리 쪽에 조금이라도 더 많은 우호주의자가 있었다면, 우리는 집행관들의 등 뒤로 뛰어들어 그들을 물고, 주먹을 날리고, 할퀴고, 그 남자애가 도망갈 때까지 시간을 벌 수도 있었을 것이다.

그들이 모두 보도로 들어가자, 비명 소리가 잦아들었다. 그러고 나서 그들의 차에 시동이 걸리는 소리가 들렸다. 단 한 명을 생포한 것에 만족하면서 집행관들이 떠나는 중이었다. 그들은 자신의 상품을 챙겼고, 그걸로 오늘 하루의 할당량은 충분히 채운 모양이었다. 하지만 그들은 내일이면 다시 돌아올 것이었다.

우리는 타일러가 마침내 기침을 하도록 풀어 주었다. 억지로 참았던 것 때문인지 타일러는 쌕쌕거리다가 이내 더 심한 기침을 터뜨렸다. 우리는 덤불 밖으로 기어 나와서 타일러를 축축한 땅바닥에서 꺼내 주었다. 마이클은 자신의 스웨터를 벗어서 타일러에게 걸쳐 주었고, 타일러는 그나마 이중으로 옷을 입게 되었다. 두 사람은 내가 서성거리는 동안 좀 더 낮은 콘크리트 화분 위로 함께 뛰어 나왔다.

"이제 어떻게 하지?" 마이클이 물었다. "우리 침낭을 모두 잃어버렸어."

"그리고 내 전기 충격기도." 집행관의 무기에 생각이 미쳐, 나는 침을 삼켰다. "그리고 우리 물병들도. 그리고 우리가 모으고, 얻고, 또 만들었던 다른 모든 물건들도 전부."

차가운 밤공기 속에 매달린 내 말에 따라온, 그 바꿀 수도 없는 결말은 너무나도 압도적이었다. 거기에 타일러까지 빠질 수 없다는 듯 덧붙였다.

"내 강아지 로봇도." 타일러가 말했다.

타일러의 아랫입술은 삐쭉 나와 있었지만, 아마 그러지 않으려고 최선을 다하는 듯 파르르 떨리고 있었다. 강아지 로봇은 단지 장난감이 아니었다. 그건 그 애의 마지막 인형이자, 엄마가 동생에게 준 마지막 인형이기도 했다. 내가 조금만 더 괜찮은 사람이었다면, 난 아마 나도 이해한다고, 나도 우리 부모님의 사진을 잃었단 사실에 엄청난 충격을 받았다고 고백했을 것이다. 그것들은 기억을 떠올릴 수 있게 해 주는 방아쇠나 다름없었는데, 영원히 사라져 버렸다. 우리의 예전 삶, 우리가 단지 1년 전에 누렸던 삶은 이제는 과거가, 그것도 문서로도 남지 않은 과거가 되어 버렸다. 마지막 끈이 잘려 나갔다.

하지만 나는 아직 내 속에 과거와 기억을 간직하고 있었다. 다 허물어지는 것은 선택 사항에 없었다.

"우리 이제 뭐할 거야?" 타일러가 물었다. "어디로 갈 거야?"

그 애는 마른기침을 발작하듯 터뜨렸다.

"이 근처에 더 머무를 수는 없어." 나는 조용히 말했다. "집행관들은 내일 더 많은 일행을 끌고 돌아올 거야, 한 건 올렸으니까."

"나 다른 건물을 알고 있어." 마이클이 말했다. "그리 멀지 않아,

20분 정도 거리야."

또 다른 건물. 또 다른 차갑고도 딱딱한 바닥. 불법 거주를 위한 또 다른 임시 거주지. 내 안의 뭔가가 부서져 내렸다.

"지도로 그려 줘."

나는 스웨터의 주머니를 뒤적거려서 계약서 종이를 끄집어냈다. 나는 종이의 4분의 1을 찢어 냈다.

"왜?" 마이클이 물었다.

"난 조금 있다가 합류할게."

내가 종이를 건네자, 마이클은 약도를 그리기 시작했다.

"어디 가려고?" 타일러가 쉰 목소리로 물었다.

"하루나, 어쩌면 이틀 정도 걸릴지도 몰라." 나는 마이클을 보았다. "돈을 좀 구할 곳을 알아."

마이클이 지도에서 눈길을 들었다. 그 애의 눈동자가 내 눈을 마주 보았다.

"캘. 진심이야?"

나는 타일러의 지친 얼굴, 동생의 움푹 들어간 뺨과 퉁퉁 부은 눈을 바라봤다. 연기가 그 애의 건강 상태를 더 나쁘게 만든 것이 분명했다. 만약 타일러의 건강이 악화되어 버텨 내지 못하기라도 한다면, 나는 평생 내 자신을 용서하지 못할 터였다.

"아니. 하지만 어쨌든 가야만 해."

* * *

베벌리 힐스에 들어섰을 즈음, 아침 8시 45분이 되었다. 가게들은 여전히 문을 열지 않았다. 나는 무거운 보석을 걸치고 지나치게 두꺼운 메이크업을 한 엔더들 몇 명을 지나쳤다. 현대 의학의 발전은 엔더들의 수명을 200살까지 손쉽게 또 한 뼘 늘렸지만, 그런 의학조차 엔더들에게 어떻게 해야 패션 테러리스트가 되지 않을 수 있는지 가르쳐 주지는 않는 모양이었다. 통통한 엔더들이 레스토랑으로 들어가는 문을 여는데, 베이컨과 달걀의 향기가 흘러나와 내 코를 간질였다. 위장이 으르렁거렸다.

저렇게 부유한 엔더들은 전쟁이 일어났다는 사실 자체를 잊어버린 듯이 행동하곤 했다. 난 그들을 붙들고 흔들며 묻고 싶었다. 당신들 정말 기억 못해요? 태평양 연안국 해양 전투에서 이긴 나라는 아무 데도 없었다고요. 그래서 그 사람들이 우리한테 생물학 포자 미사일들을 쏜 거잖아요. 그리고 우리는 그 사람들 컴퓨터랑, 비행기, 그리고 주식 시장을 부숴 버리려고 우리가 갖고 있던 EMP(전자기장의 파동에 의해 전자 기기를 파괴한다. 핵폭발의 효과 중 하나—옮긴이)를 사용했던 것들, 기억 안 나요?

그건 전쟁이었어, 이 사람들아. 이긴 사람 따위 없는 전쟁. 우리도, 태평양 연안국들도 승자는 아니었다. 1년도 채 지나지 않아, 미국의 얼굴은 은발의, 부유하고 잘 먹었으며 쉽게 망각하는 엔더들의 바다 사이로 드문드문 섞여 있는 나 같은 스타터들로 바뀌었다.

비록 그들 전부가 부유한 것은 아니었지만, 우리는 누구도 일하거나 투표할 권리가 없었기에, 그들 중 누구도 우리만큼 가난하지는 않았다. 전쟁 전부터도 노령 인구와 관련된 짜증나는 정책들이 몇 가지 정비되어 있었지만, 종전 후에 그 문제는 더욱 중요하게 다뤄졌다. 나는 머리를 흔들었다. 전쟁과 관련된 문제라면 생각조차 하기 싫었다.

나는 피자집 앞을 지났다. 닫혀 있었다. 창문에 비친 홀로그램은 줄줄 흐르는 치즈까지 완벽하게 갖춘 모습이 너무나 현실적이었다. 가짜 향기가 폭발하며 나를 놀렸다. 뜨겁고, 끈끈한 모차렐라 치즈와 짜릿한 토마토소스의 맛이 여전히 기억났다. 거리에서 살았던 지난 1년의 삶 동안 나는 항상 굶주려 있었다. 뜨거운 음식은 더욱 그리웠다.

프라임 데스티네이션에 도착하자, 망설여졌다. 은색 거울로 된 패널로 뒤덮인 5층의 단독 건물이었다. 나는 거울에 비친 내 모습을 바라보았다. 낡을 대로 낡은 옷, 더럽혀진 얼굴. 긴 머리카락은 마치 헝클어진 밧줄처럼 보였다. 이 모든 모습 아래 어딘가에, 아직도 나 자신이 남아 있는 걸까?

거울에 비친 내 모습은 경비원이 문을 열자 사라졌다. 그는 소리도 없이 의기양양한 미소를 지으며 내게 말했다.

"어서 와."

틴넨바움과 만나기 위해 안내 데스크에서 기다리는 동안, 남자 두 명이 로비에까지 들릴 정도로 회의실에서 논쟁을 벌이고 있는 것이 보였다. 열린 문 쪽으로 앞을 보이고 선 한 명은 틴넨바움 씨였다. 나머지 한 사람은 내 위치에서는 등만 보였다. 그는 키가 더 컸고,

우아한 검정 울 코트를 입고 있었다. 은빛 머리카락 몇 센티만이 그가 쓴 페도라 모자 아래로 드러나 있었다. 뭔가 화가 난 건지, 한 쪽 손에 들고 있던 장갑으로 몇 번이나 테이블을 철썩 치는 소리가 들렸는데, 틴넨바움은 그 남자가 테이블을 칠 때마다 움찔거렸다.

틴넨바움은 왼쪽으로 움직여, 내 시야에서 사라졌다. 키가 큰 남자는 전자 장비로 보이는 물건이 든 유리로 된 케이스를 들여다보았다. 비친 모습만 보아서는 그의 얼굴을 정확하게 파악할 수 없었지만 어딘지 모르게 그가 나를 유심히 보고 있다는 느낌이 들었다. 이쪽에서 저쪽을 보는 것보다는 저쪽에서 여기가 더 잘 보이는 것 같았다. 목 뒤의 털이 곤두서는 것 같았다. 그가 꼭 나의 가치를 평가하고 있는 것처럼 보였다.

어째서?

그 순간 틴넨바움이 그 방 밖으로 혼자 나오더니, 그의 뒤로 문을 닫았다. 그는 트레이드 마크와도 같은 괴상한 미소를 지으며 나를 환영하러 다가왔다. 그는 내 손을 잡고 흔들었다.

"캘리. 다시 봤으면 하고 얼마나 바랐는지 몰라요. 기다리게 한 걸 먼저 사과하지요. 하지만 저분이 내 상사라서요."

그는 회의실 쪽을 머리로 가리켜 보였다.

"괜찮아요. 분명 중요한 분이실 테죠."

"저분 자신이 프라임 데스티네이션 자체라고 할 수도 있겠군요." 그가 한 팔을 펼쳤다. "이 모든 것이 저분의 작품이니까요."

나는 틴넨바움을 따라서 그의 사무실로 갔다. 그가 자신의 에어스크린을 건드려 켜는 동안 그의 책상 반대편에 앉았다. 내 오른쪽에는 틀에 든 거울이 있었다. 상상하기에, 아마도 관찰용 창문인 것 같았다.

"그래요, 누가 이곳을 추천해 주었나요?" 틴넨바움이 물었다.

"데니스 린치였어요."

"린치 군과는 어디서 알게 된 사이죠?"

"데니스랑은 같은 반이었어요. 전쟁 전에요." 틴넨바움이 더 많은 이야기를 해야 된다는 듯이 나를 계속 뚫어져라 봐서 나는 설명을 덧붙였다. "전쟁이 끝나고 나서, 전 데니스랑 거리에서 우연히 만났어요. 그때 데니스가 이곳에 관한 이야길 해 줬어요."

데니스와 내가 남의 건물에서 불법적으로 살고 있던 시절에 만났다는 말을 언급하고 싶진 않았다. 비록 틴넨바움이 내가 불법 점거 중이었단 걸 알고 있다 할지라도, 굳이 기록으로 남길 필요는 없어 보였다.

틴넨바움은 만족스러워 보였다.

"좋아요. 어떤 종류의 운동을 잘하나요?"

"궁도요. 펜싱, 수영도 하고 소총도 다룰 줄 알아요."

틴넨바움이 한쪽 눈썹을 추켜세웠다.

"소총 사격?"

"아빠가 총을 잘 아셨거든요. 아빤 과학 수사대에 계셨어요. 아빠가 저를 훈련시키셨어요."

"내 생각으로는 그분은 사망하셨겠군요."

"네. 엄마도요."

그는 내 옷을 눈으로 훑었다.

"살아 있는 친척이 아무도 없는 모양이군요?"

왜 아니겠어, 멍청이 같으니라고. 할머니나 할아버지가 살아 계셨다면 내가 거리에서 살고 있겠는가?

"맞아요."

그가 끄덕이더니 책상을 탁 쳤다.

"음, 그렇다고 한다면, 어디 한번 당신이 어떻게 보일지 봅시다."

난 움직이지 않았다.

"이제 질문이 없다면 말이지만요." 그가 말했다.

하지만 질문할 게 남아 있었다.

"제가 체포되지 않을 거라고 어떻게 보장받을 수 있죠? 미성년자 노동인데요?"

틴넨바움이 미소 지었다.

"봐요, 우리 회사는 당신을 고용하는 게 아닙니다. 당신은 일을 하는 게 아니라, 일종의 기증 사업에 참여하는 거예요. 잠들어 있는 동안에 일을 할 수도 없겠지만요. (그는 웃음을 터뜨렸다.) 그래서 우리가 지불하는 관대한 보답은 지원금으로 나가게 되는 겁니다, 급여가 아니라."

그는 의자를 뒤로 밀더니 일어났다.

"걱정 마요. 이건 상호간에 이득이 되는 상황입니다. 당신이 우리를 필요로 하는 만큼이나 우리 역시 당신이 필요해요. 이제 정말 당신이 얼마나 잘할 수 있을지 보도록 하죠."

✽ ✽ ✽

틴넨바움 씨는 나를 도리스라는 이름의 엔더에게 인사시켰다. 도리스는 나의 개인적 멘토로 배정되었다. 도리스는 은발 머리에도 불구하고 발레리나 같은 몸매를 가지고 있었다. 전형적인 엔더 스타일의 옷차림인 현대적 감각이 가미된 레트로 풍의 옷을 입고 있었다. 도리스가 입은 정장은 고전적인 1940년대 풍이었지만, 가느다란 허리에는 파워벨트를 꽉 매고 있었다. 갈비뼈 제거 수술을 받은 게 틀림없었다. 도리스는 체육관으로 날 데려가서 펜싱과 궁도뿐만이 아니라 일반적인 근력과 지구력, 체조 운동과 같은 종목까지 테스트를 했다. 그들은 특기가 무엇인지에 대한 내 말을 곧이곧대로 믿지는 않았는데, 펜싱 시합에 나가 우승까지 노리는 엔더가 있을 경우까지도 대비하는 모양이었다.

남은 종목은 이제 사격뿐이었다. 사격은 그들이 유일하게 미리 준비해 놓지 않은 영역이어서 우리는 사격 연습장으로 이동해야만 했다. 틴넨바움과 나는 함께 리무진의 뒷좌석에 타고 20분을 이동했다. 나와 함께 작은 공간에 갇힌 틴넨바움은 계속 기침을 하고 코를 찡그리더니 나중에는 아예 손수건을 코에 누르고 버텼다. 오롯이 나의 거리 생활표 향수 탓이라는 확신이 들었다. 나 역시 틴넨바움의 코롱에서 나는 가짜 향기를 참기가 어려웠기 때문에, 우린 비긴 셈이었다. 심지어 그는 나를 쳐다보지도 않고, 가는 내내 미니 에어스크린만 들여다보았다.

하지만 우리가 사격 연습장에 들어서서 사격장 주인이 내 손에

라이플을 쥐어 주자마자, 나는 단박에 틴넨바움의 주의를 사로잡았다. 총을 잡자 갑자기 3년 전으로, 내가 13살이었고, 아빠가 나에게 사격을 가르쳐 주셨던 그때로 돌아가는 느낌이었다.

그때 난 소총이 나에게는 너무 크고 무겁다고 괜스레 투덜거렸다. 사격을 하자니 겁이 났고, 차라리 아빠와 낚시나 하이킹을 하면서 시간을 보내고 싶었지만 인정하고 싶진 않았다.

"꼬마 캘, 잘 들어 보렴." 아빠가 말씀하셨다.

아빠가 나에게 지어 준 특별한 별명을 그렇게 진지한 목소리로 부르실 때면, 언제나 관심이 생겼다.

"전쟁이 일어날 거란다." 아빠가 계속 말씀하셨다. "넌 스스로 자신을 방어하는 법을 배워야만 해. 타일러도 그렇고."

"하지만 전쟁이 여기서 일어나는 것도 아닌걸요, 아빠." 내가 말했다.

그 당시만 해도, 전쟁은 대부분 태평양에서 벌어지고 있었다. 하지만 그때 아빠의 대답을 생각해 보면 아빠는 어떤 일이 닥칠지 분명하게 알고 계셨던 것 같다.

"아직은 아니긴 해, 꼬마 캘." 아빠가 말씀하셨다. "하지만 곧 여기서도 벌어질 거야."

2년이 지나, 생물학 전쟁은 우리의 모든 것을 바꾸었다.

틴넨바움이 의심스러운 눈초리로 쳐다보는 동안, 나는 소총을 똑바로 잡고 정위치로 조준했다. 한쪽 눈을 감고 다른 쪽 눈은 디지털 조준기에 대고 남자의 모습을 하고 있는 목표물과 일직선으로 맞추었다. 그러고 나서 나는 양쪽 눈을 다 감았다가 재빨리 다시 떴다.

목표물 조준은 여전히 맞춰져 있었다. 나는 숨을 훅 들이쉰 후 재빨리 방아쇠를 당겼다.

총알은 이마 정중앙에 있는 빨간 원을 꿰뚫었다. 연습장 주인은 아무 말도 하지 않았다. 그는 다시 한 번 쏘라는 뜻으로 고개를 까딱여 보였다. 다음 총알은 처음에 만든 구멍을 그대로 통과했다. 틴넨바움은 완전히 얼은 채로 서서, 내가 무슨 속임수라도 부렸다는 듯이 목표물을 뚫어져라 보았다. 사격 중이던 다른 엔더들도 연습을 멈추고는 내가 매번 한 곳에 맞추는 모습을 구경했다.

여러 가지 종류의 다양한 총으로 바꿔 가면서 시험은 계속 되었는데, 나조차도 내가 다룰 수 있는 화기의 종류에 놀랄 지경이었다. 고마워요, 아빠.

차를 타고 돌아오는 길에, 틴넨바움은 아까만큼은 코를 찡그리지 않았다. 틴넨바움은 자신의 미니 스크린을 비스듬히 기울여, 나도 에어스크린을 읽을 수 있게 해 주었다. 내 계약서가 디스플레이 되고 있었다.

난 중요한 부분으로 바로 건너뛰었다. 세 번의 렌탈, 그리고 계약금. 돈은 2년간 아파트를 빌리기 충분한 액수였다. 그리고 우리의 임대 계약에 서명을 해 줄 어른에게 뇌물을 주기에도 충분했다.

"저 금액이면, 제가 테스트를 받기 전과 동일하네요."

"맞아요."

"제 기술 수준이라면 좀 더 높은 지원금으로 올려 주실 수도 있지 않나요?"

안 될 건 또 뭐야.

틴넨바움의 미소가 사라졌다.

"어려운 협상을 시도하는군요, 미성년자치고는." 그는 한숨을 치더니 조금 더 나은 숫자를 쳐 넣었다. "이 정도면 어때요?"

그때 아빠가 내게 항상 물어봐야 한다고 가르치셨던 것이 생각났다.

"위험은 없나요? 뭐가 잘못될 수도 있잖아요."

"어려움이 전혀 없는 일은 없지요. 하지만 우리 회사는 보호를 위한 모든 예방 조치를 다 가지고 있어요, 그러니까 위험에서부터, 회사의 가치 자산을 말이에요."

"저 말이군요."

틴넨바움이 끄덕였다. "수술 받은 뒤 12개월 후면 충분히 확신할 수 있을 겁니다. 우리 회사에는 단 한 개의 문제도 없어요."

그렇게 긴 시간은 아니었다. 하지만 나는 더 나은 대답보다는 돈이 필요했다. 이럴 때 아빠라면 뭐라고 하셨을까? 그 생각을 마음속에서 떨쳐냈다.

"어려운 부분은 끝났어요." 그가 말했다. "나머지 부분은 잠드는 것만큼 쉬울 겁니다."

동생이 매일 밤 따뜻하게 지낼 수 있었다. 진짜 집에서. 딱 세 번의 렌탈만 끝나면 우리는 집을 가질 수 있었다. 내가 에어스크린을 건드리자, 계약서에 내 지문이 나타나며 계약이 성사되었다. 틴넨바움은 태연한 척하려 애쓰며 리무진 창밖을 바라보았다. 하지만 난 그의 다리가 통제 불가능할 정도로 신경질적으로 떨리는 것을 알아차렸다.

✱ ✱ ✱

우리가 바디 뱅크로 돌아왔을 때, 나는 틴넨바움 씨가 나를 키 큰 남자에게 소개시킬지 궁금했다. 하지만 우리는 그를 다시 보진 못했다. 대신에, 틴넨바움은 나를 도리스에게 넘겨주었다.

"도리스가 당신을 위해 어떤 것들을 준비해 두었는지 한번 봐요."

틴넨바움은 미소를 지어 보이고는 복도를 따라 사라졌다.

"이제 단장할 시간이란다."

도리스는 자신이 나의 요정 대모라도 되는 양 손목을 휘둘렀다.

"단장이라고요?"

도리스는 나를 머리부터 발끝까지 훑었다. 나는 도리스가 내 머리를 자르는 것을 막을 수 있기라도 한듯 본능적으로 손으로 내 끈끈한 머리끝을 만지작거렸다.

"설마 우리가 널 이런 모습 그대로 내보이리라고 생각하는 건 아니겠지, 응?"

나는 소매 끝을 쭉 잡아 당겨 얼굴을 닦았다. 도리스가 손을 뻗어 내 팔을 잡았다.

"그래도 넌 운이 좋아. 우리가 널 머리부터 발끝까지 완전히 공짜로 변신시켜 줄 테니까."

도리스는 내 손을 살펴보았다. 도리스의 손톱은 보는 방향에 따라 색이 바뀌는 번쩍거리는 무지개 색으로 빛나고 있었는데, 보고 있자니 꼭 전복 껍데기 같았다. 반대로 내 손은 해변에서 석탄이라도 캔 것 같았다.

"우리가 할 일이 아주 많겠어." 도리스가 중얼거렸다.

거리에서 산다는 것은 어쩔 수 없이 때를 덮어쓰게 된다는 뜻이기도 했다. 하지만 그렇다고 해서 내가 늪지 괴물이라도 된 것은 아닌데 말이지.

도리스는 자신의 손을 내 등에 대고, 두 개의 문이 자리한 쪽으로 날 데려갔다.

"우리가 일을 마치고 나면 아마 넌 네가 누군지 스스로도 알아보기 힘들 거란다."

"그거 정말 큰일이네요."

* * *

첫 번째 단계는 사람용 세차장이었다. 나는 높이 올린 회전대 위에 알몸으로 서서, 내 머리 위에 매달려 있는 봉을 잡았다. 쓰디쓴 냄새가 나는 화학 물질이 전신에 폭풍처럼 몰아치는 동안 아주 조그만 고글이 눈을 보호해 주었다. 도리스가 관찰용 창문을 통해 나를 세심히 보는 것도 그렇고, 모든 것들이, 고글의 어안 렌즈를 통해 보고 있자니 이미 그랬던 것보다 좀 더 비현실적으로 느껴졌다. 휘어진 벽에서 내 머리보다 더 키가 큰, 커다란 수세미 몇 개가 거품을 묻히고는 거의 딱 숨 막혀 죽겠다 싶은 위치까지 가까이 더 가까이 다가왔다. 그 질척질척한 물체가 내 몸에 딱 맞춰진 후에 머리부터 발끝까지 문질러 대는 동안 나는 숨을 꼭 참았다. 마침내 수세미가 멈추고 마지막 순서를 위해 물러났다. 엄청난 수압의 물줄기들이 상상할 수 있는 모든 방향에서 쏟아져 나왔는데, 바늘로 찌르는 것처럼 아팠다.

나는 파란색 불빛만이 비추고 있는 작은 방을 통과했고, 그 다음은 뜨겁고 건조한 방을 지났다. 마지막 방은 꼭 의사들의 진찰실처럼 생겼는데, 방호복을 입은 엔더 두 명이 박테리아를 찾아 내 몸을 스캔하려고 기다리고 있었다. 내가 청결한 팔레트가 되었다고 판단되었는지, 바로 다음 순서인 일련의 미용 단계로 쏜살같이 넘어갔다. 제일 먼저, 레이저 시술이 시작되었다. 이 엔더 팀이 말하길, 이 과정은 내 주근깨와 10대의 피부를 말끔하게 정리하는 것뿐이지만, 생각보다 오랜 시간이 걸린다고 했다. 내가 결과를 볼 수 있게 해 주진 않겠지만, 장담컨대 충분히 만족스러울 거라고도 했다. 양손에 남아 있던 싸움으로 인한 상처들이 완벽하게 치료되어 있는 것은 볼 수 있었다.

다음으로는 매니큐어, 페디큐어 그리고 아직도 내가 충분히 깨끗해지진 않았다 싶었는지, 전신 바디 스크럽이 뒤따랐다. 아픔을 1부터 10까지 점수를 매기라고 한다면, 거의 11쯤 되게 아팠다. 내 피부에 있던 원래 세포들을 몽땅 제거해 버릴 심산인 모양이었다. 그 다음 도리스는 나를 회사의 전속 헤어 스타일리스트들이 대기 중인 작은 방으로 데려갔다. 그 미용사는 내가 그동안 만난 중에, 머리가 전부 하얗거나 은색이 아닌 유일한 엔더였다. 기다랗게 들어간 보라색 브리지는 쭉 뺀 뾰족한 못처럼 보였다.

나는 머리를 자르는 것만은 피해 보려고 애썼다.

"바보처럼 굴지 마." 도리스는 카운터에 몸을 기대고, 손톱을 점점 빠르게 두드렸다. "네 머리를 스포츠머리로 자르려는 것도 아니잖니. 손질이 끝난 다음에도 계속 길고 사랑스러운 머리를 유지할 수 있을 거야. 그냥 스타일만 좀 더 멋지게 바꾸는 거란다. 층을 좀 내려고 해."

할 수 없이 뾰족 머리 엔더가 내게 컷트보를 씌우게 두었지만, 그녀는 자신감과 영감이 어쩌고저쩌고 하며 내게 거울을 보여 주지도 않았다.

미용사가 일을 마치고 나자, 고양이 한 마리를 만들어도 될 정도의 머리카락이 바닥에 떨어져 있었다. 결과를 보고 싶어 죽을 지경이었지만, 아무도 내 기분은 신경도 쓰지 않는 듯했다. 마지막 고문 기술자는 클라라란 이름의 메이크업 아티스트였다. 클라라는 2시간이나 공을 들여 내 얼굴의 부분마다 색을 칠하고 문질렀다. 그녀는 내 눈썹을 레이저로 지지고, 새 속눈썹을 붙였다. 도리스는 내가 입을 새 옷들을 챙겨 왔고, 역시 거울이 없는 작은 방에서 옷을 갈아입었다. 나 자신이 어떤지 제대로 볼 시간도 없이, 나는 또 다른 방으로 득달같이 끌려가서는 벽에 기대서 카메라를 보고 포즈를 취해야만 했다.

틴넨바움이 보여 줬던 홀로그램 속의 붉은 머리 여자애처럼 미소를 지어 보이려고 애썼지만 그다지 성공한 것 같진 않았다.

둥근 방에 혼자 남겨졌을 때, 나는 곤죽이 되어 있었다. 뭔가 완성되었다기보다는, 다 닳아 없어져 버린 느낌이었다.

"이제 끝인가요?" 나는 도리스에게 물었다.

"지금까지는."

"몇 시예요?"

"늦었어."

도리스는 나만큼이나 지쳐 보였다.

"네 방을 보여 줄게." 도리스가 말했다.

"여기서 자라고요?"

"그런 모습으로 밤 11시에 집으로 걸어갈 수는 없잖니."

그녀는 벽에 기대더니 손톱을 톡톡 두드렸다.

나는 얼굴에 손을 대 보았다. 내가 그렇게까지 달라진 걸까?

"부유한 남자들이 예쁜 소녀들을 납치한다는 이야기, 못 들어 봤어?" 도리스가 말했다.

들어는 봤다.

"그 이야기가 사실이었어요?"

"사실이라는 데 돈을 걸어도 좋아. 넌 여기서는 안전하단다. 내일을 위해서 재충전도 해야 할 테고."

도리스가 돌아섰다. 나는 그녀의 달각거리는 하이힐을 따라 복도를 걸어 내려갔다.

"전 제가 어떻게 보이는지도 모르는걸요." 나는 중얼거렸다.

잠시 후, 나는 진짜 침대에 누울 수 있었다. 이불과 함께. 구름처럼 보드라운 베개도 있었다. 청결한 침대가 얼마나 호화로운 것인지조차 잊고 있었다. 이불이 피부 위에서 어떻게 미끄러지는지도. 마치 하늘 위를 둥둥 떠다니는 것만 같았다.

손으로 자꾸만 얼굴을 더듬어 보게 되는 것을 멈출 수가 없었다. 새로운 내 피부는 너무나도 부드러워서, 타일러가 아기였을 때에 그 애의 분홍색 뺨을 어루만지던 기억을 되살려 주었다. 엄마는 내가 나이를 먹으면서 아기 피부가 떨어져 나갔다고 말씀하시곤 했다.

타일러.

지금 그 애가 뭘 하고 있을지 궁금했다. 마이클이 찾아낸 새 장소는 안전한 곳일까? 따뜻하게 몸을 데울 수 있는 담요를 찾아냈을까?

엄청난 수의 베개에 둘러싸여서 비단 침대에 몸을 누이고 있으려니 죄책감이 들었다. 이 방은 고작 이 거대한 시설의 일부분일 뿐이었지만, 손님용 객실처럼 보이도록 꾸며져 있었기에 침대 옆에는 물이 가득찬 물병도 놓여 있고, 심지어 그 옆에는 데이지가 꽂힌 꽃병도 놓여 있었다. 엄마가 꾸며 두신 사랑이 넘치던 우리 옛 손님방이 생각났다.

침대 옆에는 날 위해 준비되어 있는 음식이 보였다. 감자 수프, 치즈, 그리고 여러 종류의 포장된 과자들. 음식을 먹기에는 거의 난 너무나 피곤한 상태였다. 거의. 나는 수프와 치즈를 먹고, 과자는 모두 마이클과 타일러에게 가져다주기 위해서 챙겨 두었다. 나중에, 내가 마침내 해방될 그때를 위해.

* * *

아침에 일어나기 전까지는 깨닫지 못했던 사실인데, 이 가짜 손님용 객실에는 한 가지 빠진 것이 있었다. 바로 창문이었다. 침대 위쪽으로 걸려 있는 옥양목 커튼을 걷자, 그곳엔 오직 벽뿐이었다.

나는 문으로 다가가서 귀를 바싹 가져다 댔다. 사무실 건물에서 들리는 수준의 윙윙거리는 소리만 들려 왔다. 밖을 내다보려 문을 열려고 해 봤지만, 문은 잠겨 있었다. 덫에 걸렸다는 생각이 들자 심장 박동이 빨라졌다. 두어 번 심호흡을 한 뒤에 저 문은 날 지키기 위해 잠겨 있는 거라고 내 자신에게 애써 말했다.

전날 밤 침대에 들기 위해 입었던 흰색 잠옷을 여전히 입고 있었다. 옷을 찾아 옷장을 열었을 때, 문 안쪽에 있는 전신 거울에 내 모습이 비쳤다. 헉 하고 숨이 막혔다.

난 아름다웠다.

거기 있는 건 여전히 엄마의 눈과 아빠의 턱 선을 가진 내 얼굴이었다. 하지만 분명히 훨씬 나아져 있었다. 내 피부는 티 하나 없이 광택이 흘렀고, 내 광대뼈는 좀 더 분명히 보였다. 이것이 바로 돈의 힘이었다. 이것이 바로 끊임없는 자본만 가졌다면 모든 소녀가 되고 싶어 하는 모습이었다. 나는 거울에 좀 더 다가가서 내 눈을 들여다보았다. 어제 받은 화장의 흔적으로 눈가가 시꺼멨다.

최근 1년간은 화장을 한 적이 없었다. 마이클이 지금의 날 보면 뭐라고 할까?

주의를 옷장으로 돌렸다. 옷 한 벌이 안에 걸려 있었다. 병원 환자복이었다.

도리스가 문을 열고 들어왔다. 오늘은 세트 정장을 입고 벨트를 둘렀고, 얼굴에는 태양처럼 환한 미소를 띠고 있었다.

"잘 잤니, 캘리." 도리스가 내 얼굴을 살폈다. "푹 잤어?"

"엄청 잘 잤어요."

"미용 팀이 꽤나 일을 잘해 냈어."

도리스가 내 피부를 세심히 관찰하더니, 벽에 기댔다. 소위 손톱으로 벽을 두드리는 행동을 또 하기 시작했는데, 듣고 있자니 미칠 것만 같았다.

"화장에 대해서는 걱정할 필요 없어. 다음에 또 해 줄 거란다. 따라오렴."

위장이 그르렁거렸다. 어젯밤에 놓여 있던 저녁 식사 쟁반이 사라진 것을 알아차렸다. 언제 가져간 거지?

"도리스 씨?"

"왜, 캘리?"

"우리 아침 먹으러 가는 건가요?" 내가 물었다.

"아, 얘야, 있다가 진수성찬을 먹을 거란다, 그것도 네가 좋아하는 걸로만 한가득 차려서."

도리스가 내 머리카락을 쓰다듬었다.

엄마가 돌아가신 후로는 아무도 내게 그렇게 해 준 적이 없었다. 그 순간 마치 방아쇠라도 당긴 것처럼 눈이 촉촉해지는 게 느껴졌다. 목구멍에 응어리 같은 것이 느껴졌다.

도리스는 좀 더 가까이 몸을 기울이며 미소 지었다.

"그냥 수술 전에는 아무것도 먹을 수가 없어서 그래."

* * *

환자 이송용 들것에 실린 채 끝도 없는 복도를 따라 이동하는 동안, 나는 천장만 계속 응시했다. 계속 이 부분과 관련된 생각만은 안

하려고 애썼는데, 이제 바로 여기에 닥친 것이다. 난 바늘도 끔찍이 싫었고, 칼도 싫었고, 피부 아래에 뭔가를 넣어 내 맘대로 할 수 없게 되는 것도 싫었다. 어쩌면 그들도 이런 내 상태를 눈치 챈 모양인 것이, 내게 어떤 진정제 같은 것을 주입하기 시작했다. 천장의 무늬가 점점 흐릿해지며 녹아내리기 시작했다.

틴넨바움은 수술이 엄청나게 간단한 것처럼 말했었다. 하지만 수술 준비 상태에서 외과 의사들이 나누는 대화를 엿들은 바로는, 수술은 무척 복잡한 과정이라고 했다. 세부 사항까지 기억하기에는 내 상태가 너무 멍했다.

늘씬하고 잘생긴 남자 엔더 간호사가 내 들것을 밀면서 날 내려다보고는 미소 지었다. 저 사람 지금 아이라인 그려 넣은 건가?

미친 짓이었다. 난 그저 백신 주사를 맞기 위해 기다리고 있을 때도 땀에 손바닥이 차곤 했던 겁쟁이였다. 한편으로는 수술에 자원한 것도 내가 아닌가.

다른 곳도 아니고, 뇌를 수술하는 건데.

아마도 내가 가장 좋아하는 신체 부위로 고를 수도 있는 곳을 말이다. 아무도 뚱뚱하다고 불만을 터뜨리지 않는 부위. 아무도 너무 작다거나, 아니면 너무 크다고, 혹은 너무 넓거나 너무 좁다고 탓할 생각을 갖지 않는 것이 뇌였다. 또는 못생겼다고 해서. 일을 하든 하지 않든 간에, 적어도 내 뇌는 꽤나 자기 역할을 잘해 왔다.

그저 수술 후에도 제발 계속 그렇기를 빌 수밖에 없었다.

들것이 멈춰 섰다. 난 그렇게 수술실에 누워, 밝은 불빛 아래 빵처럼 구워지고 있었다. 이름표에 "테리"라고 쓰여 있는 남자 간호사가 내 팔을 토닥였다.

"걱정 말아요, 아기 고양이. 우리가 애완동물에게 시술하고는 하는 저 조그만 마이크로 칩 같은 거라고 생각하면 돼요. 뺑 하고 팡 하고 나면 깨닫기도 전에 다 끝나 있을 거예요."

아기 고양이? 도대체 이 남자는 또 뭐 하는 사람이람? 이미 이 수술이 단순히 마이크로 칩을 넣는 것 이상이라는 걸 알고 있는데 말이다. 팔이 내 위에서 부스럭거리는 소리가 났다. 누군가 입 위로 호흡기를 씌우더니 10부터 거꾸로 숫자를 세라고 했다.

"10. 9. 8."

그리고 끝이었다.

* * *

몇 초쯤 흐른 것 같은 기분으로 침대에서 잠이 깼다. 간호사 테리가 나를 내려다보고 있었다.

"아기 고양이, 기분이 어때요?"

머리가 꼭 솜사탕 같은 것이, 모든 것이 애매하고 경계가 없어 보였다.

"끝났어요?"

"맞아요. 의사 말이 이번 작업이 완전 예술이었다더군요."

"제가 얼마나 정신을 잃고 있었던 거죠?"

시계를 찾으려고 하는데, 움직임이 너무나 느리게 느껴졌다. 눈앞에 하얀 아지랑이만 가득했다.

"그렇게 길진 않았어요." 테리가 내 활력 징후를 확인했다. "어디 아픈 곳 있나요?"

"아무 느낌도 없어요."

"그 현상은 곧 사라질 거예요. 내가 좀 일어나게 도와줄게요."

테리가 침대의 위쪽을 들어 올려 주었다. 조금씩 분명해지기 시작했다. 눈에 초점이 돌아왔다. 나는 처음 보는 방에 와 있었다.

"여기가 어디죠?"

"캘리의 교환실이에요. 익숙해져야 해요. 여기가 캘리가 들어왔다 나갔다 할 곳이니까."

복도를 내다보고 있는 창이 하나 있는 작은 방이었다. 왼쪽으로는 한쪽 방향에서 볼 수 있는 거울임이 분명한 패널이 붙어 있었다. 여러 대의 은색 카메라가 있었고, 그중 한 대는 천장에, 그중 두 대는 벽에 달려 있었다. 내 오른쪽으로 검정색 외알 안경테를 쓴 긴 하얀 머리의 키가 큰 엔더 하나가 컴퓨터 앞에 앉아 있었다.

"저 사람은 트랙스예요." 테리가 말했다. "저 친구가 우릴 담당해요. 그 말인즉슨, 저 친구가 여기선 왕이라는 거죠."

트랙스가 한 손을 들어 보였다. 엄청 수고롭기도 하겠다. 트랙스 역시 오랜 세월 엔더로 지내 왔겠지만, 한 번 괴짜는 영원히 괴짜인 거였다.

"안녕, 캘리."

"안녕하세요."

나도 역시 손을 들었다. 그때 손목에 플라스틱 의료용 팔찌를 차고 있는 게 보였다.

트랙스는 자신이 보고 있는 에어스크린에 떠 있는 다양한 아이콘들을 가리켰다.

"그럼 캘리, 점심으로 뭘 먹고 싶지?"

그런 질문을 받아 본 것이 벌써 1년도 전이었다. 머릿속으로 좋아하는 음식이 줄달음치듯 지나갔다. 바닷가재, 스테이크, 제기랄, 심지어 피자만으로도 행복해질 것 같았다. 캐러멜 치즈케이크를 달라고 하면 너무 지나친 걸까?

내가 뭔가 말하기도 전에, 트랙스가 활짝 미소를 지었다.

"좋아, 스테이크 피자보다는 바닷가재 수프로 시작해 보면 어때? 디저트로 캐러멜 치즈케이크를 먹자."

입이 떡 벌어졌다.

"도대체 어떻게……."

"걱정 마, 독심술 같은 건 아니니까. 음식 선택을 맞추는 건 간단해. 네 뇌가 보내는 신호를 우리가 갖고 있는 데이터베이스에 돌려서 점수를 내는 거야."

"제가 그걸 좋아하는지 아닌지도 잘 모르겠는데요."

"괜찮아. 네 뇌가 좋아하는 게 무엇인가 같은 건 사실 중요한 문제는 아냐. 조금 있다가 넌 잠이 들 거야. 사실 네 뇌와 렌터의 뇌 사이에 깨끗한 연결이 이루어지는가만 알면 되거든. 그리고 이 실험으로 너와 컴퓨터 사이에 연결이 제대로 되는지를 확인하는 거야. 네 신경칩이 제대로 일하고 있는지를 보는 거지. 야호."

그는 집게손가락을 빙글빙글 돌렸다.

"칩이 작동 안 하기도 하나요?" 나는 물었다.

"어디 컴퓨터가 실패하는 거 본 적 있디?" 트랙스가 웃었다.

테리가 내 어깨를 토닥였다. 그가 손에 검정색 매니큐어를 바른 것이 보였다.

"그렇게 걱정하지 말아요, 아기 고양이. 그냥 즐기며 누려요."

✳ ✳ ✳

내 작은 손님용 방으로 돌아와서, 나는 가운을 입은 채 식탁에 앉아 그들이 날 위해 주문해 준 점심을 먹었다. 이렇게 가득한 음식을 마이클과 타일러와 나눌 수 없다는 사실이 너무나 고통스러웠다. 도리스가 방으로 들어왔을 때 나는 막 치즈케이크를 마친 참이었다.

"내가 뭐랬니? 먹는 건 걱정 말라고 했잖아. 충분히 먹었어?"

"너무 많이 먹어서 터질 것 같아요."

"연료를 충분히 채우지도 않고 우리 렌탈을 밖으로 내보낼 수야 없지."

순간 도리스의 눈에서 조금 슬픈 기색을 본 것 같았는데, 착각인 걸까? 만약 그렇다고 해도, 도리스는 바로 그 슬픔을 떨쳐낸 것처럼 보였다. 도리스는 옷장을 열고는 캐주얼한 분홍색 탑과 하얀색 청바지가 걸린 옷걸이를 가리켰다. 옷걸이에는 속옷도 걸려 있었는데 수수한 물방울무늬 브래지어와 내가 평소 입었던 것보다 훨씬 더 과감하게 패여 있는 팬티였다.

"다 먹고 나면 이 옷들을 입도록 해. 원래 걸치고 있던 건, 그걸 포함해서(도리스는 내 손목용 손전등을 가리켰다.) 다 벗어야 한다."

"안전하게 보관되나요?"

나는 다른 쪽 손으로 손전등을 감쌌다.

"네 소지품들은 전부 철저한 보안 아래 금고에 보관될 거란다."

"누가 저 옷들을 고른 거예요?"

혹시 도리스가 골랐을 경우를 생각해서 나는 목소리를 유지했다.

"렌터들은 의상 팀에게 원하는 바를 항상 얘기한단다. 이제 클라라가 와서 너한테 화장을 해 주고 머리를 손질해 줄 거야. 그러고 나면 넌 첫 번째 렌탈에 대한 준비를 마치는 거란다."

"지금요?"

도리스가 고개를 끄덕였다.

"그저 딱 하루짜리 렌탈이야. 우린 항상 이런 방식으로 진행을 한단다. 일종의 시운전 같은 거라고나 할까. 모든 것이 계획대로 잘 진행되는지 확신하기 위한 거야."

"누구예요?"

도리스는 팔짱을 끼더니 예전에도 이런 대답을 수도 없이 들려줬던 사람처럼 나를 보았다.

"우리는 완벽하게 기밀을 유지한단다. 고객들을 위해서도, 너와 회사를 위해서도 그게 더 좋아. 이 방법이 훨씬 깔끔하거든. 우리는 렌터들을 매우 조심스럽게 확인하고 가려내니까, 정말 안심해도 좋아. 이분은 아주 사랑스런 여성이란다."

"그분이 그렇게 사랑스러운 분이라면, 우릴 서로 소개해 주세요."

"걱정 말라니까. 고객들도 계약서에 서명하기는 마찬가지야. 네 몸을 가지고는 제한을 벗어나는 어떤 것도 할 수 없어. 허가된 목록에 있지 않은 어떤 스포츠도 안 되고, 카 레이싱도 안 되고, 스카이다이빙, 뭐 그런 것들 어느 것도 할 수 없도록 되어 있어."

도리스가 나에게 팔을 둘렀다.

"우린 진심으로 널 위한단다, 아가. 넌 그저 편안하게 있다가 일을 모두 마치면 돈만 챙기면 돼. 얼마나 쉬운지 곧 알게 될 거란다. 난 이곳을 거쳐 간 수많은 행복한 여자애들을 봐 왔어. 그 애들 중 몇 명은 날 보러 다시 찾아오기도 했단다. 너도 걔들처럼 될 거야."

"마지막 질문이 하나 있어요. 제가 만나 보지 못한 어떤 분이랑 틴넨바움 씨가 얘기하고 있는 걸 봤어요."

"언제 말이니?"

"제가 테스트 받던 날에요. 키가 크고, 긴 코트를 입고 모자를 썼어요."

도리스가 고개를 끄덕이더니 목소리를 낮췄다.

"그분은 제일 높은 분이야. 프라임의 CEO셔."

"그분 이름이 뭔데요?" 내가 물었다.

"우리 직원들은 그냥 감상적으로 그분을 올드맨이라고 부른단다. 하지만 앞으로는 그 이름을 입 밖에 내지 마. 자, 이제 그만 좀 생각하고 좀 행복해지렴."

도리스야 그렇게 쉽게 말할 수 있겠지. 난 행복을 느껴 본 지가 언제인지도 모르겠다. 삶이 그저 립글로스, 댄스 음악, 그리고 가벼운 여자 친구들로 이루어져 있던 때가 얼마나 예전인지도. 지금의 나는 안전, 자유, 그리고 생존 같은 것들을 신경 쓰기에도 벅차다.

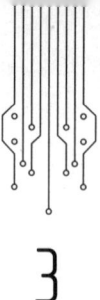

3

 교환실의 분위기에 터질 듯 긴장감이 감돌았다. 트랙스는 컴퓨터 제어반 앞에 앉아 있었고, 도리스와 테리는 내 주변을 서성거렸다. 틴넨바움 역시 저 수많은 카메라들 중 하나를 통해 지켜보고 있으리라는 데 돈을 걸어도 좋았다.

 난 완벽하게 화장을 하고 머리를 꾸민 채, 의자에 앉아 실행을 위한 모든 준비를 마쳤다. 도리스는 내 손목에 장식들이 달려 있는 팔찌를 채웠다. 작은 스포츠 장식이 달려 있는 은팔찌였다.

 "그냥 내가 담당하는 모든 소녀들에게 주는 작은 선물이야." 도리스가 말했다.

 팔찌의 장식들이 빛을 내며 반짝거렸다. 테니스 라켓, 에어 스키, 스케이트.

 "만져 봐." 도리스가 말했다.

도리스는 내 위로 팔을 뻗어, 집게손가락으로 가볍게 스케이트를 건드렸다. 얼음판 위에서 돌아가는 스케이트 날의 홀로그램 입체 영상이 펼쳐졌다.

"와." 내가 테니스 라켓을 건드리자, 테니스공이 공기 중을 유영했다. "너무 맘에 들어요. 감사합니다."

도리스는 어쩐지 좀 허둥거리는 것처럼 보였다.

"도리스는 생각 깊은 거 빼면 시체거든요." 테리가 큰 소리로 노래하는 듯이 말했다.

테리는 내 옷들을 보호하기 위해서 나에게 덧옷을 입혔다. 뭐 내가 침이라도 흘릴까 걱정하는 건가?

"괜찮아요, 뒤로 기대도 돼요." 테리가 낮은 목소리로 말했다.

"머리가 헝클어지진 않을 거야." 도리스가 베개를 토닥거렸다. "실크란다."

의자 등받이가 수직으로 되어 있었다. 모든 일이 잘 풀린다면, 난, 아니 정확히는 내 몸이겠지만, 이 방에 그리 오리 머물지는 않을 터였다.

이 건물 안 어딘가에, 나의 렌터가 있었다. 그녀도 나처럼 의자에 앉아 있을 것이었다. 곧, 그녀는 자신이 내가 된 것처럼 내 몸을 조종하게 될 거였다.

그 생각만으로도 몸이 떨렸다.

"캘리, 춥니?" 도리스가 물었다.

테리가 경고라도 들은 양, 담요를 가져다주려고 했다.

"걘 괜찮아." 트랙스가 말했다.

트랙스와 나의 눈이 마주쳤다. 그에게는 아무것도 숨길 수가 없었다.

테리가 호흡기가 달려 있는 마취용 카트를 밀며 다가왔다. 곧, 나는 완전히 정신을 잃어버릴 것이었다. 곧, 내 몸은 누군가 다른 사람의 소유가 될 거였다.

* * *

꿈을 꾸고 있었다. 꿈이라는 것을 인식하는 그런 꿈이었다. 이런 일이 일어날 거란 얘기는 듣지 못했는데. 하지만 정말 나는 꿈을 꾸는 중이었다. 가게에 서서, 빵을 사려고 하는데, 돈이 없었다. 엔더 점원은 계속 소리치면서, 우리 부모님이 어디 있느냐고 물었다.

갑자기 난 보호소 안에 갇혔다. 창살에 얼굴이 눌렸다. 내가 있는 쪽에는 여자애들이 있었고, 반대쪽에는 남자애들 수백 명이 갇혀 있었다. 타일러가 거기 있었는데, 도저히 보이지가 않았다. 그 애가 목이 터져라 외쳐 부르는 소리만이 들릴 뿐이었다.

누나!

난 몇 번이고 악을 쓰며 그 애의 이름을 불렀다.

* * *

멀리서 목소리가 들렸다. 중얼거림 같은 소리였다.
목소리를 알아볼 수 있었다. 여자의 목소리. 우리 엄마인가?

"눈꺼풀이 가볍게 떨리고 있어요." 여자가 말했다.

엄마?

"캘리? 아기 고양이?" 남자의 목소리가 말했다.

"앨 그렇게 부르지 말아요." 여자가 말했다.

난 눈을 떴다.

"기분이 어떠니?"

다시 여자의 목소리였다. 우리 엄마는 아니었다. 엔더였다.

아이라인을 그린 남자 하나가 내 위로 몸을 구부렸다.

"캘리? 기분이 어때요, 아가씨?"

"여기가 어디죠?"

여자가 걱정스런 얼굴이 되었다.

"넌 프라임 데스티네이션에 있단다. 넌 방금 막 첫 번째 렌탈을 마쳤어."

이 여자가 누구인지 이제야 기억이 났다.

"도리스 씨?"

안심한 미소가 도리스의 얼굴을 누그러뜨렸다.

"그래, 캘리."

"제 렌탈은 어땠어요?"

도리스는 내 어깨를 애정 어린 손길로 쓰다듬었다.

"너무 너무 잘했단다."

***

내 몸이 어디에 있었는지 알고 싶어 죽을 지경이었다. 내가 어떤 운동을 했을까? 특별히 팔 근육을 많이 써서 아프거나 하지는 않았다. 다리 또한 그랬다. 하루 온종일 내 몸이 어딜 가 있었으며 무얼 했는지를 자각할 수 없다는 건 몹시도 기묘한 기분이었다. 누구를 만났으며, 만난 사람들 중 누가 맘에 들었고 누가 별로였는지도 몰랐다. 만약 만난 사람 중 누군가를 내 렌터가 엄청나게 화나게 했으면 어쩌지? 그냥 새로운 적이 하나 생겨 버리는 건가?

난 내 몸을 훑어보았다. 모든 부위가 다 정상적으로 움직였다. 먼저 내려다보고, 두 번째로 걸어간다. 이제 목표까지 3분의 1 정도 가까워졌다.

트랙스가 질문 목록을 보고 여러 가지를 물었는데, 일종의 임무 보고 같은 거였다. 사실 말할 게 많지도 않았던 게, 꿈 말고는 거의 아무것도 기억나지가 않았다. 트랙스는 내 이야기에 흥미를 보이며 내용을 기록했다. 듣기로는, 꿈을 꾸는 것이 무척 드문 일은 아닌 모양이었다. 트랙스는 내가 편안하게 피로가 풀리는 기분이 들었는지를 알고 싶어 했는데, 그냥 그랬다고 말하는 수밖에 없었다.

테리가 내 혈압을 확인한 후 체온을 재고 트랙스에게 고개를 끄덕였다.

"전부 좋아요, 꼬마 숙녀님." 테리가 말했다. "다음 렌탈을 진행하기에 충분한 상태로군요."

"저한테는 휴식도 없어요?"

"뭐 때문에 쉬어? 네 렌터가 먹을 것도 챙겨 먹고, 너한테 신체적으로 필요한 모든 걸 다 했는데." 트랙스가 말했다.

"그런 종류의 휴식 말고요." 내가 말했다. "전 갈 데가 있다고요."

트랙스의 눈이 커졌다. 그가 앞쪽으로 몸을 기울이더니 외쳤다.

"도리스!"

잠시 후, 도리스가 즉시 방으로 들이닥쳤다.

"뭐가 문제니, 캘리?"

"저 지금 나갔다 오면 안 돼요? 다음 렌탈을 하기 전에?"

"나가? 왜?"

난 아래를 보았다. 어쩌면 이 말을 하지 않는 게 나을지도 몰랐다. 도리스가 한 손을 내 등에 가져다 댔다.

"그냥 계속하는 게 어떠니? 네가 느끼기도 전에 다 끝날 거란다. 너무 많은 작업이 널 위해 투자되었어. 왜 네가 받을 돈에 위험을 지려고 해? 밖에 나갔다가 부상을 입을지도 모르잖니."

마치 바깥세상은 지옥이라도 된다는 양 도리스는 손을 떨며 얼굴을 찡그렸다.

부분적으로는 도리스의 말이 옳았다. 하지만 결국은, 그곳이 내가 살아가는 곳이었다.

"네가 건강을 유지하고, 몸매를 그대로 지키는 것 같은 계약 조건을 만족시키지 못한다면, 돈을 못 받을 거야."

"또 다른 렌터가 대기하고 있나요?" 내가 물었다.

"그래. 그리고 그분은······."

"······사랑스러운 여성이라고요?" 나는 눈을 굴렸다. "알겠어요,

그냥 할게요."

"잘 생각했어. 이번 건 3일 걸릴 거란다."

* * *

두 번째 렌탈도 첫 번째 렌탈과 마찬가지로 휙 흘러가 버렸다. 한 가지 배운 점이 있다면, 내가 정신을 잃은 상태에서도 시간은 흐른다는 거였다. 나는 또 다시 이상한 꿈들을 꾸었지만, 그 꿈들을 기억하지는 못했다. 이번에는 좀 더 특이한 사건이 있었다. 내 오른쪽 팔뚝에 10센티미터 정도 길이의 깊게 파인 상처가 남아 있었다. 어떤 종류의 마취 스프레이를 사용한 게 틀림없었던 게 아프진 않았지만, 그건 충분히 흉물스러웠다. 도리스는 나를 레이저실로 데려갔다. 그들은 거기 상처가 존재하지도 않았던 것처럼 팔을 치료해 줬지만, 난 어떻게 그 상처가 생긴 것인지 알고 싶었다. 아무도 나에게 말해 주지 않았다. 어쩌면 그 사람들도 모를지도.

도리스가 나를 자신의 사무실로 데려갔다. 흰색과 금색으로 치장되어 있는 그 방은, 일종의 신바로크 양식이었다. 도리스는 나를 앉히고 나에게 세 번째이자 마지막이 될 렌탈은 한 달을 오롯이 쓰게 될 거라고 설명했다.

"한 달이라고요? 한 달 내내 기절해 있을 수는 없어요."

나는 의자를 꽉 붙들었다.

"보통 다 이런 거야. 처음에는 짧은 기간으로 시작해서 모든 것이 잘된다고 확신이 들면 좀 더 긴 렌탈로 넘어가는 거지."

"아무도 이 정도까지 길 거란 얘기는 안 해 줬다고요. 전 제 동생을 보러 가야 해요."

"동생이라고?" 도리스는 눈을 가리고 있던 머리 한 뭉치를 뒤로 넘겼다. "너 동생이 있단 말은 한 번도 한 적 없잖니."

"그게 뭐 문제라도 되나요?"

"우리 회사와의 계약서에 서명할 때에 분명히 어떤 살아 있는 가족이라도 있는지 질문을 받았을 텐데."

"전 그냥 그게 부모님이나 할머니나 할아버질 의미하는 줄 알았어요. 동생은 고작 7살이어서."

도리스의 어깨에서 힘이 빠졌다.

"7살이라고." 도리스는 벽을 응시했다. "알겠구나. 음, 하지만 회사는 여전히 널 내보내지 않으려 할 거야. 회사로서는 위험을 감수할 수가 없거든."

"저한테 무슨 일이 일어날 거라고 그러세요? 제가 어디다 베이기라도 할까 봐서요?" 난 벌떡 일어나서 상처가 났던 팔을 가리켰다. "전 그 사랑스러운 렌터 분들이 했던 것보다 훨씬 더 제 자신을 소중히 다룰 거예요."

도리스가 머리를 저었다.

"미안해, 캘리. 그냥 그러면 안 되는 일이라서 그래."

"틴넨바움 씨랑 얘기하게 해 주세요."

"정말 그러고 싶은 거니?"

"확신해요."

도리스가 보이지는 않는 마이크로폰에 대고 말했다. "틴넨바움 씨를 부탁해요."

도리스는 입고 있던 옷을 똑바로 펴서 정리하고 머리를 단정하게 했다. 그러더니 끔찍하게도 또 손톱을 카운터에 대고 두드리기 시작했다. 잠시 후, 틴넨바움 씨가 방으로 진격해 들어왔다.

"캘리가 나갔다 오고 싶다고 요청했어요…… 동생을 보러 다녀와야 한대요." 도리스가 '동생'이라는 단어에 힘을 주어 말했다.

틴넨바움이 고개를 저었다. "불가능해요."

"아무도 제게 한 달 내내 의식을 잃고 있을 거란 얘긴 안 해 주셨잖아요." 난 말했다. "제가 시작하기 전에 분명히 밝혔어야 했던 거 아닌가요?"

"물어본 적도 없잖아요. 그리고 당신도 동생이 있단 얘기를 한 적이 없긴 마찬가지고." 틴넨바움이 말했다. 그는 중심을 옮겼다. "일정 관리에 따르면, 회사 역시 과정을 시작해 보지 않으면 결코 일정을 알 수가 없는 경우가 종종 있어요. 이번이 바로 그런 경우죠."

"하지만 그래도 이런 일이 일어날 수도 있다는 걸 아셨잖아요. 전 한 달 내내 렌탈이 가능한지도 몰랐어요."

"계약서에 써 있답니다." 틴넨바움이 말했다.

"작은 글자로 써진 그 부분에요?" 난 도리스에게 돌아섰다. "그렇게까지 중요한 부분이라면 말로 해 주셨어야죠."

"당신이 동생이 있다는 사실을 우리에게 알려 줬어야 하는 것처럼 말이죠." 틴넨바움이 말했다.

도리스는 바닥만 내려다보았다.

"이번 일이 얼마나 오래 걸릴지 얘기해 주기 위해서라도, 정말 전

렌탈을 시작하기 전에 그 애를 보러 가야만 해요. 그 애는 고작 7살인 데다가, 그 애에게는 제가 전부라고요."

"어쩌면 우리가 누군가를 보내서 그 애가 잘 있는지 살펴봐 줄 수 있을지도 모르죠." 도리스가 틴넨바움 씨를 보았다.

틴넨바움은 지금까지 중에서 가장 알아볼 수도 없을 정도로 미세하게 고개를 흔들었다.

"일이 어려워지는 걸 원하는 게 아니에요." 난 일어서서 할 수 있는 한 커 보이도록 애썼다. "기증자가 협조적일수록 회사도 훨씬 더 부드럽게 모든 과정을 진행하실 수 있으리라고 생각해요. 하지만 제 동생과 먼저 얘기할 기회를 주시지 않는다면, 제가 그렇게까지 협조적으로 굴 수 있을지 절대 장담 못 하겠는데요."

틴넨바움이 발을 신경질적으로 톡톡 두드렸다. 그러는 게 생각하는 데 도움이라도 되는 것 같았다.

"캘리의 내일 변환이 몇 시죠?" 틴넨바움이 도리스에게 물었다.

"아침 8시에요." 도리스가 대답했다.

틴넨바움이 말처럼 커다란 콧소리를 냈다.

"3시간을 줄게요. 그리고 매 순간 당신을 지켜볼 경호원도 따라갈 겁니다. 어떤 멍청한 짓 따위 할 생각은 꿈도 꾸지 말아요, 우린 당신 머릿속에 들어 있는 그 칩을 통해서 당신을 얼마든지 지켜볼 수 있으니까." 틴넨바움이 나를 가리켰다. "이 몸은 지금 상태 그대로 유지하도록. 지금까지는 당신 몸은 여전히 우리 회사 소유라는 걸 잊지 말아요."

이번에는 한 번도 틴넨바움의 치아를 볼 수 없었다. 미소를 완전히 잃어버린 모양이었다.

* * *

도리스의 뒤를 따라 복도를 내려갔다.

"새 옷을 좀 구해 줘야겠구나. 네 방에서 만나자."

도리스는 그렇게 말하더니 또 다른 문을 통해 재빨리 사라졌고, 나는 내 방이 어디였는지를 생각하며 계속 걸어갔다. 하지만 문을 열었더니, 다른 여자애 하나가 거기에 서 있었다. 대충 내 나이 또래로 보였고, 짧은 검정 머리를 하고 있었다. 그 애는 옷을 갈아입는 중이었다. 이미 꽃무늬의 바지를 입고 있었는데, 브래지어를 가리려고 가슴 정도 높이로 탑을 들어 올린 참이었다.

"미안해." 난 말했다. "방을 잘못 찾았나 봐."

난 그 애의 방이 녹색의 색조만 제외하면 정확하게 내 방과 똑같이 꾸며져 있다는 사실을 알아차렸다. 난 방문을 닫았다. 다음 문이 내 방이었다. 분홍색으로 꾸며져 있는.

도리스가 1분쯤 후에 내 방으로 왔다. 손에는 하얀 바지와 탑이 들려 있었다.

"우선 샤워를 하고 싶겠구나. 여기 갈아입을 옷들 좀 챙겨 왔단다. 지금 입고 있는 옷들은 너무 오래 입었으니."

"제 원래 옷들은 어디 있어요?"

"애야, 네가 벗자마자 그 옷들은 바로 불태워 버렸어. 대신 이걸 가져도 돼."

"제 손목용 손전등은 어떻게 됐어요?"

도리스가 서랍을 열었다. 가능한 손이 안 닿게 애쓰며 손전등을 꺼내들더니 내게 건네주었다.

"로드니가 널 집까지 바래다 줄 거야. 음식을 먹으러 멈출 필요는 없어. 넌 아마 몇 시간은 배가 안 고플 테니까."

"배가 안 고플 거라고요? 왜요?"

"넌 이미 식사를 마쳤거든."

나 외의 다른 사람들이 나 자신보다 더 내 몸에 대해 잘 알고 있다는 건 얼마나 괴상한 일인지.

※ ※ ※

도리스가 프라임 데스티네이션 뒤쪽과 연결되어 있는 지하의 주차장 시설로 나를 데리고 갔다. 로드니가 차 옆에 서 있었다. 앞좌석과 뒷좌석이 칸막이로 나눠져 있는 타운카였다. 로드니는 은발의 고수머리에, 입고 있는 양복이 터질 것처럼 보이는 거대한 이두박근을 가진 남자였다.

로드니는 내가 손전등을 들고 있는 것을 보더니 말했다.

"그런 것까지 가지고 올 필요는 없는데. 내가 아주 거대한 손전등을 가지고 있거든."

그러거나 말거나 나는 손전등을 손목에 찼다. 손전등이 손목에 단단히 감겨 있으면 편안한 기분이 들었다.

"얘는 이제 당신 책임이에요." 도리스가 로드니에게 말했다. "밤 10시 전으로, 절대 그보다 늦지 않게 이곳으로 얘를 데리고 돌아와야 해요."

"네, 알겠습니다, 부인."

로드니는 날 위해 뒷문을 열어 주었고, 나는 차에 올라탔다.

로드니가 운전석에 앉았다. 도리스는 우리가 가는 모습을 지켜보았다.

자리에 앉고 보니, 내 옆자리에는 음식이 든 용기가 놓여 있었다. 로드니가 용기를 가리켜 보였다.

"그건 네 동생 몫이란다. 도리스가 챙겨 준 거야."

좋은 냄새가 났다. "냠냠."

로드니는 베벌리 힐스의 차량들 속으로 차를 몰았다.

"도리스는 정말 사랑스러운 여자야. 도리스를 60년 넘게 알아 왔거든. 예전에, 네가 여행도 다니고 했던 시절에 우린 함께 여행사에서 일했었거든. 이제는 그놈의 빌어먹을 생물학 포자 미사일에 대한 편집증 때문에 사람들이 아무도 미국을 떠나 다른 나라로 가려고 하지 않는단 말이야. 뭐 아무도 여기로 오려 하지 않는 것도 마찬가지지. 멕시코 사람들이 벽을 만들어 가지고 미국 사람들이 넘어올 수 없게 했대, 멕시코가, 나 참, 믿어지냐?"

로드니가 계속 떠들도록 내버려 뒀다. 엔더들의 이야기에 전혀 집중이 되질 않았다. 수십 년이 넘는 시간을 겪어 온 탓에 그들은 언제까지고 그런 이야기를 계속계속 늘어놓으려고 했다. 하지만 내가 지금 생각할 수 있는 건 이 세상에서 나에게 가장 소중한 두 사람을 보러 가고 있다는 사실뿐이었다.

 손전등의 수납공간에서 마이클이 그려 준 지도를 꺼내들고 새 집의 위치가 어디인지 파악하려고 애썼다. 차가 오른쪽 거리로 들어서자, 몇 개의 버려진 건물들이 보였다. 첫 번째 건물은 건설 중간에 버려진 듯했다. 결코 생명을 부여받지 못한 뼈만 남은 건물. 마이클과 타일러가 살고 있는 곳은 길을 따라 네 번째 건물이었다. 로드니가 건물 앞에 타운카를 세웠다.

 로드니는 거대한 손전등을 들고 앞장섰다. 그전에는 한 번도 보디가드를 가져 본 적이 없었다. 꼭 대통령의 딸이라도 된 듯한 기분이 들었다. 로드니가 날 위해 거대한 유리문을 연 채로 잡고 기다렸다.

 "몇 층?"

 그가 손전등을 로비 이리저리 비춰 보며 물었다.

 "2층이에요."

 "계단 오르는 게 좋아? 응?"

 "2층이란 말은 안전하다는 뜻과 동의어예요. 달아날 시간을 좀 더 벌어 줘요."

 난 내 손전등을 가볍게 쳤다.

 우리는 함께 2층으로 올라가는 크고 뻥 뚫린 계단을 올라갔다. 로드니는 앞장서서 걸으며 버려진 사무실을 지날 때마다 하나하나 손전등으로 안을 비춰 보았다. 복도 끝에 서 있는 사람의 형체가 하나 나타났다. 무기처럼 거대한 파이프를 들고 서 있었다. 마이클이었다.

 "멈춰!" 마이클이 말했다.

 난 내 얼굴에 손전등을 비췄다. "마이클, 나야."

로드니가 팔을 뻗어 나를 제지했다. "뒤로 물러서."

난 그의 팔 아래로 몸을 홱 숙였다. "쟨 내 친구예요."

나는 복도를 따라 달렸다. 마이클은 내가 가까이 갈 때까지 방어 자세를 풀지 않았다.

"캘리?"

파이프가 마이클의 손에서 떨어져서 바닥에 챙그랑 부딪혔다.

난 마이클의 팔 안으로 뛰어들며 그 애를 꼭 안았다. 로드니가 다가와서 몇 발자국 떨어진 곳에서 멈춰 섰다.

"이분은 로드니 씨야." 난 말했다. "로드니 씨는 프라임 데스티네이션에서 일하셔."

마이클이 의심스러운 눈으로 로드니를 훑어보았다. 로드니가 고개를 까닥했다.

"그럼 네 일은 이제 다 끝난 거야?" 마이클이 물었다.

나는 고개를 저었다. "몇 시간밖에 여유가 없어. 타일러는 어때?"

"타일러가 널 엄청나게 보고 싶어 했어."

마이클이 내 머리에 자신의 손전등을 비췄다. 그 애가 팔을 뻗어 내 머리칼을 문질렀다.

"못 알아봤어. 너 완전히 달라 보인다."

"나쁜 쪽으로? 아니면 좋은 쪽으로?" 함께 걸어가며 내가 물었다.

"농담해? 지금의 넌 환상적인걸." 마이클이 말했다.

마이클은 복도 끝에 있는 방으로 우리를 안내했다. 방에는 카펫이 깔려 있었는데, 더 이상 침낭이 없는 우리에게 조금 도움이 될 것 같았다. 타일러는 구석에 앉아서, 다리 위로 짙은 녹색 담요를 덮고 있었다.

"난 여기 있을게."

로드니가 조용히 말하고는 문 옆에 있는 의자를 고개로 가리켜 보였다. 그는 자신이 갖고 있던 손전등을 조절해서 방의 일부를 환하게 비추었다.

나는 걸어가서 타일러의 옆에 무릎을 꿇고 앉았다. 타일러를 안아 주려고 팔을 뻗었지만, 그 애는 날 밀어냈다.

"머리가 왜 그 모양이야?"

타일러가 자기 손전등을 나에게 비추면서 얼굴을 찡그렸다.

"맘에 안 들어?"

타일러의 눈이 내 모습을 훑었다.

"그 사람들이 누나 얼굴에 무슨 짓을 했어? 이런 거 위험해."

타일러가 내가 새로 매단 달랑거리는 귀걸이를 세게 잡아당겼다.

"누나가 일하는 이 회사는 누날 예쁘게 만들고 옷을 차려입히는 곳이야. 맘에 안 드니?"

타일러는 내가 바보라는 듯 날 바라보았다.

"누난 금방 더러워지고 말걸. 그리고 저 사람은 누구야?"

그 애는 방 건너편에 있는 로드니를 가리켰다.

"함께 일하는 분이야. 저분이 누날 이곳까지 태워다 줬어." 난 타일러에게 상자를 보여 줬다. "저분이 널 위해서 이 맛있는 음식도 주셨어. 아직도 따뜻해. 냄새 맡아 봐."

"구린내가 나." 타일러는 몸을 돌렸다.

난 다른 쪽으로 움직였다.

"타일러, 내가 자리를 오래 비워서 화났다는 거 알아."

"누나는 일주일이나 없었잖아."

타일러의 얼굴이 빨개졌다. 거의 울기 직전까지 눈물이 차올랐다.

"알아, 정말, 정말 미안해."

"일주일 내내."

로봇 강아지도, 부모님들 사진도, 어떤 친숙한 것들도 주변에 없는 채로, 그리고 누나도 없는 채로 지낸 일주일.

"그래도 마이클이 잘해 주지 않았어? 이 담요도 마이클이 구해다 준 거 아냐? 그리고 저기 저 물병은? 그래도 너희들 잘 먹고 있었던 것처럼 보인다."

새 성채를 구성하고 있는 철제 서류 캐비닛에 기대 있는 마이클을 흘깃 바라보았다. 마이클은 청바지 주머니에 아무렇게나 손을 찔러 넣고 서 있다가 고개를 끄덕였다.

"저, 난 우리 마실 물 좀 뜨러 가야겠다." 마이클이 눈을 찡긋했다.

마이클이 방을 나간 후, 타일러는 나에게 돌아앉았다.

"누나?"

"왜?"

"누나가 돌아와서 기뻐."

타일러가 약한 목소리로 말했다. 그 애가 팔을 뻗었고, 나는 내 손을 그 애의 손 위에 얹었다.

"누나 머리 모양이 웃겨졌대도 좋아."

"고맙다."

난 우리의 이마가 닿을 때까지 머리를 기울였다. 이 순간, 이 어렵

게 얻은 휴전의 순간이 영원히 지속되었으면 싶었지만, 그래도 타일러에게 진실을 말해야만 했다.

"누나도 정말 같이 있고 싶어. 하지만 오늘은 몇 시간밖에 있을 수가 없어. 다시 일하러 가야만 해."

타일러가 내 손을 팽개쳤다. 그 애의 눈이 위로 샐쭉해졌다.

"왜?"

"일이 아직 안 끝나서 그래."

나는 타일러에게 팔을 두르고 그 애를 꼭 끌어안았다.

"누날 위해서 조금만 더 힘내 주지 않을래? 우리가 이 일만 잘 헤쳐 나가면, 우린 다시 집을 가질 수 있게 될 거야."

타일러가 내게 달라붙었다.

"정말이야?" 속삭이는 타일러의 음성이 갈라졌다. "약속해?"

그 애의 열망이 내 마음을 아프게 했다.

"약속할게."

※ ※ ※

우리는 바닥에 철제 상자를 엎어 놓고 상을 차려 둘러앉았다. 치킨과 감자 샐러드가 든, 도리스가 준 점심 도시락을 마이클과 타일러가 먹어치우는 동안 마이클의 손전등이 촛불 모드로 설정된 채로 깜빡였다. 로드니는 의자를 복도로 옮겨 앉아 있었지만, 여전히 시야를 벗어나지는 않았다. 그는 귀에 작은 이어폰을 꽂은 채, 박자에 맞춰 고개를 까딱거렸다.

"맛이 괜찮아?" 나는 치킨을 가리키며 물었다.

"맛있어." 타일러가 뼈를 쪽쪽 빨아 먹으며 말했다. "그동안 푸딩하고 과일이 든 주스 먹었어."

"옛날 공항의 남쪽에 있는 교회에서 그걸 나눠 줬어." 마이클이 말했다. "걸어서 왕복에 12시간 정도 거리야."

"물은 어디서 구해?" 내가 물었다.

"여기 주변의 집들에서. 한 집에 두 번 간 적은 없어."

"생각해 봐." 나는 타일러에게 말했다. "우린 곧 부엌과 물이 나오는 수도꼭지를 갖게 될 거야."

"누나가 일을 마치고 그 돈을 다 받게 되면 우리 어디서 살까?" 타일러가 물었다.

"네가 원하는 곳이면 어디라도 좋아." 내가 말했다.

타일러가 팔을 번쩍 들었다. "산으로 가자."

"왜 하필 산인데?" 마이클이 물었다.

"왜냐면, 물고기를 잡을 수 있잖아." 타일러가 말했다.

마이클이 웃었다. "물고기? 갑자기 웬?"

"우리 아빠가 타일러를 낚시에 데려가겠다고 약속하셨어." 내가 말했다. "그리고 나서 전쟁이 터졌지."

마이클이 타일러의 어깨를 다정하게 토닥거렸다. 전쟁에 대한 이야기는 나왔다 하면 항상 분위기를 가라앉혔다.

"그래서 넌 어떤데, 캘?" 마이클이 물었다. "너도 여자 프로 낚시꾼이야?"

"별로 그렇진 않고."

8살 때가 갑자기 생각났다. 아빠는 내가 첫 번째로 물고기를 잡는 걸 도와주셨다. 메기였다. 하지만 난 그걸 먹을 수가 없었다. 아빠는 화내시거나 찌푸리시지 않고, 그냥 미소를 지으며 나를 대신해서 물고기를 드셨다.

"난 한 번도 산에 가 본 적이 없어." 마이클이 말했다. "산은 어떤 느낌이야?"

"깨끗해. 나뭇잎이 바스락거리고."

"그리고 물고기도 있어." 타일러가 말했다.

"바다처럼, 오염되지 않았지." 내가 말했다.

"그렇지." 마이클이 말했다. "하지만 너, 물고기 잡으려면 엄청 용기 있어야 할 텐데. 왜 그런지 알아?"

"왜?" 타일러가 물었다.

"왜냐면, 길쭉길쭉 부들부들 끈적끈적한 벌레들을 다룰 수 있어야 되거든." 마이클이 타일러의 배를 간지럼 태웠다. "으악, 벌레 한 마리가 지금 달아났나 봐. 아무래도 네 셔츠 밑으로 기어 다니는 거 같은데."

타일러가 다시 다섯 살로 돌아간 것처럼 킥킥거렸다.

웃음이 가라앉고 나서, 타일러는 신나는 날의 흥분을 지나 슬슬 피로를 느끼기 시작했다. 내 무릎에 머리를 얹고 잠들기까지 얼마 걸리지도 않았다.

"그래서, 이제 말해 봐. 어땠어?" 마이클이 나를 보았다.

"믿기 어려울 정도로 쉬웠어. 그냥 잠드는 것 같아."

"정말?"

"그래. 그 다음에 바로 대가를 받는 거지. 안녕, 집 살 돈아."

타일러를 깨우지 않으려고 우린 둘 다 목소리를 낮췄다.

"다시 진짜 집이라. 타일러가 엄청 좋아할 거야."

마이클이 타일러를 내려다보았다.

"너도 포함이야." 내가 말했다.

마이클이 고개를 저었다. "너한테 빌붙을 수야 없지."

바로 반대하고 싶었지만, 한 발짝 물러났다. 어쩌면 마이클 입장에서는 이 모든 일이 너무나 과하고, 너무나 빠른지도 몰랐다.

그 애는 고개를 숙여 내 눈을 마주 보았다.

"어쩌면 나도 바디 뱅크에서 일을 해서, 그럼 우리가 함께 돈을 모을 수 있을지도 몰라. 어쩌면 그 돈으로 작은 집이라도 완전히 살 수 있을지도 모르고."

나는 미소 지었다. 그 생각에 몸이 따뜻해졌다. 더 이상 도망치지 않아도 된다. 3년 후면, 우리는 합법적인 성년이 되고 우리가 원하는 것은 무엇이든 할 수 있게 될 터였다. 진짜 직업도 가질 수 있었다.

마이클이 내 어깨에 팔을 두르고 내 머리를 쿵쿵 거렸다.

"꼭…… 체리 냄새 같다." 마이클이 말했다.

"좋은 거야?"

"무슨 생각 중이신지." 그 애가 미소 지었다. "이건 말하자면, 자동차 같은 경우야. 네가 차인데, 그러니까 아주 좋은 차야, 그런데 1년 동안 세차를 못했다고 해 봐. 그러다가 한 번에 세차도 하고, 광도 내고, 각종 정비에 손질에 장식까지 다 마쳤어."

마이클이 내 달랑거리는 귀걸이를 가볍게 톡 쳤다.

"아주 광채가 나, 그래도 네가 여전히 똑같은 멋진 차라는 사실은 변함이 없지."

나는 마이클에게로 몸을 돌리고 좀 더 가까이 기울였다. 그 애의 눈이 허락을 구하듯 내 얼굴을 살폈다. 어떤 생각을 할 틈도 없이, 나는 가볍게 고개를 끄덕이고 아랫입술을 핥았다. 마이클이 내게로 몸을 기울이는데, 바로 그때 로드니가 벽을 두드렸다.

"캘리? 미안하지만, 우리 이제 돌아가야 해."

마이클이 눈을 감았다. 타이밍이 나빴다. 우리 둘 다 그걸 알았다.

"알겠어요, 로드니 씨. 금방 갈게요."

우리는 그가 복도로 돌아가는 소리를 들었다. 타일러가 일어나 앉아, 얼굴을 문질렀다. 나는 타일러의 팔을 만졌다.

"타일러, 누나 이제 가 봐야만 해. 그러니 잘 들어 줘. 너랑 마이클은 이제 하나의 팀이야, 알겠어?"

"팀." 타일러가 졸려서 느린 목소리로 대답했다.

"너희들에 대해 항상 생각하고 있을게. 한 달 내내, 꽤 긴 시간을 비우지만, 그래도 더 좋은 상태로 돌아올 거야. 그땐 절대 안 떠날 거야. 모든 게 다 더 나아질 거야, 알겠어?"

타일러가 끄덕였다. 그 애가 너무 침통해 보여서, 내 마음이 다시 아팠다.

"넌 우리 집안의 가장이야."

타일러가 졸린 미소를 지었다.

"용기를 가져." 나는 타일러의 손을 잡아 끌어당겨 안았다.

"빨리 돌아와." 타일러가 속삭였다.

그 애의 따뜻한 숨이 어깨에 느껴졌다.

타일러를 놓아 주자, 타일러의 눈이 금방 눈물로 차올랐다.

"강해져야 해." 내가 말했다.

"누나나 빨리 돌아와." 타일러가 대답했다.

마이클이 복도를 따라 나왔다. 로드니가 앞장섰다.

우리 세 사람이 층계참에 막 도착했을 때, 키가 큰 여자애 하나가 계단을 올라왔다. 로드니가 몹시도 강한 자신의 손전등을 그 여자애에게 비추자, 그 애는 자신의 손을 들어 눈에 그늘을 만들었다.

"그만 좀 하면 안 돼요?" 그 애가 말했다.

"괜찮아요." 마이클이 로드니에게 말했다. "저 애는 우호주의자라고요."

로드니가 손전등으로 아래를 향하게 해서 불빛은 그 애의 눈을 벗어났지만 여전히 그 애의 몸을 비추고 있었다. 그 애도 손목용 손전등을 차고 있었고, 어두운 색의 단발머리였다. 우리 모두가 그렇듯 그 애 역시 무척 말랐는데, 그럼에도 몸매의 굴곡이 살아 있었다.

"안녕, 마이클. 뭘 좀 가져다주려고 들렀어. 엔더 정원사한테서 얻은 거야."

그 애는 천 가방을 들어 보이더니 오렌지 두 개를 꺼냈다.

"고마워."

마이클은 오렌지를 받아들었는데, 얻었다고는 했지만 분명 훔친 오렌지가 틀림없었다.

그 애는 희미하게 웃으면서 반쯤 절하는 시늉을 했다.

"가야 해. 나중에 또 보자, 마이클."

"저 앤 누구야?" 내가 물었다.

마이클은 그 여자애가 어둠 속으로 사라지는 동안 나를 바라보았다. "그냥 친구야."

"이름이 뭔데?"

"플로리나."

"예쁘네."

건물에 한 명이라도 더 우호주의자가 있다는 것은 기쁜 일이었다. 로드니는 우리에게 따로 시간을 주는 게 당연하다는 듯이 반 층을 먼저 내려가서는 등을 보인 채 기다리고 있었다.

마이클이 팔을 둘러 나를 끌어안았다. 길고, 단단한 포옹이었다. 우리 둘의 몸은 똑같은 상태였다. 살보다는 뼈가 더 도드라지는 느낌. 그럼에도 그 포옹은 기분 좋았다.

"네가 그리울 거야." 마이클이 머리 위로 속삭였다.

"나도." 영원히 그렇게 있을 수만 있다면 좋겠지만, 마이클을 밀어내야 했다. "한 달 뒤에 봐."

마이클이 접은 종잇조각을 하나 내밀었다.

"이게 뭐야?" 내가 물었다.

"나중에 봐."

무슨 일인지 더 물어보고 싶었지만, 더 이상은 시간이 없었다. 그나마 제일 들키지 않을 곳이다 싶은 브래지어 안쪽에 종이를 밀어 넣었다. 마이클이 기억했던 그대로이길 바라며, 나는 그 애에게 미소를 지어 보였다.

"잘 있어."

"조심하고." 마이클이 말했다.

* * *

돌아오는 길에, 로드니는 내게 혼자 생각할 시간을 주었다. 자동차의 유리창으로 도시의 야경이 흐르듯 지나가는 동안 나는 그 안에서 아기처럼 흔들거렸다. 판자를 덧댄 건물들 사이로, 삶은 계속된다. 임시변통으로 만들어 쓰고 있는 음식용 밀차나 석유통에 연결된 가스레인지에서 나오는 연기가 꼭 제3세계 나라들의 풍경을 보는 것 같았다. 문득 타일러와 나에게 지난 2년간이 얼마나 고되었던가에 생각이 미쳤다.

거리의 불빛이 순간적으로 내 눈을 비추었다. 꼭 집행관들이 우리를 잡으러 왔다는 신호처럼.

"네 배낭까지 뛰어가." 나는 타일러에게 속삭였다.

집행관들이 앞문을 쾅쾅 두드리는 동안, 우리는 어두운 부엌으로 종종 걸음을 쳤다. 타일러는 자기의 배낭과 물통을 움켜쥐었고, 나도 내 것을 챙겼다. 내 가방 안에는 총이 들어 있었다.

우리는 집행관들이 뒤뜰로 들어오기 전에 밤의 어둠 속으로 달아났다.

울타리 아래로 타일러가 기어 나오도록 도운 후에, 텅 빈 뒤뜰을 가로질러 뛰었다. 격리 시설로 끌려가시기 전에, 우리를 위해서 탈출 계획을 짜신 후 지도를 그려 놓으신 아빠에게 감사했다. 타일러와 나는 친척이 없는 다른 아이들이 다들 그러는 것처럼, 집 안에 할 수 있는 한 오래도록 머물렀다. 그럭저럭 지낼 만했지만, 언제든지 정부에서 조사를 나와서 우리 집에 안전 부적격 판정을 내릴 수 있다는 것을 알고는 있었다. 우리 블록에 있는 다른 모든 집들에 그런 것처럼. 원래는 살기 좋은 중산층 구역이었던 우리 동네는, 이제는 유령 도시나 다름없었다. 이웃을 돕기 위해서 남았던 자원봉사자 여성들도, 너나 할 것 없이 모두 전염병에 희생되었다.

바로 전 주에도, 길을 건너던 아이들이 집행관들에게 끌려갔다. 비명 소리가 들려 알 수 있었다. 우리는 그 애들보다는 운이 좋았다. 우리는 아빠가 나에게 징(Zing)을 보냈기 때문에 언제 떠나야 하는지 알고 있었다. 그건 최악의 순간이 왔다는 뜻이라는 것도 알고 있었다.

격리 시설로 떠나시기 전, 아빠는 이런 날이 오더라도 아빠에 대해 생각하지도 말고, 비통해 하지도 말라고 하셨다. 그저 강해지라고, 타일러에게 남은 것은 나뿐이니 동생을 잘 돌봐 주라고 하셨다.

내가 해야만 했던 일 중에 가장 힘든 일이었다.

아빠. 돌아가셨다니. 마음속에 이미지가 마구 밀려들었다. 한결같았던 손, 우리를 지켜주시고, 든든한 버팀목이 되어 주셨던 것. 아빠와의 포옹.

울지 않으려고 혀를 깨물어야만 했다. 아빠에 대해 생각하지 마. 타일러를 돌보는 데 집중해.

강해져야만 해.

우리는 공원 옆에 있는 오래된 도서관 건물에 도착했다. 칠흑처럼 새까만 어둠 속이었지만, 손전등이 길을 밝혀 주었다. 건물 뒤쪽에 있는 부서진 지하실 유리창을 통해서 건물로 들어갔다.

책에서 풍기는 퀴퀴한 냄새가 콧구멍을 가득 채웠다. 그리고 뭔가 더러운 사람한테서 나는 듯싶은 냄새도 났다. 그러고 보니 한 무리의 아이들이 책 더미 뒤의 어둠 속에 옹송그리고 모인 채 잠들어 있었다. 그 애들 중 한 명이 나를 알아보았다.

"잰 괜찮아."

벽에 우릴 위한 공간을 만들고, 가방을 옆에 내려놓았다.

"이제 안전해?" 타일러가 급한 숨 사이로 물었다.

"쉬이. 별일 없을 거야." 나는 속삭였다.

아침이 밝자, 멍청한 애들 몇 명이 밥을 하려고 불을 피웠다. 연기를 본 집행관들이 들이닥쳤다. 우리는 가방을 집어 들고 달렸다. 아빠가 그려 주신 지도에 나와 있는 다음 장소에 도착할 때까지도 가방 안을 확인해 보지 못해서, 나는 총을 도둑맞았다는 사실을 깨닫지 못하고 있었다. 그밖에는 아무것도 없어진 것은 없었다. 그 모든 훈련에도 불구하고, 총을 잃어버리다니. 내 안이 갑자기 텅 비어 버린 듯했다.

총이 없다니. 아빠라도 꽤 당황하실 것 같았다. 하지만 아빠는 결코 알 수가 없을 것이었다. 아빠는 돌아가셨으므로.

로드니가 고요한 도로를 따라 속도를 내는 동안, 나는 차창에 머리를 기대고 작년 한 해 동안 계속 달아나야 했던 그 모든 장소들에 대해서 생각했다. 도시의 불빛들이 흐릿한 색색의 방울들로 보일 때까지 눈의 초점을 흐렸다.

바디 뱅크가 이제 도망가는 삶에 종지부를 찍어 줄 것이었다.

✱ ✱ ✱

프라임 데스티네이션으로 돌아오자, 한가득 놀랄 일이 있었다. 우선, 내 렌터가 일을 오늘 당장 시작하길 원한다고 했다. 도리스가 손가락으로 자기 머리카락을 대충 정리하는 동안 나는 도리스의 사무실에 서서 이야기를 들었다.

"뭐 그럴 수도 있지." 도리스가 말했다. "난 항상 여유 시간을 계산해서 남겨 두거든. 하지만 지금 상황은, 정말로 빠듯하구나. 이 옷들을 입으렴, 어서."

도리스는 내 뒤쪽의 옷걸이에 걸려 있는 검정색 옷 한 벌을 가리키며 말했다.

"내 화장실을 사용하면 돼."

난 도리스의 말을 따랐고, 검정색 터틀넥과 바지를 입고 밖으로 나왔다.

"완벽하네. 이제 널 보내 줘야겠구나."

"이번엔 식사도 안 하나요?" 나는 물었다. "좀 배가 고파요."

도리스가 내 등에 손을 가져다 댔다.

"이번 렌터는 네가 지금 상태인 걸 원해." 도리스가 어깨를 으쓱했다. "어쩌면 별 네 개짜리 레스토랑에 예약이라도 해 둔 건지도 모르지."

우리는 서둘러 교환실로 향했다. 이전 두 번의 여행에서와 같은 방이었다. 트랙스와 테리가 벌써 우리를 기다리고 있었다.

"검정색 옷을 입으니 아주 멋지네요." 내가 의자에 앉자 테리가 내 어깨를 상냥하게 토닥였다. "거의 나만큼이나 멋진데."

몇 가지 컴퓨터 확인이 끝나자, 트랙스가 나를 살펴보았다. "자, 모든 것이 지난 번하고 똑같아. 긴장만 푸셔." 트랙스가 말했다. "한 달 뒤에 보자, 캘리, 바로 여기에서 말이야."

마취용 호흡기가 얼굴 위를 덮었다. 나는 나의 작은 팀 모두에게 손을 흔들어 인사했다.

* * *

이번 내 꿈은 무척 기묘했다. 타일러는 아기 새의 얼굴을 하고 있었다. 꿈속이라서 그런지 전혀 이상하다는 생각은 안 들었고, 그냥 당연하게 생각되었다. 난 타일러에게 먹여야 하는 새 모이를 찾아 헤맸는데, 하나도 찾을 수가 없었다. 마이클을 외쳐 불렀지만, 주변 어디에도 그 애가 보이지 않았다. 우리는 어떤 버려진 농장에 살고 있었다. 나는 마이클을 찾아서 헛간으로 달려갔고, 사다리를 타고 건초를 보관해 두는 다락으로 올라갔다. 꼭대기에 이르자, 마이클이 다른 소녀와 함께 있는 것이 보였다. 플로리나였다. 두 사람은 거기 건초 위에 누워, 수백 개의 오렌지에 둘러싸여 있었다.

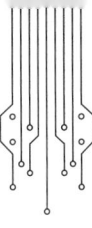

4

쿵, 쿵, 쿵. 타악기가 내 몸과 머리를 따라 박자를 맞춰 두드리며 세차게 흘렀다. 지나치게 강해서 통증에 가까운 달콤한 향기가 내 코를 습격하듯 괴롭혔다.

여기가 어디지?

나는 눈을 떴다. 비스듬한 각도로 기울어진 세계를 빛이 비추고 있었다. 나는 내 몸에 돌아온 채로, 플로어 위에 있었다. 바닥에 손바닥을 대고 누르며 일어나려는데, 손바닥이 역겨울 정도로 끈적거렸다. 나는 손바닥에 대고 냄새를 맡았다. 파인애플이었다.

레이저 불빛이 어두운 공간을 갈랐다. 빛이 비추는 순간마다, 달아나려는 것처럼 손을 위로 번쩍 들고 흔들어 대는 사람들이 언뜻언뜻 보였다. 하지만 가만 보니 사람들이 계속 그 동작을 반복하고 있었다. 그제야 나는 그 사람들이 모두 그저 음악에 맞춰 춤을 추고 있을 뿐이라는 걸 깨달았다.

반짝 빛나는 인조 가죽 스틸레토 힐 한 쌍이 다가왔다. 걸음마다 플로어가 진동하는 것이 귀를 통해 느껴졌다.

하이힐의 주인이 내 옆에 무릎을 구부렸다.

"너 괜찮아?" 그 애가 외쳤다.

"잘 모르겠어."

도무지 욱신거리는 머릿속을 자세히 살펴볼 겨를이 없었다.

"뭐라고?"

"나도 잘 모르겠다고!" 나도 소리쳤다.

소리를 지르자 머리가 더 아팠다.

그 애가 자신의 팔을 내 팔에 꼈다. "아이고 이런."

그 애는 내 나이 정도로, 금발 머리를 한쪽 눈이 가려지도록 기하학적인 단발로 자른 상태였다. 그 애의 빛나는 드레스는 너무 짧아서 거의 블라우스라고 해도 믿을 지경이었다. 어쩌면 그냥 블라우스만 입은 건지도 몰랐다. 그 애가 나를 방 한쪽 벽으로 데리고 갔다. 음악 소리가 아까 정도로 크지는 않은 곳이었다.

"여기가 어디야?" 내가 관자놀이를 누르면서 물었다.

모든 것이 너무 혼란스러웠다.

"룬 클럽이잖아." 그 애가 알쏭달쏭한 얼굴을 했다. "기억 못하는 거야?"

나는 머리를 끄덕였다. "내가 여기 어떻게 왔어?"

그 애가 킥킥 거렸다. "아, 애, 너 정말 취했구나. 카페인 좀 가져다줄게."

"아냐, 가지 마."

내가 취한 건가, 아니면 뭔가 다른 일이 일어난 건가? 목구멍에서부터 공포가 치솟아 올라서 나는 그 애가 구명 요원이라도 되는 것처럼 그 애의 팔을 붙들었다.

"가지 마, 난……."

"네가 앉을 만한 의자라도 좀 찾아보자."

그 애의 도움으로 나는 높은 신발에 절뚝거리면서 방을 가로질렀다. 내려다보니, 나 역시 드레스를 입고 있었는데, 메탈릭한 소재의 무척이나 짧고 딱 붙는 옷이었다. 피부에 닿은 천은 무척 시원한 느낌이었다. 조그만 핸드백이 어깨에 끈으로 매달려 있었다. 그 애의 것처럼 스틸레토 힐인 내 신발은 스타들이나 신을 법한 종류의 물건으로 보였다.

그 애는 벽에 놓여 있는 2인용 벨벳 안락의자 앞에 멈춰서 나를 거기에 앉혔다. 부드러웠다. 그렇게 편안한 곳에 앉아 본 지가 너무 오래되어서, 그런 게 어떤 느낌인지조차 잊고 있었다.

음악이 멈췄다. 나이트클럽이라는 곳 자체가 부모님이 살아계시던 시절에 영화를 통해서나 보았을 뿐, 한 번도 가 본 적이 없었다. 사실은 나이트클럽이 아직까지도 존재하고 있는지도 몰랐다. 그것도, 특별히 10대들만을 위한 곳이. 이것이 특권층 스타터들이 누리는 것일까?

"벌써 좀 나아진 것처럼 보인다." 그 애가 나에게 미소 지었다.

바 쪽에서부터 뿜어져 나오는 푸른 네온사인 불빛이 방에 가득 흐르고 있었다. 저 어울리지 않는 불빛 아래서조차 그 애는 눈부시

게 아름다웠다.

"이번이 처음이지, 그렇지?" 그 애가 물었다.

"뭐?"

"미안, 내 소개를 깜빡했네. 난 매디슨이야."

"캘리야."

"귀여운 이름이네. 맘에 드니?"

나는 어깨를 으쓱했다. "그럭저럭."

"나도 내 이름이 마음에 들어. 만나서 반갑다, 캘리."

매디슨이 손을 내밀었다. 자기소개치고는 좀 기묘했지만, 우선 악수를 했다.

"그래서, 아까도 말했지만, 이번이 처음인 거 아냐?"

나는 끄덕였다. "여기 처음 와 봤어."

분명히 내 마지막 기억은 바디 뱅크에서 교환실에 누운 기억이었다. 그곳에서 다시 깨어났어야 했는데? 대체 무슨 일이 일어난 거지? 난 공포에 질렸지만, 다행히 바디 뱅크에 대해 말해서는 안 된다는 것을 기억할 정도의 감각은 남아 있었다. 여기에 속해 있는 사람처럼 행동해야만 했다.

"사랑스러운 의복이야." 매디슨이 내 옷의 천을 만져 보며 말했다. "이런 사소한 것들을 다시 입어 볼 수 있다는 게 너무 신나지 않아, 안 그래? 그리고 이런 곳에 다시 와 볼 수 있다는 것도? 흔들의자에 앉아서 박자나 맞추고, 토요일 밤에 TV 재방송 프로그램이나 보면서 코바늘로 뜨개질이나 하고 그러는 것보다야."

매디슨이 윙크를 하더니 팔꿈치로 나를 찌르고는 덧붙였다.

"어쩌면 넌 마작을 하려나? 아니면 브리지 카드 게임?"

"어어."

나는 주변을 둘러보면서 억지로 미소를 지었다. 매디슨이 무슨 얘기를 하는지 도통 감이 오질 않았다.

"캘리, 얘, 나랑 있으면 일부러 척할 필요 없어."

나는 눈을 깜빡였다.

"이쪽 사람들은 이쪽 사람들을 다 알아보는 법이야, 아가씨. 너도 그 시험들 모두를 통과했잖아."

매디슨은 숫자를 세듯 손가락을 꼽으며 말을 이었다.

"타투도 안 돼, 피어싱도 안 돼, 네온 색으로 머리를 염색하는 것도 안 돼……." 매디슨은 이어 자신이 말하고자 하는 요점을 정확하게 설명해 주었다. "비싼 의상에, 진짜 좋은 보석에, 매너도 좋고, 거기다가 흠도 없이 아름답다면."

마지막 사실을 듣는 것에는 아직 익숙하지가 않았다. 아직은 그게 나라는 것을 진심으로 믿기에 충분할 정도로 오래 이 몸으로 살지도 못했다.

"아, 그리고 물론, 우린 너무 많이 알고 있고." 매디슨이 내 팔을 토닥였다. "실제로 오래 살았으니까."

머릿속은 여전히 엉망진창이었지만, 다행히 점차 무슨 일인지 이해가기 시작했다.

"왜 이래, 캘리, 너도 P.D. 고객이잖아. 너도 렌터면서. 나처럼."

매디슨이 내게로 가까이 몸을 기울이자, 치자나무 향기가 났다.

"너도……?"

"내가 자로 잰 것처럼 목록에 딱 들어맞지 않아?" 매디슨이 자신의 몸을 따라 손을 쓸어내렸다. "정말, 흠도 없이 아름다워, 이 어린 몸 말이야, 그렇게 생각 안 해?"

뭐라 말해야 할지 알 수가 없었다. 매디슨은 렌터였다. 원인이 컴퓨터 기능 고장이든 뭐였든 그녀는 내가 기증자인 줄 알면 바로 날 신고할 것이었다. 난 해고되고, 타일러를 도울 어떤 돈도 받지 못할지도 몰랐다.

"그래, 멋져."

"그렇지, 고백했다시피, 여긴 룬 클럽이야, 어쨌든." 매디슨이 방을 가리켜 보였다. "우리 같은 사람들도 꽤 많이 여길 와, 너도 알아채기 쉬울걸."

"우리 같은 사람들이…… 더 있다고? 어디?"

매디슨이 방을 쭉 훑어보았다.

"저기 있네. 저기 저 남자애, 무슨 영화배우처럼 보이는 애 있지? 렌터야. 그리고 저기, 저 빨간 머리 보여?"

"렌터라고?"

"쟬 봐." 매디슨이 과장된 억양으로 말했다. "어떻게 저 이상 완벽할 수가 있겠어?"

"그럼 다른 애들은 진짜 10대가 맞고?"

"틀림없이 그렇지."

나는 나와 눈이 마주친 방 건너편의 남자애를 바라보았다.

"쟨 어때? 저기 파란 셔츠에 검정 재킷 입은 애는? 쟤도 분명히 렌터일 거야."

그 애는 손에 탄산음료를 들고 다른 남자애 두 명과 얘기하는 중이었다. 뭔가 확실히 특별한 것이 그 남자애에게 있었다.

"저 애?" 매디슨이 팔짱을 꼈다. "아, 어쨌든 귀엽긴 진짜 귀엽다만. 내가 아까 벌써 쟤랑 얘기해 봤는데, 분명히 10대야. 안이고 밖이고 모두 확실히."

난 아무래도 찍어 맞추는 건 무리인 모양이었다. 내가 보기에 그 남자애는 매디슨이 지적한 다른 렌터들과 마찬가지로 모든 면에서 너무 섹시하고 멋져 보였다. 어쩌면 더 멋져 보이는 것 같기도 했다. 그 애는 고개를 돌리더니 똑바로 우리를 바라보았다. 나는 시선을 피했다.

"더럽게 돈만 많은 평범한 10대들이 여기 넘쳐나는군." 매디슨이 계속 말했다. "쟤네들의 고루한 조부모들이 쟤네들한테 아무것도 작업을 안 해 줘서 그렇지, 뭐."

"작업?"

"수술 말이야. 그래서 저 애들이 우리만큼 예쁘지가 않은 거라고. 아, 그리고 쟤네들 아무나 붙들고라도 전쟁 이전의 삶에 대해서 한 번 물어봐. 정말 아무것도 모른다니까." 매디슨이 웃었다. "저치들의 죽이게 멋진 사립 학교에서는 역사 따위는 안 가르치나 보지."

심장이 줄달음질치는 것이 느껴졌다. 거의 거꾸로 되어 있는 느낌이었다. 몇 번이고, 저 너무나 멋진 매디슨은 정말로는 100살하고도 얼마를 더 먹은 여자라는 사실을 스스로에게 상기시켜야만 했다.

그리고 매디슨이 나에 대해서도 똑같이 생각하고 있다는 사실은 일을 더 엉망으로 만들고 있었다.

"만약 기분이 좀 나아졌다면, 캘리, 나 정말 뭐라도 마실 거 좀 가지러 갈게. 길고, 외설스러운 이름을 가진 걸로."

"여기서 너한테 술을 팔아?"

"얘, 이 클럽은 모든 게 사적인 곳이야. 완전 극비라고, 바디 뱅크가 그런 것처럼." 매디슨이 내 팔을 토닥거렸다. "걱정 마, 자기야, 멀리 안 갈 테니까."

매디슨은 안락의자에서 슬그머니 일어났다. 나는 팔꿈치를 무릎 위에 기대고, 손바닥에 이마를 얹었다. 세상이 빙빙 도는 거라도 좀 멈췄으면 싶었다. 하지만 상황을 파악하려고 애쓰면 애쓸수록, 점점 더 나빠지기만 했다. 머리가 욱신거렸다. 왜 클럽에서 깨어난 거지, 바디 뱅크가 아니라? 무슨 일이 일어난 거람?

그 전까지만 해도 모든 것이 다 멀쩡하게 돌아가고 있었다. 난 돈을 받을 거였고, 타일러가 따뜻하게 잠들 수 있는 진짜 집을 구할 거였다. 그리고 지금 이 상황이라니.

그때, 목소리가 들렸다.

거기?

나는 머리를 들었다. 매디슨의 목소리가 아니었다. 게다가 매디슨은 지금 방 저 건너편의 바 앞에 서 있었다. 나는 뒤를 돌아보았다. 아무도 내 근처에 없었다.

뭐지? 내가 상상한 건가?

내 말…… 들을 수 있어……?

아니었다, 정말로, 이 목소리가…….

내. 머리. 속에서 들리고 있었다.

내 근처에는 아무도 없는데, 그 소리는 내 안에서 들려오고 있었다. 환청이라도 듣는 걸까? 심장이 또 빨리 뛰기 시작했다. 어쩌면 매디슨이 옳은지도 몰랐다. 난 취한 것 같았다. 어쩌면 내가 넘어지면서 머리를 맞은 건지도 몰랐다. 뭔가 분명히 잘못된 거였다. 숨이 가빠지기 시작했다.

목소리는 여성의 것처럼 들렸다. 나는 숨을 진정시키려 애쓰면서 좀 더 잘 들어 보려고 했다.

클럽의 소음이 주의를 방해했다. 나는 귀에 손가락을 꽂고 다시 잘 들어 보려고 했지만, 들리는 거라곤 내 자신의 심장이 규칙적으로 고동치는 소리뿐이었다. 하지만 그런 식으로 목소리를 듣는 바람에 받은 충격이 가시질 않았다.

출구가 어디지? 나가고 싶었다. 시원한 공기가 필요했다.

그 다음에 들려 온 목소리는 어렸고, 분명히 남자였으며, 내 앞에 바로 서 있는 사람에게서 나온 거였다.

"너 괜찮아?"

그 애였다. 파란 셔츠를 입은 남자애, 매디슨의 말을 빌자면 겉이고 속이고 전부 10대라는 그 애였다. 그 애는 걱정스러운 얼굴을 하고 있었다.

쟤가 나한테 방금 뭐라고 했더라? 내가 괜찮은지 묻고 있었지. 나는 공포에 질린 티를 내지 않으려 노력하며 나를 다스리려 애썼다.

"으응. 괜찮아."

나는 드레스 자락을 잡아 당겨 다리를 가려 보려고 되지도 않는 시도를 몇 번 했다.

그 애는 가까이서 보니 더 멋져 보였다. 심지어 보조개까지 있었다. 하지만 이런 끌림이나 느끼고 있을 시간이 없었다. 그 목소리가 다시 돌아올지 확인해 봐야만 했다. 그 애는 내가 귀를 기울이는 동안 그저 나를 바라보았다.

머릿속은 그저 조용했다. 아니면 그 목소리가 모두 내 상상이었던 걸까? 내가 너무 겁에 질려서 그런 지경으로 스스로를 몰아넣은 것일까? 아니면 어쩌면 저 애가 그 목소리를 겁줘서 쫓아 버렸는지도 몰랐다.

보조개 소년은 값비싸 보이는 검정 재킷을 입고 있었다. 나는 그 소년이 온전히 10대라는 매디슨의 의견에 대해 생각해 보았다. 나는 일어서서 확인 사항 목록을 훑어보았다.

문신도 없고, 피어싱도 안 했고 이상한 머리색도 아니고. 체크. 비싼 옷, 체크, 보석(쟤 손목에 차고 있는 시계 브랜드가 뭐지?), 매너(체크), 그리고 완벽하게 잘생겼는지도 체크.

아. 그 애가 얼굴을 바에서 나오는 빛 쪽으로 돌렸다. 그때 그 애의 뺨 근처에 2~3센티미터 정도의 흉터가 남아 있는 게 보였다. 도리스라면 저걸 그대로 남겨 둔 채 내보냈을 리가 없었다.

"네가 넘어지는 걸 봤어." 그 애가 손을 닦는 작은 타월을 건넸다. "이거 가지러 화장실에 갔었어."

"고마워." 타월을 받아 이마에 가져다 대는데, 그 애의 얼굴에 작은 미소가 번지는 게 보였다. "뭐가 그렇게 재미있어?"

"머리에 얹으라고 준 게 아니었는데."

그 애가 타월을 부드럽게 다시 가져가더니 플로어의 먼지로 더러워진 내 팔을 닦아 주었다.

"미끄러졌어." 내가 말했다. "누군가가 음료수를 엎질렀나 봐. 그리고 이 신발 때문에……."

"멋진 신발이네."

그 애가 신발을 흘깃 보고는 미소를 지었는데, 보조개들이 빛을 발했다.

그 애의 관심을 한 몸에 받는 건 너무 과한 일이었다. 나는 참지 못하고 눈길을 돌렸다. 이런 남자애가, 부자인 데다 잘생기기까지 한 이런 애가, 나한테 관심이 있다고? 거리에서 사는 여자애한테? 그러다 나는 갑자기 거울로 되어 있는 기둥에 비친 내 모습을 보았다. 순간 덜컥 새로운 현실에 정신이 번쩍 들었다. 내가 인기 아이돌처럼 보인다는 사실을 잊고 있었다.

정신이 돌아오자, 매디슨이 여전히 바 앞에 서서, 귀가 잘 안 들리는 것처럼 보이는 엔더 바텐더의 주의를 끌려고 고군분투하는 중인 게 보였다.

보조개 소년이 내가 보는 방향으로 고개를 돌리더니, 작은 탁자 위로 타월을 떨어뜨렸다.

"쟤가 네 친구?" 그 애가 물었다.

"그런 셈이야."

뭔가 더 기억하려고 애쓰는 것처럼 그 애는 손가락을 들어올렸다. "쟤 이름이 매디슨이지, 맞지?"

나는 끄덕였다.

"아까 전에 애길 좀 했는데." 그 애가 말했다. "좀 웃긴 애더라."

"어떻게?"

"질문을 엄청나게 많이 하더라고."

"무슨 질문을?"

"역사였어, 내 말을 믿을 수 있다면. 20년이나 30년도 더 전의 일들 말이야. 내 말은 너라면 10년 전에 어떤 영화가 오스카상을 10개나 탔는지 맞출 수 있겠냐고."

나는 눈을 가늘게 뜨고 혹시 아빠가 그런 이야기를 언급하신 적이 있는지 기억하려고 애썼다. 아빠는 아셨을 수도 있었다. 나는 어깨를 으쓱했다.

"봐, 너도 모르잖아." 그 애가 말했다. "뭔지는 몰라도 아마 내가 매디슨의 기준에는 통과 못한 것 같더라. 내가 대답을 못하고 있으니까, 그냥 돌아서서 가 버리더라고. 내가 여기 춤추러 왔지, 뭐 게임쇼 오디션 같은 걸 보러 온 건 아니잖아."

그 애가 자기 발을 내려다보더니 다시 날 봤다. "너 혹시……?"

"나?" 나는 음악이 다시 시작되었다는 것을 알아차렸다. 좀 더 조용하고, 느린 음악이었다. "아냐. 난 못 춰."

"너도 할 수 있어."

마이클 생각이 났다. 버려진 건물에서, 날 대신해서 타일러를 돌봐 주고 있을 마이클. 옳은 일 같지가 않았다. 나에게는 춤을 출 권리도 없었다. 여전히 무슨 일이 일어난 건지도 알 수 없었고, 또 여기가 어디이며, 내가 어떻게 여기에 왔는지, 정말로 내가 아니었는지조차 알 수가 없는 상황이었다.

"너무 토할 거 같아서 그래."

"그럼 좀 있다 추지 뭐." 그 애의 목소리는 희망적으로 들렸다.

그 애가 눈썹을 추켜세웠다.

"미안해. 난 이제 가려고 해." 나는 어깨를 으쓱했다.

몹시도 직설적인 대답인 줄 알고 있었지만, 잘못된 희망을 그 애에게 줄 수는 없었다.

그 애는 잘 숨기려고 했으나, 눈에는 내가 느꼈던 것과 같은 실망이 고스란히 드러났다. 그 애가 뭔가 다른 시도를 하려고 하던 참에, 바로 그때 매디슨이 돌아왔다. 한 손에는 컵을, 다른 한 손에는 칵테일을 들고 있었다.

"여기, 널 위해서 자바 커피를 가져왔어. 블랙커피가 괜찮다면 좋겠네." 매디슨은 내게 컵을 건네주고 나서야 그 남자애를 알아차렸다. "아, 블레이크, 맞지? 또 보네."

블레이크는 고개를 끄덕였으나 내게서 눈을 떼지는 않았다. 우리는 매디슨을 제물로 삼아 함께 비밀스러운 순간을 맛보며 미소를 주고받았다. 일종의 "우리가 그 애에 대한 이야기를 주고받았는데 본인은 그걸 모르지"와 같은 공통의 경험. 매디슨은 조그마한 칼에 꽂혀 있는 파인애플 조각을 뽑느라 너무 바빠서 알아차리지도 못한 것 같았다.

"내 친구들한테 다시 가 봐야겠어." 블레이크가 말했다.

매디슨은 과일을 삼키고는 예의바른 미소를 띠었다. "또 만나서 정말 좋았어, 블레이크."

"안녕, 매디슨." 그러고 나서 블레이크는 나에게 미소를 지었다. "나중에 또 봐, 캘리."

블레이크는 머리를 세우고는 마치 춤의 회전 동작을 하듯 발끝으로 휙 돌아섰다.

난 내 이름을 블레이크에게 말해 준 적이 없었다. 어쨌든, 그 애가 알아냈다는 건데.

나는 블레이크가 손을 주머니에 넣은 채 걸어가는 모습을 지켜봤다. 기분이 좀 나아졌다.

제발…… 들어 봐…….

척추를 따라 떨림이 올라왔다. 안 돼. 저 목소리가 다시 들리다니. 내 머리 속에서. 만약 이 모든 게 내 상상이라면, 난 정말 대단한 상상력을 가진 셈이었다. 너무나도 실제와도 같은 목소리였다. 뭔가 몽땅 다 잘못된 것이 틀림없었다. 여기서 빠져 나가야만 했다.

내 마음속에서 나왔든 아니면 다른 누군가의 목소리든 간에, 어디서 목소리가 들려왔든지 다음 말은 바늘처럼 나를 찔렀다.

들어 봐…… 중요해…… 캘리…… 프라임 데스티네이션으로…… 돌아가면 안 돼.

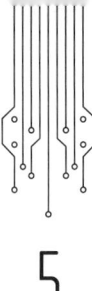

5

나는 클럽 안에 선 채로 그대로 얼어붙었다. 혹시 프라임에서 주사한 어떤 약물에 대한 반응 때문인 걸까? 아니면 어쩌면 칩 때문에 그런 것일 수도 있었다.

나는 매디슨에게 돌아섰다.

매디슨에게는…… 아무 말도 하면 안 돼…….

매디슨이 손으로 내 팔을 잡으며 말했다.

"남자애들에. 관한. 규칙을. 잊어버리면. 안 돼."

매디슨은 단어 한 마디 한 마디를 발음할 때마다 손가락을 시계처럼 똑딱거렸다.

매디슨의 말이 나를 물리적 세계로 다시 돌려놓았다. 매디슨은 꼭 팝 스타처럼 생겨서는, 할머니처럼 행동했다.

"내 말 들어." 매디슨이 말하는데, 그녀의 기하학적인 컷의 뱅 헤어가 한쪽 눈 위로 흘러내렸다. "정말 중요한 거야."

"지금 얘기하는 규칙이라는 게 어떤 규칙을 말하는 거야?" 나는 애매모호하게 대답했다.

"너도 알잖아." 매디슨이 목소리를 낮췄다. "섹스는 안 돼." 그녀는 눈썹을 올렸다. "게다가 진짜 10대랑은 더더욱 안 돼."

"'더더욱'이라는 건 또 뭐야? 만약 그게 정말 규칙이라면, 그냥 아예 금지여야 되는 거 아냐?"

"너도 내 말 무슨 뜻인지 알면서 왜 그래." 매디슨이 눈을 굴렸다. "그냥 저 남자애한테 관련된 건 싹 잊어버려."

내 머릿속의 목소리를 생각하면, 실제로 걱정할 문제는 따로 있었다. "어떤 남자애?" 내가 물었다.

그 말에 매디슨이 웃음을 터뜨렸다.

블레이크는 클럽 저쪽 끝에서 자기의 친구들과 어울리는 중이었다. "그래서 쟤가 우리가 렌터인 걸 모르는 걸까?" 내가 물었다.

"이 아가씨가 아무래도 자기 계약서도 제대로 안 읽은 모양이야. 당연히 쟤는 모르지! 외부인에게는 계약과 관련된 얘기는 절대 하면 안 되잖아."

"누가 계약서를 제대로 읽는다고 그래?" 나는 어깨를 으쓱했다.

블레이크는 방을 가로질러 내 쪽을 다시 바라보았다. 내가 그의 눈을 끌어당기는 것 같았다.

매디슨이 팔짱을 꼈다. 반짝거리는 먼지가 별처럼 빛났다.

"그 커피부터 다 마시도록 해."

나는 쓴 맛에 움찔거리며 컵을 죽 들이마셨다. 어쩌면 커피가 내 머리를 좀 맑게 해 줄지도 몰랐다. 어쩌면 그 목소리를 완전히 없애 줄 수도 있었다.

"왜 그래, 너 커피 블랙으로 안 마셔?" 매디슨이 물었다.

"안 마셔. 블랙으로는 절대."

입안이 근질거렸다. 내가 마셔 본 커피라고는 전쟁 이전, 엄청난 설탕이랑 휘핑크림을 듬뿍 넣은 라테가 전부였다.

"꼭 먹어야 되는 약이라고 생각해 봐." 매디슨이 시계를 보았다. "맙소사, 너무 늦었다. 난 가 봐야 해." 매디슨이 작은 지갑을 열더니 뭔가를 꺼냈다. "여기, 캘리, 내 명함이야."

매디슨이 명함을 내게로 내밀었다. 내가 들여다보기도 전에, 그녀가 물었다. "네 건?"

나는 지갑을 열어 보았지만 명함은 한 개도 보이지 않았다. 발레 파킹 티켓, 일반적인 신분증, 전화기, 그리고 현금이 한 뭉치 들어 있었다. 그 돈을 보자마자 전부 움켜쥐지 않기 위해서 무진장 애를 써야 했다.

"아마 다 떨어졌나 봐." 내가 말했다.

"괜찮아, 그냥 나중에 징이나 보내 줘. 그래, 그럼 난 갈게. 내일 중요한 일이 있거든. 나랑 같이 잠깐 나갈래?"

매디슨은 나와 팔짱을 꼈다. 우리가 블레이크를 지나칠 때, 그 애의 눈이 나를 쳐다보는 게 느껴졌다. 나는 돌아보지 않았다. 나는 매디슨에게만 집중했다. 매디슨이 어떻게 성큼성큼 자신감 넘치는 걸음으로 걷는지, 매디슨이 어떻게 자신의 추종자들이 그녀의 눈치를 살피도록 내버려 두는지를 관찰했다. 마치 꼭 그녀가 에너지 장에 둘러싸여 있기라도 하다는 듯 말이다.

엔더 도어맨 두 명이 커다란 금속 문을 우리를 위해서 열어 주었다. 한 무리의 10대들이 각자의 차를 기다리고 있는 쌀쌀한 밤공기 속으로 발걸음을 내디뎠다. 매디슨은 자신의 발레파킹 티켓을 직원에게 내민 다음에 날 향해 돌아섰다.

"현명한 이 언니가 충고 몇 가지 할게." 매디슨은 팔로 자신의 몸을 감싸 안고는 구두 끝으로 몸을 흔들었다. "첫 번째 렌탈 때는 쉬엄쉬엄 즐겨. 너무 거친 일은 피해. 그 몸에 어떤 일도 일어나지 않도록 주의해, 벌금이 정말 그야말로 극악무도하거든."

매디슨은 결코 이 몸을 보호하라고는 말하지 않았다. 나는 그저 침묵을 지키며, 어차피 우리가 곧 작별 인사를 하고 나면 다시는 매디슨을 볼 일이 없을 거라고만 생각했다.

매디슨이 고개를 갸우뚱하자, 그녀가 하고 있던 커다란 링 귀걸이가 달랑거렸다.

"아직도 첫 번째 렌탈이 어땠는지 기억나. 9개월 전이었어."

"몇 번이나 해 봤어?"

"자기야, 누가 그런 걸 일일이 세고 있겠어?" 매디슨이 미소를 지었다. "꽤 많은 다른 종류의 몸으로 시도해 봤어. 요새는 나이든 몸보다는 젊은 몸에서 더 많은 시간을 보낸다니까."

엔더 발레파킹 직원이 번쩍이는 빨강색 컨버터블을 끌고 왔다. 온통 곡선과 에어 포켓투성이였다. 직원이 매디슨을 보며 손짓했다.

"저게 네 차야?"

"그냥 내 '10대용' 차라고나 할까." 매디슨이 윙크했다.

매디슨과 함께 차로 다가가서 그 윤기 나는 입체적 페인트를 경탄하며 바라보았다. 레이어들의 환각이 너무나 현실적이어서, 실제로 협곡을 바라보고 있는 느낌이 들 정도였다.

"야 이거 끝장인데, 죽이는걸."

매디슨이 눈썹을 찡그렸다.

"캘리, 너 정말 이번이 처음 렌탈 확실하니?"

"왜 묻는데?" 나는 긴장했다.

"왜냐면 넌 정말 진짜 10대처럼 말하는걸. 난 아직도 뭐가 말할 때에 어떻게 말할지 생각해야 되거든. 꼭 시험이라도 치르는 중인 것처럼."

시험을 치르는 중이다...... 지금 내 행동을 정말 정확하게 표현한 말이었다. 완전 다른 방향을 짚긴 했지만. 나는 매디슨이 내가 자신처럼 렌터라고 확신한 채로 떠나기를 바랐다. 뭘 더 어떻게 할 수 있겠는가? 물론이었다. 그저 다른 길로 가는 수밖에.

나는 몸을 기울이며, 매디슨이 아까 했던 것과 똑같은 방식으로 매디슨의 팔을 만졌다. 목소리를 살짝 낮추고 의도적으로 좀 더 천천히 말했다.

"렌탈을 시작하기 전에 말하는 방법에 대해서 예습을 정말 엄청나게 열심히 했거든. 게다가 난 실제로도 정말 어려, 아직 95살밖에 안 됐거든!"

나는 윙크를 했다.

"너 정말 밉다." 매디슨이 발레파킹 직원에게 팁을 주며 말했다. "농담이야. 언젠가 네 기술을 꼭 좀 전수해 줘."

매디슨의 차 뒤에 다른 차가 멈춰 섰다.
"가야겠어. 만나서 반가웠어, 캘리. 내일, 나 패러서핑 하러 간다!"
매디슨은 허공에 팔을 휘저었다. "새 몸을 신나게 즐겨."
매디슨이 차에 타고, 시동을 걸자, 엔진이 으르렁거리며 포효했다. 운전만 봐서는 어떤 나이의 흔적도 느낄 수 없었다.
"아가씨." 발레파킹 직원이 손을 내밀었다. "티켓 주시죠."
지갑에서 티켓을 꺼내 내밀었다. 혹시 내가 운전을 잘 못하는 걸 들킬 경우에 대비해서 일부러 매디슨이 출발할 때까지 기다리고 있었다. 내가 과연 운전을 해낼 수 있을까? 벌써 손바닥이 축축해졌다. 마지막으로 운전을 했던 건, 2년 전 아빠가 학교 주차장에서 연습을 시켜 주셨던 때였다. 그때 아빠가 뭐라고 하셨더라? 운전대를 10시랑 2시 방향으로 꽉 잡아라. 브레이크를 밟기 전에 속도를 줄여라. 운전 중에는 절대 징을 주고받지 마라.
몇몇 남자애들이 클럽을 나오다가 선정적인 눈빛으로 나를 훑어보았다. 여드름이 난 외모로 보건대 완전히 10대들이었다. 나는 돌아섰다. 그 애들이 내가 정말로 누구인지를 알아차리는 건 싫었다. 그저 여기서 빠져나가고만 싶었다.
목소리가 더 이상 들려오지 않는다는 걸 깨달았다. 아무도 나에게 말을 걸지도 않고, 목소리가 돌아오지도 않았다. 좋은 현상이었다.
어떻게든 내가 운전에 대해 알고 있는 모든 것을 기억해 보려고 애썼지만, 기억하려 하면 할수록 점점 더 심장 박동만 빨라질 뿐이었다. 제발 차가 운전하기 쉬운 종류였으면.
그때 발레파킹 직원이 거의 우주선처럼 보이는 엄청나게 커다란 노란 스포츠카를 끌고 나왔다.

안 돼. 제발 저것만은 안 돼.

아니나 다를까, 직원이 내 앞에 차를 세웠다. 매디슨의 차의 딱 두 배 크기였다. 차 지붕이 열려 있었다. 버릇없고 부유한 10대들이 몽땅 모여 있는 이곳에서조차, 기다리는 사람들 사이로 웅성거림이 물결처럼 번져 갔다.

내가 운전석에 앉는 모습을 모두가 지켜보는 걸 알 수 있었다. 나는 매디슨이 그랬던 것처럼 발레파킹 직원에게 팁을 건네고, 고급 가죽 시트로 미끄러져 들어가, 비행기 조종사보다 더 많은 수의 계기판과 버튼을 마주했다. 직원이 운전석 문을 닫아 주었다. 나는 그가 떠나지 못하도록 그의 손을 잡았다.

"잠깐만요." 내가 속삭였다. "여기가 어디에요?"

"어디냐고요?" 그가 이해할 수 없다는 표정을 지었다.

"어느 도시죠?" 난 계속 목소리를 낮췄다.

"다운타운요. 지금 아가씨는 LA 다운타운에 있습니다."

직원은 다른 차를 가지러 뛰어가기 전에 내 차의 계기판의 한 부분을 가리켜 보였다.

그가 가리킨 곳을 보자, 내비게이션 시스템이 있었다. 버튼을 눌러 내비게이션을 켰다. 불이 들어오면서 앞 유리와 내 얼굴 사이의 공간에 에어스크린이 떠올랐다. "집"이라는 글자가 보여서 바로 눌렀다.

집. 내가 가장 원하는 것. 자동차는 내가 어디에 사는지를 알고 있었다. 비록 진짜 내가 살고 있진 않지만.

차를 운전 모드에 넣고, 브레이크를 풀었다. 매디슨과는 달리 내 퇴장은 완전히 거북이 상태였다. 한 걸음 정도 출발했을 때, 뒤쪽에서 작별 인사를 하는 남자애의 목소리가 들렸다.

백미러를 보니 블레이크가 한쪽 주머니에 손을 넣고 서서, 다른 한 손을 나에게 흔들고 있는 모습이 보였다.

*＊＊

클럽에서부터 몇 블록을 지나, 아무도 나를 볼 수 없는 곳쯤까지 왔다 싶을 때 나는 커브를 틀어 사무실 건물 옆에 차를 댔다. 심장이 너무 빨리 뛰고, 다리가 덜덜거렸다. 하지만 적어도 다른 차를 치지는 않았다…… 아직은. 오늘 밤 나는 취하진 않은 것 같았다. 좀 혼란스럽긴 했다. 하지만 시간이 지나면서 머리는 점점 더 맑아지고 있었다. 어떤 일이 일어나고 있는지를 파악해야 했다. 어떻게 머릿속에서 목소리를 들을 수 있었던 걸까?

늦은 시간이라, 거리는 텅 비어 고요했다. 만약 목소리가 되돌아온다면, 이번이 적기였다. 나는 숨을 참고, 어떤 소리를 들을지도 모른다는 공포에 질린 채 조용히 귀를 기울였다.

침묵. 감사하게도 조용했다. 의문의 목소리는 사라졌다.

프라임이 내 머리에 도대체 무슨 짓을 한 걸까? 어쩌면 그들이 칩을 넣을 때에, 내 머리에 뭔가 이상이 생겼는지도 몰랐다. 그 목소리가 칩 자신의 목소리일 수도 있을까? 그 사람들이 내 몸에 뭘 했는지 도대체 믿을 수가 없었다.

마음을 다잡을 필요가 있었다. 나는 차의 제어판을 뚫어져라 보았다. 엔진은 호랑이처럼 으르렁거렸다. 나는 옆 좌석에 던져 둔 지갑에 팔을 뻗어 신분증을 꺼냈다. 카드에는 나의 홀로그램이 떠올라 있었고, 돌아가며 내 옆모습을 보여 주었다. 그 사진을 단박에 알아볼 수 있었다. 바디 뱅크에서 찍었던 사진이었다. 하지만 신분증에 있는 이름은 캘리 우드랜드가 아닌 캘리 윈터힐이었다. 주소는 GPS 에어스크린 내비게이션에 떠 있는 주소와 정확하게 일치했다.

바디 뱅크에서 모든 렌터들에게 이런 신분증을 발급해 주는 게 분명했다. 내 상태가 이 카드에 입력되어 있을 터였다. 내 DNA와 지문까지. "윈터힐"은 아마도 렌터의 성인 듯했다. 이런 식으로 그녀는 누군가 정부 관계자와 만나 신분증 제시를 요구받으면 친척 행세를 할 수 있을 터였다. 자기의 조카의 딸이나 자신의 손녀인 척할 수도 있고.

즉 나 역시 이 차를 타고 어디든 갈 수 있게 된 거였다. 난 정말로 내 동생을 보러 가고 싶었다. 하지만 틴넨바움이 했던 말이 생각났다. 내 칩을 통해서 얼마든지 나를 추적할 수 있다고 했던 말. 로드니가 지난번에 날 데려다 줬기에 그들은 타일러가 어디에 살고 있는지 알고 있었다. 만약 회사 사람들이 내 칩이 거기에 가 있는 모습을 본다면, 그들은 내 몸 안에 들어 있는 것이 렌터가 아니라 나라는 사실을 깨달을 터였다. 그리고 그들은 나를 계약 위반으로 고소할지도 몰랐다.

바디 뱅크로 돌아갈 수도 있었다. 그거야말로 회사에서 나에게 바라는 바가 아닐까? 하지만 그 이상한 목소리, "프라임으로 돌아가면 안 돼."라던 그 목소리는 정말 불길하게 들렸다. 몸이 떨렸다. 내가 회사로 돌아가면 무슨 일이 일어나기에 그러는 걸까?

클럽은 너무 시끄러웠던 탓에 그 목소리를 분명하게 듣지 못했다. 하지만 이제 와서 천천히 생각해 보니, 목소리의 느낌이 엔더였던 것 같기도 했다. 누군가 바디 뱅크에 있는 사람이, 내게 말을 전하기 위해서 칩을 이용했을 수도 있는 걸까? 어쩌면, 도리스라든가? 하지만 도리스가 왜 나에게 프라임으로 돌아오지 말라고 하겠는가? 혹시 조만간 이걸 고칠 예정이라서 도리스는 내가 현장에 나가 있기를 바라는 건가? 아니면 어쩌면 내가 모르는 어떤 다른 이유가 있어서 바디 뱅크로 돌아가면 안 되는지도 모르겠다.

만약 이 차를 타고 내 렌터의 집으로 갈 수 있다면, 어떤 대답을 얻을 수 있을지도 몰랐다. 어떤 원인으로 인해서 내 렌탈이 빨리 끝난 거라면, 아마 렌터는 집에 돌아와 있을 테니까. 나는 내 시계를 흘긋, 음, 그러니까 윈터힐의 완전 멋진 다이아몬드 장식 손목시계를 흘긋 보았다. 거의 자정이 지나 있었다.

날짜를 보니 11월 14일이었다. 내 렌탈이 시작된 지 일주일이 흘러 있었다. 아직도 3주의 렌탈 기간이 남아 있다는 얘기였다.

도대체 무슨 일이람?

바로 그때, 백미러에 움직임이 번뜩였다. 부드러운 발소리가 가까이 돌진해 오는 소리가 들렸다. 운동화가 보도를 요란하게 두드리는 소리였다.

이탈자들이 내 차를 향해 달려오고 있었다.

눈에 분노로 불을 키고, 손마다 체인과 파이프를 든 아이들이 총

다섯 명이었다.

피가 얼어붙었다. 버튼을 재빨리 탐색했다. 운전. 운전 버튼은 대체 어디 있는 거야?

소름끼치는 남자애 하나가 컨버터블의 트렁크 뒤쪽으로 뛰어올랐다. 빡빡 밀어 버린 머리는 온통 문신으로 뒤덮여 있었다.

나는 운전 모드를 간신히 찾아서 있는 힘껏 세게 눌렀다. 가스가 분출되었다. 남자애는 뒤로 날아올라 털썩 떨어졌다.

거울에 비친 모습을 보니 벌써 일어나고 있었다. 그 애의 친구들이 나에게 가운뎃손가락을 들어 보였다. 나는 몸서리를 쳤다.

이건 완전히 새로운 종류의 게임이었다. 그저 차를 가졌다고 해서 경계를 늦춰서는 안 되는 거였다. 사실, 이제 내가 겉으로 보기에 부유해 보이는 탓에, 이전보다 더욱 스스로를 보호할 필요가 있었다.

나는 숨을 깊게 들이쉬었다가 내쉬었다.

그 이후로, 내비게이션 속의 남자만이 유일한 내 편이었다. 호주식 억양의 성우의 목소리가 너무나 편안한 느낌이어서 그럭저럭 스스로 진정하는 데 도움이 되었다. 나는 그의 안내를 따라 고속 도로로 진입했다. 그나마 쭉 뻗은 고속 도로가 운전하기에는 편했다. 이렇게 늦은 시각에는 길에 차도 거의 없었다. 길을 가다가 나는 도로 보수 공사를 하고 있는, 대략 20명으로 구성된 스타터 작업반을 지나쳤다. 이렇게 비싼 자동차에 몸을 싣고, 디자이너 의상과 다이아몬드 시계를 차고 그 애들 옆을 휙 하고 지나가려니 죄책감이 홍수처럼 나를 덮었다. 그 애들에게 이 모든 것들 중 어느 하나도 내 것이 아니라고 소리치고 싶었다.

하지만 이미 그 애들은 백미러에 하얀 점으로 보일 뿐이었다.

서쪽으로 약 30분 정도를 더 달린 후에, 내비게이션 남자는 벨 에어 지역으로 나를 안내했다. 전쟁 전에 몇몇 유명 인사들이 이 동네에 살고 있었던 것이 기억났다. 사설 경비 업체의 직원들이 순찰을 돌며 내 차 옆을 지나가다 나를 쳐다보곤 했다. 경비들이 지키고 서 있는 꿈같은 저택들을 여럿 지나치고 나서 그는 내가 집에 도착했음을 알려 주었다.

하지만 그는 집이 이 정도로 거대한 저택일 거라고는 미처 경고해 주진 않았다.

보이는 경비원은 특별히 없었지만, 거대한 철문이 서 있었다. 차를 문 앞으로 몰고 가 세웠다. 브레이크를 너무 세게 밟은 통에 몸이 휘청거렸다. 등을 기대고 앉아 문 여는 리모컨을 찾았다. 컵 홀더 안에 작은 검정 디스크가 들어 있었다. 디스크를 누르자, 천국의 문이 열리듯 거대한 문이 열렸다.

자갈이 깔린 길을 따라 운전해 들어가자, 내 뒤로 문이 닫혔다. 왼쪽으로는 길이 구부러져 저택의 앞으로 연결되어 있었다. 오른쪽 길로는 차 다섯 대 정도를 댈 수 있는 주차장이 연결되어 있었다. 대문이 열릴 때에 차고의 문이 함께 열린 듯, 안에 주차되어 있는 세 대의 차가 보였다. SUV가 한 대, 리무진이 한 대, 그리고 작은 푸른색 스포츠카가 한 대. 나머지 빈 공간 두 개 중 한 곳에 차를 가져다 대고, 시동을 껐다.

완전히 탈진 상태였다. 아무것도 치지는 않았다. 윈터힐 부인의 값도 따질 수 없을 정도로 비싼 차를 원래 자리에 안전하게 되돌려

놓았다. 윈터힐 부인이 그 사실에 고마워하기만을 바랄 뿐이었다.

이제 뭘 어쩐다? 나는 여러 가지 이상한 상황이 될 수도 있다는 것을 깨달았다. 윈터힐 부인이 집에 있어서 무슨 일이 일어났는지 설명해 줄 수 있다면 제일 좋은 경우였다. 어쩌면 모든 일정을 재조정해서 렌탈이 다시 시작될 수도 있었다. 운이 좋다면, 지금까지 지나간 날들에 대해서도 인정을 받을 수 있을 것 같았다.

차고 안쪽의 문이 집의 옆으로 통하는 입구와 연결되어 있었다. 나는 문을 두드려 보았다. 아무도 대답이 없었다. 거의 새벽 1시가 다 되었다. 문 옆에 터치패드가 있었지만 비밀번호를 전혀 알 방법이 없었다.

나는 차고를 통과해서 뒤쪽의 문으로 다시 나왔다. 저택 앞으로 걸어가는 동안 스틸레토 힐이 자갈길에 부딪히며 딸깍거렸다. 돈이 많이 들었을 것 같은, 멋진 경관이었다. 고르게 손질되어 있는 잔디밭, 꽃이 만발한 관목들, 위풍당당한 나무들. 윈터힐 부인은 아마 수도 요금을 어마어마하게 내야 할 것 같았다.

점판암으로 되어 있는 계단을 두 칸 올라 커다란 앞문에 섰다. 내 움직임이 센서를 작동시켰는지, 집 안 어딘가에서 벨이 울리는 소리가 들렸다.

1분 정도 뒤에, 발걸음 소리가 들렸다. 문이 열렸다.

마르고, 졸려 보이는 엔더 한 명이 잠옷 가운을 움켜쥐고는 나를 들여보내기 위해서 한 발 물러섰다.

"그래도 마침내 귀가할 마음이 드셨나 보군요."

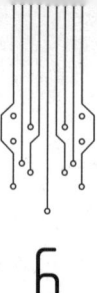

6

 윈터힐 저택의 인상적인 현관으로 들어서는데 입안이 바싹바싹 말랐다. 옛날 영화들에나 나올 것 같은 장소였다. 고풍스러운 가구들, 구름까지 닿을 듯 높은 천정, 어디로든 데려다 줄 듯 거대한 계단.
 엔더 여성이 문을 닫았다.
 그녀가 나를 빤히 쳐다보았다. 불편한 침묵이 흘렀다. 내가 먼저 뭐라도 말하기를 기다리는 것 같았는데, 언제까지라도 기다릴 듯싶은 느낌이었다.
 마침내 그녀가 입을 열었다.
 "무척 즐기셨으리라 믿어 의심치 않습니다만, 윈터힐 부인?"
 그녀는 자신의 잠옷 가운 허리띠를 마치 올가미라도 되는 양 조였다.
 그 질문을 듣자, 내가 진짜 윈터힐 부인을 집에서 만날 수도 있으리라는 희망이 사라졌음을 알 수 있었다. 이 가차 없어 보이는 엔더에게 진실을 말하기라도 했다간, 나는 아마 당장 내쳐지거나 어쩌면 바디 뱅크로 돌려보내질 것 같았다. 아무래도 문제 상황에 처한 듯했다. 회사는 나를 해고하고, 난 결코 집을 구할 돈을 얻지 못할지도 모를 그런 상황.

당장은 어떤 급한 결정도 내릴 상태가 아니었다. 우선은 잠을 좀 자야 했다.

"그래요." 난 말했다. "굉장했죠."

그녀는 내 얼굴을 찬찬히 살폈다. 아니 어쩌면 내가 그저 강박적으로 그렇게 생각하는 것일 수도 있었다.

"열쇠를 또 잃어버리셨나요?"

나는 끄덕였다.

"분명히 차에서 나올 거예요. 또 달리 필요하신 게 있으신가요?" 그녀가 물었다. "좋아하시는 쿠키를 좀 만들어 뒀어요."

이 여자랑 얽히는 건 어떻게든 피하고 싶었다. 내 머리는 이미 밤새 거짓말을 해 대느라 과부하가 걸려 있었다.

"틀림없이 나만큼이나 피곤하겠네요." 내가 말했다. "내 걱정은 말아요. 가서 자요."

"알겠습니다. 안녕히 주무세요, 부인."

그녀는 돌아서서 복도를 따라 오른쪽으로 사라졌다. 그러더니 갑자기 멈춰 섰다.

"잊어버릴 뻔했네요." 그녀가 말했다. "레드먼드 씨가 전화하셨습니다."

"고마워요." 누군지 알게 뭐람.

그녀가 복도를 따라 계속 가서는 방으로 들어가는 모습을 쭉 지켜본 뒤, 나는 넓고 거대한 현관을 둘러보았다. 우리의 옛날 집, 우리 가족이 함께 살던 집도 충분히 좋았다. 우리 집은 밸리 지역에 있는 그다지 대단치는 않은 농장이었다. 윈터힐 저택은 아예 경이로웠다. 시대를 거슬러 올라간 듯한, 마치 박물관에 있는 듯한 그런 느낌이었다. 대리석으로 된 앤티크 테이블이 로비의 중앙에 놓여 있고, 그 위에 있는 꽃병에는 우리 엄마가 보셨다면 신나 흥분하셨을 엄청난 양의 하얀 꽃들이 꽃병에 꽂혀 있었다. 꽃에서 나오는 향취가 엷게 취한 것 같은 내 기분을 더해 주었다.

나는 2층으로 연결되는 커다란 마호가니 계단을 올려다봤다. 렌터의 침실은 위쪽에 있을 것 같았다. 버터처럼 부드럽게 손질되어 있는 난간을 잡고 층계를 올랐다.

반 층 정도 올라가서 왼쪽으로 돌며 여러 초상화들을 지났다. 그림들은 모두 한 여성이 모델이었는데 의심할 여지없이 윈터힐 부인 같았다. 전부 다른 시기에 그린 것들이었다. 그녀는 광대뼈가 도드라지고, 콧대와 턱 선이 강한 아름다운 여자였다. 윈터힐 부인의 눈이 나를 따라왔다.

2층 복도에 도착하자, 벽에 매달린 양초 촛대가 기울어진 채 복도를 비추고 있었다. 오른쪽으로 돌아섰다. 복도 양쪽으로 여러 개의 문이 있었고, 문은 전부 닫혀 있었다. 누군가 다른 사람이 이곳에 살고 있을까? 이제부터 알아내는 수밖에 없었다.

오른쪽 첫 번째 문을 열었다. 스위치가 있을 거라고 생각되는 곳을 적당히 더듬었더니 불이 들어왔다.

첫 번째 방은 손님 객실처럼 보였다. 보이는 곳 어디에도 개인 물품이라고는 보이질 않았다. 나는 불을 끄고 다음 방으로 갔다. 다음 방은 재봉실 같았다. 그 다음 방은 10대 소녀를 위해 꾸민 것 같은 침실이었다. 이게 단순히 윈터힐 부인의 10대 소녀 판타지를 만족시키기 위한 방인지, 아니면 실제로 10대가 여기에 살았던 건지 알 수가 없었다. 그나마 방에 아무도 없기에 다행이었다.

나는 복도를 건넜다. 첫 번째 방은 잠겨 있었다. 계속해서 다음 문을 열었는데, 드디어 찾던 방이 나타났다. 윈터힐 부인의 주 침실이었다. 말 그대로 어마어마했다. 흑단으로 된 네 개의 기둥이 달리고 지붕까지 있는 커다란 침대가 방 중앙에 떡하니 위치하고 있었다. 태피 사탕처럼 꼬여 있는 각각의 기둥 끝에는 집게발이 둥근 공을 잡고 있었다. 침대 위로는 정확하게 중앙에 주름을 잡아 모양을 낸 캐노피가 매달려 있었다. 침대 머리에는 산더미 같은 베개가 쌓여 있었다.

무엇보다 침대에서 가장 마음에 드는 부분은 어떤 윈터힐 씨도 침대 위에 안 보인다는 거였다.

초대라도 하듯 나를 쳐다보는 침대보다도 먼저 내 주의를 끈 것은 침대 왼쪽에 있는 공간이었다. 다리를 뻗을 수 있을 정도의 긴 의자 하나와 작은 앤티크 책상을 놓아, 침실과 분리된 앉을 수 있는 공간을 만들어 두었다. 책상 위에, 납작한 상감 세공 원목 상자가 놓여 있었다.

상자를 열었다. 안에는 컴퓨터가 들어 있었다.

나는 급히 방문을 잠그고 날듯이 컴퓨터 앞으로 돌아와서 그 앞에 앉았다. 신발은 저리 차서 벗어 던졌다. 패널 위의 노란색 불에 손을 가져다 대고 흔들었다. 에어스크린이 그 위로 떠올랐다.

만약 베벌리 힐스에 정전 사태라도 발생했다면, 어쩌면 왜 나와 렌터 사이의 연결이 끊어졌는지를 설명할 수 있을지도 몰랐다. 나는 인터넷 페이지들을 검색했다.

아무것도 특별한 것이 없었다. 계속 찾아봤지만, 새로운 뉴스라고는 어떤 것도 없었다.

나는 엄마와 아빠 사진도 찾아보았다. 어쩌면 두 분이 찍은 사진이 어딘가에 여전히 남아 있을지도 모른다는 희망이 들었다. 간신히 파티에 참석하신 두 분의 사진을 하나 찾아냈다. 나는 두 분의 얼굴에 빠져들듯이 사진을 뚫어져라 보았다.

의자 밑으로 가라앉는 기분이 들었다. 눈이 무거워지는 게 느껴졌다. 벌써 새벽 2시였다.

컴퓨터 옆에는 윈터힐 부인의 이미지가 담긴 홀로그램 액자가 놓여 있었다. 윈터힐 부인의 이름이 구석에 아로새겨져 있었다. 헬레나 윈터힐. 그녀의 모습은 벽에 붙어 있던 초상화들과도 정확하게 일치했다. 하지만 이 홀로그램이 좀 더 최신의 사진인 것 같았다. 그녀는 100살 전후인 것처럼 보였지만, 그럼에도 여전히 우아하며 힘이 느껴질 뿐만 아니라 무척 멋진 모습을 유지하고 있었다.

"헬레나 윈터힐 부인, 지금 어디에 있나요?"

그녀는 그저 내게 미소만 보낼 뿐이었다.

나는 일어나서 파티 드레스를 벗고, 의자에다 옷을 대충 걸쳐 놓고는 속옷 차림으로 침대로 기어들어갔다. 타일러와 마이클이 두 사람만의 작은 성채 안에 있는 모습을 그릴 때쯤, 이미 잠이 들고 있었다.

＊＊＊

아침에 눈을 뜨자, 내 위로 금색 캐노피가 드리워진 것이 먼저 눈에 들어왔다. 아래로는 비단처럼 매끄러운 이불이 있었다. 세상에서 가장 부드러운 베개 위에서 머리가 둥둥 떠다니는 동안, 인동덩굴 냄새와 뒤섞인 섬세한 향나무의 내음이 떠돌며 방 전체를 더없이 편안하게 만들어 주었다. 내가 있는 곳이 공주님 구역인 것이 확실했다.

침대에서 내려와 내 렌터의 휴대폰을 집어 들었다. 프라임으로부터 온 전화는 없었다. 이 상황을 그럭저럭 어떻게든 지켜낼 수 있다는 희망을 가지면, 내가 지나치게 낙관적인 걸까?

9시였다. 이 시간 정도면 마이클이 타일러를 위해서 물을 구하러 가고 있을 터였다.

나는 헬레나의 욕실로 걸어갔다. 커다랗게 뚫린 대리석 공간이 있었는데, 거기가 샤워 시설인 모양이었다. 내가 충분히 가까이 다가가자, 천장에서부터 물이 폭포처럼 떨어지기 시작했다. 수온을 조절하는 패드가 두 개 있었다. 나는 붉은색 패드 앞에 손을 흔들어 물을 좀 더 따뜻하게 만들었다. 나는 실크 브래지어와 팬티를 벗은 후에 물줄기 아래로 걸어 들어갔다.

너무 많은 물을 낭비하고 있다는 생각에 두 번째로 죄책감이 들었다. 하지만 잠시뿐이었다. 그렇게 눈을 감고 머리 위로 물이 떨어져 내리는 것만 느끼고 있자니 너무나 상쾌했다. 새로 태어나는 느낌이었다.

두껍고 따뜻한 타월로 몸을 감싸고 나와 보송보송한 깔개 위에서 발가락을 꼼지락거리자 따뜻한 바람이 나와 몸을 말려 주었다. 몸을 구부려 브래지어를 집어 드는데, 그제야 마이클이 내게 주었던 쪽지가 기억났다. 브래지어 안을 찾아보려다 순간 막막해졌다.

그건 일주일 전이었다. 이건 다른 브래지어였다.

헬레나의 침실에 있는 옷장으로 갔다. 속옷 서랍을 확인해 보려고 했는데, 옷장 위쪽에 종이 한 조각이 놓여 있는 것이 보였다.

종이에는 그 전에 접혀 있었던 선을 따라 주름이 남아 있었다. 그건 날 그린 그림이었다. 내 얼굴. 이 그림을 위해 일부러 포즈를 취한 기억은 없었다. 내가 바디 뱅크에 가기 전에 마이클이 그린 것임에는 틀림없었다.

마이클이 이 그림을 언제 그렸는지는 모르겠지만, 그림은 아름다웠다. 평화로웠다. 천상의 존재 같았다.

그건 정확하게 외모를 묘사한 그림이라기보다는 좀 더 내 영혼에 대한 마이클의 해석에 가까운 것 같았다. 신기한 느낌이었다. 마이클이 그토록 재능 있는 화가라서 그런 것일까? 아니면 우리가 그렇게 연결되어 있다는 사실 때문일까?

확실한 답은 얻지 못했지만, 나는 감동받았다. 나는 그림을 다시 옷장 위에 올려두었다.

어두운 나무 패널로 된 침실 벽 두 개가 전부 숨겨진 옷장이었다. 나는 첫 번째 옷장을 열고 엔더들의 옷에서 입을 만한 것이 있는지 뒤져 보았다. 어두운 색의 양복들, 드레스들, 전부 내가 입기에는 사이즈가 너무 커다랬다. 나는 다음 옷장을 뒤져 보다가 날 위한 옷을 찾아냈다. 딱 내 사이즈였다.

청바지 종류와 니트 탑을 골라 입었다. 완벽했다. 옷장 안에 로켓이 달린 목걸이가 있었는데, 나름 내 의상과 잘 어울리기에 그것도 걸쳤다. 목걸이를 거는데 보니, 머리가 여전히 젖어 있었다. 아무래도 내가 건조기 앞에 충분한 시간을 서 있지는 않았던 모양이었다. 머리 뒤쪽을 토닥이는데, 뭔가 이상한 게 만져졌다. 프라임에서 내게 칩을 넣으며 남긴 절개 흔적이었다. 상처는 둥그런 모양이었다. 부드러웠다.

옷장 위에는 어젯밤에 찼던 시계도 놓여 있었다. 이런 물건이 얼마나 할지는 상상만 할 수 있을 뿐이었다. 아마도 한 식구가 1년 내내 먹고살 금액이 나올 것 같았다. 서랍을 열고 시계를 넣어 두었다. 혹시 시계를 도둑맞거나 다른 일이 일어났을 때 책임을 지고 싶지는 않았다.

나는 어젯밤에 들었던 이브닝 백을 들었다. 너무 정장풍이었다. 옷장에서 다행히 딱 들어맞는 가죽으로 된 멋진 숄더백을 찾았다. 우선 운전면허증과 휴대폰을 그 안에 옮겨 담았다. 나는 현금 다발을 꺼내서 부채처럼 펼쳐 보았다. 물론 그 돈은 정말은 내 것이 아니었다. 하지만 지금 내겐 절실히 필요했다. 일이 어떻게 돌아가고 있는지 알아보는 동안 기름 값도 내야 할 테고, 음식도 사 먹어야 할 터였다.

  나는 생각 끝에 그 돈을 우선 챙겨두고, 후에 내가 받을 금액에서 쓴 돈 만큼 윈터힐 부인에게 돌려주자고 결론을 내렸다. 얼마 정도나 있는지 세어 본 후에, 나는 돈 역시 숄더백으로 옮겨 담았다.

  이브닝 백에는 한 가지 물건이 더 들어 있었다. 매디슨의 명함이었다. "리애넌 허핑튼"이라고 쓰여 있었다. 홀로그램 속의 매디슨은 실제로는 125살의 포동포동한 여성으로 실크 카프탄을 입고 이를 다 드러낸 채로 미소 짓고 있었다. 매디슨은 대담한 키스를 날려 보내며 윙크를 보냈다. 바로 이 사람이 그 작은 10대 소녀 매디슨 안에 들어 있는 성인 여성이었다. 리애넌은 좀 얼빠진 사람인지는 몰라도, 확실히 스스로를 즐길 줄 아는 사람이었고, 그 점만은 인정해 줄 필요가 있었다.

  나는 그녀의 명함 역시 숄더백에 집어넣었다.

  어젯밤 옷들을 치우고 침대를 정리하는데, 문득 윈터힐 부인이라면 분명히 자기 손으로 자기가 잠들었던 침대를 정리하는 일 따위 절대 하지 않았을 거라는 데 생각이 미쳤다. 그녀에게는 어제 그 가정부가 있으니까. 그래서 나는 다시 침대 위를 엉망으로 만들었다. 막 나가려는 참에, 어제 컴퓨터를 사용하고 꺼내 놓은 채로 둔 것이 눈에 띄었다.

  나는 책상에 앉아 컴퓨터를 상자에 돌려놓고 뚜껑을 닫았다. 어쩌면 윈터힐 부인이 과연 어떤 사람인지 알려 줄 단서가 이곳에 좀 더 있을지도 몰랐다. 나는 책상의 양쪽 옆 서랍을 열어 보았지만, 펜과 연습장만이 들어 있었다. 하지만 가운데 서랍에 업무용 명함 크기의 은색 케이스가 보였다.

"헬레나 윈터힐"이라는 이름이 명함에 새겨져 있었다. 홀로그램 사진은 책상 위에 놓인 것과 동일했다. 나는 명함 몇 장을 챙겨 지갑에 넣었다.

헬레나의 휴대폰이 윙 하고 진동했다. 나는 폰을 찾아보았다. 누군가가 징을 보냈다.

이렇게 쓰여 있었다. 네가 뭘 하려는지 알아. **하지 마.** 그 일을 하지 마.

몸이 굳었다. 이건 대체 누구지? 헬레나가 신체 대여로 살짝 외도를 하려는 걸 알아낸 그녀의 친구들 중 하나일까? 엔더들은 어쩌면 몹시도 도덕적인지도 모르겠다.

아니면 이 일 역시 그 목소리와 상관이 있는 걸까?

나는 지갑 속으로 휴대폰을 떨어뜨렸다. 이제 이곳을 바로 빠져나가고 싶었다. 가정부와 우연이라도 마주치는 일 없이 해낼 수만 있으면 좋을 것 같았다. 나는 침실 문의 빗장을 풀고 복도를 슬그머니 내다봤다. 아무도 없었고, 다른 방향도 비어 있었다. 나는 할 수 있는 한 조용히 침실 문을 뒤로 닫고 나와 계단을 따라 내려갔다.

막 1층에 도착했다 싶었는데, 가정부가 아래층에서 날 기다리고 있었다. 가정부의 손에는 물뿌리개가 들려 있었다. 그녀는 꽃이 장식된 테이블 근처의 마루 위에 서 있었다.

"좋은 아침이에요, 부인."

가정부가 손을 앞치마에 닦으며 인사했다. 그녀는 단순한 검정 바지에 셔츠를 입고 있었다.

"좋은 아침."

나는 어느 방이 차고로 통하는지를 생각해 보려고 애썼다. 확신이 들지 않았다.

"아침 식사를 준비해 뒀습니다." 가정부가 말했다.

"배 안 고파요. 나가려던 참이에요."

"배가 안 고프시다고요?" 가정부는 이 말이 윈터힐 부인이라면 결코 말한 적이 없는 대사라도 되는 양 머리를 뒤로 젖혔다. "어디 편찮으세요? 의사에게 전화할까요?"

"아뇨, 아뇨, 난 괜찮아요."

"그렇다면 적어도 커피랑 주스라도 드셔야 해요. 비타민제 드신 게 내려가게 하셔야죠."

가정부가 돌아서더니 복도를 따라 내려갔다. 그녀는 부엌으로 날 안내했다. 욕실과 마찬가지로, 이곳 역시 집의 일부라고 하기는 어려웠다. 부엌은 최신식 편의 시설로 가득했다.

시나몬 향기가 부엌을 가득 채우고 있어, 마음이 아팠다. 우리 가족이 모두 함께 있을 때에 우리가 함께 즐기곤 했던 행복한 주말 브런치 시간이 기억났다. 가정부는 커다란 아일랜드 식탁의 가운데에 날 위한 자리를 만들어 주었다. 거대한 은색 그릇에는 다양한 종류의 과일들이 가득 담겨 있었다. 내가 가장 좋아하는 과일인 파파야도 있었다. 입에 침이 흐르는 것이 느껴졌다.

나는 앉아서 무릎 위에 냅킨을 놓았다. 가정부는 내게 등을 보인 채, 스토브 앞에서 호들갑을 떨고 있었다. 오른쪽을 보니 문으로 향하는 짧은 복도가 있었다. 혹시 저 길이 차고로 향하는 길일까? 가정부가 프라이팬을 들고 오더니 프렌치토스트를 내 접시 위에 내려놓았다. 프렌치토스트를 본 게 언제인지 기억도 안 났다. 가정부는 설탕 그릇을 가져와서는 토스터 위에 반짝이는 설탕 가루를 뿌려 주었다. 엄마가 예전에 그래 주셨던 것처럼.

배가 엄청 고팠다. 윈터힐 부인이 마지막으로 뭘 먹은 게 언제인지는 알 수 없어도, 분명히 며칠은 된 것 같은 기분이었다. 가정부는 비타민에 대해 언급했다. 내 렌터가 이 임시적인 몸을 잘 돌보는 일에 그렇게 열성적이었다는 건 얼마나 재미있는 일인지.

모든 음식이 다 맛있고, 너무 깨끗하고 신선했다. 주스는 몇 가지 열대 과일 맛이 섞여서 꼭 암브로시아 같았다. 목이 몹시 말랐기에 커다란 물병이 놓인 걸 보니 반가웠다. 과일과 꽃을 가득 얹은 장식물을 보니 문득 어떻게든 타일러와 마이클에게 좀 가져다줄 수 없을까 하는 생각이 들었다.

내가 식사를 마치자, 가정부가 여러 가지 비타민이 들어 있는 작은 그릇을 가져다주었다. 전부 다른 색깔이었는데, 가정부는 내가 전부 먹기를 바라는 눈치였다.

"그 몸을 잘 관리하셔야만 해요." 가정부가 말했다. "부인 몸이 아니라고 해도요."

나는 끄덕이고, 비타민을 한입 가득 털어 넣고 주스를 좀 마셨다. 카운터에 냅킨을 내려놓은 후에 일어났다. "고마워요. 맛있었어요."

가정부는 우스꽝스러운 얼굴로 나를 보았다. 뭔가 잘못된 말을 한 게 아닌가 하는 생각이 들었다. 가정부는 싱크대로 가서는 그릇을 씻기 시작했다. 나는 문으로 걸어가며 제발 차고로 향하는 출구가 맞기를 빌었다.

손잡이를 잡고 돌려 문을 열었다. 식료품 저장실이 나왔다.

"뭐 찾으시는 거라도 있으세요?" 가정부가 물었다.

나는 선반을 살펴보고는 슈퍼트뤼플 초콜릿을 움켜쥐었다.

"찾았어요."

나는 밖으로 나와 옆쪽의 작은 현관으로 통하는 문을 보았다. 제발 저 문이어야 했다. 막 그쪽으로 걸어가려고 하는데, 어떤 소리가 들려 깜짝 놀랐다.

중앙 현관에서 들리는 초인종 소리였다.

가정부가 대답을 하기 위해서 나갔다. 나는 옆 현관으로 가서 문을 열었다. 얌전한 종마들처럼 나를 기다리고 있는 노란색 로켓과 다른 차들을 보니 절로 미소가 나왔다.

그때 가정부가 부엌으로 맹렬히 달려오더니 나를 외쳐 불렀다.

"무슨 일이죠?" 내가 물었다.

"저기 손님이…… 남자애 하나가…… 부인을 보러 찾아왔는데요." 가정부가 창백한 낯으로 속삭였다.

"남자애라고요?"

가정부는 주름진 손으로 입을 가리며 고개를 끄덕였다. 일그러진 얼굴만 보면 자신이 세상에서 가장 말도 안 되는 불가능한 이야기를 전달하게 생겼다는 분위기였다. 가정부는 손을 툭 떨어뜨리더니 앞치마를 꽉 쥐었다.

"그 애 말이 부인과 데이트가 있대요."

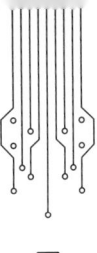

7

나는 서둘러 중앙 현관으로 달려갔다. 가정부가 내 뒤를 바싹 따라왔다.

방문자는 바로 클럽에서 만난 남자애, 블레이크였다. 그 애는 청바지에 가죽 점퍼 차림이었다. 쟤가 여기서 대체 뭐 하는 거람!

"야아, 캘리."

"블레이크."

나는 스스로를 지탱하려고, 대리석 테이블로 걸어갔다. 햇빛 속에서 블레이크의 눈은 나를 꿰뚫어 보는 듯 빛을 발했다.

"몸은 좀 괜찮아졌어?" 블레이크가 물었다.

"어, 고마워."

이렇게까지 찾아온 게 그저 내가 괜찮은지 확인하고 싶었기 때문인 걸까?

블레이크가 내 뒤에 서 있는 가정부를 고갯짓으로 가리켰다.

"아까 유제니아한테도 말했지만 우리 정오에 데이트하기로 했잖아." 그 애의 시선이 가정부에게서 나로 옮겨왔다. "설마 잊어버린 건 아니지, 응?"

도대체 내가 사는 곳은 어떻게 알고 있는 걸까? 나는 앞뒤가 안 맞는 말을 횡설수설하며 더듬거렸다.

"약속했었잖아." 블레이크가 말하며, 한숨을 쉬었다.

나는 유제니아를 돌아보았다. 적어도 이제 가정부의 이름은 알게 된 셈이었다.

"자리 좀…… 네?"

유제니아는 부엌으로 돌아갔다. 나는 블레이크에게로 돌아섰다.

"언제 나한테 데이트를 신청한 건데? 그리고 내가 언제 그러자고 했고?"

마음속을 달음질쳤다. 저녁의 이미지들은 모두 흐릿할 뿐이었다.

블레이크가 좀 더 가까이 다가섰다.

"어젯밤에 우리가 만났을 때, 룬 클럽 안에 있는 바에 앉아 있었잖아. 기억 안 나? 바텐더가 도통 네가 주문하려고 부르는 소리를 듣지 못해서, 내가 널 위해서 대신 주문을 해 줬잖아."

"바에서?"

"우린 얘기도 하고, 몇 가지 농담도 주고받았어. 넌 네가 말을 좋아한다고 했는데."

룬 클럽에 있었던 것은 맞지만, 바에는 앉아 있었던 적도 없었다. 블레이크가 말하는 사람은 나로 돌아오기 전의 헬레나인 것이 틀림없었다. 그래서 블레이크가 내 이름을 알고 있었던 거였다. 그 애의 눈빛이 너무 강렬해서, 계속 마주보고 있다가는 녹아 버릴 것만 같았다. 나는 손가락을 차가운 대리석 테이블 위에 문질렀다. 압도적인 꽃들의 향기조차 도움이 되질 않았다.

"어젯밤에는 나답지 않게 굴었던 것 같아." 내가 말했다.

블레이크는 나와 눈을 맞추려고 고개를 좀 더 숙였다.

"왜 그래, 캘리? 다음 기회로 미룰까?"

나는 막 블레이크를 거절하려고 했다. 이론적으로 나는 아직 일하는 중이었으니까. 하지만 바디 뱅크에서 아직 아무런 연락도 오지 않았다. 그 사람들은 칩을 통해서 나를 찾을 수 있었다. 또한 나를 찾아보고 싶으면 헬레나의 집에 언제라도 전화만 넣으면 그만이었다. 그러니까 잘못된 일을 하는 건 결코 아니었다. 난 그냥 회사에서 연락이 올 때까지 기다리기만 하면 되는 거니까.

게다가 뭔가 불길하게 회사로 돌아가지 말라고 하던 그 목소리에 대한 기억도 있고.

"아니야." 나는 말했다.

블레이크가 의문스럽다는 얼굴로 나를 보았다.

"'아니야'라니, 무슨 뜻의 '아니야'야? '그만 꺼지고, 다시는 나를 귀찮게 하지 말아 줄래'라는 의미로?"

나는 미소 지었다. 블레이크를 놀리는 건 너무 재미있었다.

"아니야. 다음 기회로 미룰 필요가 없다는 뜻의 '아니야'야. 지금 나가자."

이 데이트를 정당화할 수 있는 건 정말로 지금 나에게 커다란 호의가 너무나 필요하기 때문이라고 스스로 되뇌었다. 이건 진짜 10대, 자동차도 있고 자유도 있고 어디든 원하는 곳으로 갈 수 있는 허가받은 10대와 친구가 될 수 있는 기회였다. 블레이크는 그 호의를 전할 수도 있을 테고, 타일러와 마이클에게는 분명 득이 될 것이었다. 나는 적합한 순간을 노려 블레이크에게 부탁을 할 생각이었다.

우리는 함께 밖으로 걸어 나갔다. 그 애의 자동차는 스포티한 붉은 총알이었고, 차도의 구부러진 부분에 주차되어 있었다. 자동차는 부드러운 라인에 쓸모없는 부분이라고는 전혀 보이지 않게 금속으로 마감되어 있었다. 블레이크는 나에게 조수석 차문을 열어 준 뒤 운전석에 앉았다. 안전벨트를 매자 윙 하는 소리가 났다.

문이 열려 있는 게 눈에 띄었다. 아마도 어젯밤에 안 닫혔던 모양이지?

블레이크가 차를 출발시키는데, 2층 창가에 서 있는 가정부 유제니아의 모습이 보였다. 못마땅한 기색이 화장을 덧씌운 것처럼 유제니아의 얼굴에 드리워져 있었다. 내가 자신의 뜻을 이해하지 못할 경우를 위해서였는지, 유제니아는 천천히 양옆으로 머리를 흔들기까지 했다.

블레이크가 차를 운전해 문을 지나서 거리로 나서자, 위장이 조여 왔다.

내가 지금 뭐하고 있는 거지?

"너 괜찮아? 불편해?" 블레이크가 물었다.

나는 고개를 끄덕였다.

나는 사기꾼이었다. 블레이크는 부유하지만 나는 아니었다. 그런 척하며 값비싼 디자이너 의상을 걸치고 하인까지 둔 저택에 사는 것처럼 꾸미고 있는 내가 있을 뿐이었다. 블레이크에게 사실을 말하면 어떨까도 고려해 봤지만, 내 이야기가 도대체 어떻게 들릴지 짐작도 가지 않았다. 블레이크, 있잖아, 난 사실은 버려진 건물 바닥에서 잠들곤 했던 아주 더러운 길거리 고아야. 내가 지금까지 살아 있을 수 있었던 건 레스토랑에서 버리는 음식물 쓰레기통을 뒤져 가며 음식을 구해 먹었던 덕택이야. 난 집도, 옷도, 친척도 없어. 아무것도 없어. 게다가 더 끔찍한 건, 내가 바디 뱅크라고 불리는 이 회사에다 몸을 팔았다는 거야. 2주 전만 해도 내 외모는 이렇지 않았어. 그 사람들이 내 몸을 레이저로 지지고 표백하고 털을 뽑고 문질러서 광을 냈지. 그리고 엄밀히 말하자면, 이 몸은 지금 헬레나 윈터힐이라는 이름의 엔더의 소유야. 그녀가 렌탈 금액을 지불했거든. 너는 사실 지금 그녀랑 데이트하는 중이었을지도 몰라. 100살도 더 넘은 어떤 여자하고, 그러면서도 그 사실을 전혀 몰랐겠지. 이 얘길 어떻게 생각해?

나는 블레이크를 바라보았다. 블레이크는 몹시도 행복해 보이는 얼굴로, 내 생각을 전혀 알아차리지 못한 채 수월하게 운전을 하고 있었다. 그 애는 내 시선을 눈치 채고는 미소를 짓더니, 다시 길에 주의를 집중했다.

나는 자동차 시트에 몸을 기대고 새 가죽의 냄새를 들이마셨다.

신데렐라가 그 멋진 무도회 드레스를 입고 신나게 즐겼던 밤에, 왕자에게 고백하려고 한 적이나 있나? 오 그런데요 왕자님, 저 마차는 제 것이 아녜요, 전 실은 더부살이 하고 있는 지저분하고 가여운 맨발의 청소부일 뿐이거든요. 이런 고백을 하려고 생각이나 했느냐 말이야. 아니지. 신데렐라는 그저 순간을 즐겼잖아.

그러고 나서 자정이 지나자 조용히 사라졌을 뿐.

***

차에 타고 가는 동안, 머릿속으로 수학 계산을 좀 했다. 전쟁이 터질 때에 난 13살이었고, 15살 이후 거리에서 살아왔다. 이번이 내 첫 데이트라는 데 대한 꽤나 괜찮은 변명거리였다. 내가 데이트에 대해 알고 있는 건 전부, 영화광인 우리 아빠와 함께 본 영화를 통해서였다. 아직도 동네 영화관에서 시각과 청각, 그리고 촉각의 세계에 푹 빠졌던 것을 기억했다. 의자들이 어떻게 우르릉 덜컹거리면서 움직였는지, 그 움직임이 어떻게 정말로 우주선의 조종실에 앉아 있거나, 미끄러지듯 움직이거나, 아니면 요정들과 함께 날고 있는 것 같은 느낌을 줬는지도 기억했다. 너무 그리웠다. 난 영화관을 너무 좋아했으며, 나중에 자라면 그런 영화를 만드는 일을 업으로 삼겠다고 마음먹을 정도였다.

데이트라는 건 뮤지컬의 한 장면처럼 모든 것이 완벽하게 돌아가거나, 아니면 코미디들이 그렇듯이 익살스럽고 엉뚱할 터였다. 이 데이트는 어떤 쪽인 걸까?

블레이크는 나를 말리부 북쪽 언덕에 위치한 개인 소유의 말 목장에 데려갔다. 아빠가 예전에 나와 타일러를 데려가 말을 태워 주셨던 공공 말 훈련소는 전혀 이렇지 않았다. 그곳의 말들은 멍청하고 지쳐 있었고, 우린 대부분을 그저 앙상한 관목으로 둘러싸인 납작하고 마른 오솔길을 따라 걸어 다녔다. 그것이 엄청나게 멋진 경험이라고 생각했었지만, 그때야 뭘 알았겠는가? 하지만 블레이크와 나는 윤기 나는 밤색 털을 가진 기백이 넘치는 아라비안 종의 말을 타고 우거진 목초지를 내달렸다. 우리는 소나무 숲을 통하는 길을 빨리 걸어 졸졸 흐르는 시냇물을 건넜다. 그곳엔 그저 우리 둘 뿐이었다. 말을 타는 다른 사람은 아무도 없었다. 그냥 말을 타고 있지 않은 사람도 없었다. 최소한 보이는 바로는 그랬다. 블레이크는 나보다 더 능숙한 기수였지만, 내 말의 속도에 자신의 말을 맞춰 주었다. 사실 빨리 걷는 것 이상으로 속도를 내고 싶지 않았다. 감히 말에서 떨어지거나 나 자신을 다치게 할 순 없었다.

두어 시간이 지나고 나서, 블레이크는 말을 세우고 내렸다.

"점심 먹을 준비는 됐어?"

우리는 인적이 끊긴 곳에 와 있었다.

"배고파. 하지만 드라이브스루(차에 탄 채로 이용할 수 있는 식당이나 은행—옮긴이) 같은 건 전혀 안 보이는데."

블레이크는 미소를 지었다. "나만 따라와."

그 애는 고삐를 잡고 길이 구부러진 곳으로 말을 걷게 했고, 나도 그 뒤를 따랐다. 커다란 떡갈나무 그늘 아래에 테이블 위로 음식이 한 가득 차려져 있었다. 다양한 종류의 샌드위치들과 포도, 과일이 들어간 케밥, 브라우니 같은 것들이었다. 블레이크는 내 놀라는 얼굴을 보더니 웃음을 터뜨렸다.

"그냥 피넛 버터랑 과자 좀 준비해 달라고만 했는데."

그 애는 어깨를 으쓱했다.

블레이크는 내가 말에서 내리는 걸 도와주었고, 우리는 함께 나무에 고삐를 묶었다. 나무 근처에 말이 마실 물 양동이와 건초도 준비되어 있었다.

블레이크가 자기 휴대폰을 꺼냈다. "이리 와."

변덕스러운 미소가 그 애의 입술에 번졌다. 나는 잠시 망설였지만, 한 걸음 앞으로 다가갔다.

블레이크가 내가 자신에게 등을 보이도록 나를 돌려 세웠다. 그러더니 팔로 내 목을 안으며 나를 가까이 끌어당겼다. 햇빛에 따뜻해진 그 애의 피부에서 자외선차단제의 라임 향기가 났다. 나는 양손으로 블레이크의 팔을 붙들었다. 그 애의 힘이 느껴졌다. 블레이크는 다른 손으로 자신의 폰을 들고는 카메라가 우릴 향하도록 했다.

"이 순간을 기억하기 위해서." 블레이크가 말했다.

찰칵.

사진이 어떻게 찍혔는지 확인해 보지도 않고, 그 애는 자신의 휴대폰을 주머니에 도로 밀어 넣었다.

"엄청 배고프지 않아?" 그 애가 물었다.

우리는 테이블에 앉아 각자 접시에 음식을 덜었다. 그때 바닥에 커다란 피크닉 바구니가 놓여 있는 걸 알아차렸다.

"도대체 누가 이 모든 걸 차려주는 거야?" 나는 음식을 씹는 중간에 물었다.

"요정들이."

블레이크가 나에게 탄산음료를 건네주었다.

"요정들은 예술적인 작은 종족이지. 꽃까지 장식해 뒀네."

나는 작은 꽃병에 꽂힌 조그마한 난초 꽃가지를 건드렸다.

블레이크가 꽃병에서 한 송이를 꺼내더니 나에게 내밀었다.

"널 위한 거야."

난 꽃을 받아들고는 경탄하며 바라보았다. 꽃잎은 어두운 보라색이 섞인 노랑이었고, 표범 같은 무늬가 찍혀 있었다.

"지금까지 한 번도, 결코, 이런 무늬의 난초를 본 적이 없어." 나는 꽃을 코끝에 문지르며 말했다.

"알아. 그건 좀 희귀한 종이야. 너처럼 말이지."

볼이 붉게 달아오르는 게 느껴졌다. 즉시 난 들고 있던 음료수를 홀짝거리는 일에 몰두했다.

"그래서 캘리, 미스터리한 소녀, 넌 대체 누구야?" 그 애가 물었다. "어째서 내가 이전에 너를 만난 적이 없지?"

"그럼 내가 미스터리가 아니었게."

"제일 좋아하는 음식은 뭐야? 생각하지 마, 그냥 떠오르는 대로 답해."

"치즈케이크."

"제일 좋아하는 꽃은?"

"이거."

나는 점박이 난초의 꽃가지를 들고 빙빙 돌렸다.

"올해 영화 중 가장 재미있었던 건?"

"하나만 고르자니 너무 많은데."

내가 한 편의 영화도 보지 못했다는 건 말하기 싫었다.

"동물."

"고래."

"그 대답은 정말 빠른데?"

블레이크가 고개를 흔들었고, 우리는 함께 웃음을 터뜨렸다.

"그러는 넌 어떤데?" 내가 물었다. "너도 해 보자."

"색깔, 파란색. 음식, 감자 칩. 악기, 기타." 블레이크가 이 말들을 크게 외쳤다. "경고, 멸종 위기에 처한 종임."

"그거 괜찮은데. 그 자기소개 나도 앞으로 써먹어도 돼?"

블레이크는 눈을 찡그리고는 심각하게 고려해 보는 척을 했다.

"좋아."

우리는 그렇게 수다를 떨며 한동안 태양 아래 앉아 서로에 대해 알아 갔다. 그곳에서, 블레이크와 함께 평생 머무를 수도 있을 것만 같았다. 하지만 몸이 점점 추워졌다. 나는 팔을 문질렀다.

"어떻게 생각해, 우리 그만 갈까?" 블레이크가 물었다.

나는 고개를 끄덕이고 접시를 집어 들기 시작했다.

"하지 마." 블레이크가 내 팔에 자신의 손을 얹었다. "누군가 나중에 치울 거야."

"누가, 요정들이? 굳이 그렇게 힘들게 일하게 만드는 거 사실 좀 무례하다고 생각하지 않아, 응? 그 작고 여린 요정들 손을 아프게 하는 게?"

"요정들은 일하는 걸 좋아해. 요정 봉급도 좋아하고."

"여기는 너희 집 목장이구나, 그렇지?"

블레이크는 불만스러운 표정으로 입을 오므렸다. 별로 그 사실을 자랑하고 싶지 않은 듯했다.

"우리 할머니 목장이야."

거기에는 뭔가 다른, 어떤 슬픔 같은 게 느껴졌다. 목장이 블레이크의 부모님 소유였던 것이 틀림없었다. 나는 고개를 끄덕였다.

"그럼 확실히 이 모든 건 요정들 손에 맡기고 가야겠네."

우리는 말의 고삐를 풀어 돌아갔다. 해가 산을 향해 넘어가고 있었다. 단지 살아남기 위해서 힘겹게 싸워야만 했던 날들이 벌써 먼 일처럼만 느껴졌다. 이 모든 것이 끝날 거라는 생각에 이르자 목이 조여 왔다. 내 생각을 읽기라도 한 것처럼, 블레이크가 나를 멈춰 세웠다. 우리는 말을 나란히 세우고 석양을 함께 지켜봤다.

"오늘 즐거웠어?" 블레이크가 물었다.

그저 솟구쳐 오르는 감정을 쏟아내고 싶었지만, 나 자신을 억눌렀다.

"괜찮았어."

말 위에 앉아 있는 블레이크를 힐끗 바라보다가 그 애를 향해 미소 지었다. 블레이크 역시 미소로 답했다. 석양에 물들어 한쪽 얼굴이 붉어진 채 그 애는 그저 나를 뚫어지게 바라보았다. 블레이크로부터 나에게로 보이지 않는 따뜻한 광선이 전달되는 것 같았다. 만약 이게 에어스크린 게임이었다면, 우리 사이에 조잡한 하트 아이콘이 둥둥 떠다니고 있었을 거다.

그러다 갑자기 마이클에 대한 죄책감이 파도처럼 나를 뒤덮었다. 심지어 우리가 진짜로 서로의 남자 친구이거나 여자 친구가 아니었음에도, 여전히 우리 사이엔 뭔가 있었다. 또한 마이클 말고도 여러

가지 다른 이유도 많았다. 이 관계가 발전해 봤자 어디로 가겠는가? 아무 데도. 아무 데도. 아무 데도 갈 수가 없었다.

나는 깊은 숨을 들이마셨다. 스스로에게 정신적인 휴식을 줘야만 했다. 분석하는 건 이제 그만두고 블레이크랑 함께 있을 시간이 얼마나 남았든 즐기자. 태양이 마지막 은빛으로 사라지는 동안 나는 생각했다.

※ ※ ※

차 안에서, 나는 블레이크에게 그 부탁을 어떻게 전달할지를 계속 고민했다. 그런데 블레이크가 자신의 할아버지의 어머니의 집에 들렀다 가고 싶다고 했다. 증조할머니의 에어스크린에 문제가 생겨 좀 도와드려야 한다고 했다.

블레이크의 할머니는 웨스트우드에 있는 높은 아파트에 살고 있었다. 엘리베이터 안에서 블레이크는 자신의 증조할머니 이름은 마리온인데 자신은 할머니를 내니라고 부른다고 말해 주었다. 할머니는 결코 나이를 정확하게 말씀해 주신 적이 없는데, 블레이크가 생각하기에는 아마도 200살은 되신 것 같다고 했다.

할머니가 문을 열어 주었는데, 그녀는 전혀 내가 예상했던 모습이 아니었다. 마리온의 머리는 은색도, 밝은 흰색도 아닌, 부드러운 희끗희끗한 색이었다. 작은 몸집에는 회색 캐시미어 스웨터를 걸치고 있었다. 하지만 내가 가장 놀랐던 점은, 그녀가 주름을 없애기 위한 어떤 성형 수술이나 관리를 받지 않았다는 점이었다.

블레이크의 할머니는 나를 의자로 안내하며 내 손을 꼭 잡았다. 그녀에게서 라벤더 향이 났다.

"블레이키, 에어스크린이 안 켜져." 그녀는 내 근처의 안락의자에 앉았다. "친구를 데려올 수도 있다고 저 애가 그랬단다. 만나서 반갑구나."

블레이크는 마리온의 옆에 앉아서 손에 미니 에어스크린을 놓고 작업에 들어갔다.

그녀는 블레이크의 손을 애정 어린 손길로 토닥거렸다.

"정말 착한 애라니까. 이 앨 봐도 그렇지만, 난 저 밖의 젊은 사람들에 대한 그런 부정적인 얘기를 믿을 수가 없단다. 있지, 너희 둘처럼 좋은 가정을 갖지 못한, 그런 애들 말이야. 모두가 입을 모아서 그 애들이 하는 일이라고는 싸우거나, 훔치거나, 아니면 공공 기물을 파손하는 것뿐이라고 하지만. 정말로 그 애들이 그런 일만 하는 건 아닐 거야, 그건 단지 우리가 그 애들에 대해서 듣는 이야기일 뿐이지. 그 애들을 보호소에 집어넣는 것도 그래. 한참 잘못된 일이야. 우리가 그 애들을 사회의 구성원으로 통합시키지 않는다면, 그 애들이 어떻게 사회에 기여하는 일원으로 자랄 수 있겠니?"

내가 할 수 있는 거라곤 고개를 끄덕이는 것뿐이었다. 만약 블레이크의 할머니가 내 진짜 인생사를 알 수 있었다면.

마리온은 블레이크에게 몸을 기울이고는 에어 디스플레이를 가리켰다.

"벌써 다 고쳐 놓은 거니?"

"전지가 헐거웠어요." 블레이크가 말했다.

"내 아들은 만나 봤니? 블레이크의 할아버지인?"

마리온이 벽에 걸린 그림을 가리켰다.

나는 고개를 저었다. 그녀가 활짝 웃었다.

"있지, 상원 의원이란다. 클리포드 C. 해리슨 상원 의원이야."

"정말요?"

나는 엄숙한 얼굴의 엔더가 있는 초상화를 바라보았다.

"너 할아버지를 닮았구나." 나는 블레이크에게 말했다.

"정말 닮았지, 안 그러니?"

"내니……." 블레이크가 말했다.

"내가 내 아들을 자랑스러워하면 안 될 이유라도 있니? 아니면 내 증손자를?" 마리온이 블레이크의 볼을 꼬집었다. "이 애는 언제나 내게 친절하단다, 항상 전화를 하곤 해. 그리고 내가 필요하다고만 하면 언제라도 와 주지. 요즘 애들 중에 또 누가 이렇게까지 해 주는 애가 있겠어?"

블레이크가 빨개졌다. 아유, 귀여워라.

1층으로 내려오는 엘리베이터에서, 나는 블레이크를 부러움마저 담긴 시선으로 바라보았다.

"할아버지가 상원 의원이라는 말 한 적 없잖아."

블레이크는 손을 주머니에 넣으며 어깨를 으쓱했다.

"이제 알게 됐네, 뭐."

그런 사실을 떠벌이려고 하지 않는 점이 더 마음에 들었다.

"증조할머니가 참 멋지시다."

나는 그 애의 증조할머니가 살고 있는 아파트를 돌아보며 고개를 끄덕였다.

"내니는 정말 보석 같은 분이셔. 난 우리 할머니가 저분 같기만 하면 소원이 없겠어."

엘리베이터가 멈춰서 우린 함께 아파트 앞쪽으로 걸어 나왔다. 블레이크는 직원에게 발레파킹 티켓을 건넸다.

"할머니는 증조할머니처럼 생각하지는 않으셔?"

블레이크는 고개를 끄덕였다.

"할머니는 티파니에서 쇼핑만 할 수 있다면, 세상 모든 게 잘 돌아간다고 믿으셔. 네 경우는 어때? 너희 할머니는 어떤 분이셔?"

우리가 발레파킹 직원을 기다리느라 서 있는 동안 나는 발을 내려다보았다.

"너희 할머니랑 비슷하시지, 뭐."

"안됐다."

나는 의도적으로 블레이크의 할아버지에 대해서는 묻지 않았다. 블레이크는 할아버지가 그렇게 꽤 대단한 상원 의원이라는 사실을 불편하게 여기는 것 같았다. 그 이름은 내게도 낯설지 않았지만 사실 먹고살기 바쁘다 보면 정치에는 무관심해지기 마련이었다.

벨 에어로 돌아왔을 때엔 이미 날이 어두워져 있었다. 블레이크는 바로 문 앞의 길에 차를 주차하고는 시동을 껐다. 비스듬한 금빛으로 내부 장식이 은은하게 비춰졌다.

"정말 즐거운 시간이었어." 블레이크가 말했다.

"나도 그랬어."

블레이크에게 부탁을 하긴 해야 했는데, 어떻게 말해야 할지를 알 수가 없었다. 그래서 나는 그저 다짜고짜 들이밀었다.

"블레이크, 사실 너한테 한 가지 부탁이 있어."

그 애는 잠시 나를 보았다.

"원하시는 거라면 뭐든지."

"종이 혹시 가진 거 있어? 펜도?"

블레이크는 조수석 앞의 글러브 박스를 열더니, 펜과 메모지를 꺼내서는 내게 건넸다. 나는 할 수 있는 한 모든 기억을 동원해서 지도를 그렸다.

"여기로 가 줬으면 해."

나는 건물 위치를 가리켰다.

그 애는 내가 그린 그림을 뚫어져라 바라봤다.

"여기가 대체 뭐하는 곳인데?"

"버려진 사무실 건물이야."

"농담해?"

"부탁이야. 친구 하나가 곤경에 좀 처했어. 걔한테는 이 돈이 꼭 필요해." 나는 지갑의 현금을 싹 비웠다. "거기 도착하면, 주차는 꼭 골목에 해야 돼. 누구라도 보이면 절대 차 밖으로 나오지 말고. 아무도 없다 싶으면, 이 문으로 들어가서 곧장 2층으로 올라가. 2층에 올라가는 즉시 걔 이름을 불러.(마이클이야.) 그리고 캘리가 너에게 메시지를 보냈다고 말해. 마이클이 나올 때까지 기다리고, 절대 아무 방에나 들어가지 마."

나는 현금을 내밀었지만 블레이크는 받지 않았다.

"지금 장난하는 거지, 그렇지?"

블레이크는 신경질적인 웃음을 터뜨렸다.

"난 진지하거든."

블레이크는 꼭 마이클을 상기시켰다. 아무래도 난 고집스러운 남자애들을 상대하다가 파멸을 맞이할 팔자인가 보다. 나는 현금을 다시 블레이크의 손에 닿을 때까지 내밀었다. 그 애는 여전히 받으려고 하질 않았다.

"마이클이 밖으로 나오면, 이 돈을 주면 돼. 내가 보내는 거라고 말해 줘. 모두가 잘 있는지 물어보면, 마이클은 무슨 뜻인지 알 거야. 만약 마이클이 돈을 안 받으려고 하면, 나한테 전화해 줘, 내가 그 애에게 직접 얘기해 볼게."

"나랑 같이 갈 생각은 없고?"

"나도 얼마나 그러고 싶은지 몰라." 타일러를 볼 수만 있다면 얼마나 좋을까. "하지만 난 갈 수가 없어." 내가 거기에 갔다는 사실을 바디 뱅크에 알리지 않고는 말이지.

"수상한 구석이 있는 일처럼 들리는데, 캘리."

"거긴 정말로 안전한 곳이 아니야. 그러니 할 수 있는 한 빨리 거길 빠져나와."

블레이크는 주저하는 손으로 돈을 받아들었다.

"생각해 볼 것도 없이 당장 빠져나올게."

"고마워, 블레이크. 정말이야."

"야, 너한테 중요한 거잖아." 그 애는 내 눈을 들여다봤다. "그렇다면 나한테도 중요한 일이야."

블레이크는 나에게 너무 잘해 주고 있었다. 나는 그런 곳에 가는 일이 익숙했지만, 그 앤 그렇지 않았다. 거기 사람들은 즉시 그 애가 외부인이라는 사실을 알아차릴 터였다.

이 일을 해낼 정도로 블레이크가 충분히 똑똑하다고 믿는 수밖에 없었다. 저 돈으로 마이클은 타일러를 위한 과일과 비타민을 살 수 있으리라.

"아무 질문도 하지 않아 준 것도 고마워."

나는 차에서 내렸다. 문을 닫으려는데, 블레이크가 내 쪽으로 몸을 기울였다.

"하지만 언젠가 미래에도 걔네들한테 질문하지 않겠다고는 보장 못 하겠어."

나는 미소 지었다. 그 단어의 느낌이 너무 좋았다. ……미래. 하지만 불쌍한 블레이크는 마치 왕자와 가난뱅이 소작농 사이처럼 우리에게는 어떤 미래도 없다는 사실을 모른다는 생각에 죄책감이 엄습했다. 그런데 그 모든 것들이 배경으로 넘어가는 것처럼 움직이면서 동시에 뭔가 정말로 현실적인 일이 시작되었다.

손이 얼음처럼 차가워졌다.

감각이 사라졌다.

꼭 누가 나를 10바퀴쯤 빙글빙글 돌리기라도 한 것처럼, 현기증이 몸 전체를 씻듯이 지나갔다. 앨리스가 토끼를 쫓아간 것처럼, 나는 길고, 검은 구멍 속으로 떨어져 내렸다.

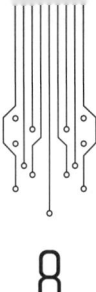

8

알고 보니, 내 손에 총이 들려 있었다.

뭐?

총이?

왜?

내가 지금 스스로를 지키려고 하는 중이었나? 이마 위로 땀이 삐져나왔다. 심장이 어찌나 세차게 뛰는지, 정말 내 심장 소리를 들었다고 맹세해도 좋았다.

누가 나를 쫓는 거지? 나는 양손으로 총을 꽉 쥐고, 손가락을 방아쇠에 걸었다.

내가 내쉬는 거친 숨소리가 귓가에 울렸다. 나는 언제라도 쏠 준비가 되어 있었다.

하지만 아무도 없었다.

나는 누군가의 침실 한가운데에 혼자 서 있었다. 커다랗고, 아주 고급스러운 방. 박물관 같아 보였다. 나는 그제야 이곳이 어디인지 기억이 났다.

헬레나. 여기는 헬레나의 침실이었다.

무슨 일이 일어난 거지?

이미지들이 머릿속을 스치고 빠르게 지나갔다. 얼굴, 차, 미소, 펄떡이는 물고기처럼 휙 하고 지나가는 느낌들. 내가 한 가지 이미지에 집중하려 하면 할수록, 벌써 지나가 버리고 없었다.

나는 손에 들고 있는 총을 내려다봤다. 글록 VI 기종이었다. 이전에도 사용해 본 적이 있는 총이었지만, 이건 개조된 거였다.

총에는 소음기가 달려 있었다.

나는 총이 장전되어 있는지 살펴보았다. 장전은 되어 있지 않았다. 나는 옷장으로 가서 제일 위에다 총을 올려 두었다. 그러자마자 타는 듯한 고통이 엄습해 와서 나는 몸을 구부렸다. 마치 화산이 폭발하려는 것처럼 압박이 목에서 앞머리로 타고 올랐다.

욱신거리는 통증을 조금이라도 멈춰 보려고 나는 관자놀이를 눌렀다. 무릎이 좌우로 흔들리는 것이 느껴졌다. 고통이 계속해서 파도처럼 밀려오고 있었다. 막 고통이 가라앉는 느낌이 들어서 이제 끝인가 보다 하고 생각하면, 쾅 하고 다시 시작되었다.

아마도 그저 몇 분이었겠지만 영원처럼 느껴졌던 시간이 지난 후에야, 고통이 사라졌다. 그저 길게 쉬는 것이 아닐까 하는 두려움에 잠시 기다렸지만, 정말로 끝난 것 같았다. 꼭 스위치가 탁 하고 눌려 꺼지기라도 한 것 같았다. 손바닥은 축축하고 온몸이 땀에 흠뻑 젖은 채로 나는 바닥 위에 몸을 구부렸다.

 방 안의 침묵이 나를 압도했다. 내 모든 감각이 예민해져 있었다.

 나는 옷장에 기대어 내 다리로 일어서서, 머리를 열심히 굴렸다.

 대체 헬레나가 자신의 침실에서 글록으로 하려던 일이 뭘까? 보호? 하지만 글록은 일반적으로 침실용 탁자에나 두는 그런 호신용 총들에 비해서 지나치게 무겁고 커다랬다. 엔더 여성이 다루기에는 너무 어려운 기종이었다.

 게다가 왜 소음기를 부착했지? 그건 결코 좋은 신호가 아니었다.

 나는 헬레나의 벽장 문 하나가 열려 있는 것을 알아차렸다. 케이스 하나가 옷장 앞 카펫 위에 열린 채 놓여 있었다. 나는 가까이 걸어가서 그것이 권총 케이스임을 확인했다. 나는 무릎을 구부리고 총을 케이스에 넣었다. 총은 파인 부분에 딱 맞았다.

 옷장 안에는, 카펫이 일부 밀려난 채 바닥 아래의 비밀 공간을 드러내고 있었다. 권총 케이스를 보관하기에 딱 충분한 크기였다. 나는 케이스를 닫고 빈 공간에 도로 밀어 넣은 뒤에 카펫을 제자리로 돌려놓았다.

 그저 총을 시야에서 치워 버리는 것만으로도 기분이 좀 나아졌다.

 그러고 나서 나는 정신을 차리려고 애썼다. 불이 깜빡 나가기 전에 내가 뭘 하고 있었더라?

 블레이크. 나는 블레이크에게 잘 자란 인사를 하고 있었다. 나는 그 애에게 타일러를 위한 돈을 준 다음에 차에서 내렸다. 늦은 시각이었다. 지금은 창을 통해 햇빛이 찬란하게 비춰 들고 있었다. 시계는 3시를 알리고 있었다.

가죽 지갑은 어디에 있지? 재빨리 둘러보자 책상 위에 놓인 가방이 보였다. 나는 가방을 열고 휴대폰을 꺼내 날짜를 확인했다.

오늘은…… 내일이었다. 그럼 결국 나는 18시간을 혼이 나가 있었던 모양이었다. 그 다음엔, 어떤 이유로 내가 돌아온 거고.

뭔지는 몰라도 지난 번 나이트클럽에 있던 날에 갑작스럽게 내 의식이 돌아오는 원인이 되었던 것이 지금 내가 다시 돌아오는 원인이 되어 준 것 같은데, 대체 그게 뭔지 곰곰이 생각해 보았다. 각종 질문들이 내 머리를 내달렸다. 누군가 이 현상을 제어하는 것일까, 아니면 완전히 무작위로 일어나는 일인 걸까? 혹시 내 머리 안의 신경칩에 뭔가 이상이라도 생긴 걸까? 다른 기증자들에게도 흔히 일어나는 일일까, 아니면 그저 내가 특이한 경우인가?

잠드는 것만큼 쉬울 겁니다. 그러시겠지.

이상한 것은, 내 몸의 소유권을 다시 얻어 낸 것이 분명 내 렌터였다는 점이다. 헬레나는 이미 총을 침실에 숨겨 놨었고, 심지어 그걸 비밀 장소에 보관했던 것도 명백했다. 그리고 내가 정신을 차렸을 때, 나는 바로 그 권총을 든 채로 그녀의 침실에 있었다. 내 이론이 정확하다면, 그 말인즉슨, 내가 블레이크에게 잘 자라고 작별 인사를 하고 난 후 헬레나가 내 몸에 대한 제어를 얻었다는 이야기였다. 그녀가 그에게 뭐라도 말했을까, 아니면 그저 집 안으로 들어갔을까? 그녀가 유제니아에게 아무 말도 안 했을까?

앞으로 어떻게 행동해야 할지 감이 오질 않았다. 뭐라고 말해야 할지, 뭐라고 말하지 말아야 할지. 내 몸이 나 없이 어떤 행동을 하고 다녔는지를 알 수 없는 것은 정말 끔찍했다.

그리고 타일러 일은 어떻게 된 거지? 블레이크가 거기 제대로 갔을까? 나는 폰을 주워 들고 그 애에게 징을 보냈다. 블레이크는 아무 답이 없었다.

총. 그냥 단순히 아무 총인 게 아니었다. 소음기를 장착한 글록. 이런 기종은 단순히 사격 연습을 위한 거라고 할 수 없었다. 일이 내가 예상한 수준을 넘어서고 있었다.

프라임으로 돌아가야만 했다.

차고로 간 나는 헬레나의 노란 로켓차를 지나쳐, 맨 끝에 세워져 있는 작은 파랑 스포츠카로 향했다. 적어도 이 차는 로켓차가 그러는 것처럼 "날 알아봐 줘"라고 꽥꽥 소리 지르는 종류는 아니었다. 밖에서 보니, 복슬복슬한 초록색 외계인 인형이 백미러에 매달려 있는 것이 보였다. 절대 헬레나의 스타일은 아니었다. 아마도 그녀의 손녀의 자동차인 모양이었다.

차 키는 벽 쪽 선반에 걸려 있었는데, 열쇠에도 좀 더 작은 크기의 또 다른 에일리언이 매달려 있었다. 나는 차에 타고 내비게이션을 켰다. 내비게이션의 안내 음성이 이번에는 옛날 만화 영화 주인공의 목소리였다.

"목적지를 말씀하세요." 여자의 경쾌한 목소리가 말했다.

"베벌리 힐스, 프라임 데스티네이션."

2초쯤 지나자, 내비게이션이 말했다. "말씀하신 장소를 찾을 수가 없습니다."

물론 그러시겠지. 프라임이 검색 목록에 올라 있을 리가 없었다.

"새 주소는……." 나는 수동 입력으로 전환하며 말했다.

내가 주소를 크게 부르기 시작하는데, 그 목소리가 돌아왔다.

캘리…… 그러지 마…… 프라임으로…… 돌아가면 안 돼. 위험해…… 내 말 들리니? 돌아가서는 안 돼…… 너무 위험해…….

팔에 닭살이 돋았다. 위험. 목소리는 분명히 그렇게 말했다. 초지일관 한결같은 여자였다. 내가 프라임 데스티네이션으로 돌아가는 것에 대해 경고를 하려는 의도가 명백했다.

"왜요?" 나는 목소리에게 물었다. "어째서 돌아가면 안 되는지 말해 줘요."

침묵.

"도대체 누구세요?" 나는 물었다. "혹시 헬레나 씨?"

대답이 없었다.

총. 경고. 위험. 손에 총을 쥔 채로 깨어나는 일이라면 더 이상 겪고 싶지 않았다. 하지만 나는 총을 다룰 수 있었다. 프라임에서 날 기다리고 있는 일이 뭔지 알 수가 없었다.

나는 엔진을 끄고 집으로 돌아갔다.

헬레나의 컴퓨터 앞에 앉아 좀 더 그녀에 대해 파헤쳐 보기로 했다. 내가 정신이 나갈 때마다 내 몸을 차지한 것이 헬레나라면, 그녀에 대해 더 알아 둘 필요가 있었다. 왜 하필 총을? 어쩌면 누군가 그녀를 쫓고 있어서, 내가 그 분노의 목표물이 될지도 몰랐.

헬레나의 친구들 중 몇 명이나 그녀가 렌탈 중이란 것을 알까? 지난번에 징을 보내 유감의 표시를 한 그 사람 외에 누군가가 있을 것이었다. 만약 그게 친구였다면 말이지만.

나는 헬레나의 컴퓨터 파일들을 쭉 훑어보았다. 기억, 작업, 편지,

그리고 사진들이 100년도 넘는 시간만큼 쌓여 있었다. 나는 헬레나의 파일을 이리저리 탐색하다가, 그녀의 아들과 며느리가 대부분의 그 나이대 사람들이 그랬듯이 전쟁 중에 죽었다는 사실을 알게 되었다. 두 사람에게는 내 나이 또래인 엠마라는 이름의 딸이 있었다. 엠마가 바로 헬레나의 손녀인 모양이었다.

나는 캠페이지(CamPages)에 접속했다. 자신들이 공유하고 싶은 삶의 일부를 보여 주는 포털사이트였다. 심하게 자아도취인 사람들은 자신들의 하루 전체를 기록으로 남겨서 곧장 에어스크린으로 틀거나 홀로그램 모드로 재생하고는 했다. 정말 여기에 미친 애들은 결코 이걸 끄는 법이 없었다.

헬레나는 캠페이지에 페이지를 갖고 있진 않았지만, 이상한 일은 아니었다. 많은 수의 엔더들이 100살이 넘어가고 나면 자신들의 페이지를 지웠다. 자신들이 그런 터무니없는 짓을 하기에는 너무나 분별 있다고 생각하는 모양이었다.

정말 이상한 일은 엠마의 페이지가 삭제된 일이었다. 나는 엠마의 이름으로 좀 더 검색을 하다가, 그녀의 장례식에 관한 기사를 찾아냈다. 2달 전이었다. 죽음의 원인에 대한 언급은 전혀 없었다.

나는 이 저택에 왔던 첫 번째 날, 이 집에 10대의 방이 있었던 것이 기억났다. 나는 복도를 따라 방으로 들어갔다.

슬픔이 안개처럼 엄습했다. 살랑거리는 얇은 하얀 커튼을 통해 들어온 햇빛은 정체된 공기 속에 얼어붙어 있었다. 이 방은 침실이라기보다는 추모 기념비에 가까웠다. 내 시선 끝자락에서 뭔가가 깜빡거렸다. 나는 침실용 탁자 쪽으로 돌아섰다. 아무도 보는 사람이 없는 데도, 홀로그램 액자가 기억들을 일주일 24시간 내내 틀어서 보여 주고 있었다.

나는 액자를 좀 더 가까이서 보기 위해 침대 모서리에 앉았다. 이제는 영원히 사라져 버린 우리 가족의 홀로그램 액자를 생각하자 안에서 격렬한 아픔이 끓어올랐다. 액자의 아랫부분에 새겨진 글에는 "엠마"라고 쓰여 있었다. 엠마는 단호한 턱 선부터 그 고집스러운 표정까지, 자신의 할머니를 똑 닮았다. 엠마는 부유한 집 아가씨 특유의 자신감과 여유가 넘치는 분위기를 가졌다. 기증자들처럼 아름답지는 않았지만 그랬다. 그 애의 피부에는 생기가 넘쳤지만, 그 애의 자랑스러운 코는 조금 지나치게 길었다. 부유한 특권층의 삶을 뽐내듯 보여 주는 영상이었다. 테니스를 치거나, 오페라의 개막 첫날밤에 참석하거나, 아니면 부모님에게 팔을 두르고 그리스를 여행하는 모습.

나는 엠마의 방을 훑어보았다. 엠마가 죽은 이래 두어 달이 지났을 뿐이었다. 헬레나는 모든 물건이 원래 그대로 있기를 바랐던 것처럼 보였다. 내가 만약 이렇게까지 멋진 저택에서 부유하게 살 수 있었다면, 나 역시 우리 부모님께 똑같이 했을 것이었다.

하지만 한 가지가 빠져 있었다. 컴퓨터가 없었다.

나는 숨겨진 비밀을 찾아 옷장으로 향했다. 사람들은 보통 옷장에 무언가를 숨기곤 했다. 모자와 아크릴 상자들이 들어 있는 높은 선반이 보였다. 의자를 끌고 와 그 위에 서서 나는 엠마의 기억들을 탐색했다.

거기 감춰져 있는 거라면 뭐든지 몽땅 다 검사했다. 침대 아래와 모든 서랍을 열어 보았고, 모든 물건을 꺼내 보았다. 하지만 아무것도 건지지 못했다. 나는 엠마의 책상에 앉아 뺨을 손으로 받쳤다. 그때 딱 하나 내가 찾아보지 않은 물건이 눈에 띄었다. 옷장 위에 있는 보석 상자였다. 뭐라도 단서를 찾을 수 있을 거라는 기대는 전혀 없었지만, 그나마 찾아볼 만한 거라고는 그거밖에 남아 있지 않았다.

상자 안에는, 믿기 어려울 정도로 부유한 16살짜리를 위해 준비된 금, 은, 그리고 다양한 귀한 보석들이 들어 있었다.

그리고 전혀 예상치 못했던 물건이 하나 있었다. 장식이 달려 있는 팔찌였다.

그냥 단순히 장식이 달린 팔찌인 게 아니라, 작은 스포츠 장식이 달린 은 팔찌였다. 테니스 라켓, 에어 스키, 스케이트. 스케이트 장식을 건드리자 돌면서 스케이트를 타는 익숙한 홀로그램이 떠올랐다.

내가 손목에 차고 있는, 바디 뱅크에 있을 때에 도리스가 내게 준 팔찌 옆에 엠마의 팔찌를 대 보았다.

정확하게 똑같았다.

어째서 엠마가 이걸 가지고 있는 걸까? 딱 한 가지의 대답밖에 없었다. 그 생각에 얼굴이 불타는 듯 달아올랐다.

엠마는 이렇게 지독하리만치 어마어마하게 부유했고, 이런 궁전에 살면서, 자신이 원하기만 한다면 뭐든지 할 수 있었다. 그렇다면 어째서 자신의 몸을 바디 뱅크에 팔았던 걸까?

***

그날 밤 나는 엠마의 자동차인 작은 파랑 스포츠카를 몰고 룬 클럽에 도착했다. 나는 엠마의 옷장에서 찾아낸 디자이너 브랜드의 초미니 원피스를 입었다. 내가 착용한 구두, 목걸이, 그리고 디자이너 가방들도 모두 엠마의 물건이었다. 나는 사진 속에서 엠마가 했던 방식대로 머리를 만졌다. 정수리로 전부 넘겨서 엠마의 다이아몬드 헤어핀 중 하나로 고정했다. 정면에서 봐서는 누구도 엠마와 나를 헷갈릴 것 같진 않았지만, 어두운 나이트클럽 안에서라면, 게다가 뒷모습의 경우라면 큰 문제가 안 될 것 같다는 생각이 들었다. 어쩌면 이런 모습이 엠마를 아는 누군가를 끌어낼 수 있을지도 몰랐다.

여전히 좀 이른 시각이었기에, 안의 음악은 사람들이 서로 얘기하는 소리를 들을 수 있는 수준이었다. 이번이 여러모로 상황 통제가 쉬울 것 같았다. 나는 어둠 속에 적응하려고 애쓰며 천천히 걸었다. 매디슨의 걸음걸이를 조금이라도 재창조하려 애쓰며 방을 가로지르는 동안, 나는 지나치는 사람 모두에게 매디슨표 '진짜 혹은 렌터' 테스트를 시행했다.

우주 비행 분위기의 바를 힐긋 보았더니, 모든 의자에 주인이 있었다. 라운지 근처에 있는 반중력 의자들도 마찬가지였다. 잠시 거울로 된 기둥 옆에 서 있는데, 한 소녀가 내게 다가왔다. 드디어 매디슨표 테스트 시간이 왔다. 그 애는 붉은색의 긴 생머리에 녹색 눈, 아래에서부터 빛이 나는 듯한 도자기 같은 피부의 소유자로, 한마디로 엄청난 미인이었다. 렌터 확정.

"음." 그녀가 나를 보았다. "상당히 괜찮은 몸인데."

"고마워." 나는 말했다. "나도 맘에 들어."

"안녕, 헬레나, 내가 누구게?" 그녀는 내 쪽으로 몸을 좀 더 기울이며 목소리를 낮췄다.

그녀는 자신의 휴대폰을 들고 있었다. 화면 꼭대기에 붙여 놓은 하트가 번쩍거리고 있었다. 헬레나의 이름이 그 옆에 떠 있었다.

"넌 내 싱크(Sync)로부터 도망칠 수 없어."

나는 내(헬레나의) 휴대폰을 꺼냈다. 이쪽 휴대폰의 하트도 번쩍거리고 있었다. 그 옆에 그녀의 이름 역시 보였다. '로렌'.

"네가 징을 보냈구나." 내가 말했다. "지난번에."

"그럼 나지, 달리 누구겠니?" 그녀는 짜증스럽게 답했다.

그러니 이 엔더는 단순히 헬레나의 친한 친구일 뿐만이 아니라, 가정부를 제외하면 헬레나가 렌탈 중이었다는 사실을 아는 유일한 사람이었음이 틀림없었다. 자신 또한 렌탈 중이면서 헬레나보고는 렌탈을 그만두라고 말리려 했던 것은 좀 이상해 보이긴 했다.

"음, 난 어쨌든 마음을 정했어." 나는 즉흥적으로 말했다. "너도 내가 어떤 사람인지 알 거 아냐."

"『말괄량이 길들이기』의 케이트보다도 더 고집이라면 알아주지."

나는 로렌이 아까 했던 칭찬으로 주제를 돌리기로 마음먹었다.

"너 멋져 보인다. 괜찮은 선택인데."

내 말에 로렌이 자신의 완벽한 뺨 위에 손을 얹었다.

"네가 어떻게 그런 말을 해? 우리 둘 다 벌 받을 거야. 이 일을 하려니 끔찍한 기분이 들어, 이 불쌍한 어린 여자애의 몸을 이런 식으로 이용하다니."

그녀는 자신이 빌린 몸통을 내려다보았다. 로렌이 고개를 들자 붉은 머리채가 바의 네온 불빛에 반짝거렸다.

"하지만 네가 늘 말했듯이, 만약 그들이 불운한 10대들 수천 명을 희생자로 만들 거라면, 우리가 그들을 멈추기 위해서 이 애들 몇 명을 이용해야 하는 건지도 몰라."

"넌 항상 기억력이 좋았어, 로렌."

헬레나에게 분명히 뭔가 계획이 있고, 로렌이 그걸 알고 있다는 냄새가 났다.

로렌이 가까이 몸을 기울였다.

"그렇게 부르지 마. 난 지금 리스라고."

내가 자기 말을 받아들였다는 것을 확인하려고 로렌은 눈썹을 추켜세웠다.

"너무 오래 이야기하는 위험을 감수할 수는 없어. 누군가 우릴 보고 무슨 일인지 알아차릴지도 몰라." 로렌은 주위를 힐끗 둘러보았다. "아직 뭔가 경솔한 일을 벌이지는 않았던 모양이네, 안 그랬다면 내가 인터넷으로 무슨 기사라도 읽었을 테니까."

"응, 아무것도 안 했어."

"하지 마." 로렌은 내 팔을 잡았다. "이렇게 애원할게. 너랑 나는 비록 같은 길을 가고 있지만, 이건 문제를 해결하는 올바른 길이 아니야. 모든 걸 더 나쁘게 만들 뿐이라고."

도대체 내 계획이 뭔데? 로렌에게 이 말을 묻고 싶어서 죽을 지경이었다.

로렌이 나를 놓아 주었다. 그녀의 눈이 방 안을 훑어보았다.

"가야 해. 날 데리고 온 애가 있어."

나는 로렌의 어깨 위에 손을 얹었다.

"내일 잠깐 만날래? 좀 더 조용한 곳에서?"

로렌이 한 발짝 뒤로 물러나서, 내 손은 허공에 떨어졌다.

"한 가지 조건만 지켜 준다면. 내가 충고에 따를 거라는."

"아마 넌 깜짝 놀랄 거야." 아마 내 자신이 깜짝 놀라겠지만.

로렌은 호기심이 동한 듯 고개를 갸웃거렸다. 그녀는 한 발짝 더 물러나더니 멈춰 섰다. 로렌의 눈이 나를 위아래로 훑었다.

"그거 엠마 원피스 아냐?" 그녀가 물었다.

로렌이 내가 엠마의 할머니라는 사실을 알고 있었기에, 이건 무척 볼품없어 보일 만한 일이었다. 하지만 숨길 방법이 없었다.

"맞아."

"게다가 엠마의 목걸이?"

"거기에 구두도."

위장이 조여 왔다. 막 로렌을 잃을 수도 있는 판이었지만 난 정말 로렌이 필요했고, 그녀가 갖고 있는 대답을 원했다.

"이쪽이 좀 더 그들 주의를 끌 수 있을 거라고 생각했어."

로렌이 고개를 끄덕였다. "영리해."

그녀는 군중 속에 날 버려두고 떠났다. 나는 혹시 블레이크가 이곳에 와 있을지 궁금해 하며 다른 사람들을 살펴보았다. 바의 의자들마다 모두 사람이 앉아 있었지만, 라운지 쪽에 빈자리가 하나 있었다. 커피 테이블 주변에 놓인 네 개의 푹신한 쿠션 의자들 중 마지막 빈 의자였다. 나머지 자리는 남자애들 두 명과 여자애 하나가 차지하고 있었다. 여자애가 나를 바라보다가, 가볍게 내 쪽으로 몸짓을 해 보였다.

"이 자리 비었어."

여자애는 꼭 푸들을 부를 때나 할 법한 방식으로 의자를 자기 지갑으로 가볍게 쳤다.

그 애들이 너무나 명백하게 렌터 같았기에 그들에게 합류했다. 모두 꼭 패션 잡지에서 방금 빠져나온 듯한 모습이었다. 잘생긴 남자애 두 명 중 하나는 어두운 스포츠 스타일의 유럽풍으로 양복을 입었고, 다른 하나는 그을린 피부의 아시아계로 검정 가죽을 입고 있었다. 여자애는 윤기가 흐르는 흑단 같은 피부에 긴 생머리였다. 그 애들의 얼굴과 몸은 100퍼센트 완벽 그 자체였다.

어쩌면 이들이 엠마에 관한 이야기를 뭐라도 해 줄지도 몰랐다. 하지만 내 비밀을 풀어내거나 넘겨주지 않도록 조심해야 될 터였다.

"한잔할래?" 양복이 내게 물었다.

그 애는 경쾌한 억양에, 옛날 발리우드 뮤지컬 영화에서 봤던 배우들처럼 눈에 스모키 화장을 하고 있었다.

"아니, 사양할게." 나는 좀 더 나이 들고 교양 있는 어투로 말하려고 애썼다.

"내 이름은 라즈야. 적어도, 여기서는 그래."

라즈는 옆자리의 다른 남자애를 흘끗 보았고, 두 사람은 동시에 웃음을 터뜨렸다.

그들 모두가 나를 보며, 내가 자기소개를 하길 기다렸다.

"캘리라고 불러 줘." 나는 눈알을 굴렸다. "여전히 그 이름을 사용하는 게 익숙하진 않지만."

"난 도무지 이 억양에 익숙해질 수가 없어."

라즈가 말하며, 자신의 목을 가리켜 보였다. 그 말에 두 남자애들 사이에 또 한 번 웃음이 터졌다.

여자애가 나에게 고개를 끄덕였다. 그 애의 이름은 브리오나였는데, 꼭 모델처럼 보였다. 브리오나의 길쭉한 팔다리는 바디 글로우 제품을 발라 반짝거리며 빛이 났다. 이름이 리라는 아시아계 남자애는 광대뼈가 높았다. 나는 이들이 실제는 소름끼치는 늙은 엔더들이라는 걸 내 자신에게 몇 번이고 되새겨야 했다.

"그래, 이번이 처음인 거야, 캘리?" 라즈가 물었다.

"그렇게 확실하게 보여?" 내가 물었다.

그들 모두가 빙그레 웃었다.

"이 몸을 전에는 한 번도 본 적이 없었거든." 브리오나가 말했다. "멋진 몸이야."

"그러게, 아주 좋네." 리가 말했다.

"지금까지는 어땠어?" 라즈가 물었다.

나는 어깨를 으쓱했다. "괜찮았어."

"뭘 했는데?" 라즈가 좀 능글맞게 히죽거리며 물었다. "아니면 이게 혹시 첫날밤인가?"

"그렇지 않아! 승마도 다녀왔는걸."

그들이 미소 지었다.

"승마 좋지." 리가 말했다. "어디로?"

"누구네 개인 목장으로."

"렌터의?" 라즈가 물었다.

"아니."

그들의 표정이 바뀌었다.

"진짜 10대?" 라즈가 물었다.

나는 눈을 끔뻑거리며 브리오나에게서 라즈로, 다시 리로 시선을 옮겼다. 그들은 염려스러운 얼굴이었다.

"뭐가 잘못됐어?" 내가 물었다.

"그건 말하자면, 그러니까, 좀 백안시되는 종류의 일 같은 거야." 라즈가 말했다.

브리오나는 손을 뻗어 내 팔을 만졌다. "너무 마음 쓰진 마. 어차피 좋은 시간 보내자고 돈을 지불한 거잖아. 우리 모두가 그럴 자격이 없겠어?"

"이야기가 나왔으니 하는 말인데, 이 싸구려 술집에서 이만 뜨자. 진짜 재미란 걸 맛보러 가자고." 리가 말했다.

몸을 앞으로 기울인 리의 얼굴에 짓궂은 미소가 떠올라 있었다.

라즈가 병에 있던 물을 단숨에 마시고 테이블 위에 쾅 소리가 나게 내려놓으며 대답했다.

"좋은 생각이야."

모두가 일어섰다. 브리오나가 내 팔에 팔짱을 끼며 말했다.

"가자. 여자들만의 수다 시간을 가져야지. 난 첫 번째 경험자들 도와주는 거 너무 좋더라. 너 혹시 코바늘 뜨개질 하니? 아니면 그냥 뜨개질은?"

단순히 그들 모두가 친구들인데 나만 낯선 외부인이기 때문일 수도 있지만, 분명 내가 모르는 뭔가를 그들만이 알고 있는 느낌이 계속 들었다.

어쨌든 계속 따라다니면, 그들이 나에게 그동안의 얘기를 들려줄지도 몰랐다.

* * *

리의 컨버터블에 함께 타고 가는 동안 머리카락이 바람에 격렬하게 휘날렸다. 나는 브리오나와 함께 뒷자리에 앉았고, 라즈가 앞쪽에 리와 함께 앉았다.

"어디로 가는 거야?" 내가 물었다.

"알게 뭐람?" 브리오나가 말했다. "적어도 위험하고 꽤나 멍청한 뭔가를 저지르는 중이라는 건 알겠네."

"남의 차로 폭풍 주행." 리가 말했다.

"이거 네 차가 아니었어?" 내가 물었다.

라즈가 미소를 누르며 말했다. "좀 다른 종류의 절도랄까."

리가 버려진 거리로 차를 몰았다. "거의 다 왔어."

차가 급커브에서 갑자기 방향을 바꾸자, 다리가 걸쳐진 소협곡이 보였다. 여러 대의 차들이 그곳에 주차되어 있었다. 다리 쪽에서 뭔가 번쩍이는 불빛이 움직이는 게 보였다.

"저기 시작했네." 리가 가리켰다.

"안 돼." 라즈가 머리를 흔들었다. "내 눈에 흙이 들어가기 전에는 안 돼."

"얘의 눈에 흙이 들어가기 전에는 안 된다는 거겠지." 리가 라즈의 배꼽을 가리키더니 갑자기 콕 찔렀다.

두 남자애가 동시에 웃음을 터뜨렸다.

"저기가 우리가 갈 곳이야?" 내가 물었다.

"별로 즐거울 것 같지 않아." 브리오나가 말했다.

"저건 그냥 즐거울 것 같은 일이 아니야, 그냥 즐거움 그 자체라고." 리가 말했다.

결국 우리는 다리 위에 다른 차들 옆에 주차를 했다.

남자들이 차 밖으로 내리더니 다리 한가운데 모여 있는 군중 속으로 사라졌다. 나는 브리오나의 팔을 움켜쥐었다.

"이게 다 뭐야?" 나는 혼란스러운 마음으로 물었다.

"밴드 바운스야. 팬케이크가 되지 않도록 막아 주는 가느다란 줄 하나만 묶고는 멍청이들이 다리에서 뛰어내리는 건데, 추정컨대, 네 몸무게랑 속도를 제대로 고려하기만 한다면 충분히 지적인 작업이야." 브리오나가 잠시 말을 멈췄다. "아마도 그렇다고."

"엄청 위험한 일처럼 들리는데." 내가 말했다.

브리오나는 어깨를 으쓱했다. "음, 하지만 적어도 그건 네 몸은 아니잖니."

우리는 기다란 폭포에서 저 아래의 협곡까지 우리를 분리시켜 주는 철책을 꽉 붙들었다. 어떤 남자애가 자기 몸을 옆쪽으로 내던지고는 그대로 떨어져 내리는 모습을 지켜보고 있자니, 바람에 머리카락이 미친 듯이 헝클어졌다. 나는 숨이 막혀서 눈을 감았다.

"안 돼, 봐." 브리오나가 아래쪽을 뚫어져라 보면서 재촉했다.

그 남자애는 떨어지고 떨어져 내려, 바닥에 입 맞출 정도로 위험하리만치 가까이 떨어졌지만, 그 애가 맨 줄이 최후의 순간에 그 애를 잡아챘다. 브리오나가 말한 그대로였다. 그러더니 다리 위에서 기다리고 있던 사람들이 딱 그 애를 끌어올릴 만한 높이까지 다시 튕겨져 올랐다.

라즈와 리는 몇 미터 떨어진 곳에서 철책에 기댄 채로 뭔가 말다툼 중이었다.

"브리오나." 나는 그녀에게 돌아섰다. "뭐 하나 물어보고 싶은 게 있어."

"얘, 궁금한 건 뭐라도 물어봐."

"엠마라는 이름의 렌터를 혹시 만난 적 있어?"

브리오나는 나를 돌아보았다. 어쩌면 기억해 내기 위해서 노력 중인 것도 같았다.

"키가 크고, 구불거리는 금발에, 이목구비가 또렷해."

"아는 사람 같진 않은데. 그 엠마란 사람이 무슨 짓이라도 했어?"

"아냐. 그냥 그녀를 아는 사람을 좀 찾고 싶어서 그래."

"미안해. 좀 더 도움을 줄 수 있다면 좋을 텐데. 하지만 시간이 좀 지나면, 이 기증자들 대부분이 비슷해 보이기 시작해, 그거 알아?"

"네 친구들은 어떨까? 쟤들이 엠마를 알 수도 있을까?"

"그렇진 않을걸. 쟤네들의 모든 허세에도 불구하고, 쟤네들은 렌탈 해 본 지도 얼마 안 됐어."

브리오나가 자신의 친구들을 건너다보았다. 리는 막 점프를 할 준비를 하고 있었다.

"알 것 같진 않아."

잠시 후, 리의 몸이 공기를 꿰뚫는 검은색 총알이 되어 슬로 모션으로 떨어져 내렸다.

계약서와 규칙에 대한 얘기라면 이쯤에서 그만두기로 하자.

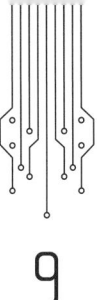

9

리가 저 미친 밴드 바운스에서 살아남은 뒤에, 그는 다시 우리를 룬 클럽으로 데려다줬다. 라즈는 리가 공회전을 하는 동안 차 안에 함께 남았다. 브리오나는 작별 인사를 하려고 나와 함께 차에서 내렸다. 나는 바람에 된통 맞은 머리카락을 매만졌다.

"반드시 연락해야 해, 캘리. 함께 더 많은 재미있는 일을 즐길 수 있을 거야. 너 브리지 게임 좋아하니? 이런, 날 봐, 그저 이렇게 늙은 독신녀 게임이나 할 생각뿐이라니까. 방금 말은 신경 쓰지 마. 우린 함께 쇼핑을 갈 수도 있어. 아니면 춤추러 가거나. 롤러 블레이드를 타러 갈 수도 있고."

브리오나는 나를 오래도록 끌어안았다. 우리가 헤어질 때에, 나는 브리오나에게 줄 명함을 찾으려고 지갑을 열었다. 하지만 명함 대신에, 현금 다발이 들어 있었다. 나는 깜짝 놀랐다. 분명히 어제 지갑을 깨끗이 비웠고, 블레이크가 그 돈을 전부 마이클에게 줬어야 했다.

"뭐 해?" 브리오나가 물었다.

"너한테 줄 명함을 찾으려고."

"그럴 필요 없어, 바보 같으니. 그건 구식 엔더들이나 하는 방식이라고." 브리오나가 윙크했다.

나는 그동안 엔더들이 자신들을 그렇게 칭하는 건 한 번도 들어 보질 못했지만, 아마도 브리오나는 10대인 척하는 모드에 들어간 모양이었다.

브리오나가 자신의 휴대폰을 내밀었다.

"난 네 번호를 땄으니까, 내 걸 너한테 줄게. 만약 뭐라도 재미있는 일이 하고 싶어지면……."

"아니면 위험한 일을 하고 싶거나." 리가 자동차 시트의 등받이에 손을 얹은 채 끼어들었다.

"……전화해." 브리오나가 계속 말했다. "무슨 일이든 전화해. 나 정말 널 많이 알고 싶어, 벌써 꼭 우리가 오래된 친구 같은걸."

오래된 건 맞지. 나는 생각했다.

브리오나는 차에 다시 탔고, 그들이 차를 타고 사라지는 동안 사랑스러운 보석이 박힌 손을 나에게 흔들었다.

내 생각은 전부 지갑 속의 현금에 쏠렸다. 나는 내 차 안에 있게 되었을 때, 먼저 문을 잠그고, 안전한 발렛 지역에서 벗어나기 전에 지갑 속의 현금을 세어 보았다. 내가 블레이크에게 주었던 양과 정확하게 똑같은 금액이었다.

* * *

다음 날 아침, 나는 집에서 몇 블록 떨어진 곳으로 차를 몰고 가서 구부러진 길에 주차를 했다. 나는 블레이크에게 전화를 걸었지만 음성 안내만이 흘러나왔다.

"안녕, 블레이크예요. 다음에 뭘 해야 될지는 알겠죠."

"안녕, 블레이크, 나 캘리야. 나한테 전화 걸어 줄래, 부탁해."

전화가 끊어진 후 나는 더 설명을 할 걸 그랬다고 생각했다. 하지만 블레이크에게 다시 전화를 걸 수는 없었다. 블레이크는 우리의 데이트 이후 전화를 하지 않고 있었다.

내 동생과 관련된 일이 아니라면 나도 결코 전화를 하지 않았을 것이다.

* * *

로렌과는 그녀가 고른 타이 레스토랑에서 만났다. 식당은 밸리에 있었고, 작은 쇼핑몰의 구석 깊이 처박혀 있었는데 가는 길에 엄청나게 많은 간판이 있었다. 로렌처럼 부유한 엔더들을 위한 모임 장소로는 보이지 않았다. 하지만 이곳이라면 우리를 잘 알 수 있는 누군가가 옆 자리에 앉을 가능성이 0에 가깝기 때문에 로렌이 이곳을 골랐다는 사실을 알고 있었다. 우리를 알아볼 가능성을 빼고라도, 누군가가 우리 이야기를 들어서도 안 되기 때문이었다.

우리는 뒤쪽의 칸막이가 쳐진 자리에 앉았다. 빈 그릇을 치우는 엔더 직원이 우리에게 물을 가져다 준 뒤에 주문을 받았다. 이런 노동직 엔더들은 값비싼 바디 뱅크에 대해 전혀 이해하지 못할 터였다. 그들은 결코 이 섹시한 어린 "리스"가 실제로는 '100살도 더 넘은' 로렌이라는 사실을 알지 못할 것이며, 또한 넋을 쏙 빼 놓을 정도로 멋진 내 외모가 대자연께 감사할 일이 아니라 거의 '예술의 경지에 오른' 과학의 힘이라는 것도 알지 못할 터였다. 이 모든 것들은 그들의 세계와는 관계없는 일이었다. 그들, 노동직 엔더들은 그저 지금 나이에서 더 나이를 먹어가도록 직장을 가질 수 있다는 사실이 기쁠 터였다.

엔더들이 자신들의 연장된 수명 덕분에 일자리로 일찌감치 돌아왔기에 실제로 생물학 전쟁 이후 혼란스러운 과도기가 어느 정도는 더 쉬워질 수 있었다.

주문을 마친 후, 로렌이 주변을 돌아보자 그녀의 윤기 나는 붉은 머리가 물결쳤다. 가장 가까이에 앉아 있는 무리가 칸막이 두 개 너머 자리였고, 뭐라고 하는지는 몰라도 타이 음악이 계속 흘러나오고 있었다. 로렌은 아무도 우리 이야기를 들을 수 없다는 사실에 만족하는 듯 했다.

"헬레나, 너 정말 이대로 계속 하고 싶은 거니?"

로렌은 최면처럼 사람을 사로잡는 녹색 눈동자로 나를 뚫어지게 바라보았다.

나는 우선 물을 한 모금 홀짝였다. 헬레나의 계획이라는 게 뭔지 사실은 하나도 모른다는 점은 흘리지 않는 내용만으로 대화를 해야 했다.

마침내 나는 마음을 정했다. "글쎄, 잘 모르겠어."

자세를 바로 하는 로렌의 눈이 밝아졌다. 내 대답이 뭔가 희망을 준 모양이었다.

"잘못된 일이라니까." 로렌이 말했다. "너도 잘못된 일이란 거 알잖아."

"그런 것 같아."

"물론 그렇고말고." 로렌은 거의 속삭임에 가깝게 목소리를 낮췄다. "살인은 언제라도 옳지 않은 일이야."

살인이라고?

비우호주의자의 주먹에 배를 얻어맞은 것처럼 충격을 받았다는 사실을 감추기 위해 최선을 다했다. 내 놀람이 엔더의 고뇌처럼 보이길 바라며 나는 테이블의 끝에 팔꿈치를 놓고 손으로 이마를 받쳤다.

사실은, 현기증이 났다.

제대로 더 알아내야만 했다. 하지만 곧이곧대로 물어볼 수는 없는 노릇이었다. 나는 뺨 안쪽을 깨물었다. 그때 로렌이 어제 했던 말이 기억났다.

"하지만 이 10대들을 희생자로 만드는 것 역시 잘못된 일이야. 그렇게 생각 안 해?" 내가 물었다.

"물론 그것도 옳지 않아. 매일 매일, 나는 아침에 일어날 때마다 우리 케빈에 대해서 생각하곤 해. 우리 딸과 사위가 죽은 이후로, 그 애는 내게 남은 전부였어."

"나처럼."

"하지만 넌 포기해 버렸잖아. 난 저기 바깥세상 어딘가에 내 손자가 살아 있을 거라는 희망을 아직도 가지고 있어. 그게 우리의 가장 큰 차이점이잖니."

로렌이 알 수만 있다면.

쉽게 토라지는 10대의 입술에서 저렇게 교양 있는 말이 나오는 걸 듣고 있자니 묘한 기분이었다.

"이건 정말 끔직한 퍼즐이야…… 그 애를 알고 있는 사람들을 추적하고, 조각조각 끌어 모아서 정보를 수집하는 일이라니."

"어젯밤에 뭐라도 찾아낸 게 있어?"

로렌은 고개를 흔들었다.

"막다른 길이었어. 아무도 케빈을 본 사람조차 없어."

음식이 도착했지만, 우리 둘 다 관심도 없었다.

"케빈은 항상 귀여운 아이였지." 로렌은 자신의 팟타이 접시를 말없이 바라보았다. "그렇게 자신을 바꿀 필요라곤 없는 아이였는데."

나는 로렌을 보았다. 어떻게든 이 이해 불능의 수수께끼 놀이를 따라잡아야만 했다. 로렌이 손을 자신의 입에 가져다 댔다.

"아, 헬레나. 진심으로 미안해. 엠마는 그럴 필요가 있었단 말을 하려던 뜻은 아니었던 거 너도 알지……."

이제 전체 그림을 볼 수 있는 건 아니지만, 적어도 구석 일부에서 시작할 수 있게 된 것 같았다. 나는 모험을 감행했다.

"엠마는 결코 판에 박힌 미모는 아니였지. 나도 알아."

"그 애가 자신을 바꾸기 전까지는 그랬지." 로렌이 부드럽게 대답했다.

이게 바로 엠마가 바디 뱅크를 찾은 이유인 걸까? 단지 성형 수술을 받기 위해서?

"어쩌면…… 그 애는 정말로 그걸 원했던 건지도 모르겠어." 나는 확신하기 위해 말했다.

로렌은 테이블 위로 팔을 뻗어 내 손을 토닥거렸다.

"그건 네 잘못이 아니야. 우리가 하지 말라고 말할 수밖에 없는 것들을 얼마나 많이 우리 손자들이 해도 되냐고 물어보곤 하는데? 꼭 우리 아들딸들이 그랬던 것처럼. 보호자들이란 안 돼 하고 말해야만 하는 거야."

나는 손바닥에 뺨을 기대고는 더 말하라고 격려하듯 고개를 끄덕였다.

"우리 둘 다 옳은 일을 했었다고 생각했잖아." 로렌이 말했다. "티타늄 성형 수술에 그린 레이저 조각술이라니, 16살짜리한테 말이나 돼? 우리가 어떻게 그걸 용납할 수 있었겠니?"

"하지만 엠마는 스스로 해결할 방법을 찾아냈잖아."

로렌은 손을 치우며 뒤로 기대앉았다.

"그래, 우리 케빈도 그랬지. 남자애들이 여자애들만큼이나 허영심이 강할 줄은 누가 알았겠니?" 로렌은 어깨를 으쓱했다.

그러고 보니 내가 틀렸던 모양이었다. 엠마는 (그리고 케빈은) 엄청난 부유함 속에 살았지만 그 애들이 원하는 모든 걸 가졌던 건 아니었나 보다. 그 애들은 육체적으로 완벽해지길 바랐다. 그래서 그 애들이 할 수 있었던 유일한 방법은 바디 뱅크에 가는 것이었다.

"그래서 그 애들은 거짓말을 해야만 했겠지."

"당연히 그랬을 거야. 프라임은 그 애들에게 친척이 있다는 걸 알았더라면 결코 그 애들을 받아 주지 않았을 테니까. 그 사람들은 아무 연고도 없고, 방해될 사람도 없고, 시민권도 박탈당한 애들을 원해. 가족이 없는 아이들이라면 그 애들이 집에 오지 않는다고 수사할 사람도 없을 테고. 더 많은 지원자를 모을 필요가 있었기에 그 애들 중 몇몇은 풀어 줬겠지만, 우리 애들은 그 운 좋은 아이들에 끼지 못했던 걸 거야."

순간 로렌의 녹색 눈 뒤에서 세월에 지친 연로함이 번뜩이는 게 보였다고 맹세해도 좋았다.

이제 수수께끼 조각이 다 맞춰졌다. 몇몇 부유하고 버릇없는 10대들이 바디 뱅크에 가짜 성(姓)까지 대 가며 불쌍한 고아인 척 거짓말을 했다. 그 애들은 돈을 원한 게 아니었다. 그 애들은 조부모들이 결코 허락해 주지 않는 공짜 레이저 수술을 원했던 거였다. 그러고 나서 그 애들은 집에 돌아오지 못했다.

"로렌……."

로렌이 끼어들었다. "날 리스로 부르는 연습 좀 해, 응?"

"리스, 살인 말인데. 계속 걱정 돼." 나는 아래를 바라보았다. (더 이상 가짜로 고뇌하는 척할 필요가 없었다.) "그건 역시…… 잘못된 일이라고 계속 생각해 왔어."

"정말이니?"

"하지만 프라임 데스티네이션은……." 로렌이 내가 죽이려고 하는 사람이 누구인지 말하게 만들어야 했다. 바디 뱅크에 있는 누군가라는 게 현재로서는 가장 가능성 높은 추측이었다. "도저히 그들을 탓하지 않을 수가 없고…….”

"넌 혼자가 아니잖아."

"그래, 너, 나…….”

나는 말꼬리를 흐리면서 로렌이 내 이야기의 끝을 이어 주길 바랐다.

"……그리고 콜맨 가도, 메시안 가도, 포스트 가도 있지." 로렌은 손가락으로 표시를 했다. "우리가 찾아낸, 프라임을 탓하는 다른 조부모들 말이야. 하지만 그 사람들 중 아무도 누군가를 저격하겠다는 말은 안 하잖니."

이제 내가 주위를 둘러볼 차례였다. 나는 두 테이블 건너에 있는 웨이트리스가 우리를 바라보는 것을 알아차렸다.

"걱정 마, 난 내 약속을 지키고 있어." 로렌이 말했다. "아무에게도 말하지 않았어. 아직은."

"프라임 데스티네이션의 최고 책임자…….”

대상은 그 사람일 게 틀림없었다.

"그 얘길 또 시작하진 말자. 올드맨을 찾는 건 불가능해."

"그 사람은 키가 커. 그리고 모자를 쓰고." 나는 지난 날 프라임에서 그 사람의 뒷모습을 봤던 것을 기억하면서 말했다. "그리고 긴 코트를 입고…….”

"그래, 그동안 그렇게 들었지. 하지만 난 그 사람을 결코 본 적이 없다고."

나는 봤다. 프라임에서 틴넨바움과 다투고 있는 모습을. 하지만 로렌은 아무래도 올드맨이 헬레나의 목표물이 아니라고 확신하는 것처럼 보였다. 만약 헬레나가 암살하려는 사람이 프라임의 최고 책임자가 아니라면, 대체 누구란 말인가?

로렌이 가까이 몸을 기대며 내 눈을 똑바로 들여다보았다.

"그냥 말해, 헬레나, 누구야? 누구를 그렇게 죽이고 싶은 거니?"

로렌도 모르는 거였다.

"말할 수 없어."

나는 멀리를 보며 대답했다. 어쩌면 내가 말한 것들 중 유일한 진실일 터였다.

"너의 목표물만 죽는 게 아니잖아. 이 불쌍한 소녀, 네가 안에 들어가 있는 이 사랑스러운 젊은 몸은 어떻게 할래? 이 여자애는 아마 그 장소에서 바로 총에 맞아 죽을 거야."

로렌은 팔을 뻗어서 내 머리카락을 가볍게 건드렸다.

세상이 고요해졌다.

그게 바로 나라고요! 나는 외치고 싶었다. 내 몸. 나 자신. 하지만 어떤 말도 내 목 안쪽 깊은 곳 어딘가에 걸려 있을 뿐 나오질 않았다. 레몬그라스와 생선 소스의 톡 쏘는 냄새가 메스꺼웠다. 나는 그저 내 앞에 놓인 노란색 카레 접시를 내려다보았다. 올해 들어 위장에서 받아들일 자리를 내 주지 않는 첫 번째 음식이었다.

내 렌터가 암살자라는 사실을 알아내다니, 이 얼마나 대단한 식욕억제제인가. 게다가 나 역시 아마도 죽게 될 거라는 사실 또한.

* * *

나는 딱지를 떼지 않을 수준에서 가능한 빠르게 차를 몰아 고속도로를 달렸다. 결국 헬레나는 서핑을 가려던 것도, 다리 위에서 뛰어내리려던 것도 아니었다. 그녀는 날 이용해서 누군가를 살해하려고 하는 중이었다. 죽이고 죽임을 당하고. 어째서 그녀의 요구 사항 중에 사격이 들어 있었는지를 이제야 알 것 같았다.

내 휴대폰이 번쩍이는 것이 보였다. 로렌과 함께 레스토랑에 있는 동안 블레이크가 내게 징을 보낸 거였다.

메시지는 이랬다.

'뭐 할 말이라도 남았어?'

이상한 내용이었다. 나는 차 안에서 통화 버튼을 눌렀고, 그 애가 전화를 받았다.

"블레이크, 베벌리 글렌 파크에서 30분 뒤에 보자. 내가 다 설명할게."

"30분." 블레이크가 말했다.

그 애의 목소리는 무미건조했다.

* * *

나는 공원을 산책하며 야외용 접이식 의자나 내려쬐는 햇볕에 구워질 것만 같은 벤치에 앉아 휴식을 취하고 있는 엔더들을 지나쳤다. 두 명이 그네에 앉아, 부드럽게 왔다 갔다 하고 있었다. 어린 아이들은 전쟁 이후로는 거의 밖에 나오질 않았다. 손자나 손녀가 없는 많은 수의 엔더들이 주변에 어린 꼬맹이들이 돌아다니는 것을 원치 않았는데, 어쩌면 그들이 자신들의 다 자란 자녀들을 모두 잃었기 때문인지도 몰랐다. 또한 사람들은 여전히 포자가 공기 중에 아직도 잔재하고 있을지도 모른다는 강박증에 시달렸다. 백신을 맞았든 안 맞았든 그랬다.

엉덩이에 손을 얹은 무장한 개인 경비가 선글라스를 낀 채 서서 둘러보고 있었다. 그녀의 총을 알아챈 순간, 글록에 대한 생각이 떠올라서 움찔했다. 둘 다 어깨 정도 길이의 하얀 머리를 한 엔더 커플이 나무 아래에서 말다툼을 하고 있었다. 여자는 손가락으로 남자의 가슴을 반복적으로 찔러 댔다.

그 장면을 보는데 1년하고도 반 년 정도 더 전의 부모님에 대한 기억이 되살아났다. 여름이었는데, 우리는 막 저녁을 먹었고 타일러와 나는 에어스크린을 보고 있었다. 전쟁에 대한 뉴스 속보가 방송되었다. 엄숙한 얼굴의 아나운서가 전쟁이 소문으로만 떠돌던 생물학 포자 탄두 미사일 공격까지 급물결을 탔다고 말했다. 미사일은 북서부 지역을 겨냥하고 있다고 했다. 나는 부모님께 알리기 위해 부엌으로 달려 들어갔는데, 이미 두 분이 알고 계신 것처럼 이야기하시는 소리가 들려 왔다. 나는 문 바로 앞에 멈춰 서서 두 분이 다투는 소리를 들었다.

엄마는 손에는 행주를 든 채로 싱크대 옆에 서 계셨다.

"왜 우릴 위해 얻어 올 생각은 안 해? 당신이 가진 정부 연줄을 몽땅 이용해서라도?"

아빠는 손바닥으로 얼굴을 문지르더니 대꾸하셨다.

"당신도 왜인지 알잖아. 절차란 게 있어."

"우린 그 백신이 필요해, 레이. 우리는 당신 가족이라고. 당신의 아이들이고."

아빠는 조리대에 몸을 기대셨다.

"저 절차라는 건 모두를 보호하기 위한 거야."

"유명인들은 백신을 벌써 구하고 있어. 정치인들도 그렇고."

"그건 옳은 일이 아니잖아."

엄마는 행주를 조리대에다 철썩 소리가 나게 내팽개쳤다. 아빠가 그 소리에 움찔했다.

"우리 애들을 아무도 보호해 줄 사람도 없는 고아로 만들어 내팽개치는 일 어디에 올바른 구석이 있다는 거야? 저 애들을 굶주림이나, 아니면 살인이나, 아니면 그보다 더 나쁜 일에 처하게 만드는 건 옳은 일이야?"

엄마는 손가락을 세우고 한 마디 한 마디 할 때마다 아빠의 가슴을 몇 번이고 찔렀다. 엄마의 눈에 화가 나서 눈물이 가득 고였다.

아빠는 엄마의 어깨를 꽉 쥐고는 엄마가 진정할 때까지 붙들고 있었다. 그러더니 엄마를 끌어안았다. 엄마는 녹아내린 듯 고개를 아빠의 어깨에 기댔다. 그 순간 엄마가 나를 보았다.

엄마는 무척 겁에 질린 표정이었다.

나는 억지로 엄마의 놀란 얼굴을 마음속에서 몰아내고 아까 그 엔더 커플을 찾아 공원을 훑어보았다. 그들은 저 멀리 걸어가고 있었다.

블레이크는 어디에 있지? 그때 블레이크가 콘크리트로 된 소풍 탁자에 앉아 있는 것이 보였다. 나는 그리로 걸어가서 그 애의 옆에 앉았다.

경비원처럼, 블레이크는 선글라스를 쓰고 있었다. 우리 사이에 벽을 치려는 것 같았다.

"무슨 일이야?" 블레이크의 음성은 얼음장 같았다.

"내 친구는 만나 봤어?"

그 애에게 마이클에 대해 묻는 것은 어색하기 짝이 없었지만, 그럼에도 물어봐야만 했다.

블레이크는 내 질문에 몹시도 화가 난 목소리로, 내가 이미 알고 있지 않느냐는 듯이 대답했다.

"아니. 네가 가지 말라고 했잖아."

피부에 소름이 돋았다.

"내가 그랬다고?"

"그래. 이제 기억 나? 네가 갑자기 미친 듯이 화를 내면서 돈을 돌려 달라고 요구했던 건?"

바로 그게 무서웠던 것이다. 헬레나였다.

"다른 건?"

블레이크가 머리를 흔들었다.

"그 모든 걸 다시 생각하게 만들어야겠냐. 너도 네가 한 말이 뭔지 정도는 알 거 아냐."

"사실은, 기억 안 나. 나도 내 말이 이상하게 들린다는 건 아는데, 제발 얘기해 줘."

블레이크가 자신의 손을 주머니에 쑤셔 넣었다.

"전화도 하지 말고, 징도 보내지 말라며. 날 다시는 보고 싶지 않다고 했잖아."

나는 한숨을 쉬었다. 헬레나가 그랬던 거였다.

"정말 미안해." 나는 블레이크의 팔을 만졌다. 그 애의 팔은 따뜻했다. "그건 정말 실수였어. 정말이야."

"난 우리가…… 우리가 정말로 좋은 시간을 가졌다고 생각했어."

블레이크의 눈은 차마 상처를 받은 것을 숨기지도 못했다. 그 애는 내가 건드리는 것에 반응도 하지 않았지만 팔을 빼지도 않았다.

"그날은 정말 멋진 날이었어." 내 안의 내가 아파 왔다. "지금까지 내 인생 최고의 날 중에 하나야."

블레이크는 그네를 타고 있는 엔더들을 바라보았다.

"정말 그렇다면, 어째서……?"

"난 내 자신이 아닐 때가 가끔 있어. 때때로 그렇게 되곤 해." 나는 지갑에 손을 뻗어서 다시 현금을 꺼냈다. "넌 다시 한 번 돌아가고 싶다고 빌 정도로 일진이 나쁜 날을 겪어 본 적 없어? 내게 다시는 기회를 주지 않을 거야? 응?"

나는 돈을 내밀었다. 블레이크는 망설였다.

"네 친구에게 이 돈을 가져다주기를, 이번에는 정말 확신하는 거야? 맞아?"

"그래, 더 이상 확신할 수 없을 정도야."

"그리고 절대로 너 스스로 할 마음은 없고? 아니면 나랑 같이 가거나?"

그래서 바디 뱅크에서 내가 집으로 돌아가는 꼴을 보게 되거나?

"나도 정말 그러고 싶긴 한데, 난 거기 가면 안 되거든. 그리고 그 애는 이게 지금 필요하고."

나는 돈을 더 가까이 들이밀었고, 돈 뭉치가 블레이크의 셔츠를 건드렸다.

"제발, 블레이크." 내가 말했다.

그 애는 돈을 받아들고 주먹 아래에 그 돈을 둥글게 뭉쳤다. 마침내 블레이크가 내 눈을 마주보았다.

"누구나 가끔은 일진이 나쁜 날을 겪는 거라고 생각해."

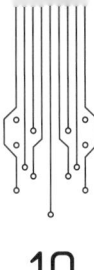

10

유턴을 하기 위해 멀리 도는데, 백미러에 달린 엠마의 복슬복슬한 녹색 외계인이 요동을 쳤다. 녀석이 앞뒤로 흔들리는 동안, 나는 내 선택에 대해 생각에 잠겼다. 만약 내가 바로 이 돈이 그렇게까지 필요하지 않다면, 여기서 포기하겠다는 유혹에 시달렸을 것이다. 하지만 문제가 그렇게까지 쉬운 것만은 아니었다. 내 머리 속에는 칩이 들어 있었다. 그냥 단순히 안녕 하고 걸어 나갈 수는 없었다. 내가 프라임으로 돌아가게 되면, 거기 있는 엔더들이 부유한 렌터가 아닌 나의 말을 믿어 줄 가능성이 얼마나 될까? 아무리 생각해 봐도 격렬한 논쟁 끝에 결국 내가 시설로 보내지는 것으로 마무리되는 모습만이 그려질 뿐이었다. 거리에서 보낸 삶은 매일 매일 어떻게 살아남을 것인가를 내게 알려 주었다. 그 경험은 이번 일 또한 헤쳐 나갈 수 있게 도와줄 터였다.

벨 에어로 돌아와서, 나는 차를 주차시킨 후에 유제니아가 나를 발견할 수 없도록 집 안으로 슬며시 들어갔다. 나는 헬레나의 침실로 들어가서 문을 닫았다.

옷장으로 가서 카펫을 끌어내리고는, 비밀 저장소를 드러냈다. 총 케이스를 꺼내서 글록을 확인했다.

어디다가 이걸 갖다 버린담? 무기를 다시 갖게 된 게 좋은 만큼이나, 나는 그걸 갖고 있을 수가 없었다. 이 총을 없애 버려서 헬레나가 다음번에 내 몸을 다시 차지하게 되었을 때에 이용할 수 없게 만들어야만 했다. 이걸 저택 어딘가 다른 곳에 숨기는 건 아주 좋은 선택이랄 수가 없는 것이, 유제니아가 나를 볼 경우에 나중에라도 헬레나에게 질문을 해서 알려 주는 일이 생길 수 있었다. 헬레나는 또 다른 총을 얻으려 할 순 있겠지만, 그러느라 걸리는 추가적인 시간이면 살인을 막는 데 도움이 될 수도 있었다. 합법적으로 총을 구하려면 전쟁 이후의 새 법에 따라서 일주일 길이의 대기 기간을 참아 내며 기다려야 할 테고, 아니면 암시장으로 가서 총을 구하느라 돈과 시간을 소비해야만 할 터였다. 비록 내가 전혀 예상치도 못한 선물 주머니를 보내는 스타일로 판명되긴 했지만, 헬레나는 암시장에 들락거리는 타입으로는 보이지 않았다.

사람들이 총을 버리는 장소는 어디일까? 궁금했다. 해변은 전쟁으로 인해 여전히 황폐해진 채, 일반인들에게는 통제되고 있었다. 아무에게나 총을 줘 버린다면, 분명히 답변도 할 수 없는 질문을 받게 될 터였다. 마이클에게 주고 싶은 마음이 굴뚝같았지만, 블레이크에게 차마 그것까지 부탁할 수는 없었다. 어쨌든 정말로, 이걸 어디든 헬레나가 추적할 수 없을 만한 곳에다 처리해서, 다시는 내 몸이 이걸 잡는 일이 없어야 했다.

나는 욕실로 가서 메이크업 리무버를 화장솜에 발랐다. 영화에서 본 것처럼 그걸로 글록과 소음기를 닦아 내서 총에 남아 있을 어떤 DNA 증거도 지워 냈다. 그러고 나서 나는 총을 다시 케이스에 넣고는 헬레나의 옷장에 있던 블루밍데일 백화점의 갈색 종이 봉지에 케이스를 밀어 넣었다.

나는 대형 마트로 차를 몰고 가서 커다란 주차장을 탐색했다. 입구 바깥쪽에서 가게의 무장 경비들이 순찰을 돌고 있었다. 나는 앞쪽의 주차 구역은 모두 지나쳐서, 중간쯤 줄에 있는 장소를 선택했다. 나는 종이 가방을 집어 들고 종이 가방 위쪽을 접어서 봉했다. 평범하게 행동해. 나는 자신에게 말했다.

차에서 내렸다. 가게 앞 벤치에 앉아 요거트를 먹고 있던 엔더가 자신을 지나치는 나를 바라보았다.

두 개의 커다란 쓰레기통이 있었다. 나는 오른쪽에 있는 걸 선택하고는 뚜껑 구석을 들어올렸다. 내가 생각했던 것보다 훨씬 무거웠다. 양손을 다 이용해야만 했는데, 스스로 깨닫기도 전에, 종이 가방이 미끄러져서 바닥으로 떨어졌다.

총 케이스가 반쯤 흘러나왔다.

나는 급하게 가방을 낚아채고는 뚜껑을 열고, 쓰레기통에 가방을 던져 넣었다. 금속 바닥을 때리면서 나는 커다란 쨍 소리가 울렸다. 내게는 행운인 것이, 쓰레기통이 최근 비워진 모양이었다.

나는 돌아서서 차로 향했다. 내가 뭔가 잘못된 일을 저지른 사실을 알고 있다는 표정으로 엔더가 나를 바라보았다. 그들은 언제나 10대들을 그런 시각으로 바라보았다. 그 10대가 부유하건 가난하건 그랬다. 그녀는 일어서더니 건물 맞은편에 있는 경비에게 손짓을 했다.

그들이 서로 이야기를 나눌 때쯤, 나는 이미 주차장을 빠져나오고 있었다.

이제 총은 처리해 버렸으니, 헬레나가 죽이려고 계획하고 있는 사람이 누군지를 알아내는 것에 초점을 맞출 때였다. 나는 편의점 앞쪽에 차를 세우고는 그녀의 휴대폰을 살펴보았다. 헬레나가 주고받은 메일들은 아무 도움도 되지 않았다. 암살 목표물에 대한 어떤 정보를 줄 만한 것이 없었다.

헬레나의 폰 캘린더는 어떨까? 헬레나가 바디 뱅크에 가기 전까지는 매일의 스케줄이 휴대폰에 꽉 차 있었다. 변환날은 P.D.로 기록되어 있고, 그 밑으로 다양한 목록들이 있었다.

내가 더 캐내기도 전에, 잡음이 나를 방해했다. 고개를 드니 거리의 아이들로 구성된 작은 갱단, 즉 이탈자들이 내 차를 향해 달려오는 것이 보였다. 적어도 이번에 나는 컨버터블을 타고 있지는 않았다. 나는 엔진을 켜고 속도를 냈고, 그 애들은 돌을 던지는 것 외에는 달리 할 것도 없는 상태로 남았다.

나는 활짝 웃었다. 지난 번 이런 일이 일어났을 때는, 나는 완전히 겁에 질려 있었다. 하지만 당장 내 자신이 암살자가 될 수도 있다는 사실을 알고 나자 모든 걸 보는 관점이 뒤바뀌었다.

10블록쯤 달리고 나서, 나는 빨간 불에 멈췄다. 녹색 신호를 기다리는 동안, 나는 폰 캘린더를 다시 들여다보았다. 11월 19일 오후 8시에 체크가 되어 있었다. 그 날짜 이후는 모두 공백이었다.

암살을 시행하는 날이었다.

만약 이 추측이 맞는다면 내게는 일을 파악할 시간이 오직 3일 남았을 뿐이었다. 실은 3일도 안 되는 시간이었다. 나는 '무엇을'과 '언제'를 알고 있었다. 이제 '누구를'과 '어디에서'를 알아낼 차례였다. 그리고 어떻게 이 모든 것을 멈출 수 있을지도.

불이 바뀌었고 나는 고속 도로에 진입했다. 속도에 대한 두려움 없이 자연스럽게 흐름에 합류했다. 점점 운전에 자신감이 붙고 있었다. 나는 운전대를 쥐고 가장 빠른 차도로 진입했다. 손이 얼얼했다. 손가락을 꿈틀거려 봤지만, 도움이 되지 않았다.

그러더니 아찔한 기분이 들었다.

안 돼.

또 그 가라앉는 기분이 나를 덮쳐오고 있었다. 그리고 그것이 이겼다.

지금 시속 110킬로미터로 달리는 중인데, 나는 의식을 잃어가고 있었다.

* * *

정신이 돌아왔을 때, 머리는 욱신거리고 있었지만, 다행히도 맨 처음의 두통만큼 나쁘진 않았다. 나는 등을 벽에 기댔다. 나는 정신없이 바쁜 사무용 건물의 로비에 있었다. 검정색 대리석 벽에 은색으로 가장자리가 장식되어 있었다. 처음 보는 건물이었다.

로비의 다른 쪽 끝의 책상에 앉아 있는 엔더 경비원이 에어스크린으로 자동차 잡지를 보고 있었다. 화면의 색상이 그의 몸에 비치고 있었다.

나는 벽에 있는 시계를 올려다보았다. 거의 4시 반이었다. 나는 같은 옷을 입고 있었다. 딱 1시간이 지났을 뿐이었다.

내 휴대 전화가 울렸다. 나는 전화기를 지갑에서 꺼냈다. 연락을 보낸 사람의 이름에 **메모가 돌아왔음**이라고 떠 있었다. 나는 메모 버튼을 누르고 귀를 기울였다. 기계적인 여성의 음성이 다음 말을 읽었다.

"자신에게 남기신 메모가 한 개 있습니다, 오후 4시 30분으로 설정되어 있습니다."

그 다음 들려온 음성 메모는 내가 남긴 것이 아니었다. 엔더였다.

"캘리, 난 헬레나 윈터힐이야. 네 렌터란다."

심장이 쿵쾅거렸다. 나는 그녀가 누군지 알 것 같았다. 바로 그 목소리의 주인이었다. 나는 볼륨을 키웠다.

"할 말이 너무나 많지만, 내가 내 원래 몸으로 돌아갈 때까지 얼마나 시간이 남았는지를 알 수가 없구나. 너도 이미 알아차렸겠지만, 우리 사이의 연결은 좀 불안정하단다. 시스템에 조그만 결함이 있거든. 그 문제가 곧 해결되기를 바라. 그때까지는 어떤 상황에서든 프라임과 접촉을 삼가렴. 분명하게 이해했기를 바란다."

나는 다른 쪽 귀에다 손을 대고 한마디도 놓치지 않으려고 했다. 헬레나의 음성에 실린 힘 뒤에는 어딘지 초조해하는 기색이 다분했다.

"그 동안, 네가 내 손녀의 옷들을 입는 건 삼가 주기를 부탁할게. 내가 갑자기 네 몸으로 돌아온 순간 그 옷들을 걸치고 있는 것을 발견하면 내 가슴이 찢어질 듯 아프단다." 헬레나의 목소리가 갈라졌다. "하지만 그게 꼭 내가 이 메시지를 네게 남기는 이유는 아니야. 나는 만약 우리의 계약서에 적힌 대로 네가 이 모든 걸 계속하기만 한다면, 무슨 일이 일어나더라도 말이지만, 이 모든 일이 끝나고 나서 네가 보너스를 받게 되리라는 걸 보증해 주고 싶어. 굉장히 관대한 보너스가 될 거야, 네가 제대로 협조를 해 주는 한은."

메시지가 끝났다.

몸이 경직되었다. 헬레나는 내가 자신의 암살 계획을 알고 있다는 걸 전혀 눈치 채지 못한 게 틀림없었다. 물론 헬레나는, 내 몸을 차지하고 들어오는 아주 짧은 순간들에만 정보를 얻을 수 있었다. 내가 로렌과 대화를 나눌 때에 헬레나는 어둠 속에 있었을 것이다.

관대한 보너스라고 그녀는 말했다. 하지만 이 모든 일이 나의 죽음으로 끝날 수도 있었다. 죽게 될 여자애한테 보너스에 대해 약속하기란 무척 쉬운 일일 것이다.

내가 고작 한 시간만 내 몸을 떠나 있었기에, 헬레나는 집에 갈 시간이 없었다. 그녀는 내가 자신의 총을 버렸다는 사실도 모를 터였다. 다행이었다. 헬레나의 계획에 붙들리는 것만큼 최악의 일은 없었다.

고개를 드니 경비가 나를 보고 있었다. 내가 아마 한 장소에 너무 오래 서 있었나 보다. 나는 입주되어 있는 사무실 목록을 들여다보왔다. 경비원이 일어서려고 의자를 밀면서 찍 소리가 났다.

누가 헬레나가 만나고 싶어 한 사람일까? 헬레나는 방금 막 건물에 들어왔을 거였다. 내가 깨어났을 때, 로비에 있었다는 게 그 증거였다.

나는 알파벳 순서대로 정리되어 있는 이름들을 훑어보았다. 대부분이 변호사들이었고, 회계사들도 몇 있었다. 목록의 세 번째 줄에서 나는 이름을 하나 찾아냈다.

클리포드 C. 해리슨 상원 의원.

블레이크의 할아버지였다.

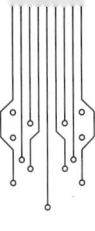

11

경비가 다가오는 동안 나는 부서별 목록을 들여다보았다. 헬레나가 블레이크의 할아버지를 알고 있을까? 우연 이상의 뭔가가 있는 게 틀림없었다. 블레이크는 아마 모르는 것 같았다. 지금까지 이런 이야기를 전혀 언급한 적이 없었다. 그렇지 않았다면, 블레이크가 자신의 할아버지가 "나의" 할머니를 알고 있다고 말하지 않았을까?

"도와줄까, 아가씨?" 경비원이 물었다.

그의 목소리에는 나를 쫓아내려는 마음이 묻어났다. 나는 나머지 목록을 살펴보았다. 하지만 어떤 다른 이름도 눈에 띄진 않았다.

"너한테 말하는 거란다, 미성년자 친구."

그의 목소리는 자신의 인내심의 한계가 왔다는 듯이 단호했다. 그는 그 무서운 '집카드'를 사용했는데, 그건 최종 집카드까지 10초 남았다는 의미였다. 집행관들. 나는 그에게 돌아섰다.

"16층에 가려고 해요. 해리슨 상원 의원님의 사무실로요."

"미리 약속을 잡았니?"

"아뇨. 그냥 그분 비서와만 이야기할 건데요."

어쩌면 내 목소리에 깃든 반항기 때문인지, 아니면 어쩌면 프라임 데스티네이션이 내 몸에 부린 죽이게 멋진 마법 때문인지, 어쨌든 그는 고개를 끄덕였다. 그러더니 그는 안내대 안쪽에 있는 전자 메뉴를 가리켰다.

"저기에 사인해라. 그리고 지문을 찍으렴."

나는 사인한 뒤에 내 엄지를 그 옆에 눌렀다. 엘리베이터가 땡 소리와 함께 열렸고 나는 16층까지 올라갔다. 내 렌터와 블레이크의 할아버지 사이에 뭐라도 관계가 있다는 사실을 알게 되기를 간절히 바랐다. 뭔가 분명 잘못된 일이 벌어지고 있었다.

엘리베이터에서 내리자, 레이저로 새긴 금속 문자가 적힌 두 개의 문 한 쌍이 나를 맞아 주었다. **출입 제한 사무실, 해리슨 상원 의원.**

안쪽으로 들어가자 접수 담당자인 남성 엔더가 입술에 미소를 띠고 올려다보았다. 눈가의 주름을 생색내는 표정이었다.

"해리슨 의원님이 계신가요?"

"미안해요, 그분은 모금 행사에 참여 중이십니다. 달리 도와드릴 일이라도 있나요?"

나는 주변을 둘러보았다. 여러 사무실로 통하는 복도가 있었다. 해리슨의 사무실은 아마도 제일 끝에 있을 터였다.

"사무실에는 언제 돌아오실 예정이신가요?"

"그분은 미리 약속을 잡으실 때만 유권자들과 만나신답니다." 그가 나를 바라보았다. "투표를 하기에는 좀 어려 보이는군요, 그렇지 않아요?"

자신의 농담이 재미있다는 듯이 그가 활짝 웃었다. 엔더들은 할 수 있는 한 모든 의학적 시술을 받을 수 있지만, 저 뒤떨어진 유머 감각만은 어떻게 고칠 수 없는 모양이었다.

"제가 당신이 생각하는 것보다는 더 나이 들었을 수도 있죠." 나는 답했다.

그의 미소가 야릇한 모양으로 사라졌다. 하지만 그는 곧 회복했다. 그는 내게 명함을 하나 내밀었다.

"여기 이렇게 하는 게 어때요. 거기 그분 웹 사이트 주소가 쓰여 있어요. 웹 사이트를 통해 의원님과 소통할 수 있답니다."

나는 명함을 받아들었다. 아마도 사람이 아닌 자동 프로그램이 내 메일을 읽을 게 뻔했지만.

"사실, 설명을 좀 더 해 드려야겠네요. 실은 제가 개인 교습을 받고 있는데, 상원 의원의 의견을 인용하는 숙제가 있어요. 아주 짧은 약속이라도 잡을 수 없을까요? 정말 몇 분이면 된다고요."

그의 표정이 부드러워졌다.

"의원님은 정말로 바쁜 분이세요. 알다시피, 지금은 재선을 준비 중이시거든요."

엄격한 표정의 엔더 여성 하나가 첫 번째 사무실에서 뛰쳐나와서는 그의 뒤에 섰다.

"또 너로구나." 그녀가 나를 쏘아보았다. "내가 여기 다시는 오지 말라고 말하지 않았던가?"

"저한테요?" 내가 말했다. "여기에 한 번도 와 본 적 없는걸요."

"전 미처 몰랐습니다……." 남자가 손바닥을 보이며 그녀에게 말했다.

"당신은 그날 아파서 자릴 비웠어." 그녀가 그에게 말했다. 그녀는 그에게 말하면서도 눈은 계속 내게 고정하고 있었다. "경비를 불러. 이번에는 반드시 저 여자애를 붙잡아서 집행관들에게 넘겨야겠으니."

그가 전화기를 들었다.

헬레나가 이 건물에 온 것이 처음은 아니란 거였다. 내 몸은 여기에 온 적이 있었다, 헬레나가 그 안에 든 채로.

"제가 언제 여기 왔었는데요?"

"내 지성을 모독하지 마라." 그 엔더가 내 앞으로 돌진하는 바람에 나는 뒤로 물러섰다.

나는 사무실 문까지 밀려났다. 나는 돌아서서, 문을 열고는 복도까지 뛰어갔다. 엘리베이터 패드에 손을 흔들었지만 엘리베이터는 다른 층에 가 있었다. 나는 비상구로 돌아서서 문을 밀어서 열고 계단으로 뛰어 내려갔다. 거미줄이 내 얼굴과 머리와 입에 온통 엉겨붙었다. 나는 계단이라고는 이용하지 않는 엔더들에게 저주를 퍼부었다. 로비를 지키고 있는 경비를 피해 도망쳐 나갈 수 있을지 의문스러웠다. 그가 날 위한 자동 수갑을 준비한 채 기다리고 있는 모습이 벌써 눈에 선했다.

1층에 다다랐을 때, 나는 헐떡이는 숨을 진정시키려 멈췄다. 문밖을 살짝 내다보았다. 경비원이 엘리베이터 쪽을 향해 서서 내가 나오기만을 기다리고 있었다. 나는 중앙 문을 향해서 쏜살같이 달려 나갔다. 경비원이 돌아섰지만, 그의 늙은 다리는 내 것에 비할 바가 아니었다. 그가 문에 닿기도 전에 난 이미 블록을 반 정도 지난 뒤였다.

"헬레나 씨, 내 인생에 무슨 짓을 하려는 거예요?"

하지만 우리 사이에 연결이 있기나 한 건지, 그녀는 아무 대답도 하지 않았다.

* * *

나는 헬레나의 커다란 침실에 있는 컴퓨터 앞에 앉아서 해리슨 상원 의원에 대한 정보를 얻을 만한 사이트들이 있는지 미친 듯이 뒤졌다. 우리가 얘기하는 중이었던 이건 바로 내 삶이었다고요. 헬레나가 대체 의원에게 무슨 말을 하려고 했던 걸까? 만약 내 몸에 들어간 채로 뭐라도 말을 했던 거라면, 단지 며칠 전일 게 틀림없었다. 해리슨 의원 쪽 사람들이 집행관이라도 불렀을 경우를 대비해서라도, 할 수 있는 한 많은 정보를 아는 게 도움이 될 터였다.

나는 가능한 빠르게 작업을 했다. 상원 의원으로서, 해리슨은 스타터들과 관련이 있는 엄청나게 많은 프로젝트에 관계되어 있었는데, 가장 내세울 만한 업적은 유스 리그라고 불리는 뭔가로 보였다. 저게 헬레나의 손녀딸과 어떤 연관이라도 있는 걸까? 헬레나는 엠마의 실종과 관련해서 해리슨 의원의 도움을 요청하려고 시도했던 걸까?

어쩌면 해리슨 의원은 이런 일에 엮이고 싶지 않아서 거절했던 건지도 몰랐다. 헬레나는 상원 의원에게 도움을 청하려고 했고, 어쩌면 바디 뱅크를 멈추려고 했으나, 요청이 거절당했을 수도 있었다. 그리고 마침내 손녀딸의 죽음을 의원의 탓으로 돌리게 되었는지도 몰랐다.

이게 해리슨 의원을 죽일 충분한 사유가 될까?

나는 인터넷에서 정확한 날짜를 찾아내기 전까지는 내 이론을 의심하고 있었다. 해리슨은 19일 예정인 유스 리그 시상식의 초대 손님으로 갈 예정이었다. 헬레나의 캘린더에 있는 마지막 목록과 똑같은 날짜였다. 이제 그저 이틀 밤만 남아 있었다. 시간까지도 헬레나의 기록과 일치했다. 오후 8시.

의원이 어떤 사람인지 간파할 수 있게 도와줄 수 있는 가장 좋은 사람이 누군지는 뻔했다. 나는 블레이크에게 전화를 걸었다.

* * *

멀홀랜드 드라이브의 약속 장소에 도착했을 때는 황혼 무렵이었다. 블레이크의 붉은 스포츠카가, 보이는 바로는 유일하게 주차되어 있는 차였다. 나는 차를 몰고 가 그 옆에 세웠다.

블레이크는 선글라스를 낀 채 보호 철책 위에 앉아서, 해가 산 너머로 가라앉는 모습을 지켜보고 있었다.

"안녕."

그 애는 내게 손을 내밀더니 나를 자기 옆으로 끌어당겨 앉혔다.

나는 발을 낮은 철책에 단단히 감아 넣고, 손으로는 위쪽 철책을 꼭 붙들었다. 아래쪽 언덕은 가팔랐다.

"네 친구를 봤어." 블레이크가 풍경을 바라보았다. "걔한테 그 돈을 줬어."

어깨에서 긴장이 풀어지는 게 느껴졌다.

"마이클이 뭐래?"

"내가 누군지 알고 싶어 하던데. 그냥 네 친구들 중에 하나라고만 말했어."

"다른 사람은 못 봤고?"

그 애가 고개를 저었다.

"그러더니 왜 자기가 나를 그 전에 한 번도 본 적이 없는지 알고 싶다고 하더라."

"넌 뭐라고 말했고?"

블레이크는 아래를 내려다보았다.

"사실을 말했지. 우린 그저 며칠 전에나 알게 됐을 뿐이라고. 넌 믿어져? 꼭 더 오래된 것처럼 느껴져." 그 애는 선글라스를 벗더니 주머니에 밀어 넣었다. "어쨌든 진실이 보통 가장 잘 통하는 법이지. 안 그래?"

나는 침을 꿀꺽 삼켰다. 블레이크의 얼굴을 샅샅이 훑어보았다. 이 아이는 얼마나 많은 걸 알고 있는 걸까?

"네가 모두에 대해 물으니 걔가 뭐라 그랬어?"

"모든 사람이 잘 있대." 블레이크는 협곡을 바라보았다. "그래, 이 남자애에 얽힌 사연이 대체 뭐야?"

비우호주의자가 내 목을 그 더러운 손으로 쥐기라도 한 것처럼 목구멍이 조여 왔다.

"그 애는 그저 운이 좀 나빴어. 마이클의 부모님은 전쟁 중에 돌아가셨어. 그 애의 조부모님 역시 돌아가셨고."

나는 아래를 내려다보았다. 울타리가 기우뚱하는 것처럼 느껴지더니 현기증이 났다.

나무와 돌과 흙이 눈앞에서 빙빙 도는데 보니 내가 앞으로 기울어지고 있었다. 블레이크가 한 손은 배꼽에, 다른 한 손은 등 뒤에 대고 나를 붙들었다.

"조심해." 그 애가 말했다. "너 괜찮아?"

심장이 쿵쾅거렸다. 블레이크가 만지면 꼭 돌봐 주는 느낌이 들었다. 보호받는 기분이었다.

"잘 모르겠어."

"너 여기서 내려가는 편이 좋겠다."

블레이크는 철책에서 내려가면서도 내가 흔들리지 않는다는 확신이 들 때까지 내 어깨를 꼭 잡고 있었다. 그러더니 그 애는 내 허리를 감아 안고 내가 내려오는 것을 도와주었다.

"차에 앉아서 쉴래?" 그 애가 물었다.

나는 고개를 끄덕였다. 우리가 블레이크의 차로 걸어가는 동안 엔더 커플 하나가 주차를 하고는 경치를 보러 나왔다. 블레이크는 내가 똑바로 서도록 내 어깨에 자신의 팔을 가볍게 두르고 있었다. 기분 좋았다.

블레이크의 차 안에 앉자, 기분이 좀 더 나아졌다. 안전했다. 세계가 도는 것을 멈췄다.

블레이크에게 그 애의 할아버지에 대해 물어야만 할지 말아야만 할지 생각하는 것 자체가 내겐 고문이었다. 어떻게 해야 도움이 될까? 해리슨 의원이 위험에 처했을 수도 있다는 내 이론을 설명하려면 바디 뱅크에 대해 설명해야만 했고, 그건 평범한 상식 수준의 얘기는 아니었다. 게다가 바디 뱅크에 대해 설명하려면, 정말로 내가 누구인지를 언급해야만 했다. 블레이크가 내 말을 전혀 믿지 않고 그저 내가 미쳤다고만 여길 확률도 꽤 컸다. 거짓말과 함께 시작했기에, 이제는 뭐라도 부수지 않고는 어떤 것도 제대로 풀어내기가 불가능한 상황이었다.

블레이크는 바깥에 아래 펼쳐진 도시를 바라보았다.

"넌 뭔가를 감추고 있는 것 같아, 캘리." 블레이크가 내 쪽으로 돌아앉았다. "뭔가 중요한 걸."

나는 입을 딱 벌렸지만, 아무 말도 밖으로 나오진 않았다.

"그런 거 맞지, 안 그래?" 블레이크의 눈이 나를 탐색했다. "네 얼굴에서 다 보여."

가슴 속에 벌새라도 갇힌 것처럼 심장이 쿵쾅댔다.

"너 아픈 거지, 그렇지?"

나는 깜빡거렸다. "뭐?"

"괜찮아, 모든 걸 다 말하지는 않아도 돼. 네가 뭔가 이상한 상태라는 건 분명히 알겠어. 현기증을 느끼고, 그 다음엔 정신을 잃잖아. 그러고는 완전히 다른 사람이 된 것처럼 굴고." 블레이크는 잠시 조용했다. "하지만 걱정 마, 난 밀어붙이지는 않을 거야. 그냥 날 위해

한 가지 부탁만 들어줄래?"

"그게 뭔데?"

"다음번에 네가 안 좋은 기분이 들기 시작하면 뭐라도 내게 말해주겠다고 약속해 줘. 네가 절벽이나 다른 뭐에서 떨어지지 않도록 할 수 있잖아."

블레이크는 내 얼굴 앞으로 떨어진 머리카락을 부드럽게 매만져 넘겨 주고는, 손을 내 머리 뒤쪽으로 움직였다. 나는 깜짝 놀랐다.

"어디 안 좋아?"

"아냐, 괜찮아."

내 칩 부위의 상처에 그 애의 손이 닿지 않게 해야 했다. 나는 블레이크의 손을 잡아 꼭 붙들었다. 좋은 느낌이었다. 블레이크가 여기 이렇게, 나를 저렇게까지 걱정해 주고 있고, 내가 그 애의 손을 붙잡고 있다는 것이 너무 행복했다. 그리고 여기 나는 이렇게, 그 애에게 몽땅 거짓말만 늘어놓고 있었다.

나는 숨을 들이마셨다.

"블레이크?"

"왜?"

"너 전에 할머니와는 별로 친하지 않다고 말했잖아."

"응, 그랬지."

"할아버지랑은 어때?"

블레이크는 눈을 가늘게 뜨고는 허공을 바라보았다.

"할아버진 그냥 괜찮아. 할아버지는 좀 바쁘셔. 대부분 떨어져서 지내." 그 애가 나를 보았다. "하지만 할아버지도 애쓰시는 것 같아.

할아버지는 우리 아빠가 돌아가신 걸 결코 극복하지 못하셨거든, 그래서 나랑 친해지려고 애를 많이 쓰셔. 내가 항상 쉽게 굴지는 못했지만."

나는 우리의 손을 바라보았다. 여전히 서로를 꼭 붙들고 있었다. 우리 둘 다 놓을 생각은 하지도 않고 있었다.

"너희 할아버지에겐 어떤 의미인 거야, 그 상원 의원이라는 일이? 할아버지에게는 적이 많지 않아?"

"아, 그럼. 항의 투서에 소포라든가, 집행관에게 곧장 달려가기는 좀 그런 물건들이야. 정말 이상한 사상을 가진 괴짜 노인네들이 여럿 있다니까."

"뭔지 알겠다." 나는 눈을 굴리고는 그 애에게 돌아앉았다. "사실 그분을 꼭 좀 만나 보고 싶어."

블레이크가 고개를 뒤로 젖혔다. "정말?"

나는 고개를 끄덕였다.

"할아버지 일정 중에 빈 시간을 찾아낼 수 있을지는 모르겠어. 할아버지는 워싱턴으로 대통령을 뵈러 가기 전까지 엄청난 기세로 일정을 꾸역꾸역 소화 중이시라서."

"대통령을?"

"어어, 할아버지는 나도 같이 갔으면 하셔." 블레이크가 말했다. "인격을 도야할 기회라나 뭐라나."

나는 자유로운 한 손으로 머리를 뒤로 넘겼다.

"혹시 너희 할아버지 19일에 특별한 일정이라도 있으시니?"

블레이크가 머리를 똑바로 세웠다.

"어떻게 알았어? 그게 떠나시기 전에 마지막으로 참석하시는 행사야. 유스 리그 시상식이 도로시 챈들러 파빌리언에서 열리거든. 뮤직 센터 말이야."

이게 바로 헬레나가 캘린더에 표시해 둔 마지막 날짜였다. 모든 것이 해리슨 의원이 그녀의 목표물이라는 사실을 가리키고 있었다.

"LA 다운타운이구나. 맞춰 볼게, 8시에 시작하는 거 맞지?"

"그래. 나도 거기 상을 주러 참석해야 돼. 어떻게 알고 있어?"

이 일을 막으려면 어떻게 해야 하는지를 알아내야만 했다.

"미안, 나 지금 가 봐야겠어."

"기다려. 너한테 말해 주고 싶은 게 있는데 계속 참았어."

블레이크가 잡고 있던 손을 당겨 우리 얼굴이 숨 쉬는 게 느껴질 정도의 거리가 되도록 가까이 나를 잡아당겼다.

그렇게 가까이 그 애의 눈을 보고 있자니 세상이 다 사라지는 것만 같았다. 블레이크에게서는 라임과 신선한 풀 향기, 그리고⋯⋯ 안식의 냄새가 났다.

"뭔데?" 내가 물었다.

블레이크의 눈이 내 얼굴을 살폈다. 내 뺨, 내 눈, 그리고 내 입술을 그 애의 시선이 훑었다.

"캘리. 왜인지는 모르겠고 설명할 수도 없지만, 난 꼭 너한테 연결되어 있는 것 같은 기분이야."

"나도 알아. 나도 그렇거든."

"그래서 왜 그런 건지도 알아?" 블레이크가 물었다.

나도 몰랐다. 그저 안에서부터 느낄 뿐이었다.

"모든 것에 다 이유가 있는 건 아니라고 생각하는데."

"그냥 그런 거지."

"그냥 그런 거야."

내 심장이 너무 세게 뛰어서 블레이크가 틀림없이 들을 수 있을 것만 같았다.

블레이크가 내 얼굴을 감싸 쥐었다. 그 애의 손은 너무 따뜻하고 부드러웠다.

"넌 정말 뭔가 특별해." 블레이크가 말했다.

그러고는 내 쪽으로 몸을 기울여 내 입술에 키스했다.

머뭇거리면서.

부드럽게.

그러더니 블레이크는 과학 박람회에 나간 다섯 살짜리가 금붕어 로봇을 상품으로 받은 것처럼 어린 소년 같은 미소를 지어 보였다.

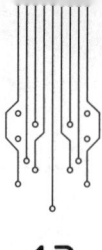

12

나는 집으로 가서 헬레나의 침실로 재빨리 들어갔다. 블레이크에 대해 생각하는 건 지금 나에게는 사치이며 집중을 방해할 뿐이라는 것은 알고 있었다. 하지만 나는 블레이크에게 끌렸다. 블레이크는 결코 거리에서 구걸을 해 본 적이 없는 사람다운 매너와 쉬운 태도를 가졌다. 어쩌면 바로 그게 이유인지도 몰랐다. 그 애는 나를 어떤 면에서, 과거 내가 한때 가졌던 문명화된 삶으로 데려가 준 거였다. 우리가 한 번이라도 부유했기 때문이 아니라, 우리가 체계를 가졌기 때문에 내가 그리워하는 바로 그 시절로. 안정적이던 시절로.

하지만 내 자신이 그렇게까지 얄팍한 인간이라고 생각하고 싶진 않았다. 난 블레이크가 친절하고 사려 깊기 때문에 좋았고, 나에게만이 아니라 자신의 증조할머니 내니에게도 상냥한 점이 좋았다. 엄마가 항상 말씀하시기를 남자애가 엄마에게 어떻게 하는지를 보면 언젠가 나중에 나에게 어떻게 할지도 알 수 있는 거라고 하셨다. 남자애가 자신의 할머니를 대하는 방식을 보는 것도 아마 똑같은 식일 거라고 나는 믿었다.

진심으로 블레이크의 할아버지가 이 일에 뒤섞여들지 않기를 바랐지만, 적어도 그렇다한들 내 잘못은 아니었다. 헬레나는 여러 달 전 엠마가 사라졌을 때 도움을 요청하기 위해 본래 몸으로도 그를 만나러 간 것이 틀림없었다.

나는 헬레나의 책상으로 가서 뮤직 센터에서 있을 시상식과 관련된 어떤 증거라도 있을지 찾아보았다. 컴퓨터에는 어떤 관련 정보도 없었지만, 서랍 속에 파일이 하나 들어 있었다. 안에는 봉투가 하나 있었다. 봉투 안에서 뮤직 센터에 있는 도로시 챈들러 파빌리언에서 8시에 열리는 유스 리그 시상식 입장권 두 장이 나왔다.

이제 모든 것이 확실해졌다. 나는 양손으로 입장권을 거머쥐었다. 내가 계속 내 몸의 통제를 잃지만 않는다면, 아무 문제도 없을 터였다. 하지만 만약 내가 정신을 잃기라도 한다면, 헬레나는 상원 의원을 죽이는 자신의 계획을 감행하려 들 터였다.

블레이크의 할아버지를.

입장권을 두 조각으로, 네 조각으로 찢었다. 나는 욕실로 뛰어가서 입장권을 갈가리 찢어서 화장실 변기 안에 버렸다.

한 번의 손길로, 나는 상원 의원을 죽일 기회를 흘러내려 버렸다.

이틀 후에 있을 시상식이 진행될 때, 집 밖에 있었으면 싶었다. 계획이 필요했다.

나는 옷장으로 가서 나이트클럽에 있었던 밤에 들었던 멋진 정장용 지갑을 꺼냈다. 그 안에 매디슨, 아니 그렇다기보다는 리애넌인 여자가 준 명함이 들어 있었다. 그 섹시하고 재미있는 소녀, 실제 자기 나이의 유행과는 결코 어울리지 않는 옷차림을 하고 다니는 재미있는 엔더가 건네 준 명함이었다.

***

다음 날 아침에 리애넌을 알아보기가 쉬웠기에 리애넌이 여전히 매디슨의 몸을 렌탈 중이라는 사실이 기뻤다. 우리의 약속 장소는 슈퍼 스케이트 아이스링크였다.

온통 얼음인 탓에 안은 얼어붙을 듯이 추웠다. 가장 부유한 축에 속하는 10대들과 몇 안 되는 용기가 넘치는 엔더들만이 스케이트를 타고 있었는데, 모두들 속도를 최대한으로 내면서도 몸을 보호하기 위해서 특수 디자인 된 최첨단 스케이트 슈트를 입고 있었다. 스케이트를 탈 때 더 이상의 도움이 필요하다는 뜻은 아니었다. 슈퍼 스케이트는 신호가 설명하는 대로, 장갑에 있는 버튼으로 조정되는 작은 레이저를 얼음 위에 조종해서 올라타는 거였다. 레이저가 얼음을 미세하게 녹이면, 스케이터는 더 높은 스피드를 낼 수 있었다. 하지만 진짜 재미는 제트스트림 버튼에 있었는데, 그걸 누르면 공기 폭발이 일어나서 몸이 가볍게 공기에 뜨도록 만들어 줬다. 한 번에 몇 초밖에 쓸 수 없는 데다 단지 몇 센티만 위로 올려 줄 뿐이었지만, 느낌만은 하늘을 나는 것에 비견될 만했다.

돈만 받쳐 준다면 얼마든지 할 수 있는 일이었다. 여기서 놀기 위한 하루 비용이면 우호주의자들 10명이 일주일은 먹고살 수 있었다.

매디슨이 중앙에서 빙글빙글 돌고 있는 것이 눈에 띄었다. 매디슨이 멈추기에 그녀에게 손을 흔들었다. 매디슨도 나에게 손을 흔들어 보이더니 아이스링크의 한쪽 끝으로 미끄러져 왔다.

"캘리, 이거 진짜 너무 재미있다. 너무나 유연해진 기분이야. 어서 스케이트 신고 한번 해 봐."

"다음번에 할게. 매디슨, 나 부탁이 하나 있어."

매디슨이 앞으로 몸을 숙였다.

"뭐든지. 우리 렌터끼리는 뭉쳐야 된다니까." 그녀는 몸을 젖히더니 웃음을 터뜨렸다. "내가 해 줄 일이 뭔데?"

"너 혼자 살지, 그렇지?"

"자기야, 누가 나랑 같이 살고 싶어 하겠어? 내 가정부조차 자기 집이 있다고."

매디슨은 또 한 번 크게 웃었다.

"내가 내일 놀러 가도 되니? 하룻밤 자고 와도 돼?"

"우리 집에서?"

나는 고개를 끄덕였다.

매디슨이 손뼉을 쳤다.

"소녀들답게 슬럼버 파티(아이들이나 청소년들이 한 집에 모여 잠옷만 입고 함께 자며 노는 파티—옮긴이) 하자!"

"그거 좋네."

"그럼, 우리 이제, 파티하고 나면, 일종의, 단짝 친구가 되는 건가?"

매디슨이 미소 지으며 새끼손가락을 내밀었다.

꼭 아이가 된 기분이었지만, 나도 내 손가락을 내밀었고, 우리는 손가락을 걸고 약속을 했다.

***

나는 드라이브스루에 차를 세우고, 세 번째 줄에서 번드르르하게 잘 차려진 식사를 받아들었다. 매디슨은 내일을 바쁘게 보내게 해 줄 대안으로는 완벽했다. 매디슨은 내 렌탈에 뭔가 이상이 있다는 사실을 눈치 채지 못할 만큼 충분히 멍청했다. 난 정말 매디슨이 좋았지만, 150살 먹은 친구를 사귀는 일은 지금 내 우선 순위 목록의 중요사항이 아니었다. 그저 2주 뒤의 내 계약이 어떤 문제도 없이 (예를 들면 암살 같은 것 말이다.) 잘 끝나길 바랄 뿐이었다.

앞의 차가 주문한 걸 챙겨서 움직였고, 나도 줄을 따라 움직였다. 차를 앞으로 움직이면서 돈을 꺼내기 위해서 지갑으로 손을 뻗었다. 그러다 그게 찾아온 걸 알았다.

현기증. 졸도. 또 그 일이 일어나고 있었다.

***

정신이 돌아왔을 때, 나는 스코프에 눈을 대고 뺨에는 저격용 라이플을 누른 채 들고 있었다. 내 손가락은 막 느린 동작으로 방아쇠를 누르려는 참이었다. 나는 열린 창문 옆에 벽에 기대어 아래에 있는 사람들을 겨누고 있었다.

안 돼. 안 돼, 안 돼, 안 된다고!

나는 우선 호흡을 멈췄다. 방아쇠에 걸고 있는 손가락에서 조심스럽게 힘을 빼고, 느리게 중립 자세로 돌렸다. 세계와 주변의 모든 소리가 얼어붙은 듯 한순간 정지했다. 손가락에 힘을 빼고 나서야 나는 주변에서 소리가 나고 있다는 사실을 알아차렸는데, 악마가 망치라도 두드리고 있는 듯한 소리가 들렸다. 내 심장이 쿵쾅거리는 소리였다.

땀 한 방울이 이마에서 흘러서 눈썹 위로 떨어졌다.

무슨 일이 일어났는지를 파악하느라 뇌가 시속 수백만 킬로미터로 맹렬히 돌아갔다. 내가 너무 늦어 버린 걸까?

난 호텔 방 안에 서 있었다. 바깥 광장에는, 아마도 10층쯤 아래에, 비어 있는 단상이 있는 무대를 바라보며 사람들이 모여 있었다.

심장이 아까보다 더 빠르게 뛰었다. 상원 의원이 벌써 죽은 걸까?

제발, 아니어야 되는데.

나는 라이플을 들어 살펴보았다. 장전되어 있었다. 완전하게. 만져 보니 총열은 차가웠다. 화약의 잔향도 없었다. 아래쪽의 군중 역시 침착했다.

나는 그제야 숨을 내쉬었다. 난 아직 아무도 쏘지 않았다.

내가 어디 있는 거지? 높은 빌딩들을 보니 아무래도 LA 다운타운 같았다. 나는 하늘까지 맞닿은 건물들 위쪽을 훑어보다가 도서관 타워를 찾아냈다. 그 말인즉, 저 아래에 있는 공원이 퍼싱 광장이라는 뜻이었다.

책상 위에는 "빌트모어 호텔"이라는 금색 글씨가 돋을새김 되어 있는 가죽 파일이 놓여 있었다. 헬레나가 누굴 죽이기에 참 멋진 곳을 골랐다. 나는 탄약통을 제거하려고 라이플을 들었다.

캘리, 제발 그러지 마.

헬레나의 목소리는 이전 어느 때보다도 명확하게 들렸다.

총알을 빼지 마.

"헬레나 씨예요?"

그래.

"내 목소리가 들려요?" 나는 물었다.

이제 들려. 우리 연결이 좀 더 나아졌어.

"어떻게 이런 일이 가능하죠? 내 안에다 뭘 집어넣은 거예요?"

꼭 몸을 떨면 헬레나를 내 밖으로 떨쳐낼 수 있는 것처럼 몸이 부들부들 떨렸다.

나는 라이플에서 탄약통을 꺼내서 책상 위에 올려놓았다.

제발 다시 라이플을 장전해 줘. 우린 시간이 많지 않아.

"아뇨, 난 재장전하지 않을 거예요!" 나는 소리 질렀다. "처음 숨겨 둔 장소에서 무기를 들고 오진 못했을 텐데요. 어디서 이걸 또 구했어요?"

나는 라이플을 침대 위로 던졌다.

만약 네가 내 권총에 그랬던 것처럼 라이플을 부순다면, 난 그냥 또 다른 걸 구할 거야.

"난 권총을 부수진 않았어요. 그냥 버렸다고요."

나는 창문으로 가서 아래를 내려다보았다.

해리슨 상원 의원이 막 도착하고 있었다. 그는 단상으로 올라가서 군중들을 향해 연설을 시작했다.

"난 당신을 위해서 누군가를 쏘는 일 따위 하지 않을 거예요, 당신이 내 몸을 살인 용도로 쓰도록 두지도 않을 거고요."

나는 위로 팔을 뻗어 창을 쾅 하고 닫았다.

내 말 좀 들어 봐, 캘리. 난 범죄를 막고 싶은 거야. 수만 명에 이르는 네 나이 또래의 사람들에게 영향을 미칠 사람을 통해서.

나는 머리를 흔들었다.

"진실을 말해 주는 부분에 대해서라면, 지금까지 헬레나 씨는 내게 어떤 신용도 없어요."

만약을 대비해서, 이렇게까지 위험천만하게 유리한 암살 위치와 라이플에서 최대한 멀리 떨어지는 게 현명하리라는 생각이 들었다. 나는 문을 향해 돌진했다.

캘리, 멈춰.

나는 내 뒤로 문을 쾅 닫고 나와 복도를 따라 달려갔다.

"대체 어떤 종류의 사람이 이런 종류의 일을 계획하는 거예요?"

달리지 마. 넌 막 수술을 받았어.

나는 천천히 속도를 늦춰 걸었다. 헬레나가 또 이야기를 꾸며 내는 걸까? 날 조종하기 위해서?

네 칩 말이야.

나는 머리 뒤쪽을 만져 보았다. 화끈거리고 따가웠다. 블레이크가 만졌을 때보다도 더 아팠다.

"나한테 대체 뭘 한 거예요!" 나는 울부짖었다.

엔더 한 쌍이 자신들의 방에서 나오다가 내 쪽을 바라보았다. 딱 복도에 선 채 허공에 대고 괴성을 지르는 미친 여자애 꼴이었다. 나는 엘리베이터를 향해 달려가서 문이 열리는 것에 올라탔다. 황동색 도금을 한 문이 닫히자, 내 모습이 문에 비쳤다. 나는 검정색 점프슈트를 입고 머리를 단단히 뒤로 말총머리로 묶고 있었다. 헬레나가 완성하고 싶던 패션이 대체 뭐지, 세련된 닌자 패션?

우리는 그 칩을 개조했어.

나는 엘리베이터 안의 철책을 꽉 잡았다.

"당신, 누가 날 수술하게 만든 거예요?"

널 수술한 사람은 신경칩 분야의 전문가야. 게다가 외과 의사이기도 해. 우린 네 칩의 살인 방지 스위치를 개조해야만 했어.

"뭐라고요?"

엘리베이터가 멈추더니 엔더 한 명이 탔다. 어쩔 수 없이 입 다물고 헬레나의 말에 귀를 기울이는 수밖에 다른 방법이 없었다.

칩은 원래 렌터들이 살인을 할 수 없게 막도록 설계되어 있어. 그래서 처음 렌탈을 시작할 때에 내 친구가 칩을 망가뜨렸지. 하지만 그 바람에 문제가 생겼고, 산발적으로 일시적인 의식의 상실이 일어나면서 내가 이 모...... 네 몸에서 밀려나오게 된 거고, 그렇게 쫓겨나는 일이 반복적으로 계속 벌어진 거야. 그 시점에서 난 친구에게 칩을 고쳐 달라고 부탁했어. 친구는 최선을 다했고, 그래서 우리는 이렇게 대화를 할 수 있게 된 거란다.

나는 나와 함께 엘리베이터에 타고 있는 엔더를 흘낏 보았다. 그 남자는 내가 차려입은 모양새가 맘에 드는 눈치였다. 얼씨구. 엘리베이터가 로비 층에서 멈추자, 나는 그가 내 앞으로 먼저 나가게 두고 그가 내 목소리를 들을 수 있는 범위를 벗어날 때까지 기다렸다.

"글쎄, 난 당신이 내 머릿속을 엉망으로 만드는 거 싫다고요. 그리고 난 당신이 내 머릿속에 있는 것도 싫어요." 난 헬레나에게 말했다. "이런 건 계약 조건에도 없잖아요."

뺨이 뜨겁게 달아오르는 게 느껴졌다.

창문에 몸을 바싹 붙이고 상원 의원이 길 건너 공원에서 연설하는 모습을 잠깐이라도 보려는 사람들이 호텔 로비에 득시글대고 있었다.

"차, 어디 있어요?" 나는 헬레나에게 물었다.

제발, 가지 마.

주머니에 손을 넣어 뒤적거리자 발레파킹 티켓이 나왔다. 나는 호텔에서 빠져나와서 도어맨에게 티켓을 건넸다.

마이크가 상원 의원의 목소리를 증폭시켜 주어서, 내가 서 있는 자리에서도 그의 목소리를 들을 수 있었다. 단상 위에 선 해리슨 의원이 사람들에게 연설하는 것이 보였다.

"우리의 젊은이들은 우리 사회의 생산적 역할을 담당할 수 있습니다." 그가 말했다.

해리슨은 완전 거짓말쟁이야.

"모든 정치인들이 거짓말을 해요." 내가 말했다. "그 직업에 필수라고요."

해리슨의 거짓말은 너무 거대해. 그 거짓말이 어린 아이들을 죽일 거야.

***

운전하는 동안에도 헬레나는 나에게 해리슨 상원 의원에 대한 자신의 생각을 계속해서 주장했다. 처음에, 헬레나는 그의 공약이 젊은이들의 수준을 개선시키는 것이라고, 특히 시설에 보내져서 자활능력이 결여된 사람들을 위한 거라고 믿었다고 했다. 하지만 최근, 지난 6개월 동안, 헬레나는 해리슨이 모종의 비밀 계획을 갖고 있다는 사실을 알아냈다.

해리슨은 프라임 데스티네이션과 관련이 있어.

"어째서요?"

나는 나처럼 머릿속 목소리와 대화 중일 다른 운전자들을 빠르게 지나쳐 갔다. 하지만 적어도 그 사람들 목소리는 이어폰을 통해서 나오는 거라도 될 테지만.

해리슨은 그 회사에 재정적으로 관여를 하고 있어. 해리슨은 대통령이 다음 번 선거 전에 프라임을 사용하도록 설득하려고 워싱턴으로 가려는 거야. 프라임을 정부를 위해 동원하라고 말이지.

"정확히 뭘 어떻게 말예요?"

헬레나의 터무니없는 시나리오를 듣고 있을 인내심이 도무지 남아 있지 않았다.

나도 단지 추측할 수 있을 뿐이야. 요점은 바로 그 10대들은 결코 지원자들이 아닐 거라는 점이지. 내 정보원 말로는 최선의 경우 징발되는 거고, 최악의 경우에는 납치될 거랬어.

모든 일이 너무 빠르게 진행되고 있었다. 헬레나가 정확하게 무슨 말을 하는 건지 이해가 안 갔다. 엠마를 잃은 분노가 헬레나를 눈멀게 한 것처럼 보였다. 만약 어떤 거대한 음모가 없다면 어쩔 텐가? 엠마가 그저 가출한 게 아니라고 말한 사람은 누굴까? 게다가 그 로렌의 손자인 케빈이 엠마와 함께 집을 나간 게 아니라면?

하지만 물어봐야만 했다.

"그래서 그 사람들이 뭘 할 거라고 생각하는데요?"

젊고 강한 10대의 몸과 100년이 넘는 경험과 지혜를 함께 가진 엔더가 감으로써 이득이 발생할 곳이라면 어디든, 무엇이든지. 스파이 활동이 머릿속에 먼저 떠오르더구나. 하지만 그런 건 아마 단지 시작에 불과할 거야.

"그래서 당신은 이 모든 걸 당신 손녀가 실종 상태이기 때문에 까발리려는 거고요."

그들이 그 앨 죽였어. 바디 뱅크가 엠마를 죽인 거야.

헬레나의 목소리에 깃든 분노에 내 피가 얼어붙었다.

"증거라도 있어요? 시체를 본 건 아니잖아요."

상당한 증거가 있어. 넌 내가 이런 결론을 손쉽게 내린 거라고 생각하니? 이 사건을 알아보느라 지난 6개월을 몽땅 바쳤어. 그게 다가 아냐. 엠마 외에도 다른 희생자들이, 나 말고도 다른 조부모들이 있어.

"그 다른 사람들 중 몇 몇은 헬레나 씨의 결론에 동의 안 했겠죠."

헬레나는 잠시 침묵했다.

그 말을 하는 걸 보니, 로렌과 얘기를 해 본 모양이구나. 그 애는 너무 순진해. 로렌은 어떤 회사가 젊은 사람들을 죽이려고 든다는

사실을 믿을 수가 없는 거야.

"당신이 날 죽음으로 몰아넣으려는 것처럼 말인가요? 해리슨 상원 의원을 죽인 다음에 집행관들이 쏜 총에 맞아서 말이에요."

헬레나의 긴 침묵이면 대답으로 충분했다. 마침내, 헬레나가 입을 열었다.

넌 빨라. 강하고. 넌 달아날 수 있었을 거야.

"내가 총알보다 빠른 건 아니죠."

헬레나의 목소리의 색이 바뀌었다. 거의 아이처럼 순진해졌다.

우리 지금 어디로 가는 거니?

"우리가 아니라, 나죠! 이건 내 몸이라고요. 당신은 그저 따라서 차에 얻어 탄 것뿐고요."

난 프라임의 의자에 묶여 있을 헬레나의 모습을 그려 봤다.

프라임 데스티네이션만은 아니겠지, 너 설마.

"정확하게 내가 가고 있는 곳이 거기에요."

어째서 거기로 가려고 하는 거니? 계약을 채우지 못하면 돈을 받을 수 없을 거야.

"시간이 흐르면 흐를수록 내가 돈을 받을 가능성이 점점 희박해지는 것 같은데요. 헬레나 씨의 계획으로는 제일 먼저 나부터 죽을 것 같고요. 어쩌면 반이라도 흥정해서 받을 수 있을 거예요."

난 고속 도로를 빠져나왔다.

네가 프라임 데스티네이션에 이런 얘길 하면, 그 사람들이 이해할 거라고 생각하는 거야? 넌 네 계약을 깨뜨렸고, 그 사람들이 걱정하는 거라고는 전부 계약뿐이야.

"헬레나 씨에 대해 그 사람들에게 말하겠어요. 내 칩을 개조한 것에 대해서도요. 그러면 그 사람들이 다시 고쳐 줄 수 있을 거예요."

만약 네가 이 일에 대해, 그러니까 살해당한 기증자들이나 해리슨 의원의 계획에 대해서 알고 있다는 걸 조금이라도 드러내 보인다면, 그 사람들은 널 죽이고 말걸.

"헬레나 씨, 뭔가 사소한 걸 잊어버리고 있는 것 같네요. 난 당신을 믿지 않는다고요. 난 당신이 무슨 말을 해도 전혀 흔들리지 않을 거예요."

하지만 그래야만 해. 개조된 칩. 일시적 의식의 상실. 내가 지금처럼 너한테 말할 수 있다는 바로 그 사실이 내가 말하고 있는 내용을 증명하는 거야.

나는 운전대를 잡은 손에 힘을 주었다. 칩에 대해서 헬레나가 한 말만큼은 사실임이 틀림없었다. 하지만 그게 다른 나머지 전부가 사실이라는 뜻이 되나? 관자놀이에 맥이 뛰기 시작했다. 나는 길 한쪽으로 빠져 차를 댔다.

우리는 프라임 데스티네이션에서 네 블록 거리에 있었다.

"내 머리에서 나가요. 당장."

거기로 돌아가지는 마. 제발 부탁이야. 이렇게 너한테 애원할게.

순간 움찔했다. 헬레나의 목소리는 너무 겁에 질린 듯했다.

"적당한 이유를 하나라도 대 보세요."

만약 네가 돌아간다면, 우린 둘 다 죽은 목숨이야.

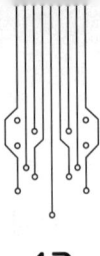

13

 나는 커피숍 근처에 엔진을 공회전하며 차를 세워 두고, 이탈자들이 혹시 다가오지는 않는지 계속 밖을 주시했다.
 "헬레나 씨. 난 더 많은 증거가 필요해요."
 헬레나는 만약 내가 바디 뱅크로 돌아가면 사람들이 자신을 죽일 거라고 믿었고, 나 역시 그렇게 믿었다.
 그리고 그 사람들이 나 역시 죽일 거라는 것을 우리 둘 다 알고 있었다.
 내가 어떻게든 프라임 데스티네이션에 가는 걸 막기 위해서, 헬레나는 나에게 어디로 가면 칩을 제거할 수 있는지를 알려 주었다. 아마도 맨 처음에 내 칩을 개조한 괴짜 친구에게로 가는 길인 듯했다. 과연 내가 그 사람을 믿을 수 있을까? 그 사람은 내 칩에서 살인 금지 스위치를 제거한 사람이었고, 그것 때문에 나는 헬레나의 개인 살인 기계로 전락하게 되었는데 말이다.

헬레나가 조용했다.

"헬레나 씨?"

헬레나가 잠시 침묵을 지켰던 순간은 아까도 있었지만, 이번 건은 완전히 달랐다. 텅 빈 상태였다. 전화선 반대편에 더 이상 아무도 존재하지 않는 것 같은 느낌. 나는 어떻게든 헬레나의 "신호"를 다시 돌아오게 하려고 내 머리 뒤통수의 상처 아래에 있는 칩을 눌러 보는 변변찮은 시도를 했다. 하지만 내가 얻은 거라고는 날카로운 통증뿐이었다.

"아우."

헬레나는 심지어 이것에도 반응하지 않았다. 본인의 의사였든지 아니었든지 간에 헬레나가 다시 떠난 것은 분명해 보였다.

아까 헬레나의 목소리가 머릿속에 나타나기 전에는 난 암살 시도는 뮤직 센터에서 벌어질 거라고 생각했었다. 하지만 헬레나는 퍼싱 광장에서 암살을 시도함으로써 날 놀라게 했다. 헬레나는 내가 자신의 권총이나 다른 것들을 가져다 버리는 등 너무 많이 문제를 일으키는 걸 보자, 날짜를 앞당기기로 결정한 거였다. 암살자들이라면 그런 일을 싫어하고도 남지.

난 원래 계획을 밀고 나가기로 결심했다. 헬레나도 그렇게 했을 것 같았다.

***

 다음 날, 난 매디슨에게 비밀을 털어놓고 싶어 몸이 달은 상태로 그녀의 집을 방문했다. 난 정말로 내가 지금까지 알게 된 모든 사실을, 어떻게 내가 내 몸을 갖게 되었을 때 헬레나의 목소리가 내 머릿속에 들어오게 되었는지 같은 사실을 털어놓고 싶었다.

 하지만 그 모든 이야기는 매디슨을 질겁하게 할 터였다. 내 안에 있는 것이 자신과 같은 엔더가 아니라는 것을, 내가 그저 계속 그런 척만 해 왔다는 것을 만약 매디슨이 알게 된다면, 그녀는 아마 더 이상 날 믿지 않을 거였다. 매디슨은 날 프라임으로 되돌려 보낼 수도 있었다. 그녀는 이 시점에서 동정적으로 굴어 줄 관객은 전혀 아니었다.

 매디슨의 집은 어쩌면 20년쯤 전에는 유행의 첨단이었을 것 같은 실내 장식으로 꽉 들어차 있었다. 일명 '외계인 스타일'이었다. 아른아른 빛나는 녹색 의자들이 허공에 둥둥 떠다녔고, 샹들리에 위로는 기기묘묘한 홀로그램이, 벽에는 3D 입체 영상으로 외계의 전경이 펼쳐져 있었다.

 매디슨의 안내를 따라 복도를 걸어가는 동안, 매디슨은 자신이 "배역에 꼭 맞는" 상태에 있을 때에, 그러니까 렌탈 중일 때에 어떤 방을 사용하길 좋아하는지를 내게 설명해 주었다. 매디슨의 집이 어마어마하게 큰 덕택에 그녀는 수많은 방 중에서 마음껏 고를 수가 있었다.

 우리는 오락실로 들어갔는데, 걱정을 몽땅 잊을 정도로 꿈의 집합

소 같은 곳이었다. 매디슨은 벽 옆의 뷔페가 차려진 식탁을 보여 주고는 내게 그릇을 건네주었다. 플렉시 튜브라고 부르는 그릇 안에 최고로 훌륭한 간식거리들이 줄을 이뤄 차려져 있었고, 우리는 캔디와 초콜릿과 프레첼로 그릇을 한가득 채웠다. 마지막 종착역은 매디슨이 주문 제작한 탄산음료 분수였는데, 시럽이 유리 안에서 다양한 색을 내도록 설계되어 있었다.

우리는 넓고, 벨벳같이 매끄러운 구역으로 음식을 가져가서, 그곳에 간식들을 펼쳐 두었다. 방의 한가운데에는 가로 9미터 세로 5미터쯤 되는 크기의 홀로 영상을 투영할 수 있는 무형스크린이 둥실 떠 있었다. 이런 것이 누군가의 집에 갖춰져 있는 것을 실제로 보는 것은 처음이었다. 영화나 쇼를 보는 것 외에도, 유명 선수들과 슈퍼사커나 에어 테니스, 아니면 챔피언과 골프를 할 수 있었다.

우리는 쇼의 배역(그녀가 친하게 지내 온 가입자들만 보였지만)을 선정할 수 있었다. 이런 것은 우리 가족의 수준을 넘어서는 것이었다. 하지만 매디슨 같은 부자에게는, 인기 스타를 동경하는 팬으로서 할 수 있는 일에 제약이란 없었다.

"난 예전에 영화 제작사에서 부장으로 일했어, 그래서 직원 할인을 좀 받았지." 그녀는 윙크를 하며 설명했다.

부자들조차 할인을 좋아하는 모양이었다.

매디슨은 인기 영화의 최근 속편을 지시했다. 등장인물들이 실물 크기로 공중에 투사되었다. 이렇게 가까이에서 이 정도의 비율로 그들을 보는 것은 영화관에서 보는 것과는 차원이 달랐다. 몇 분 후에, 매디슨이 일어나서 스크린 공간으로 걸어 들어갔다. 등장인물 중에 키가 큰 배우가 그녀에게 돌아섰다.

"안녕, 매디슨." 그가 말했다. "우리와 함께하게 돼서 기뻐요."

"우와, 어떻게 한 거야?" 나는 넋을 잃고 물었다.

"여기에 서야 해. 아니면 작동을 안 하거든."

매디슨이 방의 가운데에 있는 직사각형의 공간을 가리키며 말했다.

내가 그 공간에 들어서자, 험악한 눈매의 키가 작은 다른 배우가, 나에게 돌아섰다.

"안녕, 캘리." 그가 말했다.

나는 녹아내릴 것 같은 기분이 되었다.

그가 가까이 걸어왔다. 나는 배우에게서 풍기는 향나무와 같은 숲의 향기를 맡을 수 있었다. 그는 정확하게 현실의 생물처럼 보이지는 않았다. 처음에는 훌륭한 홀로그램이 사람을 속일 수 있지만 가까이에서 자세히 들여다보면, 형태의 가장자리 주변이 약간 반짝거려서 진실을 깨닫게 해 주었다. 하지만 여전히 꽤나 놀라웠다.

"어떻게 이렇게 하는 거야?"

나는 그에게서 눈을 돌리고 싶지 않았지만, 매디슨에게 시선을 돌렸다. 그녀는 배우와 나누는 대화에 깊게 빠져 있었다.

나의 배우가 내 팔을 건드려서, 내 주의를 다시 돌렸다.

"어떻게 되는 건지 신경 쓰지 말아요. 그저 누구인가에 대해서 생각하세요." 그는 나에게 미소를 지었다.

나는 그의 접촉을 느낄 수 있었다. 현실의 사람 같지는 않았다. 미묘하게 산들바람이 피부를 지나는 것 같았다. 팔의 털이 곤두섰다.

전화가 울렸다.

모두가 멈춰서 팔짱을 끼고는, 내가 전화를 조용히 시키기를 기다렸다.

매디슨이 한 손을 이마에 올렸다.

"캘리, 너 지금 환상을 망치고 있잖아."

"미안."

나는 그 공간에서 나와서 음식을 차려놓은 곳으로 갔다. 내가 그 순간 보고 싶어 했던 이름이 발신자 이름에 표시되었다.

"블레이크?" 전화기에 대고 말했다.

"캘리, 잘 지냈어?"

나는 돌아서서 매디슨의 배우가 그녀의 머리카락으로 장난을 치는 동안 웃고 있는 매디슨을 보았다. 내 배우는 주머니에 손을 넣고 서 있었다.

"봐, 캘리. 나도 완전히 마지막 순간에서 이런 말 한다는 거 알지만, 할아버지께 막 승낙을 얻었어. 우리, 유스 리그 시상식에 함께 가지 않을래?"

"오늘 밤 말이야?"

"응."

"나, 나는…… 정말 안 되겠어."

"중요한 일이야. 정말로 네가 와 줬으면 좋겠어. 그리고 네가 우리 할아버지를 뵙고 싶다고 말했었잖아."

"너희 할아버지께서는 분명히 엄청나게 바쁘실 거야."

"시상식 후에 연회가 있을 거야. 시장님은 물론이고, 모두들 참석

할 거야. 재미있을걸."

이곳이 이 세상에서 내가 있어야 할 마지막 장소였다. 나는 그러겠다고 말하려는 것을 막기 위해 아랫입술을 깨물었다. 블레이크와 함께 있고 싶었지만, 상원 의원과 한 자리에 있는 것, 그것이야말로 정확하게 내가 피하려고 애쓰던 것이었다. 내가 의식을 잃고 헬레나가 대신 몸을 차지한다면?

"정말로 그러고 싶은데, 블레이크. 정말로. 하지만 오늘 밤은 매디슨이랑 여기에서 같이 놀기로 약속했어. 예의가 아닐 것 같아."

통화를 마치고 나는 그 애의 실망을 느낄 수 있었다. 나도 마찬가지였다.

매디슨은 내가 전화기를 다시 가방에 집어넣는 것을 바라봤다.

"괜찮은 거야?"

"응, 괜찮아."

나는 그 자리에 축 늘어져 앉았다.

"와서 같이 하자."

그녀는 나에게 손을 흔들었다. 이제는 두 배우 모두 그녀와 이야기하고 있었다.

나는 고개를 저었다.

"나는 그냥 여기에서 볼게."

매디슨이 어깨를 으쓱하고는 두 배우와 손을 잡고 돌아섰고, 셋은 함께 밀림 속으로 걸어 들어갔다. 나는 어째서 헬레나가 이렇게 한동안 내 몸을 지배하지 않는지에 대해서 생각했다. 게다가 그녀는 긴 시간 동안 내게 말도 걸어오지 않고 있었다.

나는 한숨을 쉬었다. 그녀가 바디 뱅크에서 나왔으면 어쩌지? 우리의 연결이 제대로 기능하지 않았기 때문에 렌탈을 예상보다 빨리 중단할 수도 있지 않을까? 만약 내가 그 일을 결코 하지 않을 거라고 그녀가 확신했다면, 어쩌면 바디 뱅크를 나와서 직접 상원 의원을 죽이려고 할지도 몰랐다. 계획대로, 시상식에서. 그녀가 직접 실행하는 것은 그녀의 원래 계획은 아니었지만, 내가 절대로 그를 쏘지 않을 것이라고 분명히 했기 때문에 필사적으로 성급하게 달려들 수도 있었다.

만약 내가 그 시상식에 간다면, 블레이크의 할아버지에게 알릴 수도 있을 거였다. 해리슨 의원에게 상황을 설명하고 경고를 하는 시도를 할 수 있을지도 몰랐다. 내게는 더 이상 무기도 없으니 아무 일도 일어날 수 없겠지.

그런데 어리석게도 블레이크를 거절했던 것이다. 나는 양해를 구하고 매디슨의 손님용 침실에서 전화를 했다.

※ ※ ※

블레이크는 도심지에 있는 건물의 지하 주차장까지 나를 태워 주었다. 그 애는 내가 마음을 바꿔서 매우 신이 나 있었다. 나는 그 애에게 내가 얼마나 그 애의 할아버지를 만나기를 고대하고 있는지 상기시켰다. 아무래도 할아버지와 혼자서 만날 기회가 있으면 좋겠다고. 블레이크는 그렇게 되도록 노력해 보겠다고 말했다. 그 애는 의심조차 품지 않았다. 모든 남자들이 이렇게 멋지다면 좋을 텐데.

블레이크가 특수한 열쇠를 내보이자, 지하의 경비원이 우리를 검정과 금색 카펫이 깔린 전용 엘리베이터로 안내했다. 경비원은 자신의 열쇠를 틈에 꽂고 우리 사이의 문이 닫힐 때 모자 끝을 조금 올려 인사했다.

"여긴 뮤직 센터가 아니잖아." 내가 말했다.

"아니라고?" 블레이크가 말했다. "아 이런, 내가 길을 잘못 들었나 보다."

미소를 지으며 대답하는 그 애를 비웃어 주었다. 엘리베이터는 "펜트하우스"라고 표시된 꼭대기 층에서 멈췄다.

다른 문으로 이어진 짧은 통로를 향해 문이 열렸다. 블레이크는 자신의 열쇠를 삽입하고 문을 열었다. 안쪽은 어두운 색의 목재로 되어 있었고 조명이 어두웠다. 오른쪽으로는 곡선형의 바가 있었고, 엔더 바텐더가 유리컵을 닦고 있었다.

"어서 오거라, 블레이크."

"야아, 헨리 아저씨."

블레이크는 멈추지 않고 방을 가로질러 가죽 의자들을 지나쳐 가서, 유리 미닫이문 앞에 섰다. 그 애가 벽에 있는 패드에 손바닥을 흔들자 유리문이 미끄러지듯 열렸다. 우리는 넓은 테라스로 걸어 나왔다.

현대적인 감각의 사각형 분수가 중앙을 차지하고 있었다. 분수에서 잔잔하게 졸졸 흐르는 물소리가 부산한 도심의 소음을 지워 주고 있었다. 나는 테라스의 가장자리로 걸어가서 난간을 따라 놓인 분재들 사이로 들여다보았다. 어째서 야자수 화분들이 이곳에 놓여 있는지는 명확했다. 이 작은 오아시스를 둘러싸고 있는 허물어져 가는 건물들을 시야에서 차단하기 위한 거였다. 마치 거대한 괴수가 때려 부수기라도 한 것처럼, 몇몇 건물은 완벽하게 무너져 있었다.

나는 분수에 등을 보이며 돌아섰다.

"그럼 여기는 너희 가족 소유구나."

블레이크가 고개를 끄덕였다.

"그래. 우리 가족은 콘서트홀에서 열리는 오페라나 연회에 참석하기 전에 이곳을 이용하곤 해. 물론 직원들은 할아버지께서 안 계실 때에 나를 위해 대기하는 걸 썩 좋아하진 않겠지. 그 사람들 입장에서 난 그저 어린애일 뿐이니까."

"그 사람들이 나를 어떻게 대하든 난 여기에 와서 기뻐."

그 애는 긴 의자가 두 개 있는 쪽으로 나를 이끌었고, 나는 그중 한 의자 모퉁이에 걸터앉았다.

블레이크는 손을 뻗어서 버튼을 눌러 내 의자를 뒤로 젖혀 주었다. "뒤로 기대서 편하게 앉아."

"잠들 것 같아."

"그래도 괜찮아."

"시상식에 가 봐야 하지 않을까?"

"아직 시간 있어."

바텐더가 탄산음료를 가져다주었다. 그 애는 음료를 사이드 테이블에 내려놓고는 자리를 떴다. 나는 뒤로 기댔다. 매우 편안했다.

"그래, 캘리, 느낌이 어때?"

나는 파란 하늘의 솜털 같은 구름을 올려다봤다. 블레이크에게는 모든 것을 말해도 될 것 같은 기분이 들었다.

"정말 좋아."

그 애는 팔을 뻗어서 내 의자의 등받이에 손을 얹었다. 그 애가 내 머리 뒤쪽을 쓰다듬기 시작했지만, 난 블레이크가 그러지 못하게 막았다.

"내가 뭘 잘못했어?" 블레이크가 물었다.

"잘못한 건 전혀 아니야." 나는 그 애의 손을 놓아 주면서 말했다.

그 애가 더 가까이 몸을 기울였다.

"캘리, 그러지 말고. 이거 뭐야?"

그 애는 내 머리를 들여다봤다.

"거긴 안 돼." 내가 말했다.

"왜?"

그 애는 거의 재미있어 하는 것 같았다. 블레이크는 마치 나와 게임이라도 하고 있다는 듯이 내 머리에 손을 얹었고, 나는 그 손을 잡았다.

뭐라고 하지? 나는 진실을 택했다.

"수술을 좀 받았어."

그 애의 웃음이 시들해졌다. "어떤 수술?"

나는 믿을 만한 거짓말을 생각해 내려고 애를 썼다. 하나도 생각이 나질 않았다. 다시, 진실.

"그 얘기는 하고 싶지 않아."

나는 그 애를 보았다. 몹시도 나를 염려하는 표정이었다.

"그저 좀…… 개인적인 거라서." 내가 말했다.

블레이크가 내 손을 잡았다.

"나도 우리가 그리 긴 시간동안 알고 지낸 사이가 아니라는 건 알아, 하지만 네가 나를 믿는다고 생각했는데."

"그런 게 아니라, 그저 우리 사이는 모든 게 좋으니까."

"그래서 넌 만약 네가 받은 수술이 어떤 종류인지를 말하면 내가 너를 더 이상 좋아하지 않을까 봐 무섭다는 거야? 내가 그렇게 편협할 거라 생각해?"

나는 입술을 떨었다. "아니야, 물론 아니지."

그 애는 내 손을 꽉 쥐었다. "네가 어떤 말을 하더라도 너에 대한 내 감정을 바꿀 수는 없을 거야. 난 너를 알고 싶어. 너에 대한 모든 것을 알고 싶다."

블레이크는 이 문제가 얼마나 엄청난 거짓말인지 전혀 이해하지 못하고 있었다.

"제발 그 이야기를 꺼내게 만들지 말아 줘, 응?" 나는 눈빛으로 애원했다. "왜, 가끔 돌이켜 보면 안 했으면 좋았을 거라고 생각되는 그런 일 너도 있잖아, 이게 바로 그런 거야."

"자신 있게 난 아니라고 할 수 있는 사람이 누가 있겠어. 너만 그런 건 아니야."

그 애는 내 손에 엄지손가락을 얹었다.

블레이크는 설명하라고 다그치던 모습에서 다시 착하게 굴려고 애쓰고 있었다. 모든 것이 간단하기만 하다면 얼마나 좋을까. 내가 바디 뱅크에 가지 않았더라면 얼마나 좋았을까. 하지만 그랬더라면 절대로 이 애를 만나지 못했으리라.

태양이 도시 위를 지나 퇴장하고 있었다.

"우리 이제 가 보는 게 좋지 않을까?" 나는 물었다.

블레이크는 내 손을 잡아끌었다. "따라와."

그 애는 복도를 지나 문을 열고, 안쪽으로 나를 이끌었다. 그 방은 부드러운 분홍 색조로 꾸며진 소녀풍의 공간이었다.

"네 전용 백화점이라고 생각해."

그 애는 옷장 문을 활짝 열어 작은 칵테일 드레스부터 화려한 드레스에 이르기까지, 어른거리는 무지개와도 같은 이브닝드레스의 향연을 보여 주었다.

"이게 다 누구 거야?" 내가 물었다.

"우리 누나. 누나는 쇼핑을 좋아하거든." 그 애가 눈을 굴렸다.

많은 옷들이 최신 기술로 만들어진, 깃털처럼 가볍고 색이 변환되는 물리학 기적의 산물이었다. 나머지는 지난 세기에 찍은 오래된 영화에서 영감을 얻었을 복고풍 드레스였다. 선반에는 구두와 핸드백이 투명한 상자 안에서 마찬가지로 반짝이고 있었다.

그 애가 센서 위로 손을 휘젓자, 상자들이 더욱 시야에 잘 들어오도록 회전했다.

"너에게 누나가 있는 줄은 몰랐어."

"고모할머니와 함께 북쪽에 가 있어."

나는 옷에 손을 뻗으며 물었다.

"거기에서 뭘 하는데?"

"쇼핑."

블레이크가 내 어깨 근처의 벽에 몸을 기댔다. 내 눈을 똑바로 쳐다보면서. 잠시 전에 하던 일을 마저 하려는 참이라는 것을 바로 알 수 있었다.

그 애의 얼굴이 내 눈앞에 있었다.

"걱정 마." 그 애는 한 손을 들더니 자신의 등 뒤로 돌리기 전에 손가락을 꼼지락거려 보였다. "이번에는 손 안 댈게."

웃지 않을 수가 없었다. 블레이크는 서서히 고개를 숙이고, 나에게 키스했다. 그리고 또 키스했다. 멈추고 싶지 않았다, 정말이지. 이 이상 좋을 수 없을 거라는 생각이 들었고, 정말로도 그랬다. 나는 그 애의 목을 감싸 쥐고 더 가까이 끌어당겼다.

그러자 그 애가 내 허리 부근을 안았다. 나는 벽에 등을 기대고, 숨이 막힐 듯한 기분과 약간의 아찔함을 느끼면서 그 애를 더 가까이 끌어당겼다. 그 애의 이마에 내 이마를 기댔다.

"우리 가야 할 것 같아." 나는 속삭였다. "아니면 늦을 것 같은데."

그 애는 고개를 끄덕인 뒤, 천천히 방에서 물러났다.

"준비되면 불러 줘."

그 애가 가고 난 뒤 입술을 만져 보았다. 부어올라 있었다.

나는 다른 한 손으로 너무나 멋진 옷들을 훑었다. 어떻게 하나만 고를 수가 있겠는가? 이건 마치 수많은 아이스크림들 중에서 단 한 가지 맛만 골라야 하는 것과 같은 상황이었다. 하지만 낭비할 시간이 없었다. 나는 소매가 없는 파란색 드레스에 숄을 둘러 입었다. 희미하게 반짝거리는 치맛단이 바닥까지 늘어져 있었지만, 무게는 손수건 한 장보다도 가벼웠다. 예쁘고 노출도 적당했다. 상원 의원이 나를 믿어 주었으면 했다. 파란색이 다른 사람에게 신뢰감을 주는 색이라고 들었던 것이 기억났다.

몇 분 후에, 블레이크가 문을 두드렸다.

"들어와."

블레이크는 턱시도를 입고 있었다. 나를 보자 그 애의 눈이 커졌지만, 금세 차분한 표정이 되었다. 그 애는 옷장에 걸려 있던 금속 지팡이를 집어 들고는 내 드레스 위로 휘저었다.

"장난할 시간 없어." 내가 말했다.

"보기만 해."

에어스크린 하나가 옷장 안에 나타났다. 드레스가 3차원 영상으로 나타나서 빙글빙글 돌았다. 구두, 핸드백, 귀걸이와 팔찌의 영상도 입체적으로 나타났다.

에어스크린에 나타난 것과 같은 펌프스가 정면에 나올 때까지 투명한 구두 수납함이 회전했다. 나는 구두를 꺼냈다. 은으로 만든 작은 돌고래 장식이 달려 있는 펌프스였다.

"돌고래야. 네가 제일 좋아하는." 그 애가 말했다.

"와아." 나는 살그머니 구두를 신어 보았다. "사이즈가 같아. 딱 맞는데."

그 애는 나에게 핸드백을 건네주고, 파란 보석이 줄 세공되어 있는 아름답고 고전적인 팔찌와 그에 어울리는 귀걸이를 집었다.

"너희 누나 걸 내가 입어도 신경 쓰지 않을까?"

"이것들 좀 보라고. 우리가 여기 있는 것들 반을 치워 버려도 누나는 모를걸." 그 애가 팔찌를 내 손목에 채워 주며 말했다.

"아니, 그래도 컴퓨터는 확실히 기억할 텐데."

나는 귀걸이를 하고 그 애에게 돌아섰다. 순간 블레이크의 얼굴에 떠오른 표정은 기억할 만한 가치가 있었다. 먼저 그 애의 왼쪽 입술 끝이 서서히 올라갔다. 그리고 그 애의 입이 완연한 미소를 짓는 것과 동시에 그 애의 눈가에 주름이 잡히며 반짝였다.

"정말 멋지다, 캘리 넌 우리 할아버지의 관심을 완벽하게 사로잡을 거야."

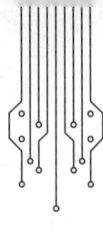

14

 그날 저녁 우리가 뮤직 센터 플라자에 도착하자, 성대한 무도회장에 등장한 공주가 된 것 같은 기분이 들었다. 작은 전구들이 나무 위에서 반짝였고, 더 큰 전구들이 건물들을 밝게 비추고 있었으며, 감춰진 스포트라이트가 폭포 조각을 밝게 비추며 플라자의 중앙에서 춤추고 있는 모습이 마치 꿈속의 정경 같았다.
 우리는 소형차만큼 커다란 샹들리에가 머리 위에서 반짝거리고 있는 도로시 챈들러 파빌리온에 들어섰다. 영화에 나오는 것 같은 큰 계단을 올라 2층으로 올라갔다. 식전 연회가 한창 무르익고 있었다. 엔더 웨이터들이 샴페인과 펀치가 든 쟁반을 들고 반짝거리는 군중 사이를 헤치고 이리저리 움직이고 있었다. 손님들은 거의 부유한 엔더들이었지만 블레이크와 같은 부유층 10대들도 드문드문 있었다.

그리고 거기에 더해 나도 있었고.

"네 할아버지는 어디에 계셔?"

블레이크는 나에게 펀치가 든 잔을 건네주며 답했다.

"내가 찾아볼게. 여기서 기다리는 것 괜찮겠어?"

"괜찮아." 나는 뷔페 테이블을 보면서 말했다.

그 애는 목을 길게 빼고 은빛 머리들의 바다 위를 살펴보더니 군중 속으로 사라졌다. 나는 새우와 게와 가재가 가득한 뷔페 쪽으로 걸음을 옮겼다. 타일러가 보았다면 눈이 튀어나왔을지도 모르겠다.

맛보려는 유혹에 넘어가려던 차에 목소리가 나를 놀라게 했다.

캘리, 결국 왔구나.

내 머릿속에서 들려왔다. 헬레나였다. 그녀는 바디 뱅크를 떠나지 않았던 모양이었다.

"돌아왔군요." 나는 조용히 말했다. "아무래도 굿이라도 한판 벌여야겠네요."

주변 사람들은 모두 사교와 식사에 바빠서 내가 나 자신과 이야기하는 것을 알아차리는 사람은 없었다. 나는 화를 내야 할지 안도해야 할지 알 수가 없었다.

네가 마침내 받아들인 것 같아 기쁘구나.

"고마워하실 것 없어요. 난 절대로 여기에 누굴 죽이러 온 게 아니거든요."

해리슨 상원 의원은 괴물이야. 네가 그를 그대로 두면, 그는 내일 워싱턴으로 가는 비행기를 타게 될 테고, 10대들 수천 명의 운명이 결정되는 거야.

그녀의 드라마는 나에겐 먹히지 않았다.

"당신이 어떻게 알아요."

누구랑 어울리는지를 보면 그 사람을 판단할 수 있다고 했단다. 그래, 상원 의원은 프라임 데스티네이션을 이끄는 남자와 공모하고 있어. 올드맨 말이야. 그는 전 우주에서 가장 최악인, 인간 같지도 않은 놈이야.

"그렇다면 아무래도 내가 그를 죽여야겠군요."

나는 이 빈정거림이 그녀에게 얼간이처럼 들리기를 바랐다.

그래야지. 하지만 그는 엄청난 경호를 받고 있어. 주요 인물 중에서 가장 가까이 있는 사람이 바로 상원 의원이란다.

그녀가 죽여야 할 사람의 목록이 길어지고 있는 것처럼 들렸다.

상원 의원이 오늘 밤 비행기에 탑승하는 것을 저지하는 것만으로, 우린 이 일이 폭발적으로 퍼져나가는 것을 방지할 수 있단다. 프라임에서 네게 제안한 금액보다 다섯 배를 주마. 그리고 집도 줄게.

나는 반응하지 않으려 애를 썼다. 건물들로 둘러싸인 발코니로 걸어 나갔다. 더 이상 젊은 나이에 죽을까 봐 두려워하지 않는 엔더들이 너도나도 물고 있는 시가의 끝에 붙은 붉은 불빛을 지나쳤다. 발코니 끝에 다다르자 멈춰 서서 도시의 야경을 바라봤다. 호화로운 주변 환경의 경계 너머로 낙서로 뒤덮인 황폐한 건물들이 냉혹한 대조를 이루고 있었다.

헬레나가 방금 내놓은 제안. 그 제안을 고려하고 있는 입장에 놓인 것조차 싫었다.

"내가 당신의 요청대로 하고 싶다고 해도, 총이 없어요."

아냐, 총은 있단다. 내가 먼저 배치해 두었어. 이게 내 원래 계획이었으니까, 기억하니?

속이 쓰려 왔다. 지금 그녀가 이야기하고 있는 것은 바로 블레이크의 할아버지였다.

어디에 있는지 말해 줄게.

"말하지 마세요. 알고 싶지 않아요."

나는 손가락으로 귀를 틀어막고 무의미한 음절로 된 노래를 부르고 싶었지만, 그녀의 목소리가 나오는 것을 막을 수가 없었다.

내 뒤로 다가오는 발소리를 들었다. 나는 블레이크를 보려고 돌아섰다.

"여기에 있었네." 블레이크가 말했다. "할아버지, 얘가 캘리에요."

해리슨 상원 의원.

나에겐 기회였다. 그에게 경고할 수 있었다. 하지만 나는 쉽사리 행동에 옮기지 못했다. 미친 소리처럼 들리겠지.

"아가씨를 찾으려고 여기저기 헤맸단다." 상원 의원이 손을 뻗으면서 말했다.

나를 잡아 가두어야 할 거라고 말하는 건, 결코 훌륭한 자기소개 방법은 아닌데 말이지. 상원 의원의 손을 잡고 흔드는데 그가 정말로 이상한 표정을 짓고 있다는 것을 알게 되었다. 나에게 유감이라도 느낀 것처럼, 거의 고통스러워 보이기까지 한 표정이었다.

"그래, 우리 손자는 어디에서 만났니?"

"나이트클럽에서요." 내가 대답했다.

그는 블레이크를 돌아봤다. "나이트클럽? 어떤 나이트클럽?"

"할아버지……." 블레이크가 말했다.

"룬 클럽이요."

내가 끼어들었는데, 분명 너무 성급하게 말한 것 같았다.

"룬 클럽이라." 상원 의원이 딱딱한 태도를 취했다.

그는 괜찮다고 생각하지 않는 것 같았다. 블레이크가 대답하도록 했으면 좋았을 텐데. 그의 얼굴을 흘깃 봤지만 그는 무표정했다.

블레이크가 내 쪽을 향했다. "여기 좀 춥지 않니?"

나는 고개를 저었다. 다음 순간 나는 그 애의 얼굴을 쳐다봤다. 안으로 들어가자는 신호를 놓친 걸까?

해리슨 상원 의원은 목청을 가다듬었다. "참 예쁜 드레스를 입고 있구나."

"감사합니다." 나는 아래를 보면서 옷감을 매만졌다.

"그리고 이 귀걸이. 팔찌도? 가보인가? 매우 낯이 익구나."

"의원님의 손자가 골라 주었어요."

상원 의원은 블레이크에게 화난 얼굴을 보였다. "그래, 과연. 오늘 밤 잘 간수하렴. 몇 대에 걸쳐 우리 가문에 전해 내려온 것이니까."

보좌관 한 명이 다가와서 상원 의원에게 귓속말을 했다.

"우리는 이제 무대 뒤로 가 봐야겠구나. 시상식이 30분 내에 시작한다는구나." 해리슨 상원 의원이 블레이크에게 말했다.

"금방 돌아올게." 블레이크가 말했다.

상원 의원이 노기를 띠며 숨을 내쉬었다. "등장해야지, 블레이크. 등장."

"곧 올게."

상원 의원은 인사도 없이 홱 돌아섰다.

"나를 좋아하시지 않는 것 같아." 나는 블레이크에게 말했다.

"아니야. 저게 바로 할아버지의 '나는 정말로 그녀에게 관심이 있다' 표정이야. 모르겠어?" 블레이크가 내 손을 꽉 잡았다.

나는 웃어 줄 수밖에 없었다.

"표는 받았지. 시상식 후에 만나자. 대연회장에서 축하연이 있을 거야." 블레이크는 달려 나가기 전에 혀를 날름 내밀고는 배를 문질렀다.

그래, 이제 너도 해리슨 상원 의원이 어떻게 생겼는지 알게 되었구나. 그의 매력에 속지 마. 그는 정치꾼이야, 잠을 자면서도 저럴 거란다.

"계속 거기 있었어요?" 나는 물었다.

생각만으로도 소름 끼쳤다. 나에게는 사적인 비밀이란 없는 것이었다.

이제 잘 들으렴. 총은 여자 화장실 2층의 오른쪽 끝 칸에 있단다.

그 총은 앞으로 거기 살아야 될걸요. 나는 내 생각을 헬레나에게 말하지는 않았다. 어차피 그녀는 지금 내가 그쪽으로 움직이고 있지 않다는 걸 볼 수 있을 거였다.

너는 그 총을 가져와야 해, 캘리.

"쓰지 않을 텐데요."

넌 그걸 거기에 남겨 둘 수 없을걸.

"왜요?"

네 지문이 총에 남아 있기 때문이지.

＊ ＊ ＊

나는 2층의 여자 화장실의 줄에 섰다. 화장실 가득 우아하게 차려입은 엔더들이 거울을 들여다보지 않는 척하면서 치장하고 있었다. 앞에, 왼쪽으로, 화장실이 두 줄로 있었고, 각각 줄을 서 있었다.

오른쪽으로 가.

나는 오른쪽으로 움직여서 기다렸다. 네 칸이 있었고, 마지막 칸은 장애인용이었다.

가운데 칸이 먼저 열렸다.

아니. 마지막 칸이야.

나는 내 뒤의 엔더가 먼저 앞으로 가도록 양보한 뒤, 마지막 칸이 열리길 기다려서 거기로 들어갔다. 문을 잠그고 주변을 살폈다.

"못 찾겠어요." 나는 헬레나에게 속삭였다.

작은 쓰레기통 밑을 봐.

벽 밑에 쓰레기통이 있었다. 아름다운 드레스가 변기에 빠지지 않도록 최선을 다해 웅크리고 앉았다. 쓰레기통 바닥으로 손을 뻗으니 불룩한 것을 느낄 수 있었다.

헬레나가 작은 권총을 바닥에 붙여 두었던 것이다.

거기야.

나는 테이프를 뜯어내려고 애를 썼다. 시상식이 곧바로 시작한다는 것을 알리는 차임벨 소리가 들리기 시작했다. 마침내, 나는 테이프를 헐겁게 해서 총을 빼내 핸드백에 넣었다.

화장실에서 달려 나가면서, 총에서 탄환을 빼지 않았다는 것을 깨달았다. 안내원들이 문을 닫고 있었다. 나는 공연장에 들어가기 직전에 지갑 속으로 손을 넣어 안전장치를 눌렀다.

그럴 필요 없어.

"안전이 최고니까요." 나는 속삭였다.

✳ ✳ ✳

나는 시상식 연설이 끝날 때까지 앉아 있었다. 해리슨 상원 의원은 존경받는 정치인처럼 보였다. 그는 자신의 일생의 사명은 청소년들을 활동적으로 살게 해서 곤란에 말려들지 않도록 하는 것이라고 설명했다. 헬레나는 그의 진심은 악의적인 목적이라고 폭로하며 그가 말하는 연설 한 구절 한 구절마다 실시간으로 주석을 다느라 바빴다.

그녀는 포기하지 않을 셈이었다.

넌 총을 갖고 있잖아. 그를 쏴.

내가 그녀에게 대답할 수 있었다면, 그녀에게 닥치라고 말했을 것이다. 세상에서 가장 긴 연설을 듣고 있으려니 무릎 위에 놓아 둔 핸드백 속에 든 총이 꼭 사람 하나만큼 되게 무겁게 느껴졌.

연설이 끝나자마자, 나는 군중과 함께 밖으로 몰려나왔다.

"질문이 하나 있어요, 헬레나 씨." 나는 물었다. "왜 여기에요?"

현장이 클수록, 바디 뱅크를 더 잘 노출할 수 있잖아.

나는 블레이크를 기다리며 대연회장을 서성였다. 헬레나는 나에게 쉴 시간을 주려는 듯 침묵을 지켰다. 나는 뷔페 테이블 위에 놓인 후식의 산을 우러러봤다. 식욕도 없었고, 내가 사람들이 모두 지나다니는 길목에 있는 것 같아서, 나는 커다란 창 옆으로 이동했다.

몇 분쯤 그곳에 서 있었나, 누군가 뒤에서 나를 쳤다. 돌아보니 상원 의원이 있었다. 혼자서.

"캘리, 맞지? 재미있니?"

기회였다. 그에게 경고해 줄 기회.

"음. 별로요. 저, 저는 의원님께 말씀드릴 게 있어요."

그의 눈이 가늘어졌다. "너 참 예쁘구나."

왠지, 그는 모욕을 주려는 것처럼 말했다. 그렇게 직설적인 말도 아니었지만, 그의 어조는 어쩐지 불쾌했다. 상원 의원은 마음이 불편할 정도로 가까이 다가와서는 마치 의사처럼 내 얼굴을 자세히 뜯어봤다. 나는 현미경 아래 제물대에 놓인 벌레가 된 기분이었다.

"무슨 문제라도 있나요?" 나는 물었다.

"아니다, 사실, 그저 네가 너무 완벽에 가까워서."

그는 내 얼굴을 잡고 한쪽으로 돌렸다.

심장이 두근거렸다. 사람들이 더 많이 있는 방의 한가운데로 가고 싶었다.

그는 내 양손을 잡고 손등까지 자세히 검사했다.

"완벽해. 흉터, 점, 상처도 하나 없구나." 그는 다시 내 얼굴을 쳐다봤다. "여드름 자국조차 없어."

그는 경멸스럽다는 듯 입을 비죽거렸다. 상원 의원이 더욱 가까이 다가와서, 나는 그의 숨결에 섞인 씁쓸한 시가 연기의 잔향까지 맡을 수 있을 지경이었다.

"네가 뭔지 나도 안다." 그는 내 팔을 잡았다.

나는 밀쳐내려고 애를 썼지만, 그가 너무 세게 잡고 있었다.

"왜 여기에 왔니? 틴넨바움이 보냈어?"

"아니에요." 나는 몸부림을 쳤다.

"또 누가 여기에 왔지?"

"아무도 없어요. 저밖에는."

"지금 당장 나가 줬으면 좋겠구나. 그리고 우리 손자에게서 떨어져." 그가 나를 흔들었다. "대체 뭐하는 애냐?"

"이해 못 하실 거예요. 의원님께 꼭 말씀드려야 되는 중요한 말이 있어요."

"네가 하는 어떤 말도 아무것도 바꾸지 못할 게다."

그의 피부 아래에 벌레들이 있는 것처럼 그의 관자놀이의 정맥이 불거져 나왔다.

우리가 서 있는 구석에는, 단지 몇 명만이 우리를 알아볼 정도로 가까운 거리에 있었다. 한 엔더 여성이 의도적으로 사람들을 헤치고 다가왔다. 그녀의 얼굴을 어디선가 본 적이 있다는 생각이 들었다.

"해리슨 상원 의원님, 의원님의 사무실에 왔었던 여자애에요." 그녀가 말했다.

그제야 그녀를 본 곳이 어딘지 깨달았다. 환상적이군.

한 우아한 엔더가 그녀와 동반하고 있었다. 블레이크의 할머니일 거라고 나는 짐작했다. 블레이크가 좋아하지 않는다던 할머니.

"클리포드." 할머니가 경고의 눈빛으로 말했다. "하지 마세요."

그녀는 그의 팔을 잡았다. 그녀가 잡아끌자, 해리슨 의원은 나를 놓아 주었다. 그는 사무실 여직원의 팔꿈치를 잡고 그녀를 밖으로 이끌고 나갔다.

"실례했어요." 블레이크의 할머니가 말했다.

그들이 가고 나자, 그 공간이 숨통을 조여 오는 것처럼 느껴졌다. 나를 보는 모든 눈들을 노려보며 욱신거리는 팔을 문질렀다. 심장이 고동쳤다.

이제 알겠지? 그의 성질을 봤지? 그를 믿은 네가 어리석은 거야.

그랬다, 나도 보았다. 그리고 느꼈다. 하지만 낯선 손길이 내 팔을 잡아당기는 바람에 하고 있던 생각으로부터 빠져나왔다. 경호원인 것 같았다.

"놓으란 말이야." 나는 몸을 빼내려고 버둥거렸다.

"진정해, 캘리, 우리야. 브리오나."

룬 클럽에서 만나서 함께 다리에 갔던 렌터 삼인방이었다. 브리오나. 검은 타이를 맨 리와 라즈는 대연회장의 출구 앞까지 나를 데려다주려고 했다.

하지만 나는 떠날 수가 없었다. 아직은 아니었다.

"그만둬." 나는 말했다.

엔더들이 우리를 쳐다봤다. 브리오나와 녀석들은 나를 놓아 주는 대신에 송아지 한 마리를 가둔 울타리처럼 내 주위에 둘러섰다.

"넌 여기에 있으면 안 돼, 이 아가씨야." 라즈가 낮은 목소리로 말했다.

"해리슨 상원 의원이 너를 호출했어." 리가 말했다.

브리오나는 내 귀에 가까이 입술을 댔다. "의원은 네가 렌터라는 걸 알아."

"우리 모두 여기를 나가야 해." 라즈가 말했다. "의원이 지금 경비와 얘기 중이야."

"하지만 블레이크가 나를 찾고 있을 거야." 나는 고풍스러운 팔찌를 벗었다.

"뭐하는 거니?" 브리오나가 낮은 어조로 말했다. "우리는 여기에서 나가야 한다고."

"이걸 블레이크에게 돌려줘야 해." 나는 귀걸이를 뺐다.

"내가 할게." 리가 장신구들을 받으며 말했다.

"시간이 없어." 브리오나가 그에게 말했다.

"상원 의원이 자기 손자와 얘가 함께 있는 걸 보게 둘 수는 없잖아. 중성자 폭탄처럼 분통을 터뜨릴걸. 내가 빠를 거야." 그는 장신구를 주머니에 넣었다.

"제발 조심해." 내가 말했다. "그것들 가보래."

"우리 연장자들이야말로 가보지." 라즈가 말했다. "가보가 아닌 게 있긴 해?"

"걱정 마." 리가 나에게 말했다. "나는 40년 전에 은행가였거든. 귀중품에는 전문가라고."

그는 돌아서서 군중 사이를 뱀처럼 구불구불 빠져나갔다.

브리오나는 내 팔에 자기 팔을 걸었다. "어서, 자기야, 서두르자."

라즈가 내 다른 쪽 팔을 잡았다. 경비들이 우리를 의심스러운 눈초리로 보면서 서로 중얼거렸다.

"서둘러." 브리오나가 말했다.

우리는 많은 출구들 중 하나로 나와서 왼쪽으로 돌아, 전면이 거울로 이루어진 벽과 마주한 웅장한 계단으로 달려갔다. 다른 사람들도 역시 자리를 뜨고 있어서, 우리는 많은 사람들 틈에 섞여 들어 계단을 내려갔다. 인파 속에서 하이힐을 신고 있던 발목을 접질리면서 왼쪽 구두가 벗겨져 버렸다.

"내 신발." 나는 그 자리에 신발이 있는지 보려고 돌아섰다.

라즈가 내가 떨어지지 않도록 떠받쳤다. 경비원들이 윗층의 난간 위로 몸을 기울여 우리를 내려다보고 있었다.

"가자." 그녀가 말했다.

우리는 대리석으로 이루어진 입구의 통로를 따라 뛰었다. 나는 하이힐을 한 짝만 신고 오르락내리락 절룩거리면서 달렸다. 마지막 출구는 한 명씩 통과해야 했다. 브리오나가 앞장서고 라즈가 계속 나를 밀면서 뒤따랐다. 플라자 바깥으로 나오자마자, 나는 남은 구두 한 짝을 벗어 버렸다. 브리오나가 내 손을 잡았고 우리는 분수를 지나 거리를 향해 달렸다.

"어디로 가는 거야?" 내가 외쳤다.

"저기로." 브리오나가 도로 경계석 옆에 세워둔 SUV를 가리켰다. "계속 달려."

뒤를 돌아보니 우리 뒤를 쫓아오는 사람들과 경비원들이 보였다. 나와 브리오나는 뒷좌석에 올라탔고, 라즈가 앞으로 탔다. 리는 벌써 차 안 운전석에 앉아 있었다.

"어떻게 우리를 앞질렀어?" 브리오나가 물었다.

"옆문으로." 리가 말했다.

안전벨트를 하고 나서, 선팅된 유리창 밖을 내다보니 경비원 몇 명과 사복을 입은 사람들이 자신들이 이미 늦었다는 것을 깨달은 듯 달려오던 속도를 줄이고 있는 것이 보였다. 그리고 거기에다가 그 애, 블레이크가 사람들 뒤에서 혼자서 달려오고 있는 것이 보였다.

나는 그 애에게 소리칠 수 있도록 차창을 내리기 시작했지만 브리오나가 손을 뻗어 나를 제지했다.

"안 돼."

리가 마스터 락을 누르자 창과 문들이 커다란 찰칵 소리와 함께 잠겼다.

무슨 말이라도 하고 싶었다. 적어도 작별 인사로 손이라도 흔들고 싶었는데. 블레이크는 이렇게 어둡게 선팅한 창으로는 나를 보지 못했을 거였다. 내가 할 수 있는 거라고는, 창마다 뚫어져라 보면서 나를 찾다가 아무것도 찾아내지 못하는 그 애의 모습을 지켜보는 것뿐이었다. 우리가 탄 차가 멀어지자 그 애의 얼굴에 깊은 실망감이 드리워졌다.

우리 사이의 거리가 아직 멀어지기 전에, 나는 그 애의 손에 무언가가 들려 있는 것을 보았다. 내 구두였다.

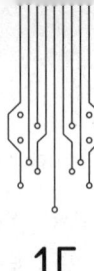

15

나는 창에 손을 붙이고 블레이크가 작아져 희미해질 때까지 쳐다 봤다. 라즈와 브리오나는 둘 다 리에게 더 빨리 운전하라고 고함을 질러 댔다. 상원 의원의 경호원들은 우리를 추격하진 않았다, 그렇 다면 우리는 누구로부터 달아나고 있는 걸까? 집행관들? 렌터들도 보호자가 없는 미성년자들처럼 집행관을 두려워할까? 엄밀히 말하 자면 렌탈이 불법이라는 것을 알고 있었지만, 나는 손 안에 막대한 양의 돈이 있으면 모든 문제를 해결할 수 있다고 항상 생각해 왔다.

보아하니 아닌 모양이었다, 아니면 그들이 이렇게 뮤직 센터에서 재빠르게 도망칠 리가 없었다.

브리오나는 내 옆에 앉아, 내 손을 굳게 잡고 있었다. 나는 그것이 엔더의 방식이라고 판단했다.

"좀 어떠니, 캘리?"

그녀의 어두운 갈색 눈동자가 내 얼굴을 찬찬히 살폈다.

"괜찮아." 나는 부드럽게 손을 꼼지락거렸다.

라즈가 앞좌석에서 뒤를 돌아보고 리의 등받이에 팔을 기댔다.

"정말? 안색이 좀 창백한데." 라즈가 말했다.

"응, 창백해 보여." 리가 말했다. "우리랑 비교해서."

그는 백미러를 통해 나에게 웃어 보였다.

나는 다시 웃어 주는 것조차 벅찼다. 나는 창 쪽으로 고개를 돌렸다. 내 마음은 아직 블레이크에게 가 있었다.

고속 도로에 들어서자, 더 이상 사이렌 소리는 들리지 않았고, 모두들 단체로 한숨을 돌리고는 뒤로 기대고 편안히 앉았다.

"그래 이제 어디로?" 라즈가 물었다.

이 사람들에게 엠마에 대해서 물어봐.

헬레나였다. 내가 해리슨을 죽이지 않아서 그녀가 화가 나 있다는 걸 알았다. 아마도 내가 헬레나의 손녀에 대한 정보를 캐는 것 정도는 도움이 될 수 있을 것 같았다.

"라즈, 혹시 엠마라는 이름의 렌터를 만난 적이 있었어?"

"기증자의 이름 말이야?"

"그래."

"만난 적이 없는 것 같은데."

"기억나?" 브리오나가 내 쪽을 보면서 말했지만 남자애들도 들을 수 있도록 큰 목소리로 말했다. "지난번에 네가 나한테 물었을 때, 애들은 모를 거라고 말했었잖아."

"그래?" 나는 라즈에게 물었다. "금발에 키가 커. 여기 봐, 엠마의 사진을 갖고 있어."

나는 휴대 전화를 꺼내서 보여 줬다.

"만났으면 좋았겠지만." 그가 말했다. "만난 적이 없어."

"너는 어때, 리?" 나는 휴대 전화를 보여 줬다.

그는 백미러를 통해 보더니 고개를 저었다.

"음, 난 노력했다고." 나는 거의 헬레나를 위해 말했다.

고맙구나.

진심으로 들렸지만 실망스러움이 묻어났다.

우리는 한동안 도시 주변을 돌아다녔다. 그들이 내가 왜 엠마에 대해 알고 싶어 하는지를 묻지 않는 건 좀 웃긴 것 같았다.

브리오나는 손가락을 자기 관자놀이에 대더니 신음 소리를 냈다.

"왜 그래?" 나는 물었다.

"이놈의 끔찍한 두통이 막 시작됐거든. 전에는 이런 적이 없었는데. 내 생각에는 두통이 기증자의 몸에 주입한 칩에서 오는 것 같아." 그녀는 문지르기를 멈추고 머리를 뒤로 기댔다. "너도 이런 적 있니?"

"아니." 나는 거짓말을 했다. "나는 전혀 문제 없어."

이제는 밤이라고 말할 만한 시간이어서, 나는 그들에게 매디슨이 사는 거리에 내려 달라고 부탁했다.

"잘 가." 나는 차에서 내렸고 그들은 가 버렸다.

나는 매디슨의 집을 올려다봤다. 안으로 들어가서 그녀와 마주하기에는 너무 진이 빠져 있었다. 아까 블레이크와 통화한 후 그 집을 떠날 때, 옆문으로 슬며시 나왔었다. 분명 추천받을 만큼 멋진 방법은 아니었지만, 그땐 너무나 서둘러야 하는 상황이었다.

나는 돌아서서 내 차로 걸어갔다.

✻ ✻ ✻

집에 돌아와서, 나는 헬레나의 침대에 누워 비단으로 된 캐노피를 응시하며 내가 처한 곤경에 대해 생각했다. 블레이크는 자기 할아버지와 함께 워싱턴으로 가는 비행기에 있었다, 내 정체가 사실은 어린 몸을 빌린 늙은 여자라고 그 애에게 말해 줄 바로 그 할아버지와 함께.

블레이크는 나를 다시는 보고 싶어 하지 않을 것이다. 그리고 누가 그런 그 애를 비난할 수 있겠는가? 그리고 그 애가 정말은 내가 내면에 있었다는 진짜 사정을 알고 있었다 하더라도, 정말로는 거리에서 살던 내가 계속해서 부유한 존재인 것처럼 거짓말하고 행세했던 것을 그 애는 용서해 줄 수 있었을까?

나는 시트를 주먹 안에 움켜쥐었다. 내가 지금의 혼란스러운 상황에 처한 모든 원인은 내가 그저 타일러의 생명을 구하려 애썼기 때문이었다.

타일러.

바디 뱅크에 대한 헬레나의 생각이 옳다면 나는 타일러를 위해 어떻게 해야 하는 걸까? 나는 분명히 그들에게서 어떤 대가도 받지 못할 거였다. 헬레나는 더 많은 금액을 제시했고, 거기에다가 집까지 주겠다고 했다.

만약 내가 해리슨을 죽인다면.

나는 내 동생을 사랑했고, 타일러가 안전하고 따뜻한 곳에서 건강해지길 원했다. 하지만 누군가를 죽이는 일은 내 사전에 있지도 않았으며, 그 의문 속의 사람이 블레이크의 할아버지이자 상원 의원이라는 점은 생각할 필요도 없었다. 나는 스타터였지, 암살자가 아니었다. 나는 헬레나를 어떻게 생각해야 좋을지 알 수가 없었다. 그녀가 말한 것들의 어디까지가 사실일까? 엠마를 잃고 분노한 그녀를 비난할 수는 없었지만, 요즘에는 많은 청소년들이 실종되고 있었다. 그중 몇은 결국 죽게 되고. 하지만 그것이 정말로 바디 뱅크의 잘못이었을까?

해리슨 상원 의원이 틴넨바움을 언급했긴 했지만.

나는 침대에서 일어나 앉았다. 해리슨 상원 의원은 틴넨바움이 나를 보냈다고 생각하고 화를 냈었다. 만약 헬레나의 말이 맞고, 상원 의원이 대통령에게 바디 뱅크와 정부 사이의 모종의 협정에 대해 이야기하려 한다면, 왜 그는 틴넨바움이 나를 보냈을지도 모른다는 생각에 그렇게까지 화를 냈던 걸까? 무엇 때문에? 거래를 취소하기 위해서?

캘리?

몸이 뻣뻣해졌다. 내 머릿속에서 들려오는 헬레나의 생각이 나를 놀라게 했다. 그녀는 집에 온 이후로 내게 말을 걸지 않고 있었다.

"왜요?"

넌 왜 바디 뱅크와 계약했니?

"내 남동생의 건강이 좋지 않아요."

안됐구나. 그녀는 잠시 말을 멈췄다. 그러면 너희는 조부모가 안 계셨던 거니.

"안 계세요."

그럼 전에 돈을 전해 주려고 했던 사람이 동생이었구나. 네 친구를 통해서 말이다.

"네, 맞아요."

나도 우리가 그 아이를 여기로 데려왔으면 좋겠다만, 그리 현명한 일이 아닐 것 같구나. 하지만 너를 위해서 뭔가 해 줄게.

다음 말을 간절하게 기다렸다.

내 옷장으로 가서 제일 밑의 서랍을 열어 봐.

나는 침대에서 기어 나와서 조용하게 고풍스러운 옷장 앞으로 갔다. 나는 가장 아래 서랍을 잡아당겼다.

서랍 바닥의 아래를 더듬어 보렴.

거기에 꾸러미 같은 것이 붙어 있는 것이 느껴졌다. 떼어 내자 그것이 봉투인 것을 알게 되었다.

열어 봐.

봉투는 돈으로 가득했다. 팔이 얼얼했다.

네 동생에게 당장 머물 곳을 마련해 주렴. 호텔에.

"미성년자는 그렇게 못해요."

네게 어디로 가야 할지, 누구에게 말해야 할지 알려 줄게.

"나는 그 애에게 갈 수 없어요. 바디 뱅크가 주소를 알아요. 만약 그 사람들이 나를 쫓고 있다면, 그리고 내가 거기로 간 걸 알게 된다면, 그들은 내가 계약을 깼다고 할 거에요."

딱 맞는 게 있단다. 제일 위의 서랍을 열고 파란 상자를 찾아보렴.

나는 작은 상자를 꺼내서 열어 보았다. 파랑과 초록색의 보석이 박힌 동그란 펜던트였다.

"예쁘네요."

그건 신호 수신을 막아 주는 장치란다. 신호의 전파를 방해하지. 항상 일관된 건 아니야.

나는 그걸 걸어 보려고 했다.

하지 마. 그걸 착용하는 시간은 제한해야 해, 그렇지 않으면 프라임이 자기들의 신호가 막히고 있다는 걸 알게 될 수도 있으니까.

"누가 만든 거예요?"

내 기술자. 내가 이곳을 나가자마자, 너에게 그를 만나게 해 줄게.

분명히 대가가 있을 터였다. "왜 도와주시는 거죠?"

나는 아직 네 도움이 필요해. 나는 엠마에게 무슨 일이 있었는지 밝혀내고 싶어. 만약 내가 알아낼 수 있다면, 그 지독한 곳을 폐쇄하는데 필요한 증거를 손에 넣을 수 있겠지. 그리고 우리의 거래는 여전히 유효해.

"우리가 어떻게 그런 일을 해내겠어요? 설사 우리가 엠마에게 무슨 일이 있었는지를 알아낸다 하더라도요?"

우리에겐 이제 이점이 하나 있어. 아무도 내가 너에게 말할 수 있다는 걸 몰라. 우리는 한 몸에 두 개의 두뇌인 셈이잖니.

그녀의 목소리가 꽤 다르게, 침착하고 사려 깊게 들렸다. 그녀의 흥분한 어조는 사라졌고, 이제는 암살 음모를 단념한 것 같았다.

좀 쉬렴. 아침에 시작할 테니까.

나는 목걸이를 옷장의 제일 위의 서랍에 넣어 두고 헬레나의 크고 부드러운 침대로 다시 기어 들어갔다. 하지만 잠이 올 것 같지 않았다. 마음속은 진짜 침대와 룸서비스가 있는 따뜻한 호텔방에서 타일러를 보는 장면으로 가득 찼다.

램프를 끄자 달빛이 방에 은빛이 도는 파란 그늘을 드리웠다.

"헬레나, 내가 꿈꿀 때 뭐가 보이나요?"

아무것도.

적어도 내 꿈이나 내 생각은 아직 온전히 내 것이었다. 나는 수 분간 침묵 속에 그 자리에 누워 있었다.

캘리? 너희 어머니는 어떠셨니?

우리 어머니. 나는 엄마의 웃는 얼굴을 그려 보았다. 할 이야기가 너무나 많아서 헬레나에게 무슨 말을 해야 할지 몰랐다.

너와 닮았니?

"아니요. 엄마는 사람들이 보는 즉시 좋아하게 되는 그런 분이셨어요."

너도 사람들이 좋아할 것 같은데.

"엄마를 좋아하는 식으로는 아니에요. 사람들은 엄마를 오랫동안 몹시 보고 싶었던 언니처럼 대했어요. 엄마는 어느 곳이든 잘 어울리는 분이셨어요. 엄마는 어느 해인가 양궁 올림픽 대표팀에 계셨어요." 어린 시절의 작은 기억이 머릿속에 떠올랐다. "엄마는 내가 아플 때 마카로니와 치즈를 만들어 주시곤 했어요."

네가 기억하고 있는 것들은, 즐거웠던 것들이구나.

"엠마는요?"

엠마는 고집쟁이에다가 단호한 성격이었어. 모든 열여섯 살 아이들이 그렇겠지만, 그 아이는 특히 반항적이었지. 그 애가 원하는 것은 알고 있었지만, 전쟁 이후에 그 아이의 양육을 맡으려고 애쓰는 것이, 나에겐 너무 힘든 일이었단다. 나는 그 애의 어머니나 아버지가 될 수 없었어. 그리고 그 애는 그 모든 것에 화를 냈지. 어떻게 그 애를 비난하겠니? 너는 내게 조금은, 그 아이를 떠올리게 한단다.

헬레나는 전에 광분하던 것의 반도 흥분하지 않았다.

눈이 감겨 왔다. 나는 지쳐 있었다.

잘 자렴, 캘리.

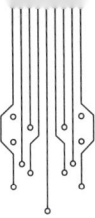

16

 나는 마이클이 사는 건물 근처의 도로에 주차를 하고 이탈자들이 있는지 주변을 살폈다. 비어 있는 것처럼 보였지만, 출입구에 누군가 숨어 있을 수도 있었다. 나는 챙겨 온 음식, 물병, 그리고 약품이 담긴 꾸러미를 꽉 잡아들고 차에서 재빨리 내렸다. 헬레나의 목걸이가 정말로 잘 작동해서 프라임이 나를 추적하지 못하기를 빌었다.

 나는 로비로 들어갔다. 마이클과 타일러가 아직 거기에 머물고 있을까? 거리의 삶을 살다 보면, 언제나 이따금 도망쳐야만 했었다. 나는 아무도 공격할 태세로 숨어 있지 않다는 것을 확인하기 위해 안내 데스크로 살금살금 다가갔다.

 거기에는 아무도 없었다. 완전히 비어 있었다. 나는 로비의 가운데 있는 중앙 계단 쪽으로 돌아섰다.

 창이 없는 계단을 오르면서, 더 이상 내게 손전등이 없다는 사실을 깨달았다. 너무 어두워서 보이지가 않았다. 어떻게 이렇게 금방 이런 식으로 살아가는 것이 어땠는지를 잊어버릴 수가 있었을까? 느낌으로 복도를 따라 가고 있다는 것을 알아차렸다. 그때 내가 헬레나의 휴대 전화를 가지고 있다는 것이 기억났다. 나는 가방에서 휴대 전화를 꺼내서 앞길을 밝혔다. 복도 끝에 다다라서, 어느 쪽인지를 살폈다. 그 방이 왼쪽이었던가? 나는 돌아서서 긴 복도를 따라 걸었다.

출입구에서 갑자기 철봉을 켠 지저분한 녀석이 나타났다. 그저 그 애의 털이 덥수룩한 외모에 비해 깔끔한 내 외양 때문에 그 애가 놀란 것뿐이라는 것을 깨닫기 전까지는, 심장이 멎는 것 같았다. 어두운 불법 거주자의 건물에 깨끗하고 잘 차려입은 사람이 있는 것은 일상적인 일이 아니었다.

"난 우호주의자야." 내가 말했다. "타일러와 마이클을 보러 왔어."

그 애는 홀의 끝을 가리켰다.

"고마워."

여기에 마지막으로 왔던 때가 거의 2주일 전, 틴넨바움이 로드니가 나를 수행하도록 허락했던 때였다. 하지만 그때가 마치 전생이었던 것처럼 느껴졌다. 들어서자마자, 변화가 생긴 것이 보였다. 가구를 옮겼고, 살림살이들을 더 많이 모아 뒀다. 더 내 집처럼 느껴졌다. 탁자에는 임시방편 식탁보로, 아크릴 꽃무늬 천이 걸쳐져 있었다.

창문 위에는 꽃무늬 천이 스테이플러로 고정되어, 눈부시지 않은 노란 불빛을 방에 비추고 있었다.

"타일러?" 나는 소리쳤다.

나는 요새 안을 돌아다녔다. 타일러는 자신에게 몸을 숙인 여자애와 함께 앉아 있었다. 나는 배낭을 떨어뜨렸다.

"너 뭐하는 거야?" 나는 비난조로 말했다. 일부러.

그 여자애가 내 쪽으로 고개를 돌렸다. "그냥 물을 좀 주고 있었어. 그러면 안 돼?"

나는 그 애를 알아봤다. 플로리나였다. 내가 바디 뱅크로 떠나기 바로 전에, 마이클이 내게 소개해 준 그 아이. 그 애는 막 내게 컵을 던질 듯이 보였지만 타일러가 내 이름을 불렀다. 나는 뛰어가서 그 아이 앞에 무릎을 꿇고, 두 팔로 동생을 감싸고 가까이 끌어안았다.

"너무 너무 보고 싶었어." 나는 타일러의 부드러운 머리카락을 쓰다듬었다.

"돌아왔구나." 그 애가 말했다. "마침내."

나는 동생의 얼굴을 보려고 몸을 빼냈다. "그랬으면 좋겠다."

"또 이럴 순 없어. 누나가 지난번에 마지막이라고 그랬잖아."

"나도 알아, 타이, 그래도 이번에는 거의 끝나가."

플로리나가 타일러를 바라봤다. "참을 수 있잖아, 그렇지, 친구?"

얘는 이런 식으로 불쑥 끼어들어서 뭐하는 거람?

"플로리나야." 타일러가 그녀 쪽으로 고개를 기울였다.

나는 그녀를 봤다. "알아, 내가 떠나기 전에 만난 적 있어. 마이클은 어디 갔어?"

"모르겠어." 그녀의 눈이 바닥을 쳐다봤다.

불안감이 엄습했다. 하지만 내 손을 잡고 장난치는 타일러가 있었기 때문에 그것을 무시했다.

"그리고 너. 누나가 깜짝 놀랄 소식을 갖고 왔어."

"뭔데?" 그 애가 물었다.

"말해 버리면, 놀라운 게 아니게 되잖아."

타일러가 신음했다.

"어디가 안 좋아?"

나는 타일러의 토끼 같은 갈색 눈을 볼 수 있도록 그 애의 머리카락을 밀어 넘겼다. 창백해 보였지만, 이렇게 어슴푸레한 노란 조명 아래서는 딱히 확실히 말하기도 어려웠다.

"요 며칠 힘들게 지냈어." 플로리나가 말했다.

그래서 플로리나가 한동안 타일러를 돌봐줬던 모양이었다.

"지금은 괜찮아?" 나는 타일러에게 물었다.

그 애는 고개를 끄덕이고는 내 팔을 꼬집었다. "누나 살쪘어."

타일러가 내가 걸고 있던 헬레나의 목걸이를 잡아당겼다.

"안 돼. 이건 만지지 마. 자 봐, 네가 제일 좋아하는 맛있는 걸 가져왔어." 나는 플로리나에게 눈썹을 추켜세워 보였다. "그럼 마이클이 나간 지 얼마나 된 거야?"

"어젯밤에 집에 돌아오지 않았어." 타일러가 말했다.

마이클답지 않은 일이었다. 타일러의 앞이라 더 자세하게 묻고 싶지가 않았지만, 플로리나와 나는 서로 표정을 살폈다. 집행관이 그 애를 잡아 가기라도 한 걸까?

"말다툼이 좀 있었는데." 플로리나가 말했다. "마이클이 뛰쳐나가 버렸어."

"그렇다면 아마도 어디선가 머리를 좀 식히고 있을 거야."

무한한 가능성들이 있었다. 어쩌면 마이클은 자신이 아는 누군가와 우연히 마주쳤을 수도 있고, 또 어쩌면 호되게 얻어맞고 감옥에 누워 있을지도 몰랐다. 어쩌면…….

"뭣 때문에 말싸움을 했어?"

"별로 중요한 건 아니었어."

"그럼 왜 마이클을 따라 나가지 않았어?" 내가 물었다. "전혀 찾아보지 않은 거야?"

플로리나는 고개를 저었다. 그 애가 눈짓으로 타일러를 가리켰다. 나는 그 애가 타일러를 혼자 둘 수 없어서 마이클을 쫓아가지 못했다는 것을 깨달았다. 전에 그 애에게 차갑게 굴었던 것이 바보 같이 느껴졌다.

"내 동생과 함께 있어 줘서 정말로 고마워." 나는 말했다. "나에게는 정말 엄청난 의미거든."

그 애는 자기 머리카락을 어루만졌다. "당연한 거야. 우리는 이제 오랜 친구니까, 그렇지, 타일러?"

"우리는 게임을 하고 놀았어." 타일러가 말했다.

"분명히 플로리나가 이길걸." 내가 말했다.

"절대 아니지. 내가 이겨."

✳ ✳ ✳

타일러와 플로리나가 내가 가져 온 치즈와 과일, 샌드위치로 벌인 작은 잔치로 포식한 후에, 플로리나와 나는 은밀한 대화를 위해 계단에 앉았다. 이 위치에서는 누구든지 건물 안으로 들어온다면 볼 수 있었고, 타일러를 남겨 두고 나왔어도 안심할 수 있었다. 그리고 우리가 있는 층의 우호주의자, 특히 털이 덥수룩한 녀석이 함께 타일러를 보호하고 있었다.

"지난주에 타일러가 열이 났었어." 플로리나가 말했다. "마이클이 숨겨 뒀던 돈이 좀 있어서, 어린이용 진통제를 구할 수 있었어."

내가 블레이크에게 부탁해서 마이클에게 전한 돈이었다.

"그런데도, 상태가 안 좋았어. 타일러의 이마에 차가운 천을 올려 두면 금세 뜨거워져서 계속 갈아 주고 있었어."

나는 손으로 머리를 감쌌다. "타일러를 데리고 나가려고 해, 오늘 밤에."

플로리나가 자세를 바로 했다. "정말로? 어디로 가려고?"

"호텔로. 너도 같이 가자."

"하지만 일이 아직 끝나지 않았다고 했잖아. 돈이 어디서 나서?"

"가불을 좀 받았어." 어느 정도는 사실이었다. "마이클이 돌아오면, 너희와 합류할 수 있을 거야."

그 애의 얼굴에 미소가 번졌다. "마이클에게 메시지를 남길게."

그 말은 꼭 둘 사이의 관계가 친구 이상이라는 것처럼 들렸다. 나는 거의 3주를 떠나 있었다. 그 정도 시간이라면 많은 일이 생길 수 있었다. 블레이크와 나를 보라. 나는 갑자기 치밀어 오르는 감정을 느꼈다. 약간의 질투심이었지만, 나에게는 그럴 권리가 없다는 것도 알고 있었다.

우리는 안쪽으로 돌아와서 가장 중요한 것들로 짐을 꾸렸다. 타일러는 음식을 먹고 내가 온 덕에 기운을 차렸고, 덕분에 그 애도 도움이 되었다. 동생은 자기가 제일 가져가고 싶은 것들을 집어 와서 더플 백에 꾸려 넣었다.

"우리 어디로 가는 거야?" 타일러가 물었다.

"푹신한 침대와 에어스크린과 핫초콜릿이 엄청나게 많이 있는 멋진 곳으로."

"장난치는 거 아니지?" 그 애의 눈이 커다래졌다. "정말이지? 얼마나 있을 수 있어?"

"확실하지 않아. 상황에 따라 달라."

"무슨?"

"네가 얼마나 말을 잘 듣느냐에 따라 다르지."

나는 타일러에게 다가가서 그 아이가 웃느라 몸을 구부리다가, 제발 그만해 달라고 애원할 때까지 간질였다.

"물병을 가져가야 할까?" 플로리나가 물었다.

나는 고개를 저었다.

그 애는 눈썹을 치켜세웠다. "확실해?"

"그래, 그럼 만약을 위해서 챙겨."

우리는 우리의 얼마 되지도 않는 가재도구들을 보면서, 조용히 짐을 쌌다. 플로리나는 자신의 추억들이 그 무게의 가치를 지닌다는 데 조금의 의심도 없다는 듯 손을 허리에 짚고 서 있었다. 내가 상관할 바는 아니었다.

출발할 준비는 금방 끝났다. 우리 셋은 가방들을 들고 계단을 내려갔다. 어린 스타터 두 명이 차 앞에서 입을 딱 벌리고 있었다. 나는 그 애들을 손으로 몰아 쫓아내고, 주변에 서성이는 사람들이 없는 것을 확인하기 위해 주변을 둘러보고는 트렁크를 열었다.

"차?" 타일러가 외쳤다.

나는 손가락을 입술에 가져다 댔다. 이탈자들을 피해 숨지 않고 여기를 벗어나고 싶었다. 헬레나의 차고에 있던 차 중 일부러 그나마 제일 호화롭지 않은, 엠마의 차를 가지고 왔다.

"이게 어디서 났어?" 플로리나가 물었다.

"정말로 운전할 수 있어?" 타일러가 물었다.

나는 트렁크를 닫았고 모두가 차 안으로 재빨리 탔다.

"바디 뱅크에서 나한테 빌려 준 거야." 나는 차문들을 잠근 후 말했다.

"우와, 바디 뱅크라는 곳은 정말 멋진 곳이네." 타일러가 말했다.

안전벨트가 윙 소리를 내며 두 사람의 어깨 위로 둘러지자, 둘 다 내부를 보고 "오", "아" 하는 감탄사를 질렀다. 헬레나의 차 중에서는 가장 호사스럽지 않은 자동차였음에도, 여전히 예술의 경지에 있는 수준인 것이다. 뒷좌석에서는, 타일러가 자신의 손이 닿는 모든 버튼을 눌러 보고 있었다.

"이건 뭐하는 거야?" 그 애가 문에 있는 버튼을 누르며 물었다.

"그건 문을 여는 거야, 하지만 내가 어린이 안전 잠금을 해 뒀지." 나는 백미러로 타일러를 보면서 말했다. "왜냐하면 우리는 분명히 차량 안에 어린이를 태우고 있거든."

나는 그 애에게 혀를 내밀었고, 타일러도 똑같이 대응했다.

"흉내쟁이." 내가 말했다.

"원숭이 얼굴." 그 애가 말했다.

나는 시동을 켜고 차를 빼냈다.

"봐. 원숭이가 운전을 한다!" 타일러가 말했다.

＊＊＊

호텔에 도착하자, 타일러와 플로리나는 호화로운 로비와 거대한 꽃 장식을 구경했다. 헬레나는 우리를 실망시키지 않았다. 헬레나가 안내한 곳은 최고급 호텔이었다. 모두 미성년자인 데다 하나는 부유해 보이고 동반한 두 부랑아는 지저분한 짐을 들고 있으니, 호텔 접수처의 직원은 우리를 이상하게 쳐다볼 수밖에 없었을 것이다. 하지만 나는 지배인을 불러 달라고 했고, 헬레나가 알고 지냈던 그녀가 오자, 모든 일은 수월했다. 나는 그녀에게 "캘리 윈터힐"이라는 이름이 적힌 내 신분증을 보여 주면서, 내가 헬레나의 종손녀라고 설명했다. 그녀는 내가 내미는 현금을 즐겁게 받고는 우리에게 15층에 있는 방을 하나 주었다.

내가 문을 열자, 타일러의 턱이 딱 벌어졌다. 이렇게 고급스러운 방에 이 아이가 와 본 것은 정말 오랜만이었다. 커다란 방에 퀸 사이즈의 침대가 두 개 그리고 세 번째 침대로 사용할 수 있는 소파가 있었다.

"마이클은 소파를 쓰면 되겠다." 타일러가 말했다. "지금 여기 없어서 침대를 찜할 수가 없잖아."

플로리나와 나는 서로의 얼굴을 살폈다.

"마이클이 온다면." 플로리나가 작은 목소리로 중얼거렸다.

타일러는 탁자 위에 있는 땅콩 단지 쪽으로 갔다.

"땅콩이다."

"더 많이 있거든. 봐." 나는 미니바를 열었다.

"우와." 타일러는 슈퍼트뤼플을 집어 들면서 탄성을 뱉었다.

플로리나가 내 쪽으로 왔고 나는 그 애에게 과자 한 봉지와 탄산음료를 건네줬다. 그 애는 음료를 벌컥벌컥 들이켜고 과자 봉지를 뜯었다.

"창문 옆에 있는 침대 내 거." 타일러가 사탕을 씹으며 말했다.

나는 그 아이를 말렸다. "잠깐만, 이봐 친구. 먼저 씻어야지."

"거품 목욕!" 그 애가 말했다.

타일러가 다 씻고 나자, 플로리나가 긴 샤워를 했다. 속옷만 입고 있는 타일러가 너무나 말라 보여서, 나는 그만 두려워졌다. 나는 깨끗한 하얀 이불을 끌어당겨 타일러를 잘 덮어 주었다.

"진짜 부드럽다, 둥둥 날아갈 것 같아." 그 애가 말했다.

"너 아직 여기에 있는데." 나는 동생의 코를 꼬집으면서 말했다.

푹신한 베개에 머리를 기댄 그 애를 보고 있자니 예전 우리 방에서, 우리 침대에서, 카우보이 램프와 동물 봉제 인형들과 침실에 오셔서 잘 자라고 키스해 주시던 부모님이 존재하던 어린 시절이 다시 떠올랐다.

내가 오랜 시간 동안 떠나 있었던 세계였지만, 어쩌면 타일러는 아직 그 세계로 돌아갈 기회가 있을지도 몰랐다. 가슴이 뻥 뚫린 기분이 들었다. 뒤이어 흐르는 눈물을 되삼킬 수가 없었다.

"봐, 누나. 이거 진짜 좋아."

타일러가 내 손을 잡았다. 앙상하게 마른 손. 하지만 나는 그 손을 꽉 부여잡았다.

"정말 좋네."

* * *

떠나는 것은 내가 예상했던 것보다 더욱 어려웠다. 타일러를 곧 다시 볼 수 있길 바랐다. 그리고 더 이상은 헤어지는 일이 없길. 헬레나가 나에게 돈과 집을 주기로 했던 약속을 지킨다면, 그러기만 한다면 내 동생과 나는 다시 가족으로서 함께 지내게 될 것이다. 나는 그 애에게 좋은 의사를 찾아주고 그 애는 나날이 건강을 되찾아 가겠지. 그 동안 항상 마이클이 우리와 함께하는 모습을 그려 왔지만, 이제는 그 애와 플로리나가 더 가까워졌으니, 아무래도 그 애는 그렇게 하지 않을 것 같았다. 그건 공평하지 않은 것처럼 보였다. 나는 돈을 벌기 위해 떠나 있었다. 우리는 우리의 관계가 도달할 수 있는 곳을 볼 기회조차 전혀 없었다.

블레이크를 영원히 잃었다는 분명한 사실 때문에, 마이클 역시 잃었다는 생각을 받아들이기가 힘겨웠다.

나는 호텔에서 3일을 보내고 룸서비스 비용을 감당할 수 있을 충분한 여윳돈을 플로리나에게 주었다. 그리고 타일러의 가방에 역시 돈을 어느 정도 몰래 넣어 두었다. 타일러는 내가 더 오래 머물길 바랐지만, 시간이 째깍째깍 지나고 있으며 헬레나에게는 나의 도움이 필요하다는 것을 자각하고 있었다. 타일러가 미니바 습격으로 너무 많이 먹는 바람에 곯아떨어졌을 때 별 소동 없이 떠날 수 있었다.

프런트에서 발레파킹 직원을 기다리고 있자니, 헬레나가 내 머릿속으로 돌아와서는 우리의 다음 행동을 계획했다.

엠마에 대한 정보를 갖고 있는 여자애와 이야기하러 가 주었으면 좋겠구나.

"그 애가 어디에 있는데요?"

네가 가고 싶어 하지 않을 곳.

마음속으로 나쁜 장소들의 목록을 훑어 내려갔다. 거친 이웃들이 사는 곳? 이웃이란 이제 전부 거칠다. 헬레나는 분명히 나를 바디 뱅크로는 보내지 않을 것이다, 전에 거기는 가지 말아 달라고 애걸했으니.

"제가 양보할게요. 어딘데요?"

37번 보호소.

숨통이 조여 오는 기분이 들었다. 나는 벽에 등을 기댔다.

"그냥 지옥에 다녀오라고 하시죠?"

나도 알아. 거긴 정말 끔찍한, 진짜 감옥이지. 나는 엠마를 찾기 위해서, 여러 번 그곳을 방문했단다. 그리고는 이 아이, 사라를 찾아냈지. 그 앤 분명히 뭔가를 알고 있어. 하지만 내가 갔던 그 날, 그 애는 작업반으로 나가 있었단다.

"못해요. 못 간다고요. 밖에서는, 어디서든 만날 수 있어요. 거기만은 안 돼요."

안 돼. 만약 그렇게 하면, 그 애는 수행원의 감시 하에 있어야 해.

자유롭게 말할 수 없을 거야.

손바닥이 땀으로 축축하게 젖어 들었다. 나는 바지에 손바닥을 문질러 닦았다.

괜찮을 거야. 먼저 집으로 가서 기부할 옷을 좀 가져가자. 너는 좋은 차를 운전해서 갈 거고, 잘 차려입고 잘 꾸미게 될 거야. 그 사람들은 너를 부유한 미성년자로 대우해 줄 거란다.

37번 보호소는 그저 가기 싫은 장소가 아니었다. 그곳은 나에게는 악몽이었다. 나는 한숨을 쉬었다.

다 괜찮을 거야, 캘리. 그냥 네가 누군지만 기억하렴. 캘리 윈터힐.

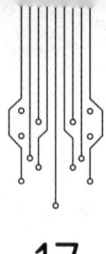

17

나는 37번 보호소를 응시하며, 길 맞은편에 서 있었다. 나는 여기만 아니라면 지구상의 어디라도 가고 싶었다. 어디든지. 내 동생과 플로리나가 있는 일류 호텔로 돌아갈 수 있다는 생각 때문에 죽을 지경이었다.

캘리, 왜 거기 서 있기만 하는 거니?

"안전할 거라고 확신하세요?"

현실을 보렴, 너는 이 시점에 어느 곳에서도 안전하지 않아. 하지만 명백하게 저 안에서는 가장 안전할 게다, 아무도 너를 잡을 수 없을 테니까.

"참 안심이 되네요."

목걸이는 헬레나의 저택에 두고 왔다. 바디 뱅크가 내 칩이 추적되고 있지 않다는 것을 깨닫게 될까 두려워하는 헬레나는 목걸이를 너무 많이 사용하길 원하지 않았다. 나는 아직도 상표가 붙어 있는 명품 옷이 들어 있는 쇼핑백 두 개를 들고 길을 건넜다. 그 옷들은 헬레나가 자신의 옷장에 보관하고 있던, 엠마를 위해 사둔 새 옷으로, 한 번도 입은 적이 없는 것들이었다. 헬레나는 손녀가 절대 돌아오지 않는다 해도, 손녀가 입었던 옷들을 줘 버리는 것은 견딜 수 없는 것 같았다.

높은 회색 담 하나가 수용소를 둘러싸고 있었다. 나는 문 앞에 서서 더러운 금속 칸막이의 구멍을 통해 경비를 불렀다.

"저는 캘리 윈터힐이라고 해요." 나는 말했다. "기부를 위해 방문했어요."

엔더 경비원은 그가 가진 목록에서 내 이름을 찾을 때까지 읽어 내려갔다. 그가 버튼을 누르자 커다란 찰칵하는 소음이 나고 문이 열렸다. 나는 얼어붙었다. 발이 떨어지질 않았다.

가!

나에게는 이렇게 옆구리를 찔러 주는 유도가 필요했다. 나는 숨을 크게 쉬고 들어갔다. 내 뒤에서 문이 닫히면서 철과 철이 부딪히는 쾅 하는 소리가 나자 이가 아파 왔다. 길은 내 앞의 행정 본부 건물로 곧장 이어져 있었다. 그 어두운 회색 벽이 사실상 내게 올 테면 와 보라고 부추겼다.

"멋지네." 나는 낮게 중얼거렸다.

나는 도로 옆에 나란히 있는 통행로를 따라 걸었다. 나는 걸음을 늦추고, 시간을 들였다.

끝까지 가지 말고. 거기서 오른쪽으로 꺾어.

나는 안도하면서, 그녀의 지도를 따라, 모든 창에 창살이 달려 있는 기숙사 건물 쪽으로 향했다.

"하지만 그 사람들이 저를 기다리고 있지 않을까요? 중앙 사무실로 돌아가요?" 나는 헬레나에게 조용하게 물었다.

그래. 그렇지만 우리는 제일 먼저 사라부터 찾아야 해. 그 아이가 첫 번째 기숙사 건물에 있다고 들었단다. 서둘러, 누가 너를 잡아 세우기 전에.

나는 계단 몇 개를 올라 육중한 문들을 열었다. 내부에는, 짧은 복도로 연결되어 있는 두 개의 현관이 있었다. 시큼한 냄새가 확 덮쳐왔다. 페인트는 벗겨져 있었고, 벗겨진 페인트 부스러기들이 콘크리트 맨바닥에 어질러져 있었다.

"이제 어떡하죠?" 나는 속삭였다.

첫 번째 현관으로 가.

나는 오른쪽으로 돌아서 첫 번째 문을 쳐다봤다. 회색 방에 철제 2층 침대 열여섯 개가 비좁게 들어차 있었다. 각 침대마다 닳아빠진 머리빗, 너덜너덜 해진 책 한 권 등 얼마 안 되는 소지품이 담겨 있는 덮개 없는 나무 상자가 옆에 놓여 있었다. 이 광경을 보니 후줄근한 황록색 담요가 각 침대 발치마다 늘어져 있는 군대 막사 생활이 떠올랐다. 단 한 가지 더 나쁜 점이 있다면, 이 아이들에게는 언젠가 돌아갈 가족이 없다는 것이었다.

그들이 가진 모든 것이 이 작은 상자들에 들어 있었다.

"아무도 없는데요."

계속 가.

몇 개의 방들을 지났는데, 모두 비어 있었다. 홀의 끝에 다다라서 거의 포기하려는 차에 침대 밑에서 삐져나온 발이 보였다.

나는 몸을 숙였다. 한 여자아이가 바닥에 누운 채 숨으려고 애쓰고 있었다.

"안녕." 내가 말했다.

아이는 나에게서 멀어지려고, 황급히 뒤로 물러났다.

"괜찮아." 나는 가까이 다가갔다. "좋은 옷을 몇 벌 가져왔어."

나는 자세를 바로잡고 기다렸다.

"옷?" 그 애의 목소리가 침대 밑에서 들려왔다.

"예쁜 옷들이야. 바지랑 치마랑 스웨터." 나는 가방을 내려놓고 스웨터를 꺼냈다. "분홍색 캐시미어 스웨터도 하나 있어."

"캐시미어?"

그 애는 침대 밑에서 기어 나와서 일어섰다. 소녀는 예쁘장한 얼굴에 열두 살 정도로 보였고, 이 사이가 약간 벌어져 있었다. 다 해진 흰 셔츠에 검정 바지가 그 애의 앙상한 몸에 헐렁하게 걸쳐져 있었다. 수척한 외양은 돌봐줄 사람이 없는 미성년자의 전형적인 모습이었지만, 이 애는 더 이상 거리에서 살고 있지 않는데. 이곳에서는 아이들을 배불리 먹이지는 않는 것이 분명했다.

이름을 물어보렴.

나는 그 여자애에게 스웨터를 건네줬다. 그 애는 스웨터가 마치 새끼고양이라도 되는 것처럼 쓰다듬었다.

"부드러워." 그 애는 스웨터를 볼에 가져다 댔다.

"네 거야."

"정말? 진심이야, 정말로?"

나는 고개를 끄덕였다.

"아, 정말 고마워." 그 애는 스웨터를 재빨리 걸쳤다.

"어때?" 내가 물었다.

그 애는 자신의 오른손으로 주먹을 쥐고 다른 손으로 감싸 쥐는 행동으로 대답했다. 그 애는 두근거리는 심장을 흉내 내는 것처럼 손을 함께 탁 쳤다.

"정말 마음에 든다는 뜻이야." 그 애가 말했다. "봐, 심장에서 나는 소리랑 같지. 해 봐."

그 애는 내 손을 잡아 올리고 자신을 따라하게 했다. 살짝 우스꽝스러운 기분이 들었다.

"더 심장 같은 소리를 내려면, 이렇게." 그 애가 말했다. "다른 손에 주먹을 세게 치면 더 좋은 소리가 나."

그 애는 내 손이 두근두근하는 리듬을 표현하도록 억지로 시켰다.

"이제 됐어, 이해했어." 나는 손짓을 멈추고 그 애의 손을 떼어 냈다. "이름이 뭐니?"

"사라."

맥박이 빨라졌다. 헬레나는 내가 들을 수 있을 정도로 숨 막히는 소리를 냈다.

"여기에 얼마나 오래 있었어?" 내가 물었다.

"거의 1년."

"다른 애들은 어디 있고?"

"오늘은 다들 빗자루로 청소하러 나갔어." 사라는 침대 모서리에 걸터앉았다.

"너는 왜 안 갔는데?"

그 애는 자신의 심장을 가리켰다. "심장 판막이 안 좋아."

나는 적당한 위로의 말을 찾아내려고 애썼지만 무슨 말을 해야 좋을지 알 수가 없었다.

"괜찮아. 아프지도 않고 제일 힘든 일에서 빼 주는걸." 스웨터를 입은 사라는 흐뭇해했다. "이 옷 언니 거였어?"

나는 고개를 저었다. "친구 거였어. 너한테 잘 어울린다. 그 친구도 네가 입는 걸 기쁘게 생각할 거야."

사라는 활짝 웃으며 소매를 어루만졌다. "느낌이 정말 좋아."

그 애는 침대를 토닥였다. 내가 사라의 옆에 앉자 침대가 푹 가라앉았다. 담요는 거친 촉감에 곰팡내가 났다.

"내가 들어왔을 때, 왜 숨어 있었던 거야?" 내가 물었다.

사라는 어깨를 으쓱했다.

"언니는 여기가 어떤지 절대 모를 거야."

그 애는 바닥을 쳐다봤다.

나는 가방 속에 손을 넣어 슈퍼트뤼플을 하나 꺼내 그 애에게 권했다. 그 애는 눈을 들어 올려다봤다.

"자." 나는 더 가까이 초콜릿을 내밀었다.

그 애는 양손으로 그것을 받아서 베어 물었다. 사라가 마지막으로 식사를 한 것이 언제였는지 궁금했다.

"사라, 네가 엠마라는 여자애를 만난 적이 있을지도 모른다는 이야기를 들었거든? 이렇게 생겼어." 나는 그 애에게 휴대폰으로 사진을 보여 줬다. "이 아이 기억나니?"

그 애의 작은 손가락이 휴대폰을 건네받아 자세히 관찰했다.

"자원봉사자로 한 번 온 적이 있었어, 6달쯤 전에. 이 언니가 내 머리를 손질해 줬어. 뷰티 클리닉이었어."

그 애는 내게 휴대폰을 돌려줬다.

"그리고 2주 후에 이 언니를 다시 봤어. 내 손목이 부러져서, 묻지 마, 그래서 검사를 받으러 가야 했었거든. 길에서 엠마 언니를 봤는데, 좀 이상했어."

"왜?"

"나를 못 알아보는 거야. 내가 '엠마 언니!' 하고 이름을 불렀고, 언니가 나를 곧바로 봤거든, 그런데 나를 기억하질 못하는 거야. 엠마 언니는 조금 달라 보였는데, 더 예뻐졌어, 그래도 나는 그 언니라는 걸 알 수 있었거든. 같은 장신구를 하고 있었어. 나는 그 언니가 당황한 것 같다고 생각했어. 나랑 같이 있는 걸 보이길 원치 않아서 말이야." 그 애는 스웨터를 만지작거렸다. "그리고 나중에 같이 하루를 재밌게 보냈어."

나는 사라에게 그녀가 틀렸다고 너무나도 말해 주고 싶었다. 그건 진짜 엠마가 아니었다고, 엔더 렌터였던 거라고.

"언제, 어디에서 그녀를 봤니?" 내가 물었다.

그 애는 고개를 저었다. "모르겠어. 여기 베벌리 힐스에서 별로 멀지 않은 곳이었어."

나는 휴대폰을 집어넣으며 헬레나를 위해 말했다.

"유감이네."

더 많은 정보를 찾아낼 수 있었으면 싶었다.

"괜찮아." 사라가 말했다.

그 애는 침대 위에서 내게 더 가까이 다가왔다.

"뭐 좀 물어봐도 돼?"

"그럼."

"내가 예쁜 것 같아?"

"물론이지. 정말 예쁜 얼굴이야. 왜?"

"지난주에 알게 된 건데, 특별한 프로그램이 있을 거래. 우리 중에서 몇 명을 뽑아서 단장시키고 중요한 일거리를 줄 거라는 거야. 뽑히기만 하면 돈을 벌 수 있을 거고. 나는 꼭 뽑혀야만 해. 정말로, 정말로 나가고 싶어. 나는 여기 너무 오래 전부터 있었거든."

"언제야? 언제 그런 일이 생기는 거야?"

"몰라. 내일 샤워를 시킬 거라고 했어. 평상시에는 일요일에만 샤워를 하거든."

그 순간 사라의 얼굴에 두려운 표정이 드리워졌다. 그 애는 일어서며 내 뒤의 무엇인가에 초점을 맞췄다. 돌아서니 문가에 사나운 표정의 엔더가 있는 것이 보였다. 그녀는 한때 우아한 멋쟁이였겠지만, 지금은 근엄한 회색 정장을 입고 허리춤에는 전기 충격기를 차고 있었다.

"여기서 뭐하는 거지?" 그녀가 방 안으로 들어왔다.

나는 일어나서 가방들을 가리켰다. "기부할 것을 갖고 왔어요."

그녀의 신분증에는 **비티 부인, 보안 책임자**라고 적혀 있었다.

"모든 기부품은 교장 선생님을 거쳐야 해. 네 맘대로 참회 화요일

(기독교인들이 예수의 고행을 기리며 절식과 금욕을 하는 사순절이 시작되기 전날로, 육식과 축제를 즐긴다. 일부 축제에서 구슬 목걸이를 걸어 주거나 색색의 구슬을 던져 준다—옮긴이)의 구슬처럼 선물들을 던져 주며 당당하게 돌아다닐 수 없다."

그녀는 가방 두 개를 들어올리더니 덧붙였다.

"이런 건 질투와 다툼만 유발할 뿐이다. 그리고 확실히 여기서는 더 이상 필요하지 않은 것들이지."

어리석다는 건 알지만, 그녀가 알아채지 못했으면 하는 마음이었다. 하지만 사라가 입고 있는 스웨터는 규정된 회색이나 검정색이 아니었다. 현저하게 눈에 띄는 분홍색이었다. 자연스럽게, 비티의 눈도 그것을 알아차렸다.

사라는 팔짱을 껴서 스웨터를 감추려는 헛된 시도를 했다.

"벗어." 비티가 말했다. "당장."

"내 거예요, 나한테 준 거란 말이에요."

"정말이에요." 나는 사라 앞으로 걸어갔다. "제가 줬어요."

끼어들지 마, 캘리. 헬레나가 충고했다.

"당장 이리 내 놔." 비티는 쇼핑백들을 내려놓더니 나와 사라 쪽으로 왔다.

비티는 사라의 머리 위로 스웨터를 잡아당겨서 빼내고는 거칠게 빼앗았다.

"못 가져가요, 내 거란 말이에요." 사라의 빨개진 눈에서 눈물이 흘렀다. "정말 오랜만에 누군가 나에게 처음으로 준 거란 말이에요."

거기에 있지 마, 캘리, 그냥 어서 거기서 나와.

"교장 선생님이 어떤 것이든 모두 배부해 주신다." 비티는 내게 고개를 까닥였다. "너하고 나는 교장 선생님을 만나러 가자."

안 돼! 무슨 짓을 해서라도, 거긴 가지 마.

헬레나의 목소리에 내 몸은 바짝 긴장했다. 비티는 나에게 먼저 가라는 머릿짓을 했다. 그녀는 내가 더 이상 증인으로 있을 수 없는 나중에 사라를 혼내주겠다는 듯이, 그 애에게 엄한 표정을 지어 보였다. 나는 문가로 걸어가서 멈췄다. 나는 입구에서 돌아서서 사라의 연약한 작은 몸을 마지막으로 잠깐 돌아봤다. 그 애의 흰 블라우스에 분홍색 보푸라기들이 달라붙어서, 무슨 일이 있었는지를 슬프게 상기시켜 줬다.

그 애를 위해 내가 할 수 있는 일은 아무것도 없었다.

비티와 나는 홀을 걸어갔다. 비티는 힐을 신고 있었는데, 뾰족하진 않았지만 두터운 굽은 뚜벅뚜벅 소리를 냈다. 그녀가 돌아가서 사라의 얼굴을 때릴 거라는 이상한 생각이 들었다. 만약 사라에게 멍든 눈, 아니면 부러진 코가 생긴다면, 아마도 바디 뱅크 사람들은 그 애를 뽑지 않을 것이었다.

일이 이렇게 된 것에 속이 탔다. 우리가 그 건물을 나와서 계단을 내려갈 때 즈음에도 나는 사라의 얼굴을 마음속에서 지워 낼 수가 없었다. 그 애는 정확히 더 어린 시절의 나, 작년까지의 나와 같았다. 돌봐 줄 사람이 없는 미성년자를 집 잃은 개만큼도 대우해 주지 않는 제도에 휘둘리고, 음식물 찌꺼기라도 갈망하는, 자포자기한, 굶주린 고아.

우리가 주 건물의 입구에 들어섰을 때, 헬레나가 내게 말했다.

왼쪽으로 가. 그냥 천연덕스럽게 걸어 나가.

나는 헬레나가 말하는 대로 했다. 비티의 뚜벅거리는 발소리가 멈췄다.

"학생. 교장실은 이쪽이다."

그녀는 오른쪽을 가리켰다. 그녀의 목소리는 꽤 날카로웠고, 내 귀를 아프게 했다.

"알아요. 그런데 몸이 별로 안 좋아서요. 가 보겠습니다."

"여기에도 의사가 있다. 실력도 좋은 분이지. 불러 줄게."

"아니에요, 괜찮아요."

비티는 즐거운 표정을 지었다가 입매가 냉소로 변했다. 그래도 나는 고개를 빳빳하게 들고, 뒤돌아보지 않고 정문을 향해 계속 걸었다. 나는 자신감 있는 태도를 익히는 중이었다.

정문에 다다르자, 경비원이 자신의 작은 초소 안에서 나를 내다봤다. 나는 그가 문을 열어 주기를 기대하며 문을 쳐다봤다. 그러나 열리지 않았다.

전화가 울렸고 그는 전화를 받았다. 무척 낡은 기술이었다.

그는 나를 쳐다보고는 전화를 끊었다. 그는 내게 가까이 오라는 몸짓을 했다. 나는 철망으로 된 쇠창살 쪽으로 가까이 걸어갔다.

"좋은 하루 보내렴." 그가 말했다. "다음에 보자."

문이 열렸고, 열린 문을 보자 뛰어서 통과하지 않으려는 내 의지는 순식간에 사라졌다. 내 뒤에서 문이 닫힌 후에야, 호흡이 돌아왔고 길을 건넜다. 나는 돌아서서 수용소를 쳐다봤다. 담보다 높이 솟아 있는 기숙사 건물에서 문득 무엇인가가 내 눈을 잡아끌었다.

사라가 창가에서 내게 손을 흔드는 모습이 매우 작게 보였다. 나는 목구멍에 무언가 차오르는 느낌을 삼켜 넘겼다.

이제 너도 저 안이 얼마나 나쁜지 봤겠지. 이제 너도 알 거야.

"심지어 더 나빴어요. 사라가 하는 얘기 못 들으셨어요?" 나는 헬레나에게 말했다. "바디 뱅크가 제일 예쁜 아이들을 선별해서 그들을 이용하기 시작하려고 한다고요. 우리가 막아야 해요."

드디어. 너도 이해했구나.

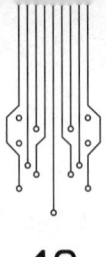

18

 나는 그 끔찍한 장소를 벗어나게 되어서 매우 기뻤다. 헬레나가 사라에게서 엠마의 죽음에 대한 어떤 단서를 찾을 수 있을 거라 기대했었는지, 아니면 그저 나를 그 보호 시설에 들어가게 하려고 한 거짓말이었던 건지가 궁금했다.

 이 점에 대해 더 생각해 보기도 전에, 휴대폰이 울렸다. 나는 차 안으로 들어가서 문을 잠갔다. 매디슨이었다. 그녀는 나에게 자신의 집에 들러서 내가 어젯밤에 두고 간 물건들을 가져가라는 메시지를 남겼다. 헬레나는 내가 서두르기만 한다면 들렀다 가도 좋다고 했다. 그리 멀지 않은 거리였기에, 나는 10분도 안 걸려 매디슨의 집에 도착했다.

 나는 매디슨이 문을 당겨서 열어주자마자 그녀의 집 현관으로 들어섰다.

그녀는 나를 물끄러미 바라봤다. "우리 아는 사이인가?"

이런. 다른 엔더가 안에 들어있는 건가?

"물론 아는 사이지. 새끼손가락 친구잖아, 기억나지?" 나는 내 새끼손가락을 흔들었다.

그녀는 팔짱을 꼈다. "글쎄, 그 말 도저히 못 믿겠는데. 어젯밤에 연기처럼 사라진 사람이 하나 있는데, 그게 너였던 것 같아서."

"정말 미안해. 정말로."

"나는 렌탈한 몸을 상하게 하는 사고에 피 튀기는 장면에 그에 따라 물게 될 엄청난 벌금과 관련된 온갖 종류의 끔찍한 것들을 상상했단 말이야."

"긴급한 상황이었어."

"나도 알아. 블레이크 비상사태. 일단 들어와."

나는 그녀를 따라 집 안으로 들어가며 설명했다.

"블레이크와 함께 그 애의 할아버지를 위한 시상식에 참석했었어. 모든 게 너무 빠르게 진행되는 바람에."

나는 방 안을 둘러봤지만 내 여행용 가방은 찾을 수가 없었다.

"그렇겠지. 그 사람들 지금은 워싱턴에 있어, 알지?" 매디슨의 눈이 반짝였다. "지금 TV에 나오고 있거든, 상원 의원이랑 함께."

"지금?"

"6시 뉴스에." 매디슨이 말했다.

상원 의원? 헬레나의 목소리가 머릿속에서 날카롭게 들려왔다. *보고 싶구나.*

나는 매디슨을 앞질러 오락실로 갔다.

매디슨이 나를 따라왔다. "바보 같으니, 내가 그냥 네 가방이나 가져가라고 전화한 거라고 생각했어? 네가 이걸 보고 싶어 할 줄 알았다고."

매디슨의 오락실 한가운데에, 실물보다 큰 해리슨 상원 의원의 모습이 에어스크린을 가득 채우고 있었다. 백악관을 배경으로 해서, 상원 의원이 서 있는 강단 아래로, 한 무리의 기자들이 전경을 이루고 있었다.

"오늘, 대통령께서 역사적인 결정을 내리셨습니다." 해리슨이 일렬로 늘어선 마이크에 대고 말했다. "여러분도 아시다시피, 미성년자 고용은 연장자 고용 보호법으로 금지되어 있습니다. 연장자 인구의 수명이 늘어나는 만큼, 그들이 직장에서 밀려나는 일이 없도록 하는 보장이 더욱 필요했습니다. 그래서 19세 이하의 미성년자에게 노동을 금지하는 결정이 내려졌습니다. 그리고 전쟁이 있었습니다. 그 후로 이제 1년이 지났고, 우리 중 많은 이들이 조심스럽게 변화를 향해 움직일 때라는 것을 느끼고 있습니다. 저는, 허가받은 기업들 중 선별된 곳에서 특정 10대들의 노동을 허용하는, 청소년 고용을 위한 특별법을 발표하게 된 것이 영광스럽습니다. 첫 단계로서 보호 시설에 익숙해진, 보호자가 없는 미성년자들에게 이 법이 적용될 예정입니다. 첫 회사는 웨스트 코스트에 있는 프라임 데스티네이션이 될 것입니다. 이렇게 함으로써, 우리는 무수한 미성년자들의 목적 없는 삶에 의미를 부여할 수 있게 될 것입니다."

결국 헬레나가 옳았다. 우리는 엄청난 곤경에 처한 거였다.

상원 의원이 성명서 진술을 마치자마자 기자들이 질문을 던지기 시작했고, 카메라가 움직여서 나는 상원 의원의 옆에 서 있는 블레이크를 볼 수 있었다. 그 즉시 심장이 크게 두근거리기 시작했다. 나에 대해서 어떤 이야기를 알게 되었을까? 블레이크의 할아버지가 그 애에게 내가 나인 척했던 그 사람이 아니라고 말했을까? 그리고 해리슨 상원 의원이 프라임과 함께 사업을 하는 중이라면, 이제는 상원 의원도 내가 보통의 고객이 아닌, 렌터에게 정신이 묶인 상태에 빠진 기증자라는 것을 알게 되지 않았을까?

나를 싫어하게 되었을까? 나는 그 답을 얻을 수 있기라도 한 것처럼 블레이크의 얼굴을 자세히 훑어보았다.

그리고 나서 나는 알아챘다. 그 애의 넥타이핀을.

내 구두에 달려 있던 돌고래 장식 클립이었다. 블레이크는 내가 뮤직 센터에서 잃어버린 신발에서 그것을 떼어 내서 넥타이핀으로 사용하고 있었다. 블레이크가 진실을 알고 있든 아니든 그 애가 나에게 화나 있지 않다는 의미였다.

이런 식으로 행동하는 것으로 보아, 그 애는 나를 좋아하는 것이 틀림없었다. 나는 그 애의 홀로그램이 비친 공간으로 다가갔지만 그 애는 더 이상 그 자리에 없었고, 카메라 정면에서 뉴스를 요약하고 마무리하는 기자가 그 자리를 차지하고 있었다. 그렇지만 나는 아직 그 애의 얼굴과 그 애가 보인 상징적인 행동의 기억을 누리고 있었기에, 그것은 문제가 되지는 않았다.

"저게 뭐 중요한 일이라고?" 매디슨이 말했다. "프라임이 청소년을 고용하는 첫 회사라는 거네. 그게 뭐 어때서. 적어도 이제는 공인되긴 하겠다. 아마 우리도 이렇게 비밀로 할 필요도 없어지겠지."

"그렇게 생각해?"

순간 에어스크린의 귀퉁이에 파란 불빛이 반짝거리고 있는 것이 보였다. 불빛 아래로 67이라는 숫자가 떠 있었다.

"저 파란 불은 뭐야?" 나는 물었다.

"SPC. 특별 개인 방송(Special privatecast)이야. 내가 신청한 수많은 서비스 중 하나지. 나중에 봐도 돼." 그녀는 일어나서 에어스크린을 쳐다봤다. "67…… 저건 프라임 데스티네이션인데."

"바디 뱅크구나."

"해리슨이 그들을 언급하고 나서 바로?" 매디슨은 코를 찡그렸다. "이상하네."

"우연은 아닐 거야. 켜 봐."

매디슨이 그 아이콘을 톡 건드렸다. 키론(화면에 자막을 만들어 주는 문자 발생기의 일종—옮긴이) 자막이 화면에 휙 나타났다. 프라임 데스티네이션의 특별 발표가 준비 중입니다.

대리석 기둥들을 배경으로 한, 빈 촬영장이 보였다.

"또 누가 이걸 볼 수 있어?" 내가 물었다.

"프라임의 '티타늄 프리미엄 등급' 가입자만."

"가입자가 얼마나 있는데?"

그녀는 어깨를 으쓱하고는 소파에 앉았다.

"몰라. 대부분의 가입자는 아마도 너처럼, '실버 등급' 가입자일 거야, 맞지?"

"응." 나는 고개를 끄덕였다. "실버야."

"쉬이." 그녀는 한 다리를 구부려서 깔고 앉으면서 손을 흔들었다. "시작한다."

틴넨바움이 진행자 같은 태도로, 왼쪽에서 화면 안으로 걸어 들어왔다. 화면의 오른쪽 끝에서는 도리스가 밝은 표정으로 등장했다.

"안녕하세요, 여러분." 틴넨바움이 카메라를 향해 말했다. "저희를 여러분의 댁으로 오게 허락해 주셔서 감사드립니다."

"여기에 서게 되어서 매우 기쁘네요." 도리스가 말했다.

"이 방송은 저희 티타늄 프리미엄 가입자 분들만을 위한 비공개 기밀 특별 발표입니다." 틴넨바움이 말했다.

"그러니 다른 사람들이 지금 이 방에 함께 있다면, 나중에 혼자 보고 싶으실 거예요." 도리스가 말했다.

매디슨과 나는 눈빛을 교환했다. 중요한 내용처럼 들렸다.

틴넨바움과 도리스는 서로를 보고 웃으며, 누군가가 필요하다면 방송을 끄기를 기다렸다. 그러고 나서, 그는 진행하라는 신호를 받은 것처럼 카메라 밖의 누군가에게 고개를 끄덕였다.

"여러분이 깜짝 놀랄 특별한 소식이 있습니다." 틴넨바움이 말했다. "프라임 데스티네이션의 책임자가 중요한 발표를 위해 여기 나와 계십니다."

매디슨이 똑바로 앉았다. "전에 한 번도 본 적이 없는 그 사람이구나."

그 사람이야, 캘리. 헬레나의 생각이 내 머릿속에서 울렸다. *올드맨 본인이야.*

나는 에어스크린에 눈을 고정했다. 영상은 다른 카메라에서 찍은 화면으로 빠르게 바뀌었다. 다른 곳에서, 아마 완전히 다른 장소에서, 카메라가 창문이 있는 어두운 부스에 가까이 다가갔다. 부스는 단상 위에 세워져 있었다. 내부의 4분의 3을 차지하는 사람의 실루엣이 보였다.

"여전히 저 사람을 볼 수 없을 것 같은데." 내가 말했다.

카메라가 더 근접하더니, 그의 어깨 위에서부터 화면에 잡았다. 부스 안의 조명이 들어왔지만, 우리가 본 얼굴은 150세 엔더의 얼굴이 아니었다. 대신, 그의 이목구비 위를 수천 개의 픽셀들이 매끄럽게 기어가는 것처럼, 이상하게 일렁거리는 광채가 보였다. 그의 얼굴의 일부는 여성의 것 같았고, 또 일부는 남자의 그것 같았고, 몇몇 부분은 젊은이, 또 몇몇 부분은 늙은이 같았다. 서로 쫓고 쫓기며, 끊임없이 움직이고 있는 부분들.

그 효과는 참으로 기괴했지만, 나는 화면에서 눈을 뗄 수가 없었다. 이런 기술은 그 전에는 절대로 본 적도 없었다.

"고마워요, 차드, 도리스."

올드맨의 목소리 또한 전자적으로 꾸며낸 것이었고, 나로서는 액체 금속이라고밖에 묘사할 수 없는 음질이었다.

금속성의 날을 가진 부드러운 어조.

"저희의 충실한 프리미엄 가입자 여러분, 여러분은 시작부터 저희를 후원해 주신 특별한 분들입니다. 저희는 여러분께 저희의 새로운 서비스를 처음으로 알려드리려 합니다. 무엇보다도, 여러분 각각의 개성 넘치는 젊음의 환상을 충족시키기 위해, 제품 라인을 확대하여 저희의 제품 목록에 더 여러 인종의 몸을 포함시킬 것입니다."

"와, 재밌겠다." 매디슨이 말했다. "중국인 해 보고 싶어."

토하고 싶었다. 매디슨은 메뉴를 고르듯이 민족 전체를 사소하게 거론하고 있었다.

올드맨의 얼굴은 3차원 유체 가면이라도 쓴 것처럼, 끊임없이 바뀌면서 일렁거렸다. 그 가면 아래 있는 이목구비의 형태는 파악할 수 있었지만 그가 정말로 어떻게 생겼는지 추측만 할 수 있을 정도였다. 카메라가 더 가까이 다가가자, 신호가 뭔가 커졌다.

"하지만 더욱 중요한 것은, 저희가 상상했던 것보다 매우 빨리 획기적인 발전이 가능해질 것이라는 점입니다." 그는 시청자의 주의를 끌기 위해 잠시 멈췄다. "영구 렌탈입니다."

매디슨은 헉 하고 숨 막히는 소리를 내며 손을 입가로 가져갔다.

"렌터가 되는 대신에, 몸의 주인이 될 수 있게 되는 겁니다." 올드맨이 말했다.

안 돼.

헬레나였다. 헬레나가 내 머릿속에서 비명을 질렀다.

올드맨은 이야기를 계속했다.

"여러분은 전문 기술이 갖춰진 완벽한 몸을 선택하실 수 있고 여러분의 남은 삶 동안 그 몸을 유지하실 수도 있습니다. 새롭고 활기찬 사람이 된 효과를 누리게 되실 겁니다. 지속적인 인간관계를 만드실 수 있습니다. 영원히 환상으로 사시는 겁니다."

심장이 너무 거세게 뛰어서, 고막에서 박동 소리를 들을 수 있을 지경이었다.

"생명 연장의 발달로 모두 진보하는 만큼, 여러분의 경험도 확장될 것입니다. 저희는 이미 여러분의 타고난 몸의 수명이 저 의자에서 200년에 이르도록 유지시킬 수 있습니다. 곧, 250년이 되겠지요. 저희 직원 중 하나는 250세는 새로운 100세라고 말하더군요."

모니터로 올드맨을 보고 있는 것처럼 내려다보고 있던 틴넨바움과 도리스에게로 화면이 빠르게 전환됐다. 그들은 올드맨에게로 다시 화면이 넘어가기 전에 점잖게 웃었다.

"여러분은 이 새로운 몸이 가장 아름다울 연령인 20대에서 30대 사이의 인생의 가장 좋은 시절을 즐기실 수 있습니다." 올드맨이 말했다. "프라임 데스티네이션에서는, 여러분의 끝없는 인생이 저희의 비전입니다."

부스 안의 조명이 어두워졌고, 카메라는 틴넨바움과 도리스에게 돌아왔다.

"늘 그래왔듯이, 저희는 사생활 보장에 대한 엄격한 규칙을 고수할 예정입니다." 틴넨바움이 말했다. "그리고 여러분께도 똑같은 비밀 보장을 요청드립니다. 저희는 또한, 저희가 제품군 확장 계획을 세우는 동안, 미리 뛰어들어서 상황을 살피고 싶은 열정을 가진 프리미엄 가입자 분들의 내부 대기 명단을 갖고 있습니다."

도리스가 미소를 지었다. "당신이 그중 한 명일 수 있으니, 망설이지 마세요. 가까운 시일 내에 방문하셔서 영원한 젊은 미래의 가능성을 의논하세요."

그들의 이미지가 차츰 어두워지더니 검은 화면 위로 끝없는 경고문과 권리 포기 각서가 주르륵 펼쳐졌고, 마무리로 여자 목소리가 그 명단을 고스란히 꼼꼼하게 빠른 속도로 읽어 내려가는데 거의 우스울 지경이었다.

매디슨이 소리를 완전히 줄였다. "믿어지니?"

"아니." 누가 주먹으로 움켜쥐기라도 한 것처럼, 가슴이 조여 왔다.

"못 기다리겠어." 그녀의 눈이 번뜩였다. "저 사람은 선지자야."

나는 소파에서 튕기듯 일어났다. "무슨 말을 하는 거야? 하려고?"

"왜 아니겠어? 물론 이래저래 들락날락 여러 다른 몸들을 시도해 보는 것도 재미있지만, 한 몸에 정착해서 끝까지 가는 것도 좋을 것 같아."

"매디슨, 잘 생각해 봐. 이건 새 옷이나 차나 집을 고르는 게 아니야. 사람이란 말이야. 그 애들 앞에 온전한 인생이 남아 있는, 살아 있고 숨 쉬는 10대라고. 네가 그들로부터 훔친다면 없어지겠지."

그녀는 입을 부루퉁하게 내밀었다.

"정말로 다른 누군가의 몸 안에서 여생을 보내고 싶은 거야?"

매디슨은 잠시 말이 없었다. "내가 처음 렌탈을 했을 때, 그래서 젊은 몸에 들어왔을 때, 나는 다시 집에 온 것 같은 기분이었어. 내가 항상 그래왔던 것 같이, 더 나 자신 같았고, 건강하고 탄탄하고 활기찼어. 너도 같은 기분 아니었어?"

나는 팔짱을 꼈다. "아니, 난 안 그래. 이건 그냥 장난질이야. 임시적인 거지. 그렇지만 너나 내가 영구적으로 누군가의 몸 안에 있게 된다면, 그건 그 여자애가 영원히 벗어날 수 없다는 뜻이 된다고. 그건 그 애가 한 달간 나가 있다가 자신의 인생으로 돌아오는 것과는 달라. 그 아이는 대학에 가는 것, 사랑에 빠지는 것, 결혼하고 아이를 갖는 것이 어떤 것인지 절대 모르게 될 거야. 너는 그 경험들을 '다시' 하겠지만 그 아이는 못 해. 그 애의 뇌는 영원히 잠들 테니까."

"오, 이런." 매디슨은 다시 소파에 주저앉았다. "끔찍하게 비인간적인 얘기야."

"너는 그 애들에게서 가장 소중한 것을 빼앗는 거야. 그 애들의 인생을."

나는 주변을 둘러보다가 내 여행 가방이 벽에 기대 있는 것을 발견했다.

"그런 식으로 말하니…… 납치라도 하는 것처럼 들려."

"그보다 더 나쁘지." 나는 가방을 집어 들었다. "그건 살인이야."

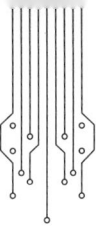

19

나는 거의 생각을 할 수 없을 정도로 매우 화가 났다. 여행 가방을 차 안으로 거칠게 던져 넣고, 매디슨 집의 진입로를 빠져나와서, 그녀가 나를 볼 수 없는 도로에 정차했다. 이제 오후 8시 30분이라 어두웠다. 매디슨의 사유지의 경계 울타리 근처에 차를 세우고, 문을 잠근 채로 차 안에 앉아 있었다.

나는 가죽 머리 받침대에 머리를 기댔다.

"당신이 옳았어요, 헬레나 씨. 해리슨 상원 의원에 대해서요. 전에는 당신을 못 믿었지만, 모두 사실이었어요."

내가 생각했던 것보다 더 나빴어.

"그 사람들은 우리가 마치 소유물인 것처럼 다루네요. 노예들처럼. 우리 탓도 아닌데, 전부 우리는 원하지도 않았던 어리석은 전쟁 때문인데요."

맞아.

"저는 사람들이 빌린 몸으로 뭘 하는지 봤어요. 그걸 '남의 차로 폭풍 주행'이라고 부르더군요. 다리 아래로 뛰어 내려서, 어리석은 곡예를 하더라고요. 우리를 다루는 것보다 오히려 자기들 차를 더 소중히 여겨요. 그리고 안됐지만 엠마는······."

나는 말을 멈추고, 새로운 가능성이 떠올라 손으로 입을 가렸다.

"헬레나 씨. 어쩌면 엠마는 죽지 않았을지도 몰라요."

무슨······ 말을 하는 거니?

나는 주차된 차의 앞 유리 밖을 내다봤다. 매디슨의 나무, 수풀, 모든 잎들이 저무는 해의 석양에 선명한 윤곽을 드러내고 있었다.

"어쩌면요." 나는 천천히 말했다. "엠마는 영구적으로 몸을 지배당했을 수도 있어요."

맙소사.

"가입자들에게 공지하기 전에 시험이 필요했을 거예요. 어쩌면 엠마가 살아 있을 수도 있어요. 어쩌면 실종된 아이들이 있는 곳이 그런 곳일지도 몰라요."

오, 캘리, 그렇기만 하다면······.

"우리 어떡하죠?"

내 렌탈 기간이 거의 끝나 가. 절차를 짧게 끝낼 방법이 없어, 나는 렌탈을 끝내야만 해. 하루가 더 남았단다.

"당신이 맞았어요, 헬레나 씨. 해리슨은 모든 보호자 없는 미성년자에게 이런 짓을 할 정도로 사악한 인간이에요. 그리고 뒤에서 이 모든 짓을 한 올드맨이 열 배는 더 나쁘고요. 에어스크린에서 그 사람 얼굴은 감춰져 있었고, 목소리도 기계음으로 들렸어요……. 타란툴라가 등골을 따라 기어 다니는 느낌이었어요."

나는 팔과 어깨를 문질렀다.

계획을 세우자. 내가 내일 나가는 대로…….

그녀는 생각하는 도중에 말을 멈췄다. 나는 잠시 기다렸다.

"무슨?" 내가 물었다.

침묵. 그러고 나서, 처음으로, 그녀의 겁먹은 목소리가 들렸다.

안 돼. 안 돼. 멈춰.

나는 똑바로 앉았다. "헬레나 씨? 헬레나 씨, 무슨 일이에요?"

제발…… 하지 마……. 그녀의 목소리가 긴장되더니 잦아들었다.

"무슨 일이에요?" 나는 소리를 질렀다.

헬레나의 힘이 빠져나가는 것이 느껴졌다. 나는 마음으로 그녀에게 닿으려 애썼고, 그녀에게 내 기운을 나눠 주고 싶었다.

나는 반응이 오길 계속해서 기다렸다. 마침내 반응이 왔을 때, 그것은 속삭임처럼 희미했다.

도망쳐!

그것이 헬레나의 마지막 말이었다. 그리고 아무 말도 없었다. 내 머릿속의 소리는 완벽히 고요해졌다.

우리의 연결이 끊겼다.

차가운 두려움이 몸을 지배하고, 나를 떨게 만들었다. 떨림을 멈출 수가 없었다.

그녀는 가 버렸다. 나는 헬레나가 죽었다는 것을 알았다.

나는 혼자였다.

갑자기 고음의 쨍 하는 소리와 날카로운 소음이 들렸다. 나는 오른쪽을 봤지만, 이탈자는 보이지 않았다. 나는 왼쪽으로 고개를 돌렸다가 투박하고 각진 SUV가 밤의 어둠 속으로 슬그머니 사라지는 것을 봤다.

그때 운전석 쪽 창문에 난 작은 구멍으로 눈길이 쏠렸다. 구멍 둘레로, 거미줄 같은 금이 방사형으로 뻗어나가서, 내가 볼 수 있을 정도로 커지고 있었다.

목덜미의 털이 곤두섰다. 나는 고개를 들고 SUV의 빨간 정지등을 봤다. SUV가 멈춰 서 있었다.

그들은 차를 돌렸다. 내 쪽으로 돌아오고 있었다.

나는 근방을 훑어봤다. 늦은 시간이라 아무도 없었다. 나는 차에 시동을 걸고 차를 빼서 그곳을 벗어났다. SUV가 바로 내 쪽을 향해, 도로 가운데로 질주해 왔다. 나는 차를 세우고 후진 단추를 눌렀다. 가속 페달을 힘껏 밟아, SUV의 접근을 피했다. 차량이 가까워졌지만, 상향등의 강렬한 하얀 빛으로 앞이 보이지 않아서 운전석에 앉아 있는 사람이 누군지도 볼 수 없었다.

그 차는 내 차의 후드에서 불과 몇 십 센티미터 떨어져 있었다. 내가 아무것도 치지 않길 바라면서, 백미러를 확인했다. 운전대를 잡고 있는 손바닥에 땀이 흥건해져서 미끈거렸다. 뒤로 달리고 있었기 때문에 운전대를 더욱 꽉 잡았다. 집, 잔디밭, 울타리들이 양쪽으로 스쳐지나갔다. 적어도 이 주거 지역 근방에는 지나가는 다른 차들이 없었다.

SUV는 내 후드를 박을 만큼 가까워졌다. 나는 핸들을 재빠르게 이리저리 움직이고, 가속 페달을 바닥까지 밟았다. 간신히 빠져나갔다 싶었지만, SUV가 따라잡아서 다시 내 차를 박았다.

작은 교차로가 백미러를 통해 가깝게 보이기 시작했다. 나는 재빨리 결단을 내리고 핸들을 힘껏 틀어서, 옆길로 차를 홱 빼냈다. SUV는 가속도 때문에 교차로를 지나서 계속 앞으로 나갔다. 나는 SUV가 후진을 하고 차를 돌릴 시간을 벌어 줄 거라 생각하고, 옆길에 남아서, 전진 단추를 누르고 교차로를 가로질러 바로 질주했다.

나는 가속 페달을 밟고 우회전을 하고, 좌회전을 하면서, 도망쳤다. 자동차 등을 끄고 숨어 있을 장소를 탐색했다. 한 집의 문이 열려 있기에, 곡선의 진입로로 들어가서, 높은 울타리 뒤에 차를 숨겼다. 엔진을 끄고 귀를 기울였다. 잠시 후에, SUV가 길을 긁으며 달리는 소리가 들렸다. 그 소리는 대저택의 주민들이 즐기는 조용한 주택가의 밤으로부터 희미하게 멀어져 갔다.

내가 잠시 빌렸던 진입로가 있는 집에 불이 켜졌고, 나는 시동을 걸고 나왔다. 그 집을 떠나면서, 어디로 갈 수 있을지를 고민했다. 동생은 호텔에 있고, 블레이크는 워싱턴에 있는데, 마이클은 대체 어디에 있는 걸까? 매디슨에게는 이야기할 수 없었다.

나는 동생과 플로리나에게 가서 숨고 싶었다. 하지만 누군가 내게 총격을 하고 있다. 내가 하고 싶은 마지막 행동은 동생의 문 앞으로 위험을 끌고 가는 꼴이 될 것이다.

도망쳐. 헬레나는 말했다. 하지만 어디로? 어딘가로 가기 전에, 나는 헬레나의 저택으로 가야만 했다.

총을 가지러.

***

나는 헬레나의 집으로 가서 곧바로 그녀의 침실로 향했다. 옷장 서랍을 확 열고, 총을 찾기 위해 스카프들 틈을 헤집었다. 없어졌다.

유제니아가 치웠을까?

나는 현관으로 나가서 그녀를 불렀다. "유제니아!"

계단을 올라오는 듯 그녀의 무거운 신발이 둔탁한 소리를 냈다.

"가요."

그녀의 목소리가 지루하게 들렸다. 나는 기다리지 않고, 천천히 꾸물거리면서 홀을 지나오는 유제니아에게 소리쳤다.

"내 방 서랍에서 뭐 가져간 거 있어요?" 나는 물었다.

그녀는 내 앞에 서고 나서야 대답을 했다. 그녀의 표정은 어리둥절하다고밖에 표현할 수가 없었다.

"제가 절대로 부인 서랍 안 건드리는 것, 아시잖아요."

"가져갔잖아요, 총 안 가져갔어요?"

그녀는 손을 입에 가져다 댔다.

"총이요? 아니에요. 저는 절대로 총에 손 댄 적 없어요."

"사람들은 해야만 한다면 뭐든지 하잖아요."

"그게 여기에, 부인의 침실에 있었나요?"

나는 돌아서서 방 안을 둘러봤다. 나는 순간 움찔했다.

내가 총을 어디에 뒀었는지 기억이 났다. 나는 벽장 쪽으로 가서, 벽장문을 열었고, 이브닝 백이 거기에 있는 것을 봤다. 유제니아는 문가에 서 있었다. 그녀를 등 뒤에 둔 채로, 나는 가방을 꽉 움켜쥐었다.

총은 그 안에 있었다.

나는 돌아섰다.

"미안해요. 내 정신이 아니었어요. 두통이 계속 있었거든요. 칩을 좀 봐 달라고, 내 기술자를 좀 보러 가려고 했었어요."

그녀가 헬레나의 기술자가 누군지 알기를 바라면서 운을 뗐다.

"그 몸을 빌린 곳으로 돌아가는 게 어떠세요? 분명히 그 회사에 충분히 지불하셨잖아요."

유제니아는 아직 화가 나 있었다. 하지만 그녀가 자신이 얼마나 위험해질지를 알게 될 때의 기분이 어떨지에 비교한다면 그건 아무것도 아니었다. 헬레나는 그녀에게 렌탈에 대한 것만 이야기하고, 나머지는 전혀 이야기하지 않았나 보다.

"유제니아, 잘 들어요. 누가 와도 나가 보지 말아요. 누가 전화하면, 내가 어디 갔는지 모른다고 하세요."

유제니아는 침울하고 심각한 얼굴로, 나를 응시했다. "평상시처럼 하라는 뜻이죠?"

그러니까 헬레나는 조심스럽게 지내왔던 모양이었다. 하지만 지금만큼 위험하지는 않았다. 내 생명은 내가 머무르는 매순간마다 위험에 놓여 있었다. 유제니아는 그녀를 지키는 데 도움이 되는 것이 어떤 것인지 아무것도 모르고 있었다.

"가 봐야겠어요." 나는 말했다. "부디 조심해요."

* * *

 나는 헬레나의 스포츠카에 타고 시동을 걸었다. 내비게이션에서 헬레나의 행적을 기록한 목록을 불러왔다. 목록이 너무 길어서 검색을 포기하고 싶었지만, 마침내 이름들 중 하나를 알아볼 수 있었다. 레드먼드. 내가 처음 이 집에 왔을 때, 유제니아가 언급했던 사람이었다. 그녀는 그가 헬레나에게 전화했다고 말했었다. 내비게이션이 보여 준 주소는 딱 공돌이가 살고 일할 것 같은 지역이었다.
 "레드먼드." 나는 내비게이션에 말했다.
 "레드먼드. 바로 검색합니다." 내비게이션이 재잘거렸다.

* * *

 내비게이션은 샌 페르난도 밸리의 공업 지역에 있는 한 창고로 나를 안내했다. 그곳은 내가 야간 운전을 위해 고를 만한 지역은 절대로 아니었다. 계속 운전하는 게 좋을 거라고 경고를 던지는 듯한 개들을 저지하고 있는 철책으로 된 울타리를 통과했다. 주소가 내비게이션에 떠올랐다. 그곳은 지붕에 고정되어 있는 조명등에서 나온 빛이 웅덩이처럼 고여 있는 창고 단지였다. 단지 구내에 차를 세웠으니 거리의 이탈자들에게 보이지는 않겠지.
 레드먼드의 주소는 마지막 창고였다. 문은 잠겨 있었다. 나는 구형의 금속 버저를 눌렀다. 버저 위에는 가운데가 반짝이는 작은 구멍이 있었는데, 작은 카메라인 듯했다. 레드먼드는 교활하게도, 창고의 겉모습을 낡고 하찮게 보이게 꾸며 뒀다. 잠시 후에, 크고 둔탁한 소리와 함께 문이 열렸다.

안쪽은, 조각가가 살면서 일하는 장소라고 생각될 만큼, 매우 공장 같은 분위기였다. 콘크리트 바닥에, 아무 장식도 없는 흰 벽으로 만들어진 기본적인 복도. 복도 끝에 형광등의 서늘한 불빛이 보였다. 나는 총을 꺼내들었다.

심장이 고동치고 있었다. 함정일까? 헬레나가 내 머릿속에 있었으면 좋겠다고 생각했다, 그녀는 알 텐데, 나에게 말해 줄 텐데. 그녀와 대화를 할 수 있었을 때 레드먼드에 대해 더 많은 정보를 달라고 했어야 했는데.

나는 이제 복도 끝에 다다랐다. 왼쪽으로 틀자, 몇 개는 작동 중에, 몇 개는 내부 부품이 노출되어 있는 컴퓨터와 모니터, 전자 부품들이 놓인 카운터와 작업대가 줄줄이 넓은 공간을 나누고 있었다. 높은 천장에 매달린 봉에 고정되어 있는 물건들이 매우 많이 있었다. 화학적인 냄새가 공기 중에 감돌고 있었다.

어수선한 카운터 위의 에어스크린 하나가 내가 버저를 울렸던 문 바깥을 비추고 있었다. 그 아래에는, 은발의 남자 한 명이 컴퓨터 모니터 더미를 앞에 두고 털썩 주저앉아 있었다. 엔더.

그가 죽었는지 살았는지 알 수가 없었다. 내가 양손으로 총을 쥐고 앞으로 내민 채로 그 사람 뒤로 슬금슬금 다가가도 그는 미동도 하지 않았다.

"레드먼드?" 내가 말했다.

"헬레나." 그가 영국식 억양으로 웅얼거렸다. "당신이 너무 늦어서, 거의 졸고 있었소."

그는 고개를 들었다. 나는 두 대의 검은 화면의 모니터에 반사된 그의 얼굴을 볼 수 있었다. 그는 돌아보지 않고, 그 모니터들에 비친 나를 보고 말했다.

"헬레나, 그건 왜 들고 있소?"

"부탁할 게 있어요."

"평상시에는 내 머리에 총을 겨누지 않고 부탁하잖소."

그는 앉아 있던 의자를 돌리기 시작했다. 나는 금속 고리를 발로 세게 밟아, 그걸 제자리에 세웠다.

"두 손을 머리 뒤에 올려요." 내가 말했다.

내가 하고 있는 모든 행동은 아빠에게서 배웠거나 영화에서 본 것들이었다. 다행히 먹혀들었는지 레드먼드는 내 말을 따랐다.

모니터들 중 하나가 도시의 지도 위에서 빨간 점이 진동하는 시간에 맞춰 삐 소리를 냈다. 그 점은 우리가 있는 바로 그 위치를 나타내는 것처럼 보였다.

"저건 뭐예요?" 나는 그것을 가리켰다.

"당신이오. 당신의 추적 장치. 당신도 알고 있었잖소." 그의 눈이 가늘어졌다.

레드먼드는 영화에나 나올 법한 미친 과학자 헤어스타일을 한 깡마르고 키가 크고 호리호리한 사람이었다. 그의 골격은 멋졌다. 아마 젊었을 때에는 잘생겼다는 소리를 들었을 것 같았다.

"모두가 내 몸에 대해 나보다 더 잘 알고 있다니까." 나는 말했다. "음, 이제 칩을 제거해 주셨으면 좋겠어요. 끝났거든요."

"그건 어떻게 된 거요?"

"뭐가요?"

"당신의 커다란 계획."

"여기 이 모든 모니터들이 주는 그 많은 정보에도 불구하고 레드먼드 씨, 아직 소식을 못 접하셨군요?"

레드먼드는 나를 쳐다보고, 손은 여전히 머리에 얹은 채로 그의 의자를 앞으로 돌렸다. 그는 내 안에 진짜로 들어 있는 것이 누군지 알기 위해 나를 확인하고, 검사하고, 탐색했다.

"맙소사." 레드먼드는 손을 내리고 내가 자신의 숨결에서 민트향을 맡을 수 있을 정도로 가까이 다가왔다. "그 안에는 헬레나가 없군, 그렇지?"

총을 든 손이 흔들렸다. "그래요. 헬레나 씨는 죽었어요."

레드먼드는 미간을 찡그렸고 그의 시선은 허공을 더듬었다. "어떻게?"

나는 고개를 저었다.

"모르겠어요. 하지만 소리로는 들었어요. 그때 제 머릿속에 헬레나 씨가 있었거든요. 누군가 헬레나 씨를 죽인 것 같아요."

그는 내 말에 집중하려는 듯이 눈을 크게 떴다.

"우리는 서로를 알아가던 중이었어요." 나는 말했다. "전 헬레나 씨와 직접 만날 수 있을 거라고 생각했는데."

"헬레나는 불같은 여자였다." 슬픔이 레드먼드의 얼굴에 내려앉았다. "우리는 대학에서 만났지, 지금으로부터 100년도 더 전이었을 거야."

"바디 뱅크에 대해서 얼마나 아세요?"

"내가 알아야 할 만큼은 안단다."

"그렇다면 제가 마네킹 버전의 이야기를 알려 드릴게요. 바디 뱅크가 헬레나 씨를 죽였어요. 헬레나 씨는 그 사람들이 저 역시 죽일 거라고 경고했고요." 나는 다시 총을 쥔 손에 힘을 줬다. "이 칩을 제거하기 위해서는 레드먼드 씨, 당신이 필요해요."

"왜 그 사람들이 너를 추적하는 것을 원치 않는지는 알겠다. 네가 헬레나의 죽음을 목격한 증인이니까."

"귀로 들은 증인이죠, 어쨌든. 그러니 제발, 빼 주세요."

"못 해."

"레드먼드 씨를 죽일 수도 있어요." 나는 총을 쥔 팔을 곧게 뻗었다. "누구보다도 잘 아시겠죠. 레드먼드 씨가 저의 살인 방지 스위치를 탁 꺼 버린 장본인이시니까."

"헬레나의 계획이 수행될 것인지에 대한 질문이 아직 남아 있다." 그가 말했다. "네가 그걸 할 수 있겠니? 내가 성공적으로 그 기능을 제거했는지 실패했는지조차 확실하지가 않아."

"정말로 직접 그 실험 대상이 되고 싶으세요? 마지막이에요. 칩을 제거해 달라고 이렇게 부탁드려요."

"나도 그러고 싶다. 하고 싶은데, 그들이 즉사 명령을 심어 놨을까 걱정이 돼서 그래."

"그렇다는 건?"

"그 사람들은 칩에 신호를 보내서 폭발하게 하지."

나는 잠시 눈을 꼭 감았다. 내가 생각지도 못했던 문제였다.

"걱정 마. 그들은 그 칩을 계속 사용할 것 같으니까…… 거기 바디 뱅크에 있는 누군가, 헬레나가 그랬던 것처럼 연결된 다른 엔더를 이용해서 말이다."

다른 누군가가 내 몸을 차지하는 것과 내 몸이 터지는 것 중 어느 것이 더 무서운 일인지 알 수가 없었다.

"그래도 당신이 칩을 개조해서, 더 이상 의식이나 기억을 잃지는 않았어요. 헬레나 씨는 제 몸을 장악할 수 없었어요."

"맞다. 하지만 결국 헬레나가 너와 함께했던 연결 정도까지는 도달할 수도 있어…… 정신 대 정신으로 연결되는 정도 말이다."

"그러니까 어서 제거해요!"

"내가 할 수 있다면 하겠다. 하지만 불가능해. 그건 네 두뇌 안에 있다고."

"하지만 레드먼드 씬 접근해서 개조하셨잖아요. 두 번이나."

"그리고 두 번 다 쉽지 않았다. 하지만 난 제거는 못 해. 그들은 네 머릿속에 복잡한 거미줄 같은 패턴으로 칩을 심어 놔서 만약 누군가 그걸 제거하려고 시도하면, 자폭하게 될 거다. 결국엔 대량 출혈은 확실하고, 최악의 경우에는 완전히 날아가 버리겠지. 네 머릿속에 소형 폭탄이 있다고 생각하면 돼."

"폭탄이요? 내 머릿속에? 농담하시는 거죠?"

"미안하다."

대량 출혈. 터져 버린 머리. 나는 아찔함을 느꼈다.

"끔찍하네요." 나는 총을 든 손을 내렸다. "그 사람들은 왜 저한테 이렇게까지 하는 거죠?"

"분명히 모든 기증자에게 그렇게 했을 거다. 안전장치로써. 이런 식으로, 아무도 기증자를 죽이지 못하고 귀중한 기술을 훔칠 수 없는 게지."

"그러면 저는 꼼짝도 못하고 그들과 나를 연결하는 금속 조각이 머릿속에 박힌 채로 남은 인생을 살아야 한다는 거예요?"

"안됐지만 그래."

나는 절대로 전과 같아질 수 없었다. 절대로 안전하지 못했다. 바디 뱅크에 걸어 들어간 소녀는 영원히 돌아오지 않았다.

레드먼드가 목을 가다듬었다. "좋은 소식도 있단다."

"뭔데요?"

"너는 칩을 개조한 단 한 명이야. 그게 너를 특별한 피험자로 만들었을 거다."

나는 쓴웃음이 났다. "그게 뭐 그렇게 대단한데요?"

레이먼드가 나를 쳐다봤다. "바디 뱅크는 너를 산 채로 잡길 원할 거란다."

***

레드먼드는 내 머리에서 칩에 가까운 부위를 덮는 마그네틱 판을 만들었다. 부분 마취 덕에, 통증을 느끼지는 않았다. 뒤편에 있는 무균실의 테이블에 눕자, 나는 그의 신중함에 경의를 표할 수밖에 없었다. 레드먼드는 늙은 몸 안에 젊은 영혼이 들어 있는 사람처럼 느껴졌다. 나는 그를 신뢰했다. 신뢰란, 내가 그의 실험실을 떠나고 싶지 않아졌다는 것이었다. 거기엔 레드먼드처럼 나의 내면의 작용을 알고 있는 누군가와 함께 한다는, 깊은 안도감이 있었다.

그는 자신의 예전 직업이 뇌 외과 전문의였다고 설명했다. 하지만 은퇴한 후, 첫사랑이었던 컴퓨터에게로 돌아왔다고 했다. 레드먼드는 하드웨어를 다루는 것은 절대 불평하지 않는 환자를 수술하는 것과 같은 거라고도 말했다. 게다가 뭔가 잘못되더라도, 그는 항상 처음부터 다시 시작할 수 있었다.

나는 레드먼드의 손길에 편안함을 느꼈다. 하지만 나는 그에게 위험한 존재였다. 레드먼드는 대의를 위해서 뒤에서 지원하는 일을 하는 부류는 아니었다. 보수와 밝혀지지 않은 과학의 매력, 그리고 아마도 헬레나가 오랜 친구였기 때문에 그는 이런 일을 하고 있었던 거였다.

하지만 레드먼드에게 나는 낯선 사람이었고, 그는 가능한 한 빨리 내가 나가 주길 바란다는 것을 나도 알고 있었다.

"자, 경고하겠는데, 이건 완전하게 고친 게 아니다. 촉박한 시간 내에 할 수 있는 것만 한 거야. 내가 사용한 이 밀폐제는 금속판과 접촉하면 고장 날 거야. 더 강한 것은 네 두피를 태울 수 있거든."

"얼마나 유지될까요?" 나는 물었다.

"모르겠다. 아마 한 일주일쯤."

그는 판의 금속 모서리에 젤을 바르면서 작업을 계속했다.

"올드맨에 대해서 뭘 알고 계세요?" 나는 물었다.

"모두가 알고 있는 한 가지는 올드맨이 자신의 정체를 비밀로 지키고 있다는 거다. 그 사람의 얼굴을 본 사람조차 없어. 소문은 많은

데……. 소프트웨어의 천재였다고도 하고, 전쟁 동안 비밀 군사 활동을 맡았다고도 하고 부상을 입었다고도 하는데……. 어떤 게 진실인지 누가 알겠니?"

나는 헬레나와 엠마를 생각하며 마른침을 삼켰다.

"올드맨을 찾아내고 싶어요."

"많은 사람들이 너처럼 찾아내려 했지. 그게 바로 그 사람이 은둔하는 이유란다."

"그가 종종 바디 뱅크에 온다는 걸 알고 있어요. 전에 거기에서 한 번 봤거든요."

레드먼드는 작업을 멈추고 몸을 기울여서, 내 시야 안으로 들어왔다.

"올드맨을 뒤쫓지 마. 너는 젊고 아름답잖아. 그들에게서 벗어나 있으면, 네 앞으로의 인생을 보상으로 받을 수 있다. 그 사람은 아주, 아주 나쁜 놈이야."

레드먼드는 내가 일어나 앉을 수 있도록 도왔다. 그는 미용사처럼, 벽에 달린 다른 거울을 통해 자신의 작품을 감탄하며 바라보도록, 내게 거울을 건네주었다.

"심지어 보이지도 않게 작업하셨네요." 내가 말했다.

그는 내 손을 잡고 내 머리의 뒷부분에 가져다 대 주었다. "쉬워."

내 머리카락 밑으로, 내 두개골의 형태에 맞춘 단단한 금속판을 느낄 수 있었다.

"머리를 좀 밀어야 했단다, 하지만 네 머리카락으로 가려지지. 바람이 너무 세게 불지 않는 한은 이상한 걸 볼 수 없을 게다."

"이게 그들이 저를 추적하는 걸 막아 주나요? 일주일 동안은?"

"그래. 그리고 나도 역시 너를 추적할 수 없게 된다. 너는 이제 온전히 혼자야."

"괜찮네요." 나는 거울을 내려놓고 일어섰다. "저는 오랫동안 그래 왔거든요."

레드먼드의 표정이 심각해졌다. "따라오렴."

나는 그의 뒤를 따라 실험실로 갔다. 레드먼드는 책상에 달린 서류 서랍의 패드에 손가락을 대고 눌렀다. 서랍이 딸깍 소리를 내며 열렸다. 그는 자신의 손바닥만 한 작은 금속 상자를 꺼냈다. 상자 위에는 "헬레나"라고 그가 해 둔 표시가 있었다.

"이제, 나에게 무슨 일이 생기거든, 와서 이 상자를 가져가렴."

"제가 어떻게 이걸 열죠?"

"이미 네 지문으로 코드화되어 있었어. 헬레나가 했지."

나는 내 지문을 쳐다봤다. 더 이상 내 것이 있긴 한 걸까? 그 상자는 평범했다. 하드 드라이브라도 들었나?

"뭐가 들어 있어요?" 나는 그에게 물었다.

"내가 어떻게 네 칩을 개조했는지에 대한 정보가 담긴 키란다." 레드먼드의 눈이 부드러워졌고 그의 입가는 거의 미소를 띠었다. "이걸 네 출생증명서라고 해도 될 것 같구나."

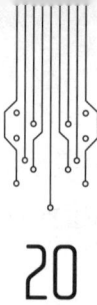

20

 이제 바디 뱅크는 더 이상 나를 추적할 수 없으니, 어떻게든 내가 그 칩을 무력화시켰다는 것을 알게 될 것이었다. 우리가 칩을 제거할 수 없었기 때문에, 레드먼드는 바디 뱅크 쪽을 오인하게 할 가짜 추적자를 내놓을 방법이 없었다. 지금 이 시점까지는, 프라임은 내가 헬레나의 음모에 휘둘리고 있었다고 생각할 것이었다. 하지만 더 이상은 아니었다.
 나는 레드먼드의 창고 옆에 세워 둔 차에 앉아서 헬레나의 휴대전화는 추적당할 우려가 있다는 이유로, 레드먼드가 나에게 새로 준 휴대 전화를 꺼냈다. 나는 헬레나의 전화기를 로렌의 전화번호를 볼 시간만큼만 켰다가 껐다. 전화를 하면서, 녹음을 했다. 나는 그녀에게 나에게 전화하라는 메시지를 남겼다. 음, 내가 아니라, 그녀는 나를 모르니까, 헬레나에게. 그리고 그녀에게 새 전화번호를 남겼다.

내가 매디슨에게 전화를 걸려고 하는데, 헬레나의 전화기로 전화가 왔다. 블레이크였다.

블레이크.

심장이 호흡을 따라잡고 있었다. 내가 그 애의 얼굴을 마지막으로 본 것은 에어스크린을 통해서, 그 애가 내 돌고래 핀을 달고 있는 모습이었다. 그 애의 할아버지는 블레이크가 내게서 돌아서게 하려 했지만, 그 애는 믿지 않으려 했던 걸까? 아니면 할아버지가 블레이크에게 아무 말도 하지 않았던 것일까?

나는 심호흡을 했다. 그러고 나서 다른 전화기로 그에게 다시 전화를 걸었다.

"블레이크?"

"캘리."

그저 블레이크의 목소리를 듣는 것만으로 나는 울 것 같은 기분이 되었다.

"돌아왔구나."

"결국은."

그 애는 잠시 시간을 끌었다. 나는 그 애가 깊은 숨을 쉬는 소리를 들을 수 있었다.

"들어봐, 블레이크, 그날 밤에는 말이야……"

"알아. 보고 싶었어."

"나도 정말로 보고 싶었어." 내가 말했다.

"그거 잘됐네. 나만 보고 싶었던 거면 진짜 안 좋았을 거야."

그 애는 나를 약간 웃게 만들었다.

"배고프니?" 그 애가 물었다.

"굶어 죽을 것 같아."

그 애는 내게 '드라이브 인'이라는 이름의 밤새 영업하는 오래된 식당의 주소를 징으로 보냈다. 그곳에 도착해서 구내의 무장한 엔더 경비원들 여러 명을 보니 반가운 마음이 들었다. 경비원들은 더 이상 적이 아니었다. 그들은 나를 보호해 줄 가능성이 있는 사람들로 보였다.

고급 차량들이 음식점 근처의 모든 공간을 채우고 있었다. 만드는 데 아낌없는 비용을 들인 게 틀림없는 이 공간은, 벽에는 "과거로부터 불어 온 추억의 바람"이라는 네온사인이 붙어 있었다. 예스러운 로큰롤이 스피커에서 울려 퍼지고 있는 가운데, 탄탄한 몸의 엔더들이 롤러 블레이드를 타고 머리 위로 높이 든 쟁반에 햄버거와 셰이크와 바나나 스플릿을 사람들의 차로 가져다주고 있었다. 실외의 에어스크린에는 (그들이 그것을 영화라 부르던 시절로 돌아간) 1950년대의 영화들을 음향 없이, 진정한 복고풍 체험의 분위기를 더해 주며 상영하고 있었다.

음식이 나오는 곳으로부터 멀리 떨어진 식당 구내의 모퉁이에 있는 주차 공간에 차를 세웠다. 나는 화장실로 걸어갔다. 화장실에서 나왔을 때, 블레이크의 차가 보이지 않아서, 내 차 안에서 기다리려고 걸어갔다. 몇 분 후에 그 애가 내 차 가까이에 차를 세우더니 미소를 지었다. 나에겐 그 애보다 더 보기 좋은 것은 아무것도 없었다. 그 애의 조수석 문이 찰칵 하더니 윙 소리와 함께 열렸고, 나는 블레이크의 차에 올라탔다.

내가 조수석에 앉자마자, 그 애는 내게 몸을 기울여 내 뺨에 키스를 했다.

"안녕."

그렇게 블레이크의 차 안에서, 블레이크와 함께 있는 것은 너무 좋았다.

"좋아 보여." 그 애가 말했다.

그 애는 식당 가까이에 다른 두 대의 차 사이에 차를 세웠다. 은발 머리를 한 갈래로 올려 묶은 늘씬한 엔더 한 명이 롤러 블레이드를 타고 우리에게 주문을 받아갔다.

그녀가 가고 난 뒤, 블레이크는 내 손을 꼭 잡았다.

"미안해." 내가 말했다.

"아니야."

나는 그 애의 체취를 맡으며 잠시 동안, 익숙한 그 애 얼굴의 이목구비에서 위안을 얻었다. 그렇지만 그 앞에서 마음을 놓게 되면 눈물이 나올 것 같았다. 내가 말해야 하는 것을 말하기 위해선 마음을 굳게 먹어야 했다.

그 애는 자기 쪽으로 나를 끌어당겼다.

"너한테 말해야 할 것이 있어." 나는 말했다.

"알아. 나도 그래."

그 애는 다시 자기 자리로 돌아가 앉았다.

"워싱턴에서 너한테 전화를 걸고 싶었는데, 할아버지께서 내 휴대 전화를 가져가 버리셨어. 이제 막 돌려받았어."

"네가 영영 가 버린 것 같았어, 너무 많은 일들이 있었거든."

"나는 내내 네 생각만 했어." 블레이크가 말했다. "밤에, 잠들기 전이 제일 힘들었어. 낮 동안에는 주의를 돌리게 해 주는 것들이라도 있지. 하지만 밤엔, 네 생각밖엔 안 났어."

그 애의 재킷 위에서 무언가가 반짝였다. 내 구두에서 떼어 낸 돌고래 핀이었다. 나는 그것을 만져 보았다.

"나도 내 것을 달 걸 그랬어." 나는 말했다. "그럼 한 쌍이 되었을 텐데."

"우린 이미 한 쌍이잖아."

블레이크는 그 애의 눈이 타올라 연기가 나지 않을까 생각할 정도로 격렬한 눈빛으로 나를 쳐다봤다. 그러더니 가까이 기대오면서 나를 끌어안았고, 내 목을 손으로 감쌌다. 얼굴에서 그 애의 숨결을 느낄 수 있었는데(그 즉시 나는 오싹해졌다.) 그 애가 나에게 키스하기 직전이었다.

나는 눈을 감고 온몸을 전율하게 하는 키스를 허락했다. 그 애에게서 나는 라임향이 나를 채웠다. 블레이크의 머리카락은 남자라고 하기엔 너무하다 싶을 정도로 매우 부드러웠다. 자신이 처음 만져본 소녀가 나인 것처럼, 나를 알아가기라도 하는 것처럼, 그 애의 손이 내 얼굴을, 목을, 머리카락을 어루만졌다. 그건 매우 특별한 느낌이 들었다. 내 머리카락 속을 쓰다듬던 블레이크의 손이 멈추기 전까지⋯⋯.

⋯⋯내 뒷머리에 있는 금속판이 있는 바로 그곳에서.

그 애는 굳었다. "이건 뭐야?"

나는 블레이크의 손을 잡아떼어 놓았다. 입에서는 헉 소리가 새어

나왔다.

"미안." 그 애가 말했다. "잊고 있었어. 네가 말했었는데. 그러니까…… 수술?"

롤러 블레이드를 탄 여종업원이 우리 음식을 가지고 와서, 우리를 잠깐 방해했다. 그녀가 차창 모서리에 쟁반을 고정하는 동안 대화는 잠시 중단되었다. 그녀가 가고 난 뒤에도, 음식은 그냥 그대로 놓여 있었다.

"네가 만진 것…… 그게 내가 너에게 말해야만 하는 주제야."

블레이크는 나를 쳐다봤다. 기다림.

빠른 엘리베이터라도 탄 것처럼, 속이 철렁 내려앉는 기분이었다. 이게 왜 이렇게 어려운 걸까? 매우 복잡한 이야기니까.

그 애는 내 손을 잡았다. "괜찮아. 정말로."

"나는 네가 생각하는 내가 아니야."

그 애의 얼굴에 신경질적인 어설픈 미소가 떠올랐다. "그럼 넌 누군데?"

"미워하지 말아 줘."

"절대로 안 그래."

나는 시간을 멈추고 싶었다. 블레이크는 여전히 나를 좋아했다, 아직은 내게 믿음을 갖고 있었다. 그리고 이제 모두 끝날 거였다.

그 애는 내 뺨을 건드렸다.

"괜찮아, 캘리. 네가 전에 말했던 수술이랑 관련된 일이겠지, 맞지? 내가 너를 싫어하게 만들 수 있는 말은 아무것도 없어."

"그래, 내가 모든 것을 이야기했을 때 네가 어떤 기분일지 보자."

나는 깊게 숨을 들이쉬고 내뱉고 나서 계속 이야기했다.

"나는 거짓말을 했어, 내 이름은 캘리 윈터힐이 아니야. 캘리 우드랜드야. 나는 부자도 아니고, 이 옷들도 내 것이 아니고, 차도 내 것이 아니야, 그리고 그 집도 내 것이 아니고."

블레이크는 잠시 빤히 쳐다보다가, 고개를 저었다. "나는 네가 부자든 가난뱅이든 상관없어."

"나는 그냥 가난뱅이가 아니야. 보호자 없는 미성년자야. 나는 거리에 살아, 버려진 빌딩에서 말이야. 나는 음식물 쓰레기를 먹고 살았어."

나는 그 애의 얼굴을 보지 않았다. 그럴 필요가 없었다. 차 안이 유독 가스로 꽉 찬 것처럼 긴장감이 느껴졌다. 나는 두려움으로 입을 다물기 전에 계속해서 말했다.

"아픈 남동생 때문에 돈이 필요했어. 그 애는 겨우 일곱 살이야. 그래서 나는 저기, 프라임 데스티네이션과 계약을 맺었어. 바디 뱅크라고 부르는 곳이지. 나는 내 몸을 헬레나 윈터힐 씨라는 할머니에게 빌려 주는 기증자였어. 그녀의 집, 그녀의 차, 그녀의 인생이야. 헬레나 씨는 네 할아버지가 프라임 데스티네이션과 거래하려는 것을 막길 원했어. 나는 헬레나 씨가 미친 거라고 생각했었는데 헬레나 씨가 맞았던 거야, 그 계획은 헬레나 씨가 생각했던 것보다 더 나빴어."

나는 아마도 너무 빠른 속도로 계속 주절거리며, 블레이크에게 모든 것을 이야기했다. 그 애는 내가 계속하도록 내버려 뒀고, 내 말을 막지 않았다. 나는 한 가지는 말하지 않고 남겨 두었다. 그 애의 할아버지를 저격하려 했던 헬레나의 계획은 언급하지 않았다. 이제 헬레나는 죽었고, 나는 그것을 그 애에게 떠넘길 마음이 없었다. 그 당시의 사정으로는 이것이 그 애에게 알려 주어야만 했던 중요한 정보였지만, 어째서 더 이상 중요하지 않은 문제로 그 애를 걱정시켜야 하겠는가?

나는 말을 마치고, 블레이크를 돌아봤다. 그 애는 아직 나를 응시하고 있었고, 내가 상상했던 것과는 달리 혐오로 가득한 표정은 아니었다. 침통한 표정이긴 했지만, 완벽하게 침묵하고 있었다. 기다리는 시간은 고문 같았다. 그 애가 무슨 말이든 하길 기다리며 나는 목이 탔다.

마침내, 그 애가 입을 열었다.

"이건 너무…… 무슨 말을 해야 할지 모르겠어."

"내 말을 믿어?" 나는 물었다.

"그러고 싶어."

"하지만 안 믿는구나."

"그냥 좀 놀란 거야, 알잖아?"

나는 머리 뒤의 머리카락을 옆으로 밀어제치고 블레이크에게 레드먼드가 달아 준 금속판을 보여 줬다. 내 몸에서 그 어떤 사적인 부위보다도 더한, 가장 비밀스러운 부위를 노출하는 느낌이 들었다. 이게 '나'라고 나는 그 애에게 말하고 있었다. 이것이 내가 된 존재였다.

"그 판 아래가, 내 칩이 있는 곳이야."

그 애는 아무 말도 하지 않았다. 나는 고개를 들고 머리카락을 정리했다.

감히 내가 진실과 블레이크 모두를 가질 수 있기를 소망하며, 나는 불쑥 말했다.

"네가 너희 할아버지께서 정부와 프라임 사이의 협정을 취소하도록 설득할 수 있다면…… 네가 할아버지께 이 일이 얼마나 끔찍하게 돌아갈 것인지, 어떻게 보호자 없는 미성년자들을 사지로 몰아넣을지를 알려 드릴 수 있다면, 너희 할아버지는 되돌리고 싶어 하셨을까?"

비록 확률은 낮지만 상원 의원이 프라임의 의중이 무엇인지 제대로 이해하지 못했을 수도 있었다. 어쩌면 상원 의원도 영구적인 렌탈 부분에 대해서는 알지 못했을지도 몰랐다.

블레이크는 아무 말도 하지 않았다. 그 애는 괴로운 마음으로, 골똘히 생각하고 있는 것 같았다.

"블레이크?"

그 애는 손바닥으로 얼굴을 문질러 닦았다.

"내가 이야기해 볼게. 아냐, 잠깐만, 네가 말해. 네가 나보다는 더 잘 설명할 수 있을 거야."

"정말로?"

"내일. 토요일에는, 목장에 계실 거야. 점심 식사 전에 와. 거기에서는 훨씬 수월하게 말씀드릴 수 있을 거야. 할아버지께서 제일 좋아하시는 장소거든."

"내 말은 안 들으려고 하실 거야. 나를 싫어하셔."

"같이 해야지. 내 말은 들으실 테니까. 나는 그분의 손자잖아." 그 애는 내 손을 만지작거렸다. "우리가 할 수 있는 모든 것은 시도해 보는 거잖아."

그 애는 생각에 잠겨 있는 것처럼 보였다. 그 애가 아직 나를 보는 새로운 방식을 받아들이려 애쓰는 중이라는 것을 알 수 있었다.

우리는 말없이 식사를 했고, 블레이크는 다른 구역에 주차되어 있는 내 차까지 나를 태워다 줬다. 나는 블레이크의 차에서 내렸다.

"내일 보자." 그 애가 말했다.

"내일."

그 애는 내게 작별 키스를 했다. 전과 같지 않았다. 죽음의 무게처럼 우리의 입술에 달라붙은, 내 거짓말의 무거운 짐이 얹혀 있었다. 그 애는 떠났다. 몇백 킬로그램의 무게가 내 발을 땅으로 짓누르는 것 같은 기분이었다.

나는 내 차로 돌아와서 문을 잠갔다. 화장실에 먼저 다녀와서, 엔더 경비원들 중 한 명에게 말을 걸었다. 몇 시간 동안만 내 차에서 쪽잠을 좀 자려고 하는데, 나를 좀 지켜봐 주시면 고맙겠다고 경비원에게 말했다. 그에게 꽤 큰 돈뭉치를 쥐어 주자, 그는 기꺼이 그렇게 해 주겠다고 했다.

＊＊＊

나는 눈 안에 드는 아침 햇살을 받으며, 아침 6시에 일어났다. 평상시의 운전할 때의 위치로 좌석을 일으키고 혀로 이를 더듬었다. 머리 뒤에 금속판이 있는 곳이 느껴졌다. 어떻게 이것으로 블레이크에게 진짜 나를 드러내게 되었는지가 끔찍하게 되살아나 욱신거렸다. 레드먼드가 준 진통제를 두 알 삼켰다.

새 휴대 전화가 울렸다. 로렌으로부터 징이 하나 와 있었다.

＊＊＊

로렌은 아직 리스의 굉장히 아름다운 몸을 빌리고 있었는데, 그녀의 긴 붉은 머리카락이 아침 햇살에 반짝이고 있었다.

"좋은 소식이라고 말해 줘, 헬레나. 나는 아직 케빈에 대해서 아무것도 찾지 못했거든."

그녀는 공원 정문에 카드키를 밀어 넣었다. 이곳은 베벌리 힐스에 있는 로렌의 집 근처에 있는 작은 사설 공원으로, 허가된 사람만이 들어갈 수 있었다. 바디 뱅크와 가까운 곳에서 만나는 것이 불안했지만, 이 공원에는 문이 있을 뿐만 아니라 경비도 있었다.

"사람들이 케빈을 봤고 이야기까지 했다는데, 지난달엔 그 애를 알아본 사람이 아무도 없어."

나는 곧바로 내가 누구인지를 설명해야 한다는 것을 알았다. 다시는 우유부단함의 고문을 겪지 않을 것이다.

"저는 헬레나 씨가 아니에요." 나는 말했다.

로렌은 내 말을 전혀 인식하지 못하고, 계속해서 이야기했다. 나는 그녀를 말려야 했다.

"들어보세요. 전 헬레나 씨가 아니에요."

그녀의 입이 벌어졌다. 그녀는 팔짱을 꼈다.

"지금 무슨 말을 하는 거니?"

"저는 기증자에요. 헬레나 씨가 빌린 몸의 기증자요. 저는 진짜 열여섯 살이에요."

"잠깐. 내가 헬레나에게 말했을 때에는, 그녀는 그 몸 안에 있었는데." 그녀는 나를 가리켰다.

"그때도 저에게 말씀하셨어요. 룬 클럽과 타이 레스토랑에 있었던 것도 저예요."

"너였다고?" 로렌이 나에게 눈을 번뜩였다. "헬레나에게 무슨 일이 있었어?"

억지로 그녀의 지난 순간들을 기억해 내려 하자 가슴이 무너지는 것 같았다.

"죽었어요."

"죽었어? 헬레나가 죽었다고?" 로렌은 내 어깨를 쥐고 흔들었다. "헬레나에게 무슨 짓을 한 거야?"

무장한 경비원이 우리 쪽을 쳐다봤다.

"진정하세요. 저는 아무 짓도 안 했어요. 프라임에서, 바디 뱅크의 누군가가 한 짓이에요."

"누가?"

"모르겠어요."

"그렇다면 너는 어떻게 그녀가 죽었다는 걸 알았니?"

"머릿속으로 그녀의 비명 소리를 들었어요."

"뭐라고?"

"헬레나 씨가 칩을 개조했어요. 끝 무렵에, 머릿속으로 헬레나 씨의 목소리를 들을 수 있었어요. 우리는 대화가 가능했어요."

로렌은 나를 아무렇게나 놓아 버렸다.

"난 못 믿겠어. 나는 헬레나를 85년간이나 알아 왔단 말이야." 그녀는 손수건을 꺼내서 분노의 눈물을 훔쳐냈다. "그런데 이제 가 버렸다니."

"죄송해요. 저도 헬레나 씨를 알아 가던 중이었어요."

"감히 어떻게 그런 말을 하니?"

"저는 헬레나 씨를 통해서 많은 것을 알게 됐어요." 나는 말했다.

"뭐에 대해서?"

"상원 의원에 대해서요. 올드맨에 대해서요."

로렌은 외면했다.

"나는 못 해. 널 못 보겠어. 너는 거짓말을 하고 있는 거야. 네가 헬레나였다고 내가 생각하게 하려고. 그리고 이제야 나는 처음부터 내내 그녀가 죽은 상태였단 걸 알게 됐어."

"아니에요, 그렇지 않아요. 얼마 안 됐다고요."

"네 안에 있는 누군가가 더 이상 그들이 아닌 것 같다고 어떻게 할 수 있어?" 로렌은 이를 악물며 말했다.

나는 10대의 몸 안에 숨겨진 로렌을 바라보았다. 내가 그녀에 대해 똑같은 말을 할 수 있다는 것을 감히 로렌에게 상기시키지는 않았다.

"적어도……." 나는 말했다. "저는 케빈이 살아 있다고 믿어요."

나는 그녀의 손자에 대해 좋은 소식을 알려주면 그녀를 누그러뜨릴 수 있을지도 모른다고 생각했다.

"네가 그걸 어떻게 알아?"

"올드맨이 가입자들에게 단순한 렌탈 이상을 하게 해 주려고 하기 때문이에요. ……그 사람들은 몸을 구입할 수 있게 하려고 해요. 제 추측으로는 그들은 이걸 이미 시험해 봤을 거예요. 그렇다면 싸운 흔적도 없고, 시체도 없는, 실종된 10대들도 설명이 돼요."

그녀의 눈에 희망의 빛이 어른거렸다. 그러더니 그녀는 얼굴을 찌푸렸다.

"너는 아무것도 모르는구나. 네가 하는 말을 내가 어떻게 믿을 수 있지? 너는 헬레나의 장신구를 두르고, 그녀의 차를 운전하고 있잖니. 부끄럽지도 않아?"

"저는 헬레나 씨를 돕고 싶어요."

"너는 죽은 여자를 도울 수 없어. 너는 아무도 못 도와."

그녀는 돌아서서 걸어가 버렸다.

"로렌 씨."

그녀는 돌아보지 않았다.

"아니면 리스였나요?" 나는 외쳤다.

그녀는 계속 걸었다.

나는 그 자리에 몸을 떨며 서 있었다. 그녀가 나를 도와줄 거라 생각했다. 그녀는 헬레나의 친구였으니까. 그녀는 내가 사라진 10대들에 대해서 이야기할 수 있는 유일한 사람이었다.

경비원이 나를 쳐다봤다. 그는 허리춤에 있는 총에 손을 가져다대며 내 쪽으로 걸어오기 시작했다. 이 사설 공원에서 나는 주인인 로렌의 손님이었다. 이제 그녀가 자리를 떠서 나에게는 그곳에 있을 이유(아니면 허가)가 없어졌다.

나는 문으로 향했다.

문을 밀어서 열고 밖으로 나와서, 문이 내 뒤에서 쾅 닫히게 됐다. 막 내 차에 타려던 차에, 나는 길 건너편을 봤다. 내가 아는 사람이 거기 보였다.

마이클이었다.

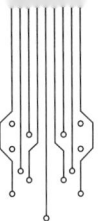

21

나는 양손을 흔들어 차와 오토바이들을 피하면서 길을 건넜지만, 그 애는 나를 알아보지 못했다.

"마이클!"

나는 가 버리려는 그 애의 뒤를 쫓아가면서 외쳤다.

"마이클, 기다려!"

나는 마이클의 뒤로 달려가면서 그 애의 등을 밀었다. "나야."

그 애는 돌아섰다. 그 애의 시선은 나를 따스하게 했다. 내가 그 긴 금빛 머리카락과 부드러운 눈을 얼마나 그리워했는지 미처 몰랐었다. 그 애는 웃었고, 나는 어깨에 긴장이 풀어졌다.

"우와, 너 진짜 멋지다." 나는 그 애의 비싸 보이는 재킷을 만지며 말했다.

"자네도 그렇군." 마이클이 나를 벗기듯이 쳐다봤다. "자네 이름이 뭐지?"

목소리는 마이클의 것이었지만, 말투는 아니었다. 나는 그 애의 완벽한 얼굴, 그 애의 입, 그 애의 눈, 그 애의 코를 가만히 쳐다봤다. 주근깨나 점이 없었고, 길에서 싸우다 생긴 상처도 없었다. 티 하나 없는 피부와 값비싼 옷.

오싹한 냉기가 혈관을 타고 흘렀다.

이 사람은 마이클이 아니었다. 렌터였다.

어떤 엔더가 그 애의 몸을 빌린 것이다. 마이클은 약속했던 것처럼 기다리지 않았다. 그 애는 내가 렌탈을 끝내기 전에 떠나 버린 거였다.

"누구야?" 나는 떨면서 물었다.

"이봐, 나는 열여섯 살 먹은 멋쟁이 남자라고. 보이는 것처럼 말이야?" 그는 양팔을 뻗더니 몸을 360도 획 돌렸다. "꽤 귀엽지, 응?"

호흡이 가빠지기 시작했다. 조절할 수가 없었다. 나는 그의 고급 재킷을 주먹으로 꼭 쥐었다.

"이봐, 진정해." 그가 말했다. "이거 진짜 러시아제 알파카라고."

"화성에서 온 거라고 해도 상관없어. 이 몸을 갖게 된 지 얼마나 됐어?"

"무슨 말을 하는 건지 모르겠네."

나는 그가 숨쉬기도 힘들 정도로, 가까이 거세게 잡아당겼다.

"만약 거짓말하려거든, 네 쭈그러진 주름투성이 원래 입으로 해. 얼마나 됐어?"

"얼마 안 됐어." 쉰 목소리가 새어나왔다. "방금 프라임에서 나온 거야."

나는 그를 놓아 줬다. 많은 이목을 끄는 위험을 감수할 수는 없었다. 이미 엔더들이 우리 쪽으로 고개를 돌리고 있었다.

그는 재킷을 정돈했다.

"그리고 나는 이 몸에 엄청난 돈을 지불했다고." 그는 낮은 목소리로 말했다. "그래서 내 것이 되었지."

공원 안의 경비원이 길 건너에서 문 밖으로 우리를 쳐다봤다.

"그 몸 잘 간수하는 게 좋을 거야." 나는 말했다.

"뭐야, 이 녀석이랑 아는 사이라도 되나?" 그는 자기 몸을 가리켰다. "아가, 나는 이 몸으로 끝내주는 시간을 보낼 거란다. 내가 왜 이러고 있다고 생각하는 거야? 나는 미친 듯이 놀 거란다. 아무것도 날 못 말려."

그는 큰소리로 웃었다.

나는 코에서 불이 뿜어져 나오지 않을까 싶을 정도로 거칠게 숨을 쉬었다. 그건 그저 이 비열한 놈을 웃게 만들 뿐이었다. 그가 누구든지 간에.

"자네 정말 사랑스럽구먼. 이 녀석 여자 친구인가?" 그가 물었다. "그러면 나는 이 몸에다가 보너스까지 생긴 건가, 응?"

그는 내 어깨에 팔을 둘렀다. 나는 그것을 뿌리쳤다.

"건드리지 마." 나는 말했다. "그 몸에 멍들게 하기 싫으니까."

지나가던 엔더들이 우리를 쳐다봤다. 그러자 이 소름끼치게 싫은 놈이 내가 상상하지도 못할 짓을 했다. 그는 몸을 가까이 기울여서, 자신의 혀를 내밀어 턱의 윤곽에서부터 눈까지 내 볼을 길게 핥았다. 나는 그를 거세게 밀어내고 손등으로 끈적한 타액을 닦아 냈다.

"그만둬." 나는 이를 악물고 말했다.

놈에게 세게 주먹을 날리고 싶었다. 하지만 저건 마이클의 몸이었다.

"그래, 뭐 이런 작은 재회 같은 것도 꽤 재밌었어, 하지만 나는 이만 가 봐야겠다." 그는 말했다. "엄청난 즐거움이, 엄청난 인생이, 저기 밖에서, 기다리고 있거든······. 나를 말이야."

그는 윙크를 하고, 등을 돌리더니 황급히 떠났다. 그 경비원은 아직도 길 건너편에서 나를 쳐다보고 있었다.

나는 마이클을 찾았지만, 그를 전혀 찾지 못했다. 내가 항상 기대던, 사려 깊고, 세심한 그 친구는 거기에 없었다. 아마도 200살은 되어 진짜 몸은 곰팡이 핀 치즈 냄새를 풍길, 비열하고 무지막지한 엔더가 마이클의 몸을 장악하고 있었다.

렌탈 중인 마이클. 하지만 그는 "렌탈"이라고 하지 않았다. 그는 "내 것"이라고 했다.

그가 마이클을 샀다면? 이게 첫 공인된 영구 렌탈일까?

안 돼. 제발, 아니길.

나는 거리를 봤지만 더 이상 그를 볼 수 없었다. 나는 팔을 휘저으며, 달렸다. 길모퉁이까지 와서, 길 이쪽저쪽을 둘러봤다. 왼쪽으로 가고 있는 갈색 재킷이 그일까? 나는 작은 가방을 열고는 어슬렁거리는 엔더들의 무리 틈새를 구불구불 피해 지나갔다. 오른손은 가방 속에 넣고 총을 꽉 쥔 채로.

그를 따라잡았을 때, 나는 다른 사람들이 볼 수 없도록 내 몸으로 가리고, 그의 등에 총을 들이댔다.

"멈춰." 나는 그의 귀에 속삭였다.

나는 그가 내 말을 따를 것을 확실히 하려고 그의 팔을 잡았다. 그는 어깨 너머로 말했다.

"제발 해치지 마세요. 지갑 드릴게요." 그 목소리는 너무 높았다.

그를 돌려세우자 울기 직전의 여드름 자국이 있는 얼굴이 보였다. 그냥 평범한 스타터였다.

"미안해." 나는 말하고는 그 애를 놓아줬다.

그 애는 놀라서, 길가에 얼어붙은 듯 서 있었다.

"가." 나는 말했고, 그 애는 그대로 했다.

나는 보도에 있는 사람들의 얼굴을 훑으며, 몸을 휙 돌렸지만, 가망이 없었다. 나는 마이클을 잃어버린 것이다. 그 애의 몸이 바디 뱅크를 떠나자마자 그 애를 보호할 소중할 기회가 있었다. 하지만 나는 그 애를 놓치고 말았다.

울고 싶었지만, 흘러나온 것은 공황 상태의 한숨이 전부였다.

그 애를 아예 찾지 못했던 것보다 더 나쁜 상황이었다.

엔더들의 은빛 머리의 바다가 내 주변을 지나는 동안, 나는 얼어붙은 듯 서 있었다.

내 차로 돌아가는 길이 어디지? 나는 주변을 둘러봤다. 내가 하고 싶은 가장 마지막 행동은 바디 뱅크에 조금도 접근하지 않는 것이었다. 나는 잠시 주변을 살피고, 북쪽으로 걸었다. 앞에, 엔더들의 틈새에, 내 쪽을 향해 있는 낯익은 세 명의 얼굴이 있었다.

브리오나, 리와 라즈가 팔에 화려한 쇼핑백들을 들고 있었다.

"캘리!" 브리오나가 내게 손을 흔들었다.

그들은 극단적으로 유행에 따른 선글라스부터 유명 브랜드의 끝이 뾰족한 부츠에 이르기까지, 최신 유행하는 패션으로 무장하고 있었다.

"브리오나." 나는 평상시의 목소리를 내려고 애쓰면서 말했다. "우연이네."

"우연이 아니지." 라즈가 말했다. "최고의 쇼핑은 베벌리 힐스에서 하는 거라는 건 누구든지 알잖아."

브리오나는 라즈에게 밝은 미소를 지었다.

"우리는 프라임에 들렀다 가는 길이야." 그녀가 말했다. "새로운 서비스에 대해서 문의하려고."

"방금 막 우리 전화기에 네 것이 표시된 걸 알았어." 리가 자신의 휴대 전화를 들어보였다.

"내 전화 꺼져 있는데." 나는 말했다.

"어어. 켜져 있는데." 리가 말했다.

나는 그들이 총을 볼 수 없도록 가방을 기울여서 열었다. 내 예전 전화기에 불이 들어와 있었다.

"어떻게 켜졌지? 내가 꺼 놨는데."

"가방 안에서 눌렸나 보지, 늘상 있는 일이잖아." 브리오나가 말했다.

나는 전화기를 껐다.

"네 가방 안에 전화기가 두 대인 것 같은데?" 라즈가 물었다.

"응, 하나는 내 거고." 나는 가방을 닫았다. "그리고 하나는 기증자 거야."

"여기, 좀 앉자." 브리오나가 말했다.

내가 저항하기도 전에, 그녀는 작은 카페의 실외에 있는 테이블 가까이를 향해 나를 팔꿈치로 밀었다. 그곳에 손님은 우리뿐이었다.

"라즈, 안에 들어가서 카페라테 좀 사 와." 그녀는 말했고 그는 그 말을 따랐다.

"오래 못 있어." 나는 말했다.

"잠깐이면 돼." 리가 내 한편으로 너무 가깝게 앉았다.

초조한 눈길들이 테이블 너머로 오갔다. 어떻게 돌아가고 있는 거지? 브리오나는 손톱으로 테이블을 탁탁 두드렸다. 리가 그녀를 쳐다보자 그녀는 멈췄다.

"그래, 너도 그 발표에 대해서 들었니?" 브리오나가 앞으로 몸을 기울였다. "프라임에서?"

"응. 어떻게 생각해?" 내가 물었다.

"영구 렌탈이 어서 시작했으면 좋겠어." 리가 말했다. "그냥 노는 건 그만하고, 정착해서 새 인생을 만드는 데 집중하는 거야."

"특별히 눈여겨봐 둔 거라도 있어?" 브리오나가 물었다.

"아니." 나는 말했다. "넌?"

"귀엽고 사랑스러운 열여섯 살짜리 금발을 하나 찍어 놨어." 브리오나가 말했다. "그 애가 할 수 있는 것보다 내가 더 그 아이의 몸을 잘 쓸 수 있을걸. 게다가 내가 더 영리하니까."

브리오나는 손바닥으로 턱을 받쳤다.

리는 신경질적으로 다리를 떨었다. 그 행동에 순간 누군가가 떠오르려고 했다. 나는 기억해 내려고 애를 썼다.

"오래된 격언도 있잖아, '젊음은 젊은이들에게 허비된다.'고." 리가 말했다. "넌 어때, 캘리, 영구 렌탈 하러 갈 거야? 이 몸이나 아니면 다른 것으로?"

"뭐가 잘못됐다는 생각은 안 들어?" 나는 물었다.

"내가 보기에는 아무것도 없는데." 리가 말했다.

그의 다리는 계속 떨리고 있었다.

"영구 렌탈을 한다는 이야기는 소름끼쳐." 내가 말했다.

"영구 렌탈이라고 해도 몸이 네 맘에 안 들면 아마 그 사람들이 바꿔 줄 거야." 리가 말했다.

"하지만 그러면 기증자의 몸은 어떻게 되는 걸까?" 브리오나가 물었다. "그러니까 세 달 후에 그 귀여운 금발머리에게 인생을 돌려줄 수 없는 거잖아. 그 애는 '어떻게 된 거지?'라고 하겠지."

"아마도 알아차리지도 못하겠지." 나는 말했다.

"그 애도 달력을 보자마자, 자신이 며칠이 아니라 몇 달을 잃어버린 걸 알아채겠지." 리가 말했다. "그 애도 알게 될 거야."

"렌탈의 이점은 네가 새로운 것들을 시도해 볼 수 있다는 거야." 브리오나가 말했다. "만약 내가 영구적으로 몸을 가진다면, 예를 들자면 복싱 같은 위험한 어떤 행동도 감히 하지 않겠지. 하지만 렌탈로는, 그런 건 별 것도 아니잖아."

"엄청난 위약금을 빼고 말이지." 리가 말했다.

"그게 바로 렌탈 보험이 필요한 이유야." 브리오나가 말하고는 윙크를 했다.

"하지만 영구 렌탈은 싼 편이라고." 리가 말했다. "그냥 렌탈하는 것보다 훨씬 돈을 절약할 수 있어."

이 엔더들은 나를 미치게 만들고 있었다. 어떻게 이런 식으로 이야기할 수가 있는 걸까? 우리는 그저 그들의 즐거움을 위한, 그들의 어리석은 환상을 위한 운송 수단일 뿐이었다. 우리가 죽는다면, 그래서 뭐, 보험으로 몽땅 보장되는데 말이야.

그들이 갑자기 조용해졌다. 리의 다리는 아래위로 떨고 브리오나는 긴 손톱으로 테이블을 두들기고 있다. 이런 버릇들을 전에 어디에서 봤더라?

리는 브리오나의 손을 응시하는 내 시선을 알아챘다. 초조한 시선들이 레이저처럼 번쩍였다. 나는 내 몸 쪽으로 가방을 더 가까이 끌어당겼다.

오한이 나를 덮쳐 왔다. 나는 그들이 누군지 깨달았다. 그들은 무작위로 만난 엔더들이 아니었다.

운전석에 라즈가 앉아 있는 SUV 한 대가 도로변에 멈춰 섰다. 지금까지 잡담을 한 이유였다. 차가 오기를 기다리고 있었던 거였다.

"커피를 가지러 가 봐야 할 것 같은데." 브리오나가 일어섰다.

리도 역시 일어났다. "준비됐어, 캘리?"

그는 내 팔꿈치 사이에 자기 팔을 끼워 넣었다.

나는 가방을 낚아채서 열었다. "아니."

"우리랑 같이 가자." 브리오나가 가까이 다가왔다.

나는 총을 꺼내서 그녀의 옆구리를 밀었다. "나는 그렇게 생각하지 않아요. 도리스."

"자, 조심해." 리가 조용하게 말했다. "어리석은 짓 하지 말고."

"뭘 걱정하는 거죠? 어차피 당신들 몸도 아니잖아, 틴넨바움." 나는 말했다.

SUV에 있던 라즈는 우리를 내다봤다. 그는 총을 보지 못했고, 아직도 모든 게 괜찮은 척을 하고 있었다. 그는 커피가 담긴 종이컵을 들어 보이며 그쪽으로 오라는 몸짓을 했다.

"지금까지 내내, 당신들은 항상 이 몸 안에 숨어 있었지." 나는 말했다. "나를 염탐하면서."

리가 내 앞을 막아서려고 움직였다. 한 쪽에는 그가, 다른 쪽에는 브리오나가 있었다.

"그냥 차로 가자, 캘리." 그녀가 말했다.

"난 커피 전혀 필요 없어요." 나는 말했다. "충분히 신경이 곤두서 있거든요."

나는 브리오나를 밀었고 그녀는 리의 품 안으로 쓰러졌다. 나는 가게로 들어가서 뒷문으로 달아났다.

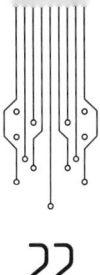

22

 나는 리나 브리오나가 쫓아오고 있는지 보기 위해 돌아보지는 않았다. 아니, 틴넨바움이나 도리스였지, 이제는 내가 그들의 진짜 정체를 밝혀냈으니까 말이다. 내내 그들이었다. 운전석에 있던 라즈는 분명 로드니, 내가 타일러와 마이클을 만나러 갔을 때 데려다주었던 놈이었다. 어째서 바디 뱅크는 그렇게 평범한 렌터인 척하면서 나를 염탐해야 했을까? 내내 헬레나의 계획을 알고 있었던 것일까? 아니면 그녀가 칩을 개조한 후부터였을까?

 나는 내 차를 세워 뒀던 거리로 가서 차에 탔다. 차를 빼자마자, 나는 검은 SUV가 유턴을 하면서 나를 따라오는 것을 봤다. 그들일까? 트럭이 한 대, 우리 사이에 끼어 있어서 확인할 수가 없었다.

 나는 새로운 전화기를 꺼내서 타일러가 있는 호텔에 전화를 걸었다. 플로리나에게 마이클에 대해 말해 주고 싶었다.

"509호 부탁합니다."

"그 방의 손님들은 오늘 아침에 퇴실하셨습니다." 전화 교환원이 말했다.

"네? 아니에요, 그럴 리가 없는데요. 우드랜드 말이에요."

"맞습니다, 그분들은 오늘 아침에 떠나셨어요."

케이블이 잘린 엘리베이터 안에 있는 것처럼 가슴이 묵직해졌다.

나는 우리를 체크인 시켜 준 지배인을 연결해 달라고 요구했다. 그녀가 전화를 받았고 전화 교환원이 한 이야기를 확인시켜 줬다. 내 남동생과 플로리나는 어디로 간다는 말도 없이 떠나 버렸다. 그 지배인은 그 애들이 연장자인 한 남성과 함께 차에 타는 것을 봤다는 말도 했다. 그 남자는 자신이 플로리나의 할아버지라고 말했다고 했다.

무감각이 전신에 파도처럼 밀려드는 것을 느꼈다. 플로리나에게는 할아버지가 없었다. 만약 그녀에게 할아버지가 있었다면 거리에서 살지도 않았을 거였다. 그리고 내게 쪽지라도 남겼을 것이다.

누군가 그들을 데려갔다. 누가? 성급한 마음이 이성을 잃게 했다. 몸값을 받기 위해 어린이들을 납치한다고 들은 적이 있었다. 차와 일류 호텔이 플로리나에게 헛된 망상을 품게 했을까? 그녀의 고상하디고상한 일상이 모두 꾸며진 일이었나? 요즘 같은 나날엔 필사적인 스타터는 무슨 일이든지 할 수 있다. 아니면 위장 집행관이었을까? 어떤 고객이나 직원처럼 호텔에 있던 어떤 엔더가 부업으로 돈을 벌기 위해서 불쌍한 보호자 없는 미성년자를 보고 그들을 밀고 했을 수도 있었다.

만약 그런 일이 일어났다면, 보호소들 중 하나에서 그들을 찾아야 할 터였다. 이건 일어날 수 없는 일이었다.

바디 뱅크가 한 짓이라면?

물론 타일러를 렌탈에 쓸 수는 없었다. 그 애는 너무 어리고 병약하니까. 하지만 나를 끌어들이는 미끼로는 가능했다. 나는 주먹을 꽉 쥐었다.

나는 총을 들고 그곳으로 가서, 동생을 보여 달라고 요구하고 싶은 강한 충동을 느꼈다. 불같은 감정이 치밀어 오르긴 했지만, 그곳에서 누군가를 구출해 내는 것이 불가능하다는 것은 알고 있었다. 거기에는 경비원들이 있었다. 그리고 자물쇠가 달린 두꺼운 문들도 있었다. 솔직히, 나는 그 애가 어디에 있는지 확실히 모르고 있기 때문에, 그것은 도박과도 같은 짓이 될 거였다. 그저 좋은 상황이 아니라는 것만 직감적으로 느껴졌다.

하지만 나는 뭔가 해야만 했다.

***

블레이크의 가족 목장을 둘러싸고 있는 울타리 옆의 자갈길로 진입해서, 떠날 때 바로 출발할 수 있도록 차를 미리 돌려 주차했다. 빠른 탈출을 위한 최선책이었다. 차 문을 잡고 내릴 때 보니 손이 떨리고 있었다.

나는 줄이 몸을 가로지르도록 어깨에 가방을 사선으로 메고, 앞문으로 향하는 잘그락거리는 자갈길을 달렸다. 총을 쉽게 쥘 수 있어야 했다.

가정부가 나를 거실로 안내해 줬다. 높은 천장에 어둡고 기둥이 노출된, 웅장한 대농장 풍이었다. 평상시라면 매력적이었을, 커피 향과 담배 냄새와 이런 분위기가 지금은 오히려 나를 움츠리게 만들었다. 해리슨 상원 의원, 그는 돈과 힘 모두를 갖고 있었다.

블레이크와 그 애의 할아버지가 나를 보기 전까지 나는 커다란 황갈색 가죽 안락의자에 앉아 있었다.

"저 애가 여기서 뭘 하고 있는 거지?" 상원 의원이 일어서서 나를 가리켰다.

"괜찮아요, 할아버지. 제가 불렀어요." 블레이크가 일어났다.

"도대체 왜 그런 거지?"

"캘리가 할아버지께 꼭 드릴 말씀이 있다고 해서요." 블레이크는 내 쪽으로 와서 내 손을 잡았다.

블레이크는 할아버지에게 아무 말도 하지 않은 걸까?

"당장 여기서 나가!" 상원 의원이 고함을 쳤다.

거세게 피가 솟구치는 것 같았고, 귓속에서 고동치는 소리가 들리는 것 같았다.

"어서, 캘리." 블레이크가 내 손을 놓았다. "말씀드려."

"무슨 말을 한다는 거냐?"

"의원님이 하고 있는 일이 살인이라는 것은 알고 계신가요?" 나는 말했다.

상원 의원은 분노로 얼굴이 붉어졌다. "그런 식으로 말하지 마, 이 늙은 노파야."

나는 총을 꺼내서 상원 의원에게 겨냥했다. "저는 늙은이가 아니에요, 열여섯 살이죠. 저는 기증자에요."

시야 한구석으로 블레이크의 입이 턱 벌어지는 것이 보였다. 나는 다시 총으로 초점을 옮겼다, 손을 흔들리지 않게 유지해야 했다. 나는 소파 중 한 개의 뒤에 서서 내 몸을 버틸 수 있게 했다. 나는 해리슨 의원과의 거리를 계산했다. 대충 3.5미터 정도의 거리.

상원 의원의 얼굴에 놀라움이 드러났다. "그렇다면 왜 나를 죽이려고 하지?"

"의원님이 정부와 프라임 데스티네이션과 한 거래는 무고한 보호자 없는 미성년자들을 바디 뱅크에 팔아치운다는 뜻이에요. 그리고 바디 뱅크는 연장자들에게 그 애들을 팔아, 남은 생 동안 그들이 미성년자들의 몸을 차지하도록 할 거라고요."

상원 의원의 얼굴은 표정을 읽기가 어려웠다. 해리슨 상원 의원은 충격을 받은 표정이었지만, 이 정보가 그에게 새로운 것이어서 그런 건지는 명확하지가 않았다.

"이건 네 잘못이다." 그는 블레이크를 가리켰다. "어떻게든 해라."

"캘리의 이야기는 앞뒤가 맞아요, 할아버지. 이게 진짜 사실인가요?" 블레이크가 그에게 물었다.

"사실이냐고?" 상원 의원이 블레이크의 말을 조소하는 어조로 받았다.

"저를 프라임의 배후에 있는 남자에게 데려가셔야 해요." 나는 상원 의원에게 말했다. "올드맨이요."

그의 입이 턱 벌어졌다. "안 돼, 못한다."

손바닥에서는 식은땀이 났고, 너무나 불안했다. 총을 쥔 손이 느슨해지고, 미끈거렸다.

"저를 힘들게 하고 싶지 않으시겠죠, 해리슨 상원 의원님, 지금은 안 돼요. 저의 가장 친한 친구는 방금 팔려 나갔고 제 어린 남동생은 바로 그 뒤에 있어요. 분명히 바로 지금 수술에 들어갈 가능성이 커요, 동물 병원에서 강아지한테 하듯 말이에요. 제 유일한 바람은 올드맨을 만나는 거예요, 의원님이 저를 데려다 줄 수 없다 해도, 저는 잃을 것이 아무 것도 없어요."

"못해." 그가 말했다. "나는 그렇게 못한다."

"의원님께는 선택의 여지가 없어요."

"그냥 데려가 주세요, 할아버지." 블레이크가 말했다. "그 사람이 일하는 곳이 어딘지 아시잖아요."

"이런 식으로 말해 주마." 상원 의원이 말했다. "내가 널 그 사람에게 데려간다면, 그가 너를 죽일 게다."

"그리고 의원님이 못하시겠다면, 제가 의원님을 죽일 거예요." 나는 총을 쥔 손을 유지하려고 애를 썼다. "경고하는데, 제 팔이 점점 버티기 힘들거든요, 셋을 셀게요. 영화에서는 그렇게들 하잖아요? 문으로 걸어가세요, 그렇지 않으면 셋에 쏠 겁니다. 하나."

해리슨 의원은 입술을 적셨다.

"둘."

그는 거칠게 침을 삼켰고, 나는 그의 목젖이 움직이는 것을 볼 수 있었다.

"셋."

그는 움직이려 하지 않았다.

나는 총을 쏴야 했지만, 그러고 싶지 않았다. 탄환이 살을 뚫고, 갈기갈기 찢어 놓고, 피어나는 꽃잎처럼 말려들어 간 피부를 중심으로 분수처럼 솟구치는 피가 바닥을 피바다로 만드는 모습을 상상했다. 손가락이 떨렸고, 힘이 빠져 갔다. 그만두려고 했는데, 방아쇠를 제자리로 돌리려고 했던 것 같았는데, 전혀 소용없이 나는 그를 쏴 버렸다. 어쩌면 그렇게 하고 싶었던 것 같았다.

총은 탕 하는 부딪히는 소리와 함께 반동으로 높이 솟았다.

동시에, 아니 어쩌면 더 빨랐는지도 모르겠다. 블레이크가 자신의 할아버지에게 뛰어들어서 그를 강하게 밀어냈다.

"블레이크!" 나는 비명을 질렀다.

그들은 둘 다 바닥에 나뒹굴었고, 크림색과 검정색 무늬의 나바호 양탄자가 피로 물들기 시작했다. 피는 상원 의원의 팔에서 나오고 있었다.

나는 두 사람을 내려다봤다. 상원 의원이 신음 소리를 냈다. 블레이크는 자신의 할아버지의 재킷을 찢어 내서 상처를 압박하기 위해 감았다.

그 애는 순전한 충격과 불신이 담긴 표정으로 잠시 나를 올려다 봤다.

"네가 쐈어! 할아버지를 죽일 수도 있었다고."

나는 무슨 말을 해야 할지 몰랐다. 그 애가 맞았다. 블레이크가 끼어들지 않았다면 나는 해리슨 의원을 죽였을 것이다.

"너희 할아버진 내가 시키는 대로 하셨어야 했어."

"네가 그럴 거라고…… 생각하지 않았다." 상원 의원이 고통스럽게 말했다.

나도 내가 그럴 거라고 생각지 못했다. 심장이 미친 듯이 뛰었다. 나는 상원 의원에게 총을 겨눴다.

"일으켜 드려."

"뭐?" 블레이크가 물었다.

"그냥 팔만 다치신 거야. 일으켜 드려."

블레이크는 자기 할아버지를 의자로 들어올렸다. 상원 의원은 고통으로 신음하며, 등을 기댔다.

"저는 이렇게 하고 싶지 않았어요. 의원님이 저를 이렇게 만드신 거예요." 나는 총을 들고 움직였다. "그러니까 아무짝에도 쓸모없는 이런 일 벌이지 마세요. 제가 원하는 것은 저를 올드맨에게 데려가 주시는 거예요."

***

상원 의원이 한 손으로 자신의 차를 운전하는 동안 그의 얼굴은 점차 창백해져 갔다. 나는 엽총을 앉혔다. 이런 표현이 도대체 어디에서 나온 걸까? 어쩌면 창밖으로 몸을 내밀어 총을 쏘는 것을 의미했을지도 모르겠다. 아무튼, 나는 상원 의원에게 총을 겨누어 잡은 채로 앉아 있었고 블레이크는 할아버지의 바로 뒷좌석에 앉았다.

"어느 구역으로 가나요?" 나는 물었다.

"도심으로." 상원 의원은 아픔 때문에 움찔하며 대답했다.

우리가 그의 셔츠를 재킷으로 덮었기 때문에, 상처는 눈에 띄지 않았다.

"이 이야기에서 악당은 제가 아니에요." 나는 말했다. "제 남동생이 아파요. 그 앨 데려간 사람을 찾아야만 해요."

"어디엔가 있겠지." 상원 의원이 몹시 힘들게 말했다.

"그래요. 그런데 저는 어디에 있는지 모르니 찾아봐야 하죠. 제 생각에는 올드맨이 가장 유력해요."

"너는 영리한 아이 같구나. 지략이 있어. 제안 하나 하마. 길 한쪽에 차를 대고 너를 보내 주마, 그리고 이 일을 보고하지 않겠다."

"노망나셨어요?" 나는 물었다.

그는 백미러로 블레이크를 응시했다. 그런 행동을 보자 블레이크가 이상하게 조용하다는 것을 깨달았다. 실제로, 그 애는 한마디도 하지 않았다. 그 애의 머릿속은 어떻게 돌아가고 있는 걸까? 내가 그 애를 승산이 없는 상황에 밀어 넣은 거라고 생각했다. 나는 그 애를 보기 위해 몸을 돌렸다. 바로 그때, 차가 거칠게 방향을 틀었다. 상원 의원은 가속 페달을 힘껏 밟더니 우리가 반대편의 연석에 다다를 때까지 도로를 가로질러서, 차를 재빨리 돌렸다. 우리는 비어 있는 벤치를 들이박았다.

에어백이 터지고, 손에 잡고 있던 총이 내 머리 쪽으로 밀려왔다. 거세게.

모든 움직임이 멈추자, 에어백의 공기가 빠졌다. 머리는 어지러웠고, 시야는 흐렸다. 상원 의원이 뒷문을 열고 다치지 않은 팔로 블레이크를 끌어내렸다. 나는 그 애가 다쳤는지도 알 수 없었다.

나는 느리게 움직였다. 내 머리 한편이 축축했다. 만져 보니 피였다. 상원 의원이 차에서 도망칠 수 있도록 블레이크를 돕고 있는 것을 알아볼 수는 있었다. 블레이크는 돌아서서, 닿지 않는 팔을 뻗으려고 애썼지만, 그 애의 할아버지는 억지로 그 애를 계속 가게 했다.

나는 차 밖으로 나가야 했다. 나갈 수 있는 문이 어디지? 나는 손으로 더듬어 찾은 후 밀어서 열었다. 나는 차에서 굴러서 땅바닥으로 떨어졌다. 모든 것의 초점이 흐렸다. 형체들, 사람들이, 차 쪽으로 달려왔다. 모든 것이 까맣게 되기 전에, 내가 마지막으로 본 것은, 제복을 입은 한 사람이었다.

집행관이었다.

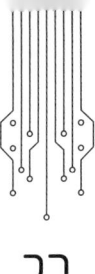

23

 등에 쏟아지는 눈부신 빛의 홍수 아래에서 정신이 들었다. 조명이 너무 강렬해서, 나는 눈을 찡그려야 했다. 정맥 주사 튜브가 내 손까지 구불구불 내려와 있었다.
 "애가 깨어났어요." 나이가 지긋한 여자 목소리가 말했다.
 "어이? 내 말 들리니?" 역시 엔더인 것 같은 남자의 목소리가 가까이에서 맴돌며 들렸다.
 "들려요." 나는 간신히 쉰 목소리로 말을 꺼냈다. "그런데 보이지는 않아요."
 "그건 괜찮아." 그가 말했다. "그게 정상이지. 조금만 더 기다리렴. 더 편해지려면 눈을 감고 있어. 우리는 그냥 몇 가지 물어보기만 할게, 알겠지?"
 나는 고개를 끄덕였다. 머리가 무거웠다. 안개로 들어찬 것 같았다. 무슨 약이 정맥 주사를 통해 내게 주입되고 있는 건지 궁금했다.

"이름이 뭐지?" 여자가 물었다.

"캘리."

"성은?"

"우드랜드."

"나이는?"

"열여섯."

"부모님이 살아 있어?"

그녀의 목소리가 낯익었다.

"아니요."

"조부모님이나 다른 보호자는?"

"아니요."

"보호자 없는 미성년자야?"

머리가 계속 아파 왔다.

"제가 밖에 있은 지 얼마나 됐나요?"

"길진 않다. 질문에 대답이나 해." 그녀가 말했다. "보호자 없는 미성년자야?"

나는 거짓말할 기운도 없었다.

"네."

질문이 끝났다. 그녀가 몸을 똑바로 하는 소리가 들렸다.

나는 천천히 눈을 떴다. 시야는 여전히 분명하지가 않았다. 나는 남자가 의사처럼, 초록색 수술복을 입고 있다는 것은 알아볼 수 있었다. 여자는 간호사일 거라 예상했지만, 그녀는 흰색이 아닌, 회색 옷을 입고 있었다. 그녀는 작은 금속 버튼을 한 손에 쥐고 있었다. 녹음기였다.

"물 좀 마실래?" 의사가 내게 물었다.

나는 고개를 끄덕였다. 그는 컵을 들어 줬다. 나는 빨대로 조금씩 마셨다.

"네 옆머리에 난 깊은 상처를 몇 바늘 꿰맸단다. 흉터는 안 남을 거야, 모두 머리 선 안쪽이었거든."

"금속판." 여자가 말했다.

"그래, 네 머리에 있는 그 금속판은 무슨 용도니?"

나는 방을 둘러봤다. 모든 것이 초점이 맞았다. 최첨단 의학 기술을 갖춘 시설은 아니었다. 텅 비고 우중충했다. 벽은 흰색이 아니라 회색이었다.

"여긴 어느 병원이에요?" 나는 물었다.

"병원이 아니란다." 그가 대답했다. "너는 의무실에 있는 거야."

"보호소다." 여자가 말했다. "이제 그 금속판에 대해 말해 봐."

그때 그녀가 누군지 기억이 났다. 보안 책임자, 비티 부인. 나는 몸부림을 쳤지만, 뭔가가 나를 내리누르고 있었다. 그제야 나는 내 팔과 다리가 테이블에 묶여 있는 것을 보게 됐다.

"나가게 해 주세요." 정신이 빠르게 맑아졌다. "오해에요. 저는 신분증도 있어요. 지갑 안에요. 제 진짜 이름은 캘리 윈터힐이에요. 저 기억하시잖아요."

그들은 서로를 쳐다봤다.

"차에서는 지갑 같은 거 못 찾았다." 비티가 말했다. "그런데 총은 찾았지."

그녀는 주름진 입술을 불만스럽게 삐죽거렸다.

"네 DNA와 지문 검사까지 했다."

매 초마다 커져 가며, 역동적인 박동이 귓속에서 고동쳤다.

"그리고 탄도학 보고서에 의하면 해리슨 상원 의원을 쏜 총과 동일하다는 결과가 나왔다." 그녀가 말했다.

해리슨 상원 의원이 나를 고발한 거였다. 블레이크는 그를 막을 수 없었을 것이다. 아니 어쩌면 블레이크도 그의 할아버지를 거의 죽이려 했던 나를 이제는 싫어할지도 몰랐다.

비티는 자기 주머니에 녹음기를 넣었다. 그녀는 의사에게 고개를 끄덕였고 그는 내 정맥 주사에 뭔가를 첨가했다. 나는 방을 떠나기 전의 그의 얼굴에서 슬픈 표정을 읽었다. 비티는 문을 닫는 의사를 보고 있다가 내 귀에 낮은 소리로 속삭일 수 있을 정도로 허리를 굽혔다.

"나는 거짓말쟁이를 싫어해."

나를 응시하고 있는 비티의 눈 주변에 핀 검버섯이 코로나처럼 보였다.

나는 좀약과 곰팡이 냄새가 뒤섞인, 그녀의 아주 오래된 악취를 맡을 수 있었다. 무거운 안개가 내 몸 위로 내려앉는 것 같은 기분이 들었다. 공포가 뱃속 깊은 곳에서 끓어오르는 것 같았지만, 표면까지 떠오르지 못했다.

"나한테…… 뭘…… 주사한…… 거야?" 나는 단어를 하나하나 힘겹게 끄집어냈다.

비티는 몸을 곧게 펴고, 비열한 미소를 지으며 나를 내려다봤다.

"37번 보호소의 특별 비공개 클럽에 들어온 것을 환영한다." 그녀가 말했다. "감금 병동이지."

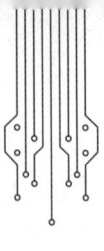

24

다음 날 아침, 나는 흰곰팡이와 소변의 지독한 악취가 나는 감옥의 차가운 콘크리트 바닥에 누워 있었다. 나는 앉아 있으려고 몸을 밀어 일으켰다. 머리 오른쪽이 아픔으로 고동쳤다. 그곳을 만져 보자, 붕대가 감겨 있는 것이 느껴졌다. 나는 그 의사, 봉합, 교통사고를 기억해 냈다.

나는 상하의가 붙어 있는 헐렁한 회색의 점프 슈트를 입고 있었다. 죄수복이었다.

어두웠고, 단 하나의 빛줄기가 천장 바로 아래의 자그마한 창문에서 들어오고 있었다. 앉아 있을 만한 것이 아무것도 없었다. 좁은 감옥은 텅 비어 있었다. 나는 일어서서 벽에 기댔다. 바닥의 구석에 있는 작은 구멍에서 일정하게 진공청소기 같은 소리가 났다. 철제문에 단단히 고정되어 있는 철망으로 된 판은 식사를 줄 때 열리는 것 같았다.

이것이 내 인생이 되지 않을 거라고 말해 줘.

나는 더러운 벽을 보면서 아빠가 돌아가신 격리 시설도 여기와 같았을까 생각했다. 내가 아는 전부는, 그들이 환자들을 실험용으로 사용했다는 것뿐이었다. 끔찍하게도, 그저 안 보이는 곳에서 죽이기 위해서 가족으로부터 먼 곳으로 보내 놓고 시신은 태우거나 집단으로 매장했다. 우리는 그런 소문들을 들었다.

엄마가 집에서 돌아가신 것만큼이나 끔찍하게, 이런 곳에서 죽는 것은 더욱 나빴겠지.

죽을 장소를 비교하다니. 일이 이렇게까지 되고 말았나?

하늘에서 폭발이 일어난 것을 보았을 때, 나는 그날 엄마와 함께 있었다. 우리는 차에서 내려 식료품점으로 걸어가는 중이었다. 그 광경은 마치 산산이 쪼개지는 거대한 민들레 같았는데, 낮에 쏘아올린 불꽃놀이처럼 보이다가 비처럼 내리며 떨어졌다. 우리를 향해서.

"차로 돌아가." 엄마가 외치셨다.

우리는 방향을 돌려서 뛰었다. 우리 차는 주차장의 뒤에 있었고, 그건 몇 킬로미터 정도는 떨어진 것처럼 보였다. 아마도 가게로 갔어야 했겠지만, 마음을 바꾸기에는 너무 늦고 말았다.

우리 뒤의 누군가가 비명을 질렀다. 나는 고개를 돌려서 엔더 한 명이 머리를 팔로 감싸며 뛰고 있는 것을 봤다. 나는 그녀가 정말로 포자에 닿았는지 아니면 그저 공포에 질린 건지 알 수 없었다.

"계속 가!" 엄마가 소리치셨다.

엄마는 내 바로 뒤에 계셨다. 엄마는 마치 양날검처럼 비상 버튼을 겨냥하셨고 나는 우리 차의 문이 잠금 해제되는 소리를 들었다.

우리 차, 우리의 안식처가 기다리고 있었다. 나는 제일 가까운 문을 열고 뒷좌석으로 미끄러져 들어갔다. 나는 엄마를 향해 손을 내밀었다.

"어서요, 엄마!"

내 손을 잡자 엄마의 얼굴에서 안도의 미소가 피어났다. 엄마의 볼은 발개졌고, 눈은 빛났다.

우리가 해냈다.

"괜찮아, 아가, 우린 이제 괜찮아."

엄마는 한 발을 차에 내딛었지만, 안으로 들어오기 전에, 흰 포자 하나가 우리 사이로 날아들었다.

그것은 엄마의 팔뚝에 내려앉았다. 엄마는 그것을 가만히 쳐다보셨다. 우리 둘 다 그랬다. 그 포자 아래로 파란 점이 생겼다.

엄마는 일주일 후에 돌아가셨다.

병원에서는 포자 환자들을 거부했고 모든 병원은 사람들로 넘쳐났다.

집행관들은 아빠가 아무런 증상도 보이지 않았음에도 불구하고 끌고 갔다. 그들은 발병할 가능성을 알고 있었다. 하지만 아빠는 그 시설에서, 당신은 괜찮다는 것을 알리기 위해서 우리에게 매일 징을 보내셨다.

그러던 어느 날 나는 암호화된 메시지를 하나 받았다. *매가 울면, 날아야 할 시간.*

우리가 도망가야 한다는 의미로 아빠가 떠나기 전에 남긴 암호였다. 집행관들이 우리를 잡으러 올 거였다. 나는 더 알고 싶었다. 나는 답장으로 징을 보냈다. *아빠, 편찮으세요? 그 사람들이 그걸 알아요?*

아빠는 그 암호만 반복할 뿐이셨다.

나는 내 감방의 얼룩진 벽을 쳐다봤다. 복도에서 소리죽인 목소리가 떠돌고 있었다. 몇 분이 지나자, 내가 있는 감방의 문으로 다가오는 발소리가 들렸다. 기계음과 함께 스르르 문이 열렸다. 비티가 문을 열어 둔 채로, 내 감방으로 들어왔다. 나는 바로 밖에 서 있는 경비원의 신발만 볼 수 있었다.

"좀 나아졌나?"

비티의 땀구멍에서 기름 같은 것이 혐오스럽게 흘러나왔다.

나는 그녀의 검버섯으로 덮인 얼굴을 쳐다봤다. 내가 기억하던 것보다 더 심했다. 그녀는 100만 살은 더 먹은 것처럼 보였다.

"당신이 저를 옮겼나요?"

그 말에 비티는 웃음을 지었다.

"기숙사 방으로 갈 수도 있었을 거다. 그렇지만 네가 기억할지 모르겠는데, 너는 상원 의원을 죽이려고 했지."

"제가 재판 중에 있나요?"

나는 영화에서 재판 광경을 본 적이 있었다.

그녀는 웃었다. "분명 너도 보호자 없는 미성년자들에겐 권리도 없다는 걸 알 텐데?"

"우리도 몇몇 권리가 있어요. 우리들도 사람이에요, 아시잖아요."

"아니, 너의 바로 그 정의에 의해서 너는 법을 어기고 있어, 불법 점거를 하거나 길에서 생활하는 것으로 말이다. 국가는 너희 같은 부류를 관대하게 받아들여서 기숙사 생활을 하게 해 주지. 하지만 너는 이제 범죄자야, 그러니 짐승의 배 한가운데, 여기 유치장에 있어야 하는 거다. 그리고 너는, 네가 성년이 될 때까지 여기에 있게 될 거다."

"열아홉까지요?"

여기서는 영원과 같은 시간이었다.

비티는 고개를 끄덕였고, 그녀의 눈이 흥분으로 반짝였다.

"그때가 되면 국선 변호사를 배정받게 될 거다. 물론 그치들은 격무에 시달리고 있기에, 너 같은 범죄자를 위한 사건을 처리할 시간은 많지 않지. 그때 너는 결국 거의 확실하게 성인 교도소로 가게 될 거다."

"교도소요, 평생?"

그녀는 거짓말을 하고 있었다. 나는 숨을 쉬려고 애를 썼지만, 악취 나는 공기밖에 마실 수 없었다.

"앞으로 3년 동안 여기 유치장에서 살아남는다고 가정한다면 말이다." 그녀는 팔짱을 끼더니 미소를 지었다. "극소수가 살아남지."

나는 할 수 있는 한 감정을 숨겼다. 이런 정보가 내 내면에서 어떤 작용을 하고 있는지를 알게 하는 기쁨을 그녀에게 누리게 하고 싶지 않았다. 동생이 보호소에 수용되었는지 아닌지를 알아내는 것에 필사적이었음에도, 나는 그에 대해 물어보지 않기로 했다.

그러자, 내 마음을 읽기라도 한 것처럼, 비티가 말했다.

"남동생은 어디에 있지?"

"몰라요."

그녀는 어떻게 내게 동생이 있다는 것까지 알았을까?

"아무래도 내가 찾아봐야겠네. 이미 보호소에 수용되지 않았다면, 어딘가에 잡혀갔을 수도 있다."

나는 무표정을 유지하려고 최선을 다했다.

"네 머리에 있는 금속판에 대해서도 알아 낼 거다. 여기서는 비밀이 없지."

그녀는 나갔고 문이 스르르 닫혔다. 여기에는 나밖에 없는 건가? 다른 감방들은 어떨까? 다른 방에도 나 같은 여자애들이 잡혀 있을까? 아니면 비어 있을까? 나는 다른 누군가가 내는 어떤 소리도 들을 수가 없었다. 어쩌면 그 애들은 조용히 해야 한다는 것을 알고 있을지도 몰랐다.

나는 주먹을 움켜쥐었다. 어떻게 이런 일이 합법적일 수가 있지? 침대도, 담요도 없었다. 나는 사면의 벽을 바라보며, 감방을 빙빙 맴돌았다. 나는 한쪽 벽에 있는 금속 버튼을 발견했다. 그걸 눌렀더니, 짧은 관이 나타났다. 물. 최소한 물은 있었다. 나는 크게 숨을 들이쉬었다. 나는 고개를 꺾어서 입을 수도관 아래 가져다대고 물을 마셨다. 금속과 화학 약품의 맛이 났지만, 젖어 있었다.

3초가 지나자, 물이 끊겼다. 다시 버튼을 눌렀지만, 아무 일도 일어나지 않았다.

만일 내가 살아남는다면. 3년 동안 내 집이 될 곳. 나는 손바닥으로 벽을 철썩 때리고, 또 때렸다.

***

다음 날 아침, 콘크리트 바닥에서 잠을 잔 탓에 온몸이 아팠다. 머리는 교통사고로 인한 후유증으로 아파 왔는데, 누구 하나 내게 진통제를 주라고 이야기하는 사람이 없었다. 그들은 자기들이 마당이라고 부르는 곳에 나를 내보내 줬다. 구내의 뒤에 있는 담으로 에워싸인 조그만 흙바닥. 오후 3시에 나는 운동을 위해 20분간 밖으로 나오는 것이 허락됐다. 일을 하다가 일하는 곳에서 쉬는 장소가 먼 경우를 제외하고, 보통 여자애들에게는 한 시간 동안의 외출이 허용되었다.

그 마당은 서성거리고 있는, 100명 정도의 여자애들로 가득 차 있었다. 그들 중 몇 명은 공이나 막대기를 가지고 놀았다. 하지만 대부분은 둘 셋씩 무리를 지어 낮은 목소리로 이야기를 하면서 걸어 다녔다. 그 무리들 중에서 낯익은 얼굴이 있는지 찾아보고 있었는데, 누군가 뒤에서 나를 건드렸다.

나는 비티 부인일 거라고 생각했는데, 사라였다. 내가 스웨터를 주려고 했었던 아이.

"캘리 언니, 여기에서 뭐해?"

사라의 얼굴은 창백했다.

"체포됐어."

"아, 저런, 무슨 일을 했는데?"

"아무것도."

나는 이제 내 죄를 부정하는, 흔한 범죄자가 됐다. 12살짜리에게 모든 것을 설명하는 것보단 이 편이 쉬웠다.

"그럼 오해야?"

"큰 오해지."

사라는 주위를 둘러싸고 배치된 무장한 교도관들 중 한 명을 봤다. 그 애는 내 팔에 자기 팔을 끼웠다.

"우리가 계속 움직이려면 이게 나아. 유치장 끔찍하지? 우리가 먹는 음식보다 더 나쁠 수도 있으려나?"

"너희들이 먹는 것도 까만 액체야?" 내가 물었다.

배에서 으르렁거리는 소리가 났다.

그 애는 고개를 저었다.

"들어 봐, 사라, 나는 내 남동생을 찾고 있어. 그 애 이름은 타일러야. 일곱 살이고. 그런 남자애 본 적 있어?"

"가끔씩 증정식을 하려고 우리 전부를 불러 모으긴 해. 아니면 우리 모두에게 호통을 치려고. 타일러도 여기 37번 보호소에 있어?"

"모르겠어. 하지만 그럴 수도 있어."

"내가 물어봐 줄게. 장담은 못 하지만."

한 쌍의 여자애들이 우연인 것처럼, 우리에게 부딪혔다. 나는 멈춰서 그 애들을 쳐다봤다. 나에게 가까이 있던 여자애는 내가 살던 건물 근처에서 내게 달려들어서 슈퍼트뤼플을 훔쳐 갔던 그 불량배였다. 그 애의 오른손에는 내 얼굴 대신에 길바닥을 강타하는 바람에 생긴 흉터가 아직 남아 있었다.

그 애는 나의 향상된 새 얼굴을 뒤늦게 알아보고, 결국 그게 나였다고 판단한 모양이었다.

"너구나." 그 애가 말했다. "그 예쁜 얼굴 조심하는 게 좋을 거야."

"신경 쓰지 마, 캘리 언니." 사라가 나를 잡아끌었다.

"잘 가, 캘리." 그 불량배가 이제 내 이름을 알았다는 듯 가락을 넣어 내 이름을 말했다.

우리는 친구들이 우리를 각각 반대 방향으로 끌고 가는 동안 서로를 노려봤다. 사라는 우리가 등을 대고 쉬던 벽 쪽으로 나를 데리고 갔다.

"저 애는 잊어 버려. 뭔가 즐거운 이야기를 하자." 사라가 말했다. 잠시 정적이 흘렀다.

"남자 친구 있어?" 사라가 물었다.

뺨부터 이마까지 얼굴에 열이 올랐다.

"있었달까."

"그래서 있다는 거야, 없다는 거야?"

나는 한숨을 쉬었다. "나도 알았으면 좋겠다."

"그 오빠 이름은 뭔데?"

사라의 눈은 이제 반짝거리고 있었다.

"블레이크."

사라는 씩 웃었다.

"블레이크. 귀여운 이름이다. 그 블레이크라는 오빠도 언니를 보고 싶어 할 거야." 그 애는 내 팔을 꼬집었다. "잘 때 베개 밑에 언니 사진을 놓을걸."

나는 주변을 흘깃거렸다. 지금 내게 필요한 마지막 단계는 그 불량배에게 나를 괴롭힐 다른 빌미를 주는 것이었다.

"내 사진을 안 갖고 있을 것 같은데." 나는 조용하게 말했다.

"휴대폰에도 없어?"

나는 위를 쳐다봤다. 사라가 맞았다. 그 애의 휴대 전화에, 목장에 갔던 날의 사진이 한 장 있었다.

"아니, 그러고 보니 갖고 있어." 나는 웃었다.

"봐." 그 애는 팔을 뻗어서 내 코를 꼬집었다. "그것 보라니까."

그러더니 그 애의 얼굴에 뭔가 기억났다는 듯한 표정이 떠올랐다.

"언니, 나 어때 보여?"

"왜?"

"아, 그냥."

나는 고개를 저었다.

"사라, 전에 네가 나한테 해 줬던 이야기랑 관계있니? 어떤 남자가 여기에 온다고 했던 거?"

"아마도."

"프라임 데스티네이션이라는 이름을 들어 봤어?"

"그런 말은 안 했는데."

하지만 그 애는 웃었다.

"사라……."

나는 손에 얼굴을 묻었다.

"정말로 내가 뽑혔으면 좋겠어." 그 애가 속삭였다.

목구멍이 조여 오는 기분이었다.

"그 사람 언제 오니?"

"곧. 아무도 그 사람 얼굴을 본 적이 없다는데, 정말 그래?"

나는 고개를 끄덕였다.

"그러면 어떻게 하는 걸까, 머리에 자루라도 뒤집어쓰는 거야?"

"가면일 거야."

"할로윈에 쓰는 것 같은 거?"

나는 사라의 어깨를 잡았다.

"사라, 여기에서 제일 숨기 좋은 곳이 어디야?"

"보호소에서? 쉬워. 세탁실이야. 비상구를 지나서 지하의 괴상한 모퉁이에 박혀 있거든. 배수로를 파러 밖에 나갈 때 한 번 거기에 숨은 적이 있어."

"내가 전에 프라임에 있어 봐서, 거기가 나쁜 곳이라고, 내가 거기에 대해 알고 있는 걸 이야기해 주면 사라 넌 어떻게 할래? 너는 네 몸을 영원히 잃어버릴 수도 있어."

사라는 내가 자기에게 두통이라도 안겨 준 것처럼 눈을 찡그렸다.

"무슨 얘길 하는 거야?"

"그냥 나를 믿어. 그 사람들이 여자애들을 뽑으러 오면 너는 가서 숨어야 해."

"숨어? 왜? 나한테는 여기에서 나가는 게 제일 큰 희망이란 말이야."

내가 사라에게 어떻게 그들이 내 뇌를 수술했는지에 대해 막 말하려는데 벨이 울렸다. 비티 부인이 마당 입구에 서서 나를 뚫어져라 노려보고 있었다.

"제발. 내가 한 이야기에 대해서 생각해 봐. 나는 가 봐야 해."

"벌써?"

"나는 20분밖에 못 있어. 나는 나쁜 애니까, 기억하지?"

"기다려."

그 애는 주머니에 손을 넣더니 휴지 뭉치를 꺼냈다. 휴지 안에는 뭔가 어두운 색이 보였다.

"이게 뭐야?"

"슈퍼트뤼플 남은 거야. 언니가 줬던 거."

사라는 웃으며 내게 그것을 내밀었다.

며칠이나 지난 일이었다. 슈퍼트뤼플은 말랐고 딱딱했다. 나는 그것이 바닥에 떨어졌던 것을 기억해 냈다. 그 애는 그것을 주워서 아껴두고, 조금씩, 조금씩 즐겨 왔을 것이다. 그리고 이제 사라는 그걸 내게 주려고 했다.

그 애는 내 손바닥에 그것을 쥐어주었다. 나는 잠시 그것을 쳐다봤다.

"받아, 빼지 말고." 사라가 말했다.

"너는……?"

나는 슈퍼트뤼플을 가리켰다.

"아니, 아니, 언니가 다 가져."

나는 이가 상하지 않기를 바라면서, 조심스럽게 말라 버린 슈퍼트뤼플을 한 입 베어 물었다. "바삭해."

그 애는 환하게 웃었다. 그러더니 내 목에 팔을 두르고 나를 끌어안았다.

"여기에서 언니를 보게 되어서 기쁘다고 하면 이기적일까?" 그 애가 말했다. "왜냐하면 내가 그렇거든. 다시는 언니를 못 볼 줄 알

앉는데 이제 여기에 있잖아. 내 친구."

나는 부서지기 쉬운 슈퍼트뤼플 부스러기를 한가득 입에 문 채로 할 수 있는 한 환하게 웃었다.

* * *

사라는 내 하루에 한줄기 빛이었지만, 그 나머지는 고통스러웠다. 나는 차가운 바닥에 누워 타일러가 있을 수 있는 곳이 어딘지, 건강이 더 나빠지진 않았을지 걱정하며 동생에 대해 생각했다. 나는 담요가 없는 것이든 뭐든 이 모든 상황을 견딜 수 있었지만, 타일러는 그렇지 못했다. 여기 같은 보호소 감옥에 갇혀 있는 건 아닐까? 아니면 올드맨과 함께 있을까?

나는 블레이크와 우리가 함께한 시간에 대해 생각했고, 그리고 나를 용서하기 위해 그 애 역시 마음속으로 그런 것들을 찾아가고 있을지에 대해서도 생각했다. 하지만 공주는 그녀의 아름다운 옷들과 마차를 잃었고, 인생의 지하 감옥에 갇혀 있는 자신을 발견했다. 동화는 끝났다. 자신의 할아버지를 죽이려 했던 공주를 구해 주러 나타날 왕자는 없었다.

나는 운동 시간만 기다렸다. 교도관의 전기 충격기가 허리춤에 차고 있는 권총집에 들어 있는 것을 알아챈 뒤부터는 그가 나를 마당으로 데려가려고 올 때면, 나는 어떻게 하면 그것을 훔칠 수 있을까를 상상했다. 하지만 내가 훔쳐낸다 하더라도, 전기 충격기를 가진 더 많은 교도관 무리와 마주하게 될 것이었다. 그리고 문이 있는 비상구까지 가는 긴 통로는 다른 교도관들이 통제하고 있었다. 나의 탈출 가능성은 분명히 구현할 부분조차 없을 정도로 매우 희박했다.

게다가 타일러가 여기에 확실히 없다는 확신이 생길 때까지는, 어쨌든 나는 여기를 떠나고 싶지 않았다.

하루는 마당에서, 사라를 찾기 위해서 얼굴들을 훑어보고 있었다. 여자애들이 나에게 부딪혔고 누군가 뒤에서 나를 세게 때리기까지 했다. 나는 자리를 옮겼다. 전날에 사라를 만났던 구석에 서 있었으니, 곧 그 애가 나타났다.

"내 동생에 대해 뭔가 좀 알아냈어?" 나는 물었다.

그 애는 고개를 저었다.

"미안해. 하지만 아마도 여기에 있을 거야. 그 아이 이름을 바꿨을지도 모르고."

그 생각은 나를 정말로 화나게 했다. 이름을 바꾸다니. 그 애에서 빼앗을 것이 그것 말고 더 있을 수나 있나? 어디에 있는 걸까? 누구와 함께 있는 거지?

"기운 내, 캘리. 보여 줄 게 있어."

그 애는 내 손을 잡고 판자를 붙여 박은 벽에 있는 구멍 쪽으로 이끌었다. 그 애는 보고 있는 사람이 아무도 없는 것을 확인하는 것처럼, 주변을 흘깃거리더니, 웅크리고 앉아서 나도 자기 옆에 주저앉혔다.

"봐." 사라가 속삭였다.

우리는 그 구멍으로 밖을 훔쳐봤고 건물로 둘러싸인 중앙 안뜰의 잔디밭에 서 있는, 검은 벌레처럼 보이는 헬리콥터를 쳐다봤다. 그

헬리콥터 앞에, 바깥으로부터 구내를 구획하는 외벽에 기다란 금속 사다리가 걸쳐져 있었다. 잠시, 아주 기분 좋은 그 잠시 동안, 나는 그것이 탈출을 뜻한다고 상상했다. 그 두꺼운 벽 위에, 벽 꼭대기에 얹혀 있는 철조망 울타리를 고치고 있는 엔더 한 명이 서 있는 것만 제외한다면.

사라는 마당 건너편에서 우리를 바라보는 엔더가 있는 쪽을 쳐다보고는 나를 잡아 일으켰다.

"저게 올드맨의 헬리콥터야." 그 애가 말했다.

올드맨이 여기에 왔다. 심장 박동이 빨라졌다. 내 동생을 데리고 있을까?

"확실해?"

"교도관들이 이야기하는 걸 들었어." 사라가 말했다. "아무도 그 사람 얼굴을 볼 수 없을 거랬어. 그 사람은 이런 식으로 얼굴을 덮는 모자를 쓴대."

사라는 가느다란 손가락을 펼쳐서 머리 둘레로 챙을 만들어 보였다.

그 애는 웃고 있었다. 그 생각이 나를 아프게 했다.

"그 사람과 함께 가려는 거지, 안 그래? 너한테 벗어나라고 말할 수 없겠지?"

"농담하는 거지? 나는 여기에서 나가기 위해서는 뭐든지 할 거야. 게다가 언니도 뽑히게 될 거야. 언니는 틀림없이 충분히 예쁘잖아."

사라는 내 뺨을 어루만졌다.

"사라, 누가 널 때리면, 그러니까 네 턱이라든가, 아니면 코를 때리면 위험할까? 네 심장 상태를 말하는 거야."

그 애는 눈을 찡그렸다.

"아니." 사라의 눈이 내 얼굴을 살폈다. "왜 그런 걸 물어?"

나는 심호흡을 했다. "나는 정말로 널 좋아해. 제발 그것만 기억해 줘. 내가 무슨 짓을 하든, 널 보호하려는 거니까 이해해 줘."

그 애는 진지하게 내게 귀를 기울였다. 그 애의 순수함이 내가 해야 할 일이 무엇인지 더 확고하게 만들어 주었다. 나는 팔을 들어올리고, 단단하게 주먹을 쥐고, 그 애의 얼굴에 정면으로 힘껏 주먹을 날렸다.

"아야!" 사라가 소리 지르며 뒤로 쓰러졌다. "왜 그래?"

사라는 일어나서 손으로 코를 막았다. 그 아래로 피가 뚝뚝 흘러나왔다.

"정말 미안해." 나는 조그맣게 중얼거렸다.

그리고 나는 확실히 하기 위해서 다시 때렸다.

이번에는 사라가 쓰러지지 않았다. 그 애의 볼 아래로 눈물이 흘러내렸다. 그 애가 매우 아파 보인 데다 심하게 배신감을 느낀 것 같아서, 통증은 내 뼛속까지 파고들었다. 우리 주변의 여자애들이 하던 일을 멈추고 쳐다봤다. 그 애들은 무슨 일이냐고 물었다.

"내가 얘를 때렸어."

나는 울부짖지 않을 수 있는 한 크게 말했다.

누군가 싸움을 걸었다. 손에 흉터가 있는 그 불량배 소녀가 모여 선 무리를 밀면서 다가왔다. 나는 그 애에게 얼굴을 돌리고 다가올 것에 대비했다.

자 어서, 빨리 해. 나는 생각했다.

나는 그 애를 막으려는 시도를 하지 않았다. 그 애는 주머니에 손을 넣더니 주먹을 쥐고 꺼냈다. 그 애의 손 안에 있는 무엇인가가 햇빛에 반짝였다. 그 애는 내 오른쪽 뺨을 세게 때렸다.

쓰라렸다. 나는 뒤로 비틀거렸지만, 스스로 균형을 잡았다. 나는 누가 내 뒤에서 다가오지 않는지를 확인하기 위해(누군가가 내 머리 뒤쪽을 치는 것은 원치 않았다.) 재빨리 둘러보고, 더 뒤로 갔다. 그 애의 얼굴에 의혹이 드리워졌지만, 그 애는 다시 나를 쳤다. 이번에는 턱이었고, 내 이빨 하나가 부러져 입에서 튀어 나왔다.

고통이 눈구멍 뒤까지 전해져 왔다.

그 애의 손가락 둘레에 금속 링이 감겨 있는 걸 그때서야 알아챘다. 좋아, 저거라면 심각한 부상을 입힐 수 있을 거야. 여자애들이 교도관이 오고 있다고 경고를 외쳤다. 불량배 소녀는 금속 도구를 다시 자신의 주머니로 슬쩍 집어넣었다.

사라는 몇 발자국 떨어진 곳에서 얼굴에 피를 흘리며 울면서 서 있었다. 나는 그녀의 눈이 벌써 부어오른 것을 보면서 기뻐했다. 내 얼굴은 철제 주물 냄비로 얻어맞은 것처럼 쓰라렸다. 그 불량배는 다시 내게 와서 내 머리카락을 잡고 나를 땅바닥으로 질질 끌고 갔다. 교도관들이 오는 길에 서 있는 아이들에게 진압봉을 휘두르면서 달려왔다. 그들은 불량배를 등 뒤에서 때렸고 그 애를 내게서 홱 잡아당겼다. 다른 교도관은 내 배를 때렸다.

숨을 쉴 수가 없었다. 그 한 방에 나는 무릎을 꿇었다.

금속 맛이 입안을 채웠다.

비티 부인이 군중을 밀치며 다가왔다. 그녀의 얼굴이 더 이상 못생겨질 수 없다고 생각했었는데, 피를 보자, 그녀의 얼굴은 완전히 찡그려졌고 온갖 주름이 생겼다.

"애들아. 지금만은 이러면 안 된다." 그녀가 말했다. "손님이 오셨을 때만은."

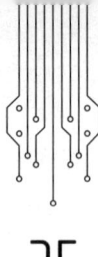

25

 교도관 한 명이 사라와 나와 함께 의무실로 갔다. 내가 탈출하길 바랐다면, 지금은 교도관 한 명에 두 소녀라는, 정말 좋은 기회였지만, 지금 상황에서는 분명 사라가 나를 도와 뭔가 할 분위기가 아니었다.

 그 애는 얼굴에 차가운 헝겊 조각을 대고 있었다. 그 애는 울고 있었다.

 "언니가 나를 좋아하는 줄 알았는데. 내가 뭘 잘못했어?"

 교도관 앞에서는 아무 말도 할 수 없었다. 의사가 나를 다시 보게 되었을 때, 그는 어떤 감정도 보이지 않고, 그저 알아봤다는 눈치만 잠깐 보일 뿐이었다.

 의사는 스테인리스 스틸 테이블을 가리켰고, 교도관이 그곳에 사라를 앉혔다. 나는 가까운 곳에 앉았다. 교도관이 상황을 설명했고,

더 이상의 소란이 없도록 확인하기 위해 자신이 머무는 것이 어떨지 물었다.

"그럴 필요는 없을 것 같습니다." 의사가 말했다.

교도관은 비티 부인이 자신이 머물길 원한다고 주장했지만 의사는 그게 별 문제도 아닌 것처럼, 대수롭지 않게 여겼다. 하지만 나는 그게 중요한 문제라는 인상을 받았다.

"그럼 상처를 좀 보여 주렴." 의사가 사라에게 말했다.

"언니가 저를 때렸어요. 세게요."

"나도 알겠구나. 게다가 저 애가 너보다 더 크구나." 그는 엄지와 검지로 사라의 코를 조심스럽게 만졌다.

"고쳐 주실 수 있어요?" 사라가 물었다.

"최선을 다 하마." 의사는 내 쪽으로 와서, 내 얼굴을 돌렸다. "입에 난 상처는 꿰매야겠구나. 턱을 심하게 맞았네. 하지만 뒤통수는 괜찮아."

나는 웃지 않으려고 애썼다. 정확히 내가 듣고 싶은 말이었다.

"의사 선생님." 사라가 말했다. "저를 먼저 고쳐 주시겠어요? 그분이 여기 오셨거든요, 그래서 저는 예뻐야 해요."

사라는 내게 100퍼센트 미움이 가득한 표정을 지었다.

* * *

의사는 의무실에 있는 한정된 자원으로 많은 일을 해야만 했다. 한 시간 후, 나는 봉합을 했고 사라의 코에는 반창고가 붙었다. 우리는 둘 다 통증 억제제를 뿌렸다. 사라는 프라임에서 온 그 사람을 만나러 나가야 한다며 투덜거리면서 어찌할 바를 몰랐다. 거울이 하나도 없어서, 그녀는 자신의 멍들고 피가 난 코에다가, 눈 아래로 부어오른 피부가 반짝이는 자주색과 김징색의 무지개로 장식된 것을 깨닫지 못했다.

나는 올드맨이 왔다가 갔길 바랐다. 비티가 의무실에 들어왔고, 그녀의 표정은 우리 둘의 몰골이 얼마나 엉망인지를 충분히 반영하고 있었다.

"너희들 얼굴 좀 봐라. 얼마나 남부끄러운 상태인지." 비티가 말했다.

의사가 사라의 얼굴을 면솜으로 닦아 줬다.

"지금 당장은 이걸로 신경 쓰지 말자." 비티가 말했다. "저 애부터 끝내 줘요."

그녀가 나를 가리켰다.

의사는 비티에게 돌아서며 얼떨떨한 표정을 지었다.

"저 애를 체육관에 데려가야 합니다."

"저는요?" 사라가 물었다. "저도 가고 싶어요."

의사가 나를 돌보기 위해 몸을 돌리자 비티가 사라의 한쪽 어깨를 잡았다.

"내 말대로 해야 할 거야."

사라는 비티의 손아귀에서 벗어나려고 들썩거리더니 테이블 아래로 뛰어내렸다.

"당신 마음대로 할 수 없어요."

비티는 사라의 팔을 꽉 움켜쥐고는 의자로 밀어 앉혔다.

"이제, 내가 할 수 있단 걸 알겠지, 사라."

* * *

비티는 커다란 체육관으로 나를 이끌고 갔다. 한 엔더가 숫자가 적혀 있는 종잇조각을 내 가슴에 붙여 줬다. 소녀들이 한 편에서 벽을 등지고 가운데를 향해서 열을 지어 서 있었다. 소년들은 맞은편에 있었다. 모두들 번호를 붙이고 있었다. 나는 그 안으로 걸어 들어가는 동안에 그들의 얼굴을 훑어봤다. 타일러를 찾아볼 기회였다. 아이들은 겁먹은 눈으로 나를 쳐다봤다. 나는 앞줄의 끝에 섰다.

타일러를 보지는 못했지만, 내가 서 있는 줄의 시야에서는 가려진 아이들이 많았다. 올드맨은 남자애들이 서 있는 맨 끝 줄을 따라 걸어왔고, 손은 뒷짐을 지고 있었다. 터질 것 같은 긴장감이 감돌았다. 처음에 나는 그 긴장감이 자신들이 구원받으리라 생각하는 아이들의 흥분에서 나온 것이리라 생각했다. 하지만 내가 틀렸다. 그 긴장감은 올드맨 그 자신의 존재에서 유래한 것이었다. 그저 그가 그 효과를 내고 있을 뿐이었다.

그는 여전히 코트를 입고 모자를 쓰고 있었다. 내가 볼 수 있었던 것은 그의 등뿐이었다. 어떻게 저렇게 보일 수 있을까 하고 궁금해졌다. 바로 그때, 그가 돌아서서 여자애들 쪽으로 왔고, 그의 얼굴이 시야에 들어왔다.

물론, 그의 조작된 얼굴이었다. 올드맨은 자신의 얼굴을 본떠서 만든, 특수한 금속성 직물 같은 소재로 된 가면을 쓰고 있었다. 그 가면은 그의 정체를 감춰 줄 뿐 아니라, 스크린이나 모니터 같은 기능도 겸하고 있었고, 다른 얼굴 이미지들이 그 위로 재현되고 있었다. 한순간, 그의 얼굴은 새로운 세기가 시작되던 때의 유명한 스타처럼 보였다가, 곧 몇 세기 전의 시인이나, 그냥 알려지지 않은 남자의 얼굴로 변했다. 그것이 삼차원 영상이었기 때문에, 납작한 변장용 가면처럼 유치하진 않았지만, 진짜 얼굴로 통할 수 있을 만큼 그렇게 매끄럽지도 않아, 그 효과는 기괴했다. 인위적이지만 매력적인 것의 사이에 있는 그 무엇처럼 보였다. 게다가 끊임없이 바뀌고 움직이는 것으로 인해, 유기적이고 거의 오싹한 결과물을 낳았다. 자신의 개인 방송을 위해 그가 이용하던 얼굴 가리기용 기술 같은 것이었지만, 이제는 생명력을 얻은 듯했다.

나는 보통 사람들이 교통사고에서 눈을 돌리지 못하고 쳐다보고 마는, 그런 불편한 방식으로, 올드맨을 넋을 잃고 쳐다봤다.

그는 대부분의 아이들은 생각해 볼 것도 없이 탈락시키면서, 몇몇 아이들을 주의 깊게 검사했다. 전자 노트패드를 든 여성 엔더 한 명이 올드맨이 흥미를 보인 아이들의 번호를 적으면서 그의 뒤를 따라다녔다. 내가 서 있던 소녀들의 줄에 그가 오자마자, 그가 아이들에게 그들의 재능에 대해 질문하는 것이 들렸다. 그 조수는 그것을 기록했다.

그가 다가오자, 그 얼굴 변환기의 최면 효과가 더욱 강렬해졌다. 그는 내 옆의 소녀에게 말을 걸고 있었지만, 나는 그의 말에 집중할 수가 없었다. 그의 목소리는 개인 방송에서 들었던 전자 음성이었다. 나는 그의 목에 둘러진 양모 스카프 아래에 이런 금속성 목소리를 만들어내는 장치가 있다는 것을 알아챘다.

이제 내 차례였다. 그는 나를 응시했다. 그는 정말로 프라임에서 나를 본 적이 있을까? 아니다. 그저 내 반사된 이미지만 봤을 거였다. 그리고 지금, 멍들고, 부어오른 얼굴의 나는 나 자신조차도 알아보기 어려웠다.

나는 그의 얼굴 변환기가 표정도 변화시킬 수 있다는 것을 알게 됐다. 당혹스러운 듯 보이는 유명한 축구 선수의 얼굴이 가면을 지배했다.

"205번, 무슨 일이 있었니?" 올드맨이 물었다.

나는 내 발끝을 내려다봤다. "싸웠습니다."

"너랑 싸운 상대방은 어떠니?"

"긁힌 자국 하나 없어요. 제가 싸움을 못하나 보죠."

그는 오래된 무성 영화의 배우의 얼굴로 바꾸더니 능글맞게 웃었다.

"의심스러운걸."

그는 다음 줄의 소녀에게로 갔다. 나는 한숨을 내쉬었다. 그는 늘 그렇듯 새로운 아이들을 찾기 위해서, 이 보호소에 왔던 거였다. 그는 나를 찾으러 여기에 온 것이 아니었다.

올드맨이 마지막 아이들까지 검사를 마치고 나자, 조수와 함께 체육관을 떠났다. 우리는 계속 우리 자리를 지키고 있으라는 말을 들었다. 조수가 돌아와서 보호소의 교장에게 속닥거렸다. 그는 조수에게 고개를 끄덕였고, 그녀는 목록을 보고 번호를 불렀다.

누군가의 번호가 호명되면, 그 애들은 자신들이 대회에서 입상이라도 한 것처럼 기뻐서 탄성을 질렀다. 몇 명은 울음을 터뜨렸고, 대부분 기쁨을 주체하지 못하는 것 같았다. 나는 타일러가 아니라는 것을 확인하기 위해 각각의 '우승자'들을 보려고 목을 길게 뺐다. 하지만 어린 아이들은 하나도 뽑히지 않았다. 마침내, 마지막 번호가 호명되었지만, 대답이 없었다. 내 옆의 애가 나를 팔꿈치로 찌르기 전까지 사람들은 205번을 찾아 두리번거렸다.

그건 내 번호였다.

나는 가슴에 붙은 205번을 내려다봤다. 나의 크고, 뼈아픈 계획은 이것으로 끝났다. 나는 얼굴을 훼손하려고 스스로 상처를 입히는 일까지 했지만, 그런데도, 모종의 이유로, 나는 바디 뱅크에 선발됐다.

교장은 선택받지 못한 모든 사람들은 각자의 기숙사 방으로 해산하라고 알렸다. 우승자들은 그들의 얼마 안 되는 소지품이 들어 있는 나무 상자가 옮겨져 오길 기다리고 있었다. 나는 그대로 서서 다른 사람들이 교도관들과 교장을 따라서 차례차례 줄에서 빠져나가는 것을 보고 있었다. 나는 타일러를 찾으면서 스타터들이 떠나는 동안 그들의 얼굴을 훑어봤지만, 그 애는 여기에 없었다.

모두 자리를 뜨고 나자, 선택받은 아이들(소년들 열 명과 소녀들 열일곱 명)은 휑뎅그렁한 체육관에 흩어진 채로 동상처럼 서 있었다. 한 교도관이 문가에 배치되어 남아 있었다.

우리는 서로를 평가하며, 주변을 힐긋거렸다. 나와 같은 줄에 서 있던 여자아이는 금발 덕분에, 저 건너편에 있는 남자아이는 근육 때문에 선택받은 모양이었다. 그 애들은 자신들이 이 보호소에서 가장 매력적이거나 능력이 있다고 여겨졌다는 자랑스러움에서, 활짝 웃고 있었다. 줄에 서 있던 한 남자아이가 나와 눈이 마주치자, 어리둥절함이 그 애의 얼굴을 물들였다. 왜 내가, 멍든 눈에 턱에 실밥이 있는 여자아이가, 뽑혔을까? 그러더니 그 애는 약간 이해했다는 듯 고개를 끄덕이고는 눈길을 돌렸다. 아마도 내 싸움에 대한 소문이 퍼져서 나의 공격성 때문에 선택되었다고 생각한 것 같았다.

아마 그럴지도 모르겠다.

나는 그 아이들에게 할 수 있는 한 빨리 도망치라고, 옷장 안이든, 침대 밑이든, 어디로든 숨으라고 외치고 싶었다. 그 애들은 진정 이것이 의미하는 바, 그 애들이 자신들의 생의 끝에 가까워졌다는 것을 전혀 이해하지 못했다. 그 애들은 절대로 성인 시절을 겪지 못하리라는 의미.

그러고 보니 나는 깨달았다. 왜 나는 나 자신의 충고를 받아들이지 않았을까? 나는 무엇 때문에 여기에 서서, 몸을 빼앗기길 그저 기다리고만 있는 거지?

나는 돌아서서 화재 비상구가 있는 체육관의 뒤쪽으로 걸어갔다. 정문에 있던 교도관이 자세를 바로 하더니 소리쳤다.

"거기. 미성년자. 멈춰!"

"저는 그냥 화장실에 가는 거예요." 나는 어깨 너머로 소리쳤다.

그가 체육관 바닥을 터벅터벅 걸어오는 소리가 들렸다.

"그 문은 사용하면 안 돼." 그가 외쳤다.

"급하다고요."

나는 그가 걸어오는 속도에 맞추면서, 비상구를 향해 달렸다.

"멈추지 않으면 쏘겠다." 그의 발소리가 딱 그쳤다.

나는 그가 전기 충격기를 조준하고 있는 중이란 것을 알았다. 나는 멈췄지만, 돌아서지는 않았다.

"소중한 상품을 상히게 히려고요?" 나는 팔을 내밀었다. "아마 큰 문제가 생길걸요."

나는 바닥을 힘차게 박차고 문을 향해 질주해서, 문이 벽에 부딪혀 쾅 소리가 나도록 세게 밀치고 나갔다. 텅 빈 복도를 따라 달리면서, 그가 통신 기기에 대고 자신의 자리를 뜰 수 없으니 지원을 부탁한다고 외치는 소리를 들었다.

복도 끝에 다다라서, 비상계단으로 연결되는 문을 밀어서 열었다. 계단 아래로 향하자, 2층에서 발자국 소리가 들렸다. 아무래도 교도관을 돕기 위해 오고 있는 지원 병력인 것 같았다. 계단을 다 내려왔더니, 지하였다.

콘크리트 벽돌 벽을 따라 파이프들이 드러나 있었다. 아무 것도 씌워져 있지 않은 전구 한 개가 달랑 복도 끝에 켜져 있었고, 나는 거기로 뛰어갔다. 거기에 다다라서 모퉁이를 돌자 모두 어두운 통로에 잘 어울리는, 세 개의 갈림길이 나타났다. 나는 바깥벽과 가장 가까운 길을 택했고 끝까지 달려갔다. 오른쪽을 보자, 사라가 얘기했던 비상구가 있었다. 나는 그곳이 맞기를 그리고 경보가 울리지 않는 곳이길 바랐다.

나는 문을 밀어 열고 걸어 들어갔다. 경보는 울리지 않았다. 복도가 계속 이어져 있었다. 그 끝에는 창문이 달린 문이 있었다. 오래 전에 인쇄된 문자들이 남아 있었는데 "ㅅ"이라는 글자를 알아볼 수 있었다.

나는 문의 작은 창문을 통해 안을 엿봤다. 이곳이 세탁실이었고, 비어 있는 것처럼 보였다. 나는 안으로 슬며시 들어갔다.

그 방은 여러 공정 단계에 있는 유니폼으로 가득 차 있었다. 왼쪽에는 더러운 세탁물 더미가 담긴 바퀴 달린 통들이 있었다. 오른쪽에는, 깨끗한 세탁물과 함께 대기하고 있는 통이 있었다. 접이식 탁자에 옷 무더기들이 놓여 있었고, 높은 천장에 매달린 도르래 장치에 셔츠들이 매달려 있었다.

세탁기가 있는 방은 왼쪽에 있었고, 소음을 줄이기 위해 문이 닫혀 있었다. 나는 깨끗한 세탁물이 들어 있는 통으로 넘쳐나는 오른쪽 방으로 향했다. 하지만 내가 안쪽으로 들어서기 전에, 누군가 기침하는 소리가 들렸다.

나는 왼쪽으로 몸을 돌렸고, 내 쪽으로 등을 돌리고 탁자 위로 세탁물을 들어 올리고 있는 한 여자애를 보았다. 그 애의 장대한 기골을 보니, 나는 왜 아무도 그 앨 바디 뱅크 선발 대회에 불러서 귀찮게 하지 않았는지 알 것 같았다.

"네가 교대할 사람이니?" 그 애가 소리쳤다.

"그래." 나는 고개를 숙인 채로 대답했다.

"교대할 시간이야." 그 애는 소매로 이마를 훔치며 자리를 떴다.

나는 문에 있는 창문으로 옆방을 엿봤는데, 어둠밖에 보이지 않았다. 나는 뒤로 문을 닫으며, 안쪽으로 살며시 들어갔다. 숨어들 통을 고를 동안만 불을 잠시 켰다 껐다. 문에서 제일 멀리 떨어진 통까지 더듬어 가서 깨끗한 세탁물 틈으로 나를 묻으면서 안쪽으로 들어갔다. 계획 같은 건 없었다. 그저 올드맨이 일정을 끝내고 떠날 때 정도까지만 오래 숨어 있을 수 있기만을 바랐다.

나는 태아와 같은 자세로 몸을 웅크렸다. 내 심장이 이렇게 거세게 뛰지만 않았다면, 잠들 수도 있을 것 같았다. 계속 기다리고 있을 아이들의 모습을 그려 보려고 애썼다. 교도관들이 수용소를 수색할 동안 그 애들은 먼저 수송 과정에 들어갔을까? 여기 같은 다용도실까지 찾아보기 전까지 얼마나 오래 걸릴까?

문이 열리는 소리를 듣기까지 긴 시간이 흐르지 않았다. 누군가 세탁실에 들어오고 있었다. 발소리. 아마도 교대 근무자인 것 같았다. 그 애가 내가 있는 방의 문을 여는 소리를 들었다. 그 애는 불을 켰다. 나는 내가 숨어 있던 캔버스 재질의 세탁물 통을 통해서, 그녀의 실루엣을 볼 수 있었다.

나는 숨을 참았다. 그 애가 가까이, 더 가까이 걸어왔다. 그 애는 바로 내가 있는 통 앞까지 왔다. 그러더니 멈췄다.

그 애의 손이 세탁물 틈새로 내게 뻗쳐 왔고, 내 팔을 잡아서, 위로 끌어올렸다.

자그마한 손.

나는 그 손과 싸울 수도 있었지만, 세탁물들을 떨어뜨리면서 일어섰다.

나는 이 아이를 알고 있었다.

"사라." 나는 작게 말했다.

사라는 내 팔을 잡은 채로, 내 얼굴 가까이로 얼굴을 들이댔다. 그 애의 왼쪽 뺨이 잔뜩 부어서 왼쪽 눈이 밀려 감겨 있었기 때문에, 그 애의 표정을 읽어 내기가 어려웠다.

하지만 나에게는 그 애가 크게 보였다.

"캘리 언니." 사라가 비뚤어진 반쪽 웃음을 지었다. "숨을 만한 곳. 나는 언니가 몸을 말고 거기에 있을 줄 알았어."

"쉬이." 나는 말했다.

"나한테 조용히 하라고 하지 마." 그 애는 나를 더 세게 잡았다. "나는 언니가 내 친구라고 생각했어."

"나는 네 친구야."

"거짓말쟁이. 내 인생에서 제일 큰 기회를 망쳤잖아. 절대 용서 못 할 거야."

"제발, 사라." 나는 강조하기 위해 손바닥을 펼치며 말했다. "누가 들을라."

"사람들이 내 소리를 들을 거야. 내가 언니를 고발할 테니까." 사라의 꽥꽥거리는 목소리가 반항적으로 변했다.

나는 그 애에게서 쉽게 빠져나갈 수 있었다. 내가 더 나이가 많고, 컸으며, 더 강했다. 하지만 나는 사라가 소리를 지르기 시작할까 봐 두려웠다.

"언니가 뽑혔다는 이야기 들었어, 캘리 언니. 구내방송으로 공지했거든. 누구든지 언니를 찾아내면 상을 준대어." 그 애의 한쪽 눈이 동그래졌다. "어쩌면 프라임 데스티네이션에서 언니 자리까지 나한테 줄지도 몰라."

"넌 너무 어려. 열다섯 살 이하로는 아무도 선택받지 못했어."

사라는 무서운 얼굴로 노려봤다. "거짓말이야."

"너도 뽑힌 사람들 이름을 들었잖아. 그 애들 중에 어린 사람이 있었어?"

"아니." 사라의 아랫입술이 떨리기 시작했다.

"제발, 사라, 나를 고발하지 말아 줘. 나도 네가 화났다는 거 알아, 하지만 나는 너를 위해 한 일이었어. 그들이 너를 데려가고 싶지 않도록 하려고 때린 거야."

"그런데 언니는 왜 뽑혔어? 언니 얼굴 좀 봐."

그 애는 썩은 달걀 냄새라도 맡은 것 같은 표정을 지었다.

"모르겠어, 어쩌면 내가 이미 그들의 기증자들 중 하나였던 걸 알았기 때문이 아닐까? 그건 중요하지 않아, 진짜 문제는 내가 만약 돌아간다면, 그들이 나의 렌터를 죽인 것처럼 나도 죽일 거란 점이야. 그리고 그땐 내 동생에게도 기회가 없겠지."

"뭐라고?" 혼란이 사라의 얼굴을 뒤틀리게 했다.

그 애는 가까스로 자신이 내 자리를 대신해서 선택받지 않을 것이고, 더불어 자신이 나를 고발하게 된다면 나를 죽이는 지름길이 될 거란 사실을 이야기하는 중임을 이해했다.

"언니가 하는 이야기가 뭔지 확실히는 모르겠지만, 언니가 아무것도 두려워하지 않는다는 건 알아." 사라가 말했다. "그런데 프라임은 무서워?"

"그들이 사람들을 죽이고 있다는 걸 알아냈기 때문이야. 스타터들을. 설명하기는 어렵지만, 그들이 네 몸에서 네 뇌를 분리해서 네 뇌를 영원히 정지시키는 거랑 같아."

사라는 내 말을 이해하려고 애쓰기라도 하는 것처럼, 가만히 있었다. 나는 그동안 숨을 멈춘 채로, 문을 쳐다보면서 문까지의 거리를 생각하고 세탁물 통에서 뛰쳐나가는 데 얼마나 걸릴지 그리고 사라의 비명이 얼마나 빨리 다른 사람들을 달려오게 할지를 내가 계산하고 있다는 것을 깨달았다.

"음, 좋지 않은걸." 그 애가 말했다.

사라는 천천히 내 팔을 놔줬다. 나는 숨을 내쉬었다.

* * *

사라는 내가 죄수복을 갈아입고 변장하는 것을 도왔다. 그 애는 미성년자들 외에는 시설 주변의 유일한 노동자는 수석 정원사들이라고 설명했다. 이 엔더들은 입구 주변과 행정 건물과 같이 방문자들에게 보이는 곳의 조경을 담당하고 있었다. 특히 먼 거리에서도, 그들 자신을 미성년자들과 구분하기 위해서 검은 셔츠와 바지를 입고, 태양 광선으로부터 보호하기 위해서 챙이 넓은 모자를 썼다. 사라가 세탁실에서 꺼내 와서 함께 입혀 준 복장이 그것이었다. 그 애는 깨끗한 것으로 찾아오려고 애쓰기까지 했다.

우리는 내 머리를 뒤로 묶어서 한 가닥도 모자 밖으로 보이지 않도록 했다.

"아무래도 주름을 좀 그리는 것이 좋을 것 같아." 사라가 내 차림을 검토하면서 말했다.

"내 생각에는 그냥 이대로 여기를 나가도 될 것 같은데."

"신발 없이는 갈 수 없지." 그 애가 내 맨발을 지적했다.

교도소에서 배급받은 나의 회색 테니스화는 결정적인 증거였다. 사라가 세탁된 검정색 직물로 된 슬리퍼 한 쌍을 찾는 동안 나는 내 신발을 옷더미 밑으로 차 넣었다.

그 애는 한 쌍의 슬리퍼를 들고 돌아왔다.

"짝이 맞는 게 이것뿐이야."

나는 한 짝을 신고, 다른 한 짝도 신었다. 두 사이즈나 컸다.

"완벽해." 나는 말했다. "가자."

* * *

나는 고무줄을 몇 개 찾아내서 슬리퍼를 고정하는데 사용했다. 우리는 함께 나를 시설 밖으로 탈출시킬 계획에 착수했다. 올드맨이 잃어버린 소녀를 찾기 위해 시설을 샅샅이 뒤질 것이 제일 걱정됐기 때문에, 은신은 선택 사항이 아니었다. 그는 어떤 아이라도 그의 명령에 복종하지 않을 수 없다는 것을 보여서, 자신의 명성을 지켜야 했기에 나를 쫓을 것이었다.

사라는 작년에 수송 트럭의 아래쪽에 매달려서 탈출한 한 스타터가 있다는 이야기를 들었다고 했다. 그것 때문에, 경비들에게는 트럭들이 문을 통과해서 빠져나가기 전에 빠르게 확인하는 것이 기준이 되었다고. 하지만 그들은 중요한 손님들의 차량은 절대 검색하지 않는다고도 했다. 우리는 헬리콥터를 타고 온 올드맨은, 시설에서도 어떤 일상적인 지체로라도 그를 모욕하는 위험을 감수할 수 없을 만큼 매우 힘이 있다고 생각했다. 시설과 그의 공조는 거액의 돈이 오갔음을 암시했다.

그래도 여전히 위험했다.

"그 스타터가 도망친 건 확실해?" 나는 물었다. "다치지도 않고?"

"거기까지는 모르겠어." 사라가 말했다. "나는 그냥 누가 나갔다는 이야기만 들었어."

"아무도 그 애 소식을 다시 듣지 못했기 때문에, 확실하게는 모르는 거구나."

"들어 봐, 다른 방법이 있는데, 저기 뚱뚱한 정문 경비 말이야. 모두들 그를 박스라고 불러. 그 사람은 어떤 트럭이라도 아래를 보려고 몸을 구부릴 수 없어."

"그래서?"

"그 사람이 오늘 근무 중이야." 사라가 말했다.

그 점이 나를 납득시켰다. 경비들이 중요한 프라임의 수송 차량을 지체시킬 수 없을 뿐만 아니라, 유연성이 결여된 박스가 근무한다는 이점까지 있었다.

나는 힘이 세고 가벼웠다. 나는 차가 문을 통과할 동안만 매달려 있으면 되는 거였다. 그러고 나면 나는 내 갈 길로 갈 수 있고 수송 차량은 내가 배에 붙은 거머리처럼 매달려 있다는 것을 전혀 모르고 가 버릴 것이다. 그것이 우리의 계획이었다. 내가 이곳을 처음 방문했을 때 그냥 당당하게 걸어 나갔던 때보다 훨씬 어려운 계획이 되겠지만, 이것이 기회였다. 그리고 일단 프라임의 수송 차량이 떠나고 나면, 경비들이 그들의 일상적인 트럭 확인 작업을 재개할 것이기 때문에, 나는 그 계획을 실행하려 했다.

나는 정원사 변장을 하고, 사라는 나의 미성년자 견습생인 것처럼 꾸며서, 우리는 낮의 햇빛 아래로 걸어 나왔다. 사라 역시 멍든 얼굴을 가리기 위해 모자를 썼고, 쓰레기 봉지와 원예용 도구가 담긴 양동이를 들고 나왔다. 행정 건물 쪽으로 이어진 보도를 따라 걸어가면서, 사실은 미친 사람처럼 뛰어가고 싶었음에도, 더욱 엔더처럼 보이기 위해서 나는 살짝 허리를 구부리고 느릿한 걸음걸이로 걸었다. 내가 큰 사이즈의 슬리퍼를 신어서는 아니고.

우리는 우리 쪽으로 오고 있는 스타터 두 명을 봤다. 사라는 내게 수신호를 보냈다. 우리는 그들이 지나쳐갈 때까지 둘 다 고개를 숙여서 모자로 얼굴을 가렸다.

우리가 행정 건물 앞의 중앙 안뜰에 도착했을 때, 올드맨의 검은 헬리콥터가 잔디밭 저쪽에 있는 것이 보였다. 조종사가 헬기 밖에 서서 다리를 쭉쭉 펴고 있었지만, 안에는 아무도 없었다. 선택된 아이들을 옮길 수송 차량은 우리와 더 가까운 곳에, 행정 건물과 경계 태세에 있는 자유를 향한 문 사이의 짧은 도로 한가운데에 주차되어 있었다.

"저게 언니가 탈 차야." 사라가 속삭였다.

"너도 탈 수 있을 거야." 나는 그 애를 쳐다봤다.

그 애는 고개를 저었다.

"언니는 동생을 찾아야 하잖아. 나는 시간이 많이 있어."

"그냥 내가 실험용 쥐가 되길 원하는 거지?"

내 말에 사라가 웃었다. "보고 싶을 거야."

나도 그 애가 그리울 터였다. "우리는 다시 만나게 될 거야. 어딘가 더 좋은 곳에서."

나는 그것을 믿지 않았지만, 그 애의 마음을 편하게 해 줄 것이라는 것은 알았다.

"물론 그래야지. 우리는 친구잖아."

사라는 진심 어린 작은 얼굴로 내게 환히 웃었다. 그 애가 막 내게 작별 포옹을(전혀 안전한 일은 아니었지만) 해 주려던 찰나에, 건물 쪽에서 움직임이 보였다.

한 교도관이 소년 열 명과 소녀 열일곱 명을 수송 차량으로 이끌고 있었다.

"벌써 타고 있어." 사라가 말했다. "우리가 너무 늦었나 봐."

우리는 다른 사람들이 도착하기 전에 차 밑에 매달리려고 계획했던 터였다.

"내 팔을 잡아. 나를 저 사이로 이끌어 줘."

문을 지키는 경비의 시야에서 벗어나기 위해서 수송 차량의 다른 편으로 가려면 아이들의 줄을 지나가야만 했다. 그 사이 누군가 우리의 멍들고 망가진 얼굴을 알아챈다면, 우리의 위장은 헛것이 되고 말 것이었다.

우리는 계속 고개를 숙였다.

줄에 서 있던 아이들은 선택받았다는 것, 수송 차량에 올라타고 있다는 것, 그리고 이 보호소를 영원히 떠난다는 생각에 매우 흥분해 있어서, 우리가 지나가는 것조차 보지 못했다.

우리는 문지기에게서 숨을 수 있는 차량의 오른쪽까지 왔다. 잔디밭 건너에 있는 헬기의 조종사는 우리 쪽을 등지고 있었다. 나는 땅

바닥에 누워서 수송 차량 밑으로 기어 들어갔다. 사라가 몸을 숙여서 내 모자를 주웠다.

"행운을 빌게." 그 애가 조그맣게 말했다.

나는 고맙다고 입모양으로만 말했다. 나는 자갈밭을 기어서 차량 바닥의 한가운데로 곧바로 위치를 옮겼다. 발을 걸칠 수 있을 만한 봉을 찾아냈다. 하지만 내가 움직이기 전에, 사라가 무릎을 꿇었다.

"캘리 언니." 그 애가 겁에 질린 얼굴로 속삭였다. "그 사람이, 저기에 없어."

"누구?"

"경비원, 박스."

가슴이 덜컥 내려앉았다. 우리는 그가 있을 거라 믿고 있었는데.

"돌아와." 그 애가 내 손을 잡아끌었다.

나는 사라에게 가라는 손짓을 했다. 그 애는 얼굴을 찌푸렸다. 나는 차 밑바닥에서 그 애가 떠나는 모습을 올려다봤다.

나는 봉 밑으로 가서 일단 시험해 봤다. 뜨겁고 기름투성이에 미끄러웠다. 나는 정원 작업용 장갑을 주머니에서 꺼내서 손에 꼈다. 봉을 한 번에 하나씩 잡고, 양손을 맞잡을 수 있을 때까지 팔을 밀어 넣었다. 봉의 열기가 셔츠를 통해 전해져 왔다. 나는 수송 차량의 바닥 쪽으로 얼굴을 향하고 매달렸다.

주위를 둘러보니 10미터쯤 멀어져 가는 사라의 발이 보였다. 다른 쪽으로는, 발을 끄는 소리가 점차 줄어들고 있었다. 아이들이 거의 모두 탑승한 것 같았다.

"기다려!" 나는 비티의 목소리와 자갈밭을 걷는 그녀의 육중한 걸음 소리를 알아챘다. "아직 여자애 하나를 못 찾았잖아."

나는 숨을 참았다. 남자는 일정대로 해야 한다고 고집했다. 마지막 아이가 차에 올라탔다.

그러자 시동이 걸렸다. 진동 때문에 매달려 있기가 더 힘들어졌다. 열기가 아래로 발산되자, 얼굴에 땀이 흘렀다. 내가 튼튼하다고 생각했었는데, 이건 생각했던 것보다 더 힘들었다.

차가 굴러가기 시작했다. 엔진의 소음, 기어 변속하는 소리, 바퀴가 돌아가는 소리는 이렇게 느린 속도에서조차 고기 분쇄기에 머리를 집어넣고 있는 것 같았다. 이는 덜걱거리고, 뼛속까지 흔들렸다. 나는 아까 꿰맨 실밥이 터졌을 거라고 확신했다.

정문 밖까지 버티지 못할까 봐 걱정이 됐다. 우리가 무슨 생각을 했던 걸까? 이런 미친 계획은 누구의 발상이었나? 게다가 이제는, 박스마저 제자리에 없을 것이다. 그나마 계속 이 계획을 유지할 유일한 이유는 그들이 화려한 프라임의 수송 차량이 순항하도록 허락할 것이라는 희망이었다.

차량이 경비가 서 있는 문에 다다랐다. 나의 뒤집힌 시야로 경비원의 부츠 바닥을 볼 수 있었다. 내가 매달린 수송 차량은 속도를 늦췄다. 나는 수송 차량이 내 마음과 더불어 계속 앞으로 나가 주길 애써 바랐다. 차는 기다시피 서행했다. 우리를 위해 문이 미끄러져 열리는 소리를 듣는 순간 나는 봉을 더 꽉 잡았다. 팔이 아팠지만, 조금만 더 견디면 된다. 타일러를 위해서.

그때, 차량이 멈추기 위해 제동 장치를 걸었다. 나는 봉을 더욱 단단하게 움켜쥐며 숨을 멈췄다.

내가 매달려 있는 차 쪽으로 발자국 소리가 다가왔다. 그러더니 누군가 또 다른 방향에서 달려왔다. 중얼거리는 소리가 외침으로 변했다.

"저 어자애를 세워!" 여자 목소리였다. 비티였다.

나를 말하는 걸까? 나는 할 수 있는 한 차량의 바닥에 몸을 가까이 쑤셔 넣었다.

"저 애를 쏴!" 남자의 목소리가 외쳤다.

번갯불이 치는 것처럼 날카로운 전기 소리가 치직 지글거리는 소리가 났다.

전기 충격기.

하지만 항상 이 소리 뒤에 따라오는 고통의 울부짖음은 들려오지 않았다. 조용했다.

"빗나갔잖아." 한 남자가 외쳤다.

그들은 내 이야기를 하고 있는 것이 아니었다. 나는 빛의 아크(두 개의 단자에서 전위차에 의해 생기는 밝은 전기 불꽃—옮긴이)조차 보지 못했다.

그때, 모두가 소리를 지르기 시작했고 달려오는 발소리가 들렸다. 수송 차량은 다시 굴러가기 시작했다. 나는 이를 악물고 매달려 있었다. 차량은 문을 통과했고, 문을 지났고, 문에서 멀어져 갔다!

차는 허비한 시간을 벌충하기 위해서, 엄청난 속도로 달렸다. 운전기사는 거칠게 시설을 빠져나와서 옆길로 들어섰다. 그 방향 전환은 내 지친 팔에는 이미 무리였다. 내 근육들은 완전히 힘을 잃었다.

나는 떨어졌다. 불과 1미터도 안 되는 아래로 떨어진 것뿐인데도,

등이 포장된 도로에 세게 부딪혔다. 수송 차량이 내 위로 굉음을 내며 달리는 순간, 나는 되도록 막대기처럼 반듯하게 재빨리 팔다리를 몸에 딱 붙였고, 거대한 바퀴가 내 머리와 너무나 가깝게 지나가서 내 머리카락이 획 하고 날렸다. 수송 차량이 지나가고 나자, 나는 밝은 햇빛 아래 누워 있게 되었다. 나는 보도로 굴러가서, 가로수 뒤에 숨어서 수용소의 장벽을 뒤돌아봤다.

두꺼운 콘크리트 담장의 가장 꼭대기에, 파란 하늘과 솜털 같은 구름을 배경으로, 한 소녀가 가시철사 위로 두 팔을 걸고 거기에 매달려 있었다.

사라.

경비원 하나가 사라가 타고 올라왔을 사다리를 타고, 다른 쪽으로 해서 담장 뒤에서 올라왔다. 그는 담장 꼭대기로 발을 디뎠다.

사라는 나를 내려다보고 있었다. 내가 수용소 바깥으로 잘 나갔는지를 보고 있었다. 그 애는 오른손을 들어서 자신의 심장 위에 주먹을 얹었다.

그 애는 탈출하려던 것이 아니었다. 주의를 분산시키기 위해 그런 행동을 하고 있었던 것이다. 나를 보호하기 위해서.

나는 그 애를 따라서 내 심장 위에 주먹을 얹었다.

그대로 있어, 사라.

사라의 멍든 얼굴은 고통과 피로에 차 있었지만, 그 애는 열광적인 미소를 지었다. 그 미소가 내게 옮아 내 입술에도 미소가 약간 감돌았다. 그 애는 나를 안심시키려 하고 있었다.

그 애는 철사 반대편으로 발을 옮기고는 뛰어넘었다. 그 애는 철사의 다른 쪽으로 넘어가려고 했다. 안 돼! 저기에서 어디로 갈 수 있단 말이야? 그 애는 담장 위를 따라 뛸 수는 있었지만, 그들이 그 애를 잡게 될 거였다.

교도관은 그 애에게서 몇 미터 떨어진 곳에 얼어붙어 있었다. 그는 사라에게 멈추라고 외쳤다. 사라는 계속해서 올라갔다.

그는 자신의 전기 충격기를 꺼내서 사라를 조준했다. 그가 너무 가까이에 있었다.

나는 파란 광선이 호를 그리며 사라의 몸을 관통하는 것을 봤다. 극도의 괴로움으로 사라의 얼굴이 일그러졌고 통증으로 상체가 뒤틀렸다. 끔찍하고 고통스러운 비명은 전기 충격기의 금속성 비명을 무색하게 했다. 심장이 끝없이 깊게 내려앉는 기분이 들었고, 나는 터져 나오려는 울음을 참기 위해 두 손으로 입을 막았다.

교도관은 나무 뒤에 반쯤 숨어 있던 나를 보지 못했다. 그는 사라에게 가까이 다가갔다.

그 애의 목과 한쪽 얼굴은 전기 충격 때문에 검게 그을려 있었다. 사라는 눈을 뜨더니 나를 내려다봤다. 누군가가 자신에게 끔찍한 속임수를 쓰기라도 한 것처럼, 그 애는 놀란 표정을 지었다. 그 애의 눈이 게슴츠레해지더니, 감겼다.

사라는 앞으로 고꾸라졌고, 머리는 축 처지고, 몸은 간신히 가시철사에 걸쳐져 있었다.

사라, 안 돼, 가지 마.

하지만 그 애의 몸은 갑자기 텅 빈 것처럼 보였다. 공허.

교도관은 사라의 목을 손가락으로 눌러 보더니, 사다리 꼭대기에서 있던 다른 교도관을 보고는 고개를 저었다. 첫 번째 교도관은 천천히 사라의 몸을 조심스럽게 감싸 안고는, 그 애를 철조망에서 들어올렸다. 그는 그 애의 시신을 아래로 데리고 내려갈 두 번째 교도관에게 넘겨줬다.

  나는 나무 뒤에 숨은 채로, 사라가 내 시야에서 벗어날 때까지, 가능한 한 오래도록 그 애를 보고 있었다.

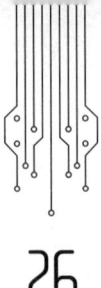

26

 무기력함이 사지, 가슴, 얼굴을 가득 채우면서, 속으로 퍼져나갔다. 사라는 죽었다. 자그마한 사라는 가 버렸다. 그 자리에 발이 붙어서, 다시 움직일 수가 없었다. 그때 불길한 소리 하나가 몸을 떨리게 했다. 보호소의 지면에서 떠오르기 위해 헬리콥터의 날개깃이 웅웅거리는 소리를 내고 있었다. 헬리콥터의 동체는 나에게 그 검은 벌레의 아랫면을 보여 주면서, 울타리 너머로 모습을 드러냈다. 헬리콥터가 위로 떠오르자 내 머리카락이 뒤로 날렸다.
 나의 생존 본능이 내면에서 발길질을 했고 나는 돌아서서 길을 건넜다. 판자로 막힌 주택을 하나 지나서, 뒷골목으로 달렸다. 나는 가슴이 터질 것 같아, 희끗한 차고 문에 몸을 기댔다. 올드맨의 헬기가 다시 나타나더니, 머리 위 공중에 머물렀다.
 그가 나를 본 걸까? 이동해야 할까? 아니면 그대로 있어야 하나?

그의 조종사가 이 좁은 구역에 착륙할 수 없으리란 걸 알고 있지만, 그들이 교도관들에게 무선으로 연락이라도 한다면?

나는 계속 움직이기로 마음먹었다. 나는 골목과 옆길로 달렸다. 거주민들이 나를 봤지만, 사라 덕에 나는 적어도 정원사의 유니폼으로 위장하고 있었다. 불쌍한 사라. 나는 더 빨리, 보호소로부터 달아났다. 나의 발이 움직이는 한, 나는 아직 살아 있었다.

마치 끈질긴 곤충이 따라오는 것처럼, 낮게 웅웅거리는 소리가 다시 들려왔다. 나는 벽이나 나무 등 나를 가려 줄 만한 것이 보이는 대로 딱 붙어서 계속 이동했다. 나를 하늘 위를 올려다봤다. 그놈은 포기하지 않을 것 같았다.

몇 블록 떨어진 곳의 공중에 전깃줄이 있는 것이 보였다. 나는 될 수 있는 한 가림막이 될 수 있는 곳 아래에 있으려고 애쓰면서, 그 방향으로 달렸다. 검은 벌레는 계속 나를 쫓아왔다. 전선들이 뻗어 나온 곳, 변전소에 다다라서, 나는 픽업트럭 아래로 휙 뛰어들었다. 아스팔트 바닥에 손바닥이 까졌다. 나는 위험한 전선들이 하늘로 삐죽 나와 있는 이 지역 상공에서는 헬기가 날 수 없다는 것을 알고 있었다.

쏠 상대를 찾지 못한 말벌처럼, 헬기는 포기했다. 나는 숨을 내쉬고는 허둥지둥 트럭 아래에서 나왔다. 꽤 먼 거리에서, 그가 날아가는 것이 보였다.

나는 슬리퍼가 너덜해질 때까지, 걷고, 걷고 또 걸었다. 슬리퍼가 너덜해진 뒤에는 슬리퍼를 벗고는 걸음걸음마다 사라를 생각하면서, 더 걸어갔다.

나는 손등으로 눈을 닦았다. 내가 수송 차량 밑에 있는 동안 무슨 일이 있었던 걸까? 그 일에 대해 생각해 보려 하자 위장이 조여 드는 것 같았다. 사라는 문을 지키던 교도관이 내가 매달려 있던 수송 차량을 확인하러 오는 것을 봤을 것이다. 그게 그 애가 모두의 주의를 돌리려고 무모하게 행동한 이유였다. 문을 지키던 교도관과 비티의 시야에 모두 들도록, 사다리로 달려갔던 모양이었다. 그 애는 나를 위해 그렇게 했다. 내가 동생을 찾아야 한다는 것을 알았기 때문에, 나를 위해 자신을 희생한 것이다.

그런데 그들이 그 애를 쐈다.

* * *

매디슨의 저택 앞에 도착해서, 벨을 누르고 또 눌렀지만, 그녀는 집에 없었다. 먼 길을 걸어왔건만 그녀는 거기에 없었다. 통증 억제 스프레이는 이미 효과가 다 했고 봉합된 얼굴은 욱신거렸다. 나는 대문 밑으로 기어들어가서, 현관 앞에 자루처럼 주저앉아 잠이 들었다. 막 어두워지려 할 즈음 매디슨이 돌아와서 나를 깨웠다.

"캘리. 여기서 뭐하는 거야?" 매디슨이 몸을 숙이자, 그녀의 짧은 금발이 그녀의 얼굴에서 찰랑거렸다. "네 차는 못 봤는데."

그녀는 내가 일어나도록 도와주면서 내 감옥 유니폼을 유심히 봤다.

"뭘 입고 있는 거야? 새로운 10대 스타일?"

그녀는 문을 열었고 나는 밝은 현관 로비에 섰다. 그제야 그녀는 심하게 얻어맞고, 꿰매기까지 한 내 얼굴을 알아봤다.

"오 맙소사, 대체 무슨 일이 있었던 거야?"

"매디슨 씨, 사실대로 말해야겠어요. 저는 렌터가 아니에요. 진짜 10대에요. 기증자에요. 그리고 프라임에 대해서 할 얘기가 너무나 많아요."

"네가…… 10대라고?"

"네."

"나처럼, 안에 노인이 있는 게 아니고?"

나는 고개를 끄덕였다. 그녀는 한동안 나를 멍하니 쳐다봤다.

"그럼 지금까지 계속……?"

"룬 클럽에서 만났던 밤부터요." 나는 힘없이 말했다.

"그러니 애들처럼 말했을 수밖에. 애라서. 그런데 도대체 어쩌다 이랬어?"

나는 너무 진이 빠져 있었다. 얼굴 구석구석이 모두 아팠다. 발도 아팠다. 그냥 한 100만 년쯤 잠을 자러 갔으면 싶었다.

"그래야만 했거든요."

그녀는 내 팔을 붙잡고, 나를 부축해 줬다.

"우선 진통제부터 먹고 뜨거운 물로 샤워를 좀 하자. 그러고 나면 제대로 앉아서 다 이야기해 보자."

＊＊＊

한 시간 후 내가 매디슨을 불러서 무슨 일이 있었는지를 빠르게 이야기한 후에, 우리는 내가 로렌을 만나야 한다는 생각에 동의했다. 그러고 나서 나는 샤워를 하고 매디슨이 준 깨끗한 옷으로 갈아입었다. 아직 몸은 멍들고 부어 있었으며 이도 하나 빠졌지만, 이제야 사람이 된 것 같은 기분이 들었다. 얼마 지나지 않아서 초인종이 울렸고, 매디슨이 우아하고, 가벼운 정장을 입고 진주귀걸이를 한 잘 꾸민 여성을 한 명 들어오게 했다.

"안녕, 캘리." 그 여성이 손을 내밀었다. "나를 리스로만 알고 있었겠지만, 이게 진짜 나란다."

"로렌 씨."

나는 그녀의 손을 잡고 흔들었다. 그녀는 150살 정도로 보였고, 내가 상상했던 대로 기품이 있었다.

정장을 한 연장자 신사가 우리에게 합류했다.

"이쪽은 내 변호사. 헬레나의 변호사이기도 하고."

그들을 처음 만난 매디슨은 고개를 끄덕이고는, 양해를 구했다. "마실 것을 좀 가져올게요."

우리는 거실에 앉았다. 로렌은 내 얼굴을 살펴보고는 눈을 찡그렸다. "누가 이렇게 만들었니?"

"그냥 싸운 거예요."

"보호소 안이 그렇게 폭력적이니?" 로렌이 물었다.

"아니요." 내가 대답했다. "더 나쁘죠."

나는 그들의 얼굴을 쳐다봤다. 지금은 전부 설명할 방법이 없었다.

"말하자면 이런 거예요. 저는 거기로 다시 갈 바에야 죽어 버릴 거예요."

"걱정하지 마, 그런 일은 없을 테니까. 네가 나에게 연락해서 기쁘단다." 로렌이 말했다. "네가 있는 곳을 찾으려고 노력했어."

"당신들이요?"

"지난번에 우리가 얘기했던 때는 내가 미안했어. 헬레나에 대한 소식 때문에 너무 놀라서 그런 거니, 네가 이해 좀 해 주렴."

"알아요."

"나는 아직 모든 것을 설명할 만큼 자유롭지 않아." 그녀는 변호사와 눈빛을 교환했다. "하지만 헬레나는 내가 가장 믿었던 친구였어. 그리고 이제는 나도 헬레나가 널 믿었다는 걸 알았기 때문에 너와 만나고 싶었던 거야."

나는 무슨 소린지 알 수가 없었다. 헬레나가 정신을 잃고 있었을 동안에 그녀에게 메시지라도 남겼던 걸까?

"그래서 우리는 계획을 세웠단다." 그녀가 말했다.

"네가 보호소에 들어가 있었을 때 로렌이 너의 석방을 요구하는 중이었다고 말하는 거란다." 변호사가 말했다. "즉 너는 보호소의 소유물이 아니고, 그러므로 너를 프라임 데스티네이션에 다시 맡기는 것은 그들의 권한이 아니라는 거지."

"네가 범죄 행위에 관련되어 있다 하더라도……."

"전해진 바에 따르면." 변호사가 말을 막았다.

"전해진 바에 따르면." 로렌이 반복했다. "만약 그때 네가 석방 요청을 받았다면, 내 변호사가 너를 도와줄 거였단다. 그 혜택은 너 스스로 걷어차긴 했지만."

"이건 보호소나 바디 뱅크의 손아귀에서 네가 법적으로 벗어날 수 있게 해 준단다." 변호사가 말했다.

"그러니까 당신이 저의 법적 보호자가 된다는 거예요?" 나는 로렌에게 물었다.

"네가 하고 싶은 대로 자유롭게 하면 돼. 나는 그저 서류에 이름만 올린 거야."

실망감으로 마음이 아팠다. 어리석은 감상이었다. 왜 로렌이 정말로 내 보호자라는 부담을 지겠는가? 그녀는 나를 잘 알지도 못했다. 서류상의 보호자가 되는 것만으로도 그녀에겐 충분했다.

"너를 보호소 밖에 있도록 해 주기 위해서 그런 거야, 그러니 너는 뭘 원하든 마음껏 할 수 있는 자유가 있단다." 변호사가 말했다.

"제가 원하는 것은 제 남동생을 구하는 거예요." 나는 말했다. "그걸 할 수 있는 유일한 방법은 바디 뱅크를 쓰러뜨리는 길밖에는 없는 것 같아요."

"우리도 네가 그렇게 말해 주길 바랐단다." 로렌이 말했다.

* * *

우리 모두, 로렌과 그녀의 변호사, 매디슨과 나는 일에 착수했다. 나는 내가 봤던 프라임 데스티네이션의 발표를 흉내 낸 방송을 만들어 내자는 아이디어를 갖고 있었다. 우리는 올드맨을 복제하려 하지는 않았지만, 원래 방송의 턴넨바움과 도리스의 얼굴을 디지털 방식으로 본뜨는 것은 가능했다. 그리고 난 후에 우리가 원하는 말을 그들의 입으로 하도록 만들 계획이었다.

매디슨은 몇 십 년 전 자신의 제작 부장 시절의 기술을 이용해서 이 가짜 발표를 제작하는 일에 자원했다. 그녀는 차가 다섯 대 들어가는 자신의 차고를 개조해서 제작 스튜디오를 만들 엔더 전문가들을 불러서 시청각 팀을 조직했다. 그녀는 또한 시스템에 침입할 괴짜 엔더 기술자 두 명을 고용해서 프라임의 지정된 가입자 채널을 통해 이 제작물을 개인 방송할 수 있도록 했다. 그리 간단한 일은 아니었지만, 매디슨의 강력한 자금력은 인력과 장비를 지원할 수 있었다. 그녀는 자신이 해 왔던 모든 바디 뱅크 렌탈을 벌충하는 의미에서 돕고 싶어 했다.

내가 알고 있던 얼빠진 매디슨의 완전히 다른 측면을 보게 된 셈이었다.

그 동안, 로렌과 변호사는 휴대 전화로 그들이 아는 모든 사람들과 연락하는 일을 하고 있었다. 변호사는 그들이 개입해 주길 바라는, 상원 의원인 본과 연줄이 있었다. 본 상원 의원은 해리슨의 정치적 라이벌이었다.

그날 저녁, 우리는 거실 한가득 실종된 바디 뱅크 기증자들의 조부모들을 불러 모았다. 하지만 그들을 계획에 동의하게 만드는 것이 일의 진행 과정 그 자체였다.

"우리는 이 방에 풍부한 재원을 보유하고 있습니다." 로렌이 말했다. "우리는 수천 년의 경험이 있습니다. 의사, 변호사, 보디빌더, 전직 집행관까지요. 그리고 우리는 강력한 자금도 있습니다. 캘리가 정보를 제공해서 힘을 합치기로 했으니, 마침내 우리 아이들을 돌려받기 위해 싸울 기회를 얻은 것입니다."

한 연장자 남자가 일어섰다.

"우리는 분쟁에 말려들고 싶지 않습니다. 우리 손자는 아직 저기 바깥 어딘가에 있어요. 제대로 보호받지도 못한 채로."

날씬한 여자가 그 사람 다음으로 밀했다.

"그 애가 돌아오길 몇 달을 더 기다려야 한다면, 저는 기다릴 거예요. 우리는 아이들을 찾기 위해서 프라임의 협조가 필요해요."

나는 로렌 앞으로 나섰다.

"여러분은 모르고 계세요. 저는 프라임의 발표를 봤어요. 그들은 영구적인 프로그램을 시작하고 있어요. 여러분의 손자손녀들을 빌려 주는 것이 아니라, 팔아넘기려는 거라고요. 이걸 막지 못하면 다시는 그 애들을 만나지 못하실 거예요."

변호사가 불쑥 끼어들었다.

"우리에게는 로렌과 같은 내부자가 있기 때문에, 그 개인 방송을 볼 수 있었습니다. 그 발표는 프라임의 영구 렌탈의 의도를 인정했습니다. 로렌이 그것을 녹화했고 복사본을 본 상원 의원에게 보냈습니다. 본 상원 의원이 정지 명령을 해 줄 판사를 찾는 데 이용할 수 있다면, 대통령의 공약을 무효화시킬 수 있을 겁니다. 만약 담당 판사가 아이들이 즉각적인 위험에 처해 있다고 판단하면, 그때는 프라임을 폐쇄할 수 있습니다."

"그런데 만약 그가 할 수 없다면?" 날씬한 여자가 물었다. "당신들이 만들고 있는 것처럼, 그들이 발표 원본이 조작된 거라고 주장한다면 어떻게 할 거죠?"

그 순간, 매디슨이 거실로 들어왔다. 몇몇 연장자들이 그녀의 완벽한 10대의 몸을 보고는 투덜거렸다.

"저 여자는 렌터에요." 그들 중 하나가 매디슨을 가리키며 외쳤다.

"맞아요, 자기." 매디슨이 그녀의 짧은 단발을 흔들며, 머리를 획 젖혔다. "렌터죠. 구매자가 아니고."

나는 매디슨에게 다가가서 그녀의 어깨에 팔을 둘렀다.

"이분은 우리 편이세요. 그리고 프라임을 멈추게 하려고 거금을 들이고 있고요."

사람들은 계속 웅성거렸다. 로렌이 손을 높이 들었다.

"제발." 그녀가 말했다. "우리는 렌터들과 싸우고 싶지 않아요. 만약 우리가 프라임을 폐쇄할 기회가 있다면, 우리 모두 협력해야만 해요. 여러분의 손자손녀들이 돌아오기 위해서는, 기습적인 요소를 이용해서, 빨리 처리해야 해요."

"제게 아이디어가 하나 있어요." 나는 날씬한 여자를 쳐다보며 말했다. "제 칩을 개조한 기술 전문가가 증언해 줄 수 있어요. 그는 제 칩을 검사했는데, 칩이 영구적이기 때문에 절대 제거할 수 없다고 말했어요. 그 점이 바로 그들이 항상 영구 임대 프로그램을 의도하고 있었다는 걸 보여 주죠."

변호사는 팔짱을 끼고 고개를 끄덕였다.

"확실히 도움이 되겠구나."

로렌의 전화기가 울렸다. 그녀는 화면을 봤다.

"본 상원 의원이에요."

블레이크네 할아버지의 라이벌인 새로운 상원 의원이었다. 로렌은 커피 탁자에 있는 작은 에어스크린 근처에 자신의 휴대 전화를 내려놓았다. 본 상원 의원의 영상이 모두가 볼 수 있도록 나타났다.

"본 상원 의원님, 당신을 에어스크린으로 보고 있습니다." 로렌이 말했다. "보시는 대로, 저희는 여기에 손자손녀들을 걱정하고 있는 조부모님들을 모이게 했습니다."

"로렌, 여러분의 진행 사항을 제게 알려 주셔서 고맙습니다. 프라임을 드러내 준 용기 있는 기증자, 캘리 양에게도 감사를 표하고 싶군요."

나는 예의바르게 웃었지만, 우리에겐 아직 갈 길이 멀었다.

"그곳에 계신 모든 조부모 분들께도 감사합니다. 함께 일한다면, 프라임의 문을 닫게 하고 여러분의 아이들을 각각 모두 되찾을 수 있을 겁니다."

나는 조부모들의 얼굴을 쳐다봤다. 에어스크린 안이라도, 상원 의원의 존재는 사람들을 뭉치게 하는 데 도움이 되고 있었다. 카리스마 있는 정치인의 힘.

"제가 모든 단계마다 여러분과 함께 하겠습니다. 우리는 할 수 있습니다." 상원 의원이 말했다. "아이들을 되찾아 옵시다."

그때까지 조용히 있던 한 사람이 상원 의원의 말을 반복했다.

"아이들을 되찾아 옵시다." 그는 엄숙하게 말했다.

방의 다른 쪽에 서 있던 여자가 일어섰다. "아이들을 되찾자."

긍정하는 수군거림이 방을 웅성거리는 소리로 채웠다.

매디슨과 로렌과 나는 희망어린 표정으로 서로를 쳐다봤다. 우리는 잘 해낼 수 있을 것이다.

***

조부모들이 각각의 지시 사항을 갖고 떠났다. 본 상원 의원은 판사가 정지 명령을 내릴 수 있는지를 아침까지 알아내겠다고 말했다. 나는 기술 제작팀이 틴넨바움의 입을 대사에 맞춰 새로운 단어들에 맞는 입모양이 되도록 바꾸는 작업을 지켜봤다. 완벽하게 만들기가 생각했던 것보다 어려웠다.

"아기나 개가 말하게 하는 거랑은 달라. 완벽하게 보여야 해." 매디슨이 자신의 팀에게 말했다. "그럴듯하지 않으면 소용이 없어."

그녀의 괴짜 팀은 개인 방송을 만드는 일에 전력을 다하느라 한층 힘든 시간을 보냈다. 나는 이해할 수 없었지만, 그들은 예기치 못한 화산 벽에 부닥쳤을 때 장비들 몇 가지를 혹사시킬 수 있는, 어떤 기술적 결함에 봉착한 모양이었다. 매디슨은 그들에게 어떻게 이것을 가입자들에게 보낼지는 알아내지 못한다 해도 문제 될 것이 없다는 것을 상기시켰다.

나는 로렌과 그 변호사를 레드먼드의 연구실로 데려가는 동안, 그들이 알아서 그 문제를 해결하도록 내버려 뒀다. 레드먼드의 전화번호는 받은 적이 없어서 우리는 예고도 없이 도착하게 되었고, 그때는 거의 한밤중이었다.

로렌의 리무진에 올라타서, 나는 거울이 있는지 보려고 매디슨이 준 가방에 손을 넣어 봤지만 없었다. 나는 로렌에게 거울을 하나 달라고 했다. 그녀는 망설이더니, 콤팩트를 하나 꺼냈다.

나는 어깨 위의 조명을 켰다. 거울을 들여다본 순간, 나는 로렌이 망설인 이유를 이해했다. 나는 정말 이상하게 보였다. 얼굴의 일부는 아직도 바디 뱅크의 미용팀이 작업한 대로 티 하나 없었다. 하지만 한쪽 눈은 멍들었고, 피멍이 몇 곳, 턱에서 뺨까지 이어지는 봉합된 커다란 베인 상처가 있었고, 볼을 당기면, 이가 빠진 틈이 보일 것 같았다.

"빗질 좀 할래?" 그녀가 물었다.

"뭐 하러 그래요?"

나는 거울을 접어서 그녀에게 돌려줬다.

"다 고칠 수 있어." 그녀가 말했다.

"더 중요한 것들을 먼저 고쳐야죠." 내가 말했다.

우리 모두가 뭔가를 원했기 때문에 모든 일이 함께 일어나고 있었다. 로렌은 자신의 실종된 손자를 찾길 원했고, 나는 타일러를 찾고 마이클의 몸을 되찾길 바랐다. 본 상원 의원은 해리슨 상원 의원이 바디 뱅크와 정부의 거래를 성사시킨 것으로 부정적인 면모를 보이게 되길 원했는데, 그럼 변호사는 돈을 위해 함께하는 건가?

과연 제대로 해나가고 있는 것인지 알 수가 없었다. 한 조각이라도 어긋나면, 그 발표가 그럴듯하지 않다면, 아니면 그 괴짜들이 시간 안에 개인 방송에 침입할 수 없다면, 전부 망치게 될 것이다. 하지만 로렌과 조부모들과 나는 무엇과도 바꿀 수 없는 것을 걸었기에, 다른 선택지가 없었다.

레드먼드가 있는 공업 단지에 이르자마자 즉시 뭔가 잘못되었음을 알았다. 밝은 조명이 그 건물을 비추고 있었고 집행관의 차 두 대가 입구를 막고 있었다. 이웃 주민들 한 무리가 넋 나간 듯이 바라보면서 서 있었다. 나는 리무진에서 뛰어내렸고, 로렌과 변호사가 내 뒤를 바짝 따라 내렸다.

연기 기둥이 피어올라 대기가 자욱했지만, 내가 서 있는 곳에서는 레드먼드의 건물을 볼 수가 없었다. 짧은 백발을 한 엔더 집행관 하나가 나를 저지했다.

"여러분, 접근 금지입니다." 그가 말했다.

"무슨 일이죠?" 로렌이 물었다.

"지금 알아내려고 애쓰는 중입니다." 그가 말했다. "이만 돌아가 주세요."

한 엔더가 상하의가 이어진 작업복을 입고는 목줄을 맨 개 한 마리를 끌고 앞으로 왔다.

"어떤 애가 폭탄을 던진 거예요. 저 사람들도 이 가설을 반박할 만한 더 좋은 결론을 얻지 못했어요."

집행관이 그 남자에게 주의를 돌린 사이에, 나는 그들을 지나서 레드먼드의 건물로 뛰어갔다.

"야, 너, 거기 서!" 집행관이 소리쳤다.

그 단지의 모퉁이를 돌자마자 눈에 보이는 광경 때문에 충격을 받았다. 레드먼드의 건물은 그을리고 처참한 상황이었다. 괴수가 물어뜯기라도 한 것처럼, 지붕의 한쪽 모서리는 완전히 사라져 있었다. 엔더 소방관은 계속 연기가 피어오르며 타고 있는 곳들을 점검하고 있었다.

나는 소방관이 건물 내부의 피해를 평가하는 것을 들었다. 나는 안으로 달려 들어갔다.

"야! 여기에서 나가. 안전하지 않아." 소방관 한 명이 내게 외쳤다.

건물 안쪽의 모든 것이 새카맣게 타 버렸다. 모니터들과 기기들, 천장에 매달려 있던 것들까지 전부. 녹아내린 컴퓨터 부품들의 냄새는 못 견딜 정도였다. 나는 소매로 코를 막았다. 레드먼드의 타고 심하게 훼손된 의자는 개념 예술 작품처럼 물에 푹 젖어 있었다. 모든 것이 소름끼치고, 질척거리고, 까맣게 어질러져 있었다.

"레드먼드 씨는 어디 있어요?" 나는 물었다. "여기에서 살던 분이에요."

"시체는 못 찾았는데." 소방관 하나가 손으로 공중을 거칠게 휘저으면서, 주변을 둘러봤다. "아직은."

레드먼드는 죽기엔 너무 귀중한 사람이었다. 그리고 잡히기엔 너무 영리했고. 나는 그가 도망가서 숨어 있을 확률이 크다고 생각했다. 우리는 그의 증언을 확보하지 못할 것이다.

그때 그 상자가 기억났다.

소방관이 그 방의 다른 쪽에서 열기를 측정하고 있느라 바빴다. 나는 몸을 숙이고 서류 서랍의 패드에 손가락을 댔다. 거기에서 나는 딸각 소리를 감추기 위해서 나는 기침을 했다. 안쪽을 엿보고 나서 내 재킷의 귀퉁이를 이용해서 작은 금속 상자를 끄집어냈다. 광택이 났고 만지니 차가웠다. 나는 그가 라벨을 "헬레나"에서 "캘리"로 바꿔 놓은 것을 봤다.

나는 그걸 주머니에 슬그머니 넣었다.

소방관이 나를 끌어내기 전에, 나는 문으로 이동했다. 나는 거기서서 마지막으로 실험실을 봤다. 나는 한 번밖에 만나 본 적이 없는 레드먼드를 잘 알지 못했지만, 이해가 되지 않는다 해도, 그는 일종의 나의 조물주 같은 존재였다. 그는 나에게 중요한 사람이었다. 그의 작업이 이런 식으로 파괴된 것을 보는 것이 가슴 아팠다.

나는 그냥 공업 단지 바깥에서 집행관들의 빨간 조명이 비추는 곳에 서 있던 로렌과 변호사에게 합류했다.

"누가 어떤 애가 그러는 걸 봤다고 하더라." 변호사가 내게 말했다.

"그래요, 안에 살의를 품은 연장자가 들어 있는 아이였겠죠." 나는 말했다. "바디 뱅크의 짓이라는 게 분명하게 드러나네요."

두려움이 로렌의 얼굴을 덮었다. 나는 이번 일로 그녀가 우리의 계획에 대해 다시 생각하게 되지는 않길 바랐다.

"그들이 뭔가 가져갔을까?" 변호사가 내게 물었다.

"모르겠어요. 하지만 저는 우리를 도와줄 뭔가를 얻었어요." 나는 주머니를 쓰다듬었다.

"뭔데?" 로렌이 물었다.

"컴퓨터 키에요. 레드먼드가 저의 침에 대해서, 이게 어떻게 영구적으로 설치된 것인지 그가 알아낸 내용을 기록한 거예요."

"정말 잘됐구나." 변호사가 말했다. "잘했어."

변호사는 기분이 좋았다. 하지만 나는 레드먼드를 생각하니 가슴이 아팠다. 내가 그에게 프라임을 끌고 온 걸까? 모두 내 잘못일까? 사라, 그리고 이젠 레드먼드까지. 이 일이 끝나기 전에 나 때문에 또 누가 고통을 받게 될까?

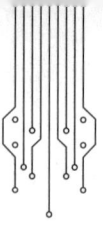

27

하루가 지나서, 나는 악몽을 다시 체험하는 것처럼 바디 뱅크로 걸어 들어갔다. 나는 이곳에 대해서, 공포와 두려움으로, 헬레나가 안에 있을지, 내 동생이 있을지, 올드맨이 있을지에 대해서 거듭 생각해 왔다. 나는 그렇게나 두려웠다. 헬레나는 그들이 나를 죽일 거라고, 그러니 떨어져 있으라고 경고했었다.

이번에는 달랐다. 이번에는, 나는 준비가 되어 있었다. 이번에는, 나에게는 지원군이 있었다.

하지만 그들은 계획대로, 거리를 유지하고 있었다. 쌀 한 톨의 반 정도 크기의 소형 경보 장치를 주머니에 꿰매서 달아 놓았다. 우리는 3단계로 접근하기로 했다. 그리고 첫 단계는 한 사람(나)으로 이루어져 있었다.

내가 높은 이중문에 접근하자, 도어맨의 미소가 눈 녹듯 사라졌다. 내가 더 가까이 가자, 그 얼굴은 급격하게 찡그려졌다. 그는 겁먹은 것처럼 보였는데, 나의 멍들고 봉합한 얼굴 때문이거나, 나를 알아봤기 때문인 것 같았다.

아마도 내가 악명 높은 사람이었나 보다. 거의 웃음이 나올 지경이었다.

도어맨이 나를 쳐다보기만 해서 스스로 문을 열어야 했다. 내가 현관을 통과하는 순간조차, 나는 그의 바로 뒤를 응시하고 있었다.

내가 안으로 들어서자마자, 다른 경비원들이 달려들어서 무기 검색기를 내 위로 흔들었다. 내 경보 장치는 이런 검사 정도는 통과할 만한 물건이었다.

"무기는 없어요." 나는 말했다. "수다스러운 입 외에는."

경비원은 만족한 것처럼 보였다.

틴넨바움 씨가 그의 사무실에서 달려 나와서는 나를 가리켰다.

"잡아."

경비원이 내 팔을 잡고 내 등 위로 돌려서 나를 붙들었다.

"알겠다, 그러니까 몸을 바꾸셨네요." 나는 틴넨바움에게 말했다. "뭐가 문제에요, 리의 몸이 싫증나셨어요?"

틴넨바움이 나를 노려봤다.

나는 순진한 척 눈을 동그랗게 떴다. "있잖아요, 내가 여기 처음 왔던 때에는, 모두들 웃고 있었는데요."

도리스가 자신의 사무실에서 나왔다. "여기서 뭐하는 거니?"

"아, 도리스. 브리오나의 얼굴보다는 그 얼굴이 더 어울려요." 나는 말했다.

"얼굴 얘기 좀 하자." 그녀가 내 턱을 한 손으로 쥐고 말했다. "우리가 네게 해 준 모든 작업을 허비했구나."

나는 머리를 홱 돌렸다. "이제 로드니만 있으면 되겠네요, 그러면 트리오 완성인데."

틴넨바움이 내 얼굴의 오른쪽을 봤다. "끔찍하군. 대체 원하는 게 뭐죠?"

"그 사람을 만나고 싶어요." 난 말했다. "올드맨."

도리와 틴넨바움이 눈빛을 교환했다. 그녀는 고개를 저었다. 약간 늦게 돌아온 그들의 반응으로 보아 그가 여기에 있는 것이 확실했다. 그들이 뭘 하지 않을지는 뻔했다. 올드맨은 나를 만나고 싶어 안달이 나 있었다.

***

15분 후에, 경비원과 틴넨바움이 나를 데리고 엘리베이터에 올라탔다. 우리는 한참 아래로 내려가서 구불구불한 복도를 지났다. 최고 경영자의 사무실로 가는 길처럼 보이지가 않았다. 나는 멈춰 섰다.

"어디로 데리고 가는 거죠?" 내가 물었다.

"그분을 만나게 해 달라면서요." 틴넨바움이 말했다.

"그 사람 사무실이 여기에요?" 내가 물었다.

"그분은 자기 방식대로 하는 걸 좋아하시죠." 그가 말했다.

내 마음에 들지는 않는걸. 마침내, 우리는 금속 문 앞까지 왔다. 틴넨바움이 벽에 붙어 있는 보이지 않는 판에 대고 말했다.

"캘리를 여기에 데려왔습니다."

문이 벽 속으로 사라지며 미끄러지듯 열렸다. 안쪽은 거의 암흑이라 할 만큼 어두웠지만, 입구에 서 있는 우리 머리 위로 작은 빛이 내리비치고 있었다.

"들어와." 그 목소리가 말했다. 나는 올드맨의 금속성 합성 목소리를 알아들었다.

"네?" 틴넨바움이 말했다.

"그 애만 남겨두고 가게."

경비원이 나를 놓아 줬다.

"저희는 바로 밖에 있겠습니다." 틴넨바움이 말했다.

문이 미끄러져 닫히자 더욱 어두워졌다. 나는 발소리를 들었다. 멀리서 들려오는 것 같았다. 이 방은 너무 넓어서, 그 어떤 사무실이나 회의실보다도 컸다. 으스스한 표지등 같은 작고 동그란 빛이 방을 가로지르는 모습이 다른 것들보다 먼저 보였다. 그것이 가까이 다가오자, 올드맨이 쓰고 있는 전자 얼굴 변환 마스크라는 걸 알아볼 수 있었다. 그 얼굴은 섬뜩했다. 나는 그 얼굴이 자살한 배우의 것이라는 것을 깨달았다.

심장이 너무 거세게 뛰어서 아플 지경이었다. 나는 주머니에 손을 집어넣고 다른 사람들에게 내가 올드맨을 은신처에서 끌어냈다는 것을 알려 주는 소리 없는 경보를 눌렀다. 이제 내가 해야 할 일은 시간을 끄는 것이었다.

"왜 이제 왔니?" 그가 물었다. "지난번에, 다른 아이들과 함께 수송 차량으로 올 수 있었잖아."

"저는 거래를 제안하고 싶은데요."

"거래? 무슨 거래?" 그의 얼굴이 연인에 의해 목이 잘린 유명한 가수의 것으로 변했다.

나를 겁줄 목적으로 일부러 이런 이미지들을 선택하는 것이 틀림없었다. 나는 목소리를 변함없이 유지하려고 힘겹게 싸웠다.

"내 목숨과 내 동생의 것을 맞바꿔요."

"타일러?"

"네."

나는 타일러가 이곳에 있을 것 같다는 예감을 확인하기 위해서 그의 반응을 기다렸다.

"그게 좋은 생각인지는 모르겠는데. 네가 도망치지 않을 거라는 걸 내가 어떻게 알겠니?"

"당신은 나를 잡아 두는 방법을 알아낼 거라고 생각해요."

얼굴이 여자의 것으로 바뀌었다. 숨이 턱 막혔다. 그는 웃었다.

"그건 또 누구에요?" 나는 물었다.

그 여자는 울부짖으면서, 울고 있었다.

"그냥 엄청나게 슬픈 여자. 누가 그녀의 아이들을 죽인 것 같은데." 그가 말했다. "아마도 전남편이겠지."

"무시무시하군요." 나는 중얼거렸다.

"하지만 우리는 그녀에 대해 이야기하고 있던 게 아니잖아, 우리는 타일러에 대한 이야기를 하고 있었지."

그의 금속성 목소리가 내 동생의 이름을 다시 부르는 것을 듣는 것만으로도 몸이 떨렸다.

"당신이 그 애를 데리고 나온다면, 그리고 내가 그 애를 만나게 되면, 나는 내 목숨과 그 애를 바꿀 거예요."

"그 애를 위해서 네 몸을?"

"그래요."

"썩 공평하지 않은 것 같은데. 그 애가 더 어리잖아."

"하지만 몸이 안 좋죠."

"좋은 지적이야."

그 얼굴은 자기 가족들을 독살하고 감옥에 간 여자의 얼굴로 변했다.

"그거 그만할 수 없어요?" 나는 물었다.

"나는 너의 그런 용기가 좋아, 캘리. 네 제안을 받아들이지."

"그러겠다고요?"

"그래. 하지만 여기로 타일러를 데려오지는 않을 거야. 그냥 그 부분에 대해서는 내 말을 믿어야만 할 거야."

이제 내 차례였다. "그건 공평하지 않은 것 같은데요."

"'공평'이라는 단어는 대화에 나온 적도 없다고 생각하는데."

"아니요, 나왔어요." 내가 말했다. "심지어 당신이 먼저 끌어다 썼잖아요."

"영리하구나. 존경스러워."

"나에게 뭔가 줘야 할 것 같지 않으세요."

"뭘?" 그가 물었다. "어떻게 해야 공평한데?"

"마스크를 벗어요." 나는 조용하게 말했다.

그는 한동안 말이 없었다. 그 여자의 얼굴도 그대로 굳었다.

"벗으라고?"

"네." 나는 더 크게 말했다. "당신의 진짜 얼굴을 보여 주세요."

그는 얼굴을 진하게 분장한 유명한 마임 배우의 것으로 바꿨다.

"여기 있다."

"그건 아니죠."

"이게 네가 얻을 수 있는 최선이야."

"그렇다면 거래는 없는 걸로 하죠."

그는 잠시 멈췄고, 그러더니 그의 목소리가 더욱 자신감 있게 들려 왔다. "나는 너랑 거래할 필요가 없어."

"하지만 차이점이 있어요, 나는 내가 한 말은 지킨다는 거죠. 그러니 만약 우리가 합의를 보게 되면, 당신은 나를 내 자유의지로 여기에 있게 할 수 있겠죠. 영원히. 나는, 내가 볼 수 없는 남동생을 위해서, 그리고 당신 얼굴을 한 번 보기 위해서. 그게 전부예요."

"너는 아직도 네가 내 부하들이 있는 내 시설 안, 여기에서 얼마나 불리한지 깨닫질 못했구나." 그는 잠시 멈추고 아래를 쳐다봤다. "네 동생을 너무나 사랑해서 이런 일을 한다는 거야?"

"나는 그 애의 전부예요."

내가 전에 본 모든 얼굴들이 그의 가면을 빠르게 잇달아, 왼쪽에서 오른쪽으로 흘러 지나갔다. 그러더니, 뒤에서 아래로, 두루마리처럼 흘러갔다. 그리고 나더니 모든 조각들이 뒤섞여서, 반은 자살자의 얼굴, 나머지 반은 살인자의 얼굴로 변하더니, 울부짖는 여자와 유명인사 살인범의 얼굴이 되었다.

얼굴은 네 조각으로 갈라지더니, 방의 공허한 적막과 대조적으로 더욱 무시무시한 끔찍한 고통의 스튜가 될 때까지 뒤섞이고 소용돌이쳤다. 나의 거친 숨소리만이 내가 들을 수 있는 전부였다.

"이게 네가 원하는 거니, 캘리? 진짜 나를 보고 싶다고?"

"진짜 당신, 전자 이미지를 모아 놓은 콜라주 말고."

"진짜 나." 그의 목소리는 차분했다. 체념한 듯한 목소리.

"네." 나는 내뱉듯 말했다.

"좋아."

그의 전기 얼굴이 희미해지더니 금속성 딸깍 소리와 함께 어둡게 꺼져 갔다.

나는 어둠 속에서 기다렸다.

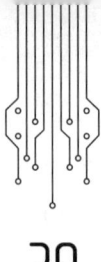

28

 나는 가까워 오는 올드맨의 발소리를 들었지만, 그는 말을 하지 않았다. 내 옆에 있는 걸까? 숨 쉬는 소리가 전혀 들리지 않았다. 그때 내 머릿속이 번뜩였다. 그는 발소리를 속였던 거였다. 그의 목소리처럼 합성된, 전자음이었다. 그가 환상으로 장난을 친 것이었다. 그는 내 쪽으로 걸어오지 않았다.

 그는 더 멀리 이동했다.

 어둠 속에는 나와 쥐죽은 듯한 정적뿐이었다. 나는 미리 위치를 찾아 둔 광센서 쪽으로 뒷걸음질 쳐서 손바닥으로 눌렀다. 전등이 켜지면서 빈 공간을 밝게 비추자 모든 것이 분명하게 보였다. 그랬다, 나는 그 커다란 빈 방에 혼자 있었다.

 나는 돌아서서 벽에 높이 걸려 있는 모니터를 봤다. 거기에는 로비의 대혼란이 비춰지고 있었다. 사건을 담당한 집행관 한 팀이 바디 뱅크의 직원들에게 수갑을 채우고 체포하고 있었다.

두 번째 단계. 나는 주머니 속의 경보를 다시 눌렀다.

"그가 사라졌어요." 나는 외쳤다.

어느 정도 거리를 두고 내 뒤를 밟아, 나를 엄호하던 두 집행관이 그 방으로 뛰어들었다.

"어느 쪽으로 갔니?"

키가 더 큰 집행관이 물었다.

"모르겠어요, 못 봤거든요."

그 방에는 내 뒤에 있는 한 개를 제외하고 출구가 세 곳 있었다. 그는 그것들 어느 곳으로든 달아날 수 있었다. 키가 큰 집행관이 첫 번째 출구로, 다른 집행관이 두 번째 출구로, 그리고 나는 세 번째 출구를 열고 나갔다. 나는 두 대의 엘리베이터 쪽으로 연결된 짧은 복도를 발견했다. 웅웅거리는 소리로 두 대 모두 움직이고 있다는 것을 알 수 있었지만, 그것들이 올라가고 있는지 내려가고 있는지를 알려 주는 어떤 빛도 없었다. 나는 패드를 누르고 먼저 온 쪽에 올라탔다. 나는 1층을 지나서, 주차장이 있는 층으로 내려갔다. 나는 올드맨을 찾으면서 조명이 흐릿한 주차장 안으로 뛰어 들어갔다. 수많은 고급 차량들이 가까이 주차되어 있었고, 더 먼 곳에 직원들의 차가 있었다. 몸을 숙여서 차 밑으로 그의 다리가 보이는지 찾아봤지만, 아무도 보이지 않았다. 나는 그를 찾아내서 그의 얼굴에서 마스크를 찢어 버리고, 그 맨 얼굴을 드러내고 싶었다.

나는 멈춰서 귀를 기울였다. 아무래도 그는 숨어 있는 것 같았다. 나는 잠시 조용한 내 숨소리만 들어야 했다. 그 순간, 발을 끄는 소리가 들렸다. 나는 주위를 둘러보다가 그늘 속에 누군가가 벽에 등을 기대고 SUV의 뒤에 숨어 있는 것을 봤다.

나는 그곳으로 달려들었다. 이 구역은 어두웠다. 그 형상은 나에게서 도망치려고 했지만, 그는 구석으로 몰렸다. 뒤쪽의 벽에 막히자, 그가 털썩 앉더니 몸을 웅크렸다.

아이라이너를 그렸던 간호사, 테리였다. 그는 울고 있었다.

"아기 고양이, 체포당하게 하지 말아 줘요." 테리가 말했다. "감옥에서는 살 수 없어요."

나는 테리의 팔꿈치 아래로 손을 찔러 넣어서 그를 일으켜 세웠다.

"저를 도와주세요, 그리고 우리가 할 수 있는 일을 알아보도록 해요. 올드맨이 어디로 숨었을까요?"

"올드맨은 숨지 않았을 거예요. 그냥 떠날걸."

"그 사람 차는 어떤 거죠?"

"차가 아니에요."

테리의 귀여운 눈이 올려다봤다. "헬리콥터죠."

***

테리와 나는 지붕으로 향하는 계단을 뛰어올랐다. 나는 헬기를 제일 먼저 생각해 내지 못한 나 자신에게 화가 났다.

"언젠가 이런 날이 올 줄 알았어."

테리의 뺨에 검은 화장품이 줄줄 흘렀다.

"그럼 그만뒀어야 했겠네요."

우리는 지붕으로 이르는 마지막 문을 박차고 나와서 차가운 공기로 뛰어들었다. 헬리콥터의 날개깃이 회전하는 큰 소리와 강한 바람이 우리의 얼굴을 후려쳤다. 머리카락이 얼굴을 채찍질해서 눈을 가늘게 뜨고 보니 검은 벌레 헬기가 5~6미터 정도 떨어진 상륙장 위에 있었다. 아직 하늘에 뜨진 않았다.

곡선으로 된 창문을 통해서 조종사 뒤에 앉아 먼 곳을 보고 있는 올드맨이 보였다. 나는 날개깃을 피해 몸을 낮추고 헬기로 달려갔다. 조종사가 올드맨에게 손짓을 했고, 그는 내 쪽으로 휙 돌아봤다.

그의 얼굴은 오래된 공포 영화에 나온 미라의 얼굴이었다.

나는 문고리를 잡고 헬리콥터의 활주부에 서서 문을 잡아당겨서 열었다. 올드맨이 다시 문을 닫으려고 팔을 뻗었고, 나는 그의 팔을 잡았다.

나는 문틀을 잡고 그의 코트 소매를 잡아당겼다. 그의 뒤로, 그의 옆 좌석에 뭔가 축 쳐져 있는 게 보였다. 누군가 자루 안에 들어 있었다. 몸집이나 성별, 혹은 살아 있는지조차 알 수가 없었다. 테리는 내 뒤에 있었지만 가까이 오지 못하고 있었다. 나만이 올드맨과 싸우고 있었다.

그를 반쯤 헬기 밖으로 끌어내며 매달렸다. 나는 그의 마스크 귀퉁이에 손을 뻗었다.

"뭘 숨기고 있지?"

나는 날개깃이 내는 시끄러운 소리보다 크게 외쳤다.

그는 헬기의 문틀을 붙잡고 다른 한 손으로는 나를 뒤로 밀어내려고 애를 쓰고 있었다.

"내 동생은 어디 있어?"

나는 소리를 지르면서, 손가락으로는 올드맨의 얼굴 한쪽을 파고 들었다.

그는 내 배를 발로 차서 밀어냈다. 나는 필사적으로 매달렸다.

조종사가 총을 꺼내더니 나를 조준했다. 나는 아무것도 할 수 없었다. 이제 죽은 목숨이었다.

그러나 올드맨이 그의 팔을 밀어냈다. 나는 영문을 알 수 없었다. 그 단절이 나를 얼어붙게 만들었다. 올드맨은 조종사에게 뭐라고 외쳤다. 그는 다시 헬기를 띄우기 위한 조종에 착수했고, 나는 그대로 활주부에 서 있었다. 시야 한구석에서, 테리가 나에게 뛰어내리라고 손을 흔들고 있었다.

우리는 바닥에서 떠오르고 있었다. 내가 조금만 더 머물렀더라면, 헬기 안으로 올라타야만 했을 것이다. 나는 마지막으로 마스크를 잡아당기면서 뛰어내렸다. 가장자리가 벗겨졌지만 여전히 붙어 있었다. 나는 뒤로 낙하하면서, 얼굴에 마스크를 붙들고 문을 닫는 올드맨을 봤다.

나는 등으로 착지했다. 테리가 도와주려고 달려 왔다. 나는 그에게 저쪽으로 가라고 손짓을 했다. 아프지는 않았다. 그저 항상 도망가 버리는 놈에게 좌절했고 화가 났다.

로렌과 변호사와 나의 두 집행관이 합류했지만 이미 너무 늦었다. 하늘로 탈출하는 올드맨의 헬기를 보고 있으려니, 한 가지 의문이 나를 괴롭혔다.

그 자루 안에 있던 것은 타일러였을까?

＊ ＊ ＊

우리는 한바탕 소동이 벌어지고 있는 건물 1층에 모였다. 다른 집행관들은 프라임의 직원들을 모두 소집한 뒤 벽에 대고 줄을 세웠다. 틴넨바움, 도리스, 로드니는 각자 항의하면서 그들의 변호사에게 전화할 수 있도록 휴대 전화를 돌려 달라고 요구하고 있었다. 경비들과 상담원 등, 다른 근로자들 중 몇 명은 체념하고 바닥에 주저앉아 있었다. 몇 명은 울고 있었다. 기술자인 트랙스는 머리를 감싸 쥐고 앉아 있었다. 간호사 한 명은 집행관에게 비명을 지르며 서 있었다. 이 모든 것 가운데에서, 본 상원 의원이 두 명으로 이루어진 소규모의 기자단과 함께 그를 찍는 카메라를 향해 말하고 있었다.

나는 틴넨바움에게 걸어갔다. "내 동생은 어디에 있어요?"

그는 고개를 저었다. 나는 휘청거렸지만, 변호사가 나를 뒤에서 잡아줬다.

"너도 올드맨이 얼마나 비밀스러운지 알잖아." 도리스가 말했다. "우리도 안다면 너한테 말해 주고 싶어."

집행관 한 명이 우리 사이를 중재했다. 내가 그들을 밀어 버리기 전에, 모두의 눈이 정문으로 향했다. 10대 몇 명이 입을 탁 벌리고 건물 안으로 들어섰다. 당황스러운 표정이 그들의 굉장히 멋진 얼굴을 뒤틀려 보이게 했다.

세 번째 단계.

"어떻게 된 거죠?" 키가 큰 금발이 말했다. "우리는 여기로 오라는 이야기를 들었는데요."

"누가 그런 얘길했나요?" 상원 의원이 그녀의 얼굴에 마이크를 들이댔다.

"저 사람이었소." 어두운 색의 머리를 한 소년이 가리켰다. "틴넨바움."

"그런 적 없습니다." 틴넨바움이 말했다.

소년의 몸 안에 있는 그 연장자 렌터는 고개를 저었다. "오, 아니. 당신이었소, 이 사람아. 우리 프라임 채널의 개인 방송에 나와서는, 우리 칩에 뭔가 잘못됐으니, 우리 모두 바디 뱅크로 돌아와야 한다고 당신이 말했잖소."

"내 젊은 모험을 이렇게 짧게 끝내려고 이렇게 많은 돈을 지불한 게 아니에요." 금발이 말했다. "하지만 리콜을 해 준다면, 그냥 넘어가죠, 어때요?"

나는 로렌을 올려다봤다. 그녀는 미소를 지었다. 우리의 가짜 개인 방송이 제대로 해낸 것이다. 더 많은 렌터들이 로비로 몰려들었고, 모두들 똑같이 혼란스러운 표정이 얼굴에 가득했다. 10대의 몸 안에 있는 특권층 엔더 렌터들이 답변을 요구하자 소음 수준이 견딜 수 없을 정도로 올라갔다.

다른 사람들에게 손을 흔들며 지나가는 낯익은 얼굴이 하나 있었다. 매디슨이었다. 그녀가 로비 한가운데 있는 우리에게 오는 동안, 그녀의 긴 귀걸이가 그녀의 금색 단발머리 아래로 달랑거렸다. 나는 그녀의 어깨에 팔을 두르고 본 상원 의원을 마주봤다.

"매디슨 씨에요." 나는 상원 의원에게 말했다. "이분이 발표용 방송을 제작했어요."

상원 의원이 그녀와 악수를 나눴다.

"트랙스는 어디에 있어요?" 매디슨이 물었다.

야성적인 백발을 한 키가 큰 엔더 기술자는 손목에 수갑을 차고, 충격을 받은 채 서 있었다.

"자, 잘생긴 양반, 나를 내 몸으로 보내 줘요." 매디슨이 말했다.

＊＊＊

집행관 한 명이 트랙스의 수갑을 풀어 주고 그의 팔을 잡았다. 트랙스가 우리 무리를 이끌고 복도를 통해 바디 뱅크의 가장 깊은 곳으로 이끌어 가는 동안, 집행관은 그 기술자를 그림자처럼 따라갔다. 나, 매디슨, 로렌과 그녀의 변호사, 전직 집행관, 그리고 사방을 찍고 있는 카메라 기자를 대동한 본 상원 의원이 함께했다. 우리 뒤에는 조부모들의 대부분과 시끄러운 렌터들이 들어 있는 10대들의 몸으로 이루어진 많은 무리가 따라오고 있었다.

우리는 마침내 나는 전에 본 적이 없는 방에 도착했다. 트랙스는 그곳을 대기실이라고 불렀다. 한가운데에 원형의 간호사국이 있는 집중 치료실과 닮은 넓은 공간이었다. 그곳에서부터 안락의자들이 활짝 핀 꽃잎처럼 펼쳐져 있었고, 각각의 안락의자에는 노인 렌터들이 누워 있었다. 100명이 넘는 렌터들을 수용하고 있었는데, 모두 눈을 감고 머리 뒤에 그들을 컴퓨터와 연결해 주는 튜브를 삽입하고 있었다.

간호사들은 우리를 보고 놀랐지만, 상원 의원과 카메라의 존재 때문에 자극을 받았는지, 협조적이었다. 렌터들 몇 명은 그들의 수염과 머리카락이 자란 정도로 보아, 그 곳에 두 달 이상 있었던 것처럼 보였다. 그들은 80세부터 150세 사이의 연령대였다.

매디슨은 그녀의 긴 다리로, 눈을 감고 기대 누워 있는 125세 정도의 건장한 여성에게 뽐내듯이 걸어갔다. 다른 여기 있는 렌터들과 같이, 그녀도 환자복을 입고 담요를 덮고 있었다.

매디슨은 몸집이 큰 노인을 가리키며 트랙스에게 말했다. "이제 너그럽게 나를 나의 늙고, 뚱뚱한 몸으로 돌려보내 줘요. 얼마 남지 않았지만, 그 몸이 내 거니까."

트랙스는 매디슨이 앉을 의자를 밀어 줬다. 그는 간호사국으로 가더니 그의 손을 세로로 된 키보드에 얹었다. 그는 부드럽게 전화번호를 누르는 것처럼, 일련의 키를 눌렀다. 나는 트랙스의 눈이 움직이는 곳을 따라 천정 가까이, 그의 바로 위에 매달려 있는 동그란 컴퓨터 모듈을 봤다. 몇 분 동안 불빛이 순서대로 깜빡거렸다. 그러고 나서 그 불빛과 소리가 정지했다.

모두가 숨을 멈춘 것 같이, 방 안이 매우 조용해졌다. 그리고 안락의자에 누워 있던 건장한 여성이 눈을 떴다. 트랙스가 그녀에게 다가가서 그녀의 어깨를 건드렸다.

"괜찮아요?" 그가 그녀에게 물었다.

그녀는 잠에서 깨려는 듯 머리를 흔들었다. "더 좋을 수가 없네."

그녀는 트랙스가 자신에게 연결된 튜브를 뽑아내기를 기다렸다가 일어나 앉았다.

"안녕, 캘리, 아가야. 이게 진짜 나야. 리애넌."

나는 리애넌에게 미소를 지었다.

10대 기증자인 진짜 매디슨은 눈을 감고 의자에 축 늘어져 있었다. 그 애는 한창 악몽을 꾸고 있는 고양이처럼 경련을 일으켰다. 그러더니 눈을 떴다. 그 애는 혼란스러워 보였고, 짧은 금발은 얼굴 앞에서 찰랑거렸다. 그 애는 일어나 앉았다.

"제가 어디에 있는 거죠?" 매디슨은 부드럽고, 조용한 목소리로 말하며 주변을 둘러봤다. "이 사람들은 다 누구에요?"

그녀의 목소리는 낯익었지만, 달랐다.

리애넌은 앞으로 몸을 기울여서 매디슨의 어깨에 손을 얹었다.

"다 괜찮아, 아가야, 너는 프라임에 돌아왔단다. 네 렌탈은 이제 끝났어."

렌터 몇 명은 그들의 렌탈 기간을 사기 당했다는 생각에 언짢아 보였다.

그들은 소리 높여 항의했다. 상원 의원과 전직 집행관과 변호사와 트랙스가 함께 손을 들었다. 그들은 가장 좋고 빠른 해결책은 간단하게 플러그를 뽑는 거라고 결정했다.

"좋아요, 모두들 바닥에 앉으세요, 당장." 상원 의원이 말했다.

10대의 몸에 있는 성격 나쁜 연장자들 중에서 소수만 말을 따랐다. 트랙스는 조금 전에 매디슨의 연결을 끊을 때 했던 순서대로 따랐다. 바닥에 앉지 않았던 10대들도 곧 그렇게 됐다. 연장자들의 몸이 안락의자에서 움직이기 시작했다. 우리 중 나머지는 그들이 왜 바닥에서 일어나는지 이해하지 못하는 불쌍한 10대 기증자들을 도와주러 갔다.

나는 그 무리들을 살펴봤다. 가까운 뒤쪽의 바닥에 내가 아는 누군가가 있었다.

마이클이었다.

그 애는 안전했다. 나는 그 애의 옆에 무릎을 꿇었다.

"마이클?"

마이클은 정신이 혼미한 표정으로 나를 쳐다봤다. "캘?"

그 애는 한 손으로 몸을 떠받치고 일어나며 물었다.

"네 얼굴, 어쩌다 그렇게 된 거야?"

나는 내 턱을 쓰다듬었다. 진통제 덕분에, 내가 얼마나 안 좋게 보일지 쉽게 잊어버렸다.

"좀 심한 이탈자를 만나서."

"많이 아프니?"

"다 나을 거야."

"내가 어디에 있는 거야?" 마이클이 일어나 앉아서 머리를 문질렀다.

"바디 뱅크에."

그 애는 그 말을 받아들였다.

"바디 뱅크라고. 내 렌탈이 끝난 건가?"

"완전히 끝났지."

나는 그 애에게 팔을 두르고 안아 줬다.

마이클도 자기 팔로 나를 감쌌고, 나는 그 애가 얼마나 나를 안심시켰는지를 기억해 냈다. 나는 한동안 코를 그 애의 셔츠에 묻었다. 지금 순간에 계속 머무를 수 있다면 좋겠지만, 내 마음은 동생에게 향해 있었다. 타일러가 여기에 있었다면, 그 애를 찾을 수 있었을 텐데.

나는 마이클이 일어나도록 도와줬다. 이제는 모든 기증자들이 상황에 적응을 한 모양인지, 자기 발로 서 있었다.

로렌은 자신의 변호사와 함께 내 쪽으로 왔는데, 그들의 몸은 긴장하고 있었다.

"우리도 단언할 수 없으니, 너무 기대는 하지 말거라, 하지만 우리가 네 동생의 흔적을 찾아낼지도 몰라." 상원 의원이 말했다.

＊＊＊

상원 의원과 나는 트랙스와 집행관 한 명과 함께 긴 복도로 몰려갔다.

"그 애가 네 동생인지는 모르겠어." 트랙스가 고개를 저었다.

"플로리나는요?" 나는 물었다. "타일러가 혹시 여자애랑 같이 있었어요?"

"아니, 남자애만 있었어." 트랙스가 말했다.

우리가 빠르게 걸어가는 동안에 트랙스는 올드맨이 아침에 자신과 상의를 했다는 이야기를 했다. 올드맨은 10대 초반의 아이의 뇌에도 수술이 가능할지를 알고 싶어 했다. 그 논의는 특정한 뇌의 크기에 대한 질문으로 이어졌고, 트랙스는 타일러를 검사했다고 했다.

"하지만 그 아이가 아직 여기에 있는지는 모르겠어." 트랙스는 이맛살을 찡그렸다. "내가 그 애를 마지막으로 본 시간이 오늘 아침

7시 30분이었어. 올드맨이 그 애를 옮길 시간은 많았지."

"누가 그 애를 돌봐줬나요?" 내가 물었다.

트랙스는 어깨를 으쓱했다.

"어서, 가요." 나는 트랙스의 팔을 잡고 그를 빠른 걸음으로 이끌었다.

우리는 "출입 금지"라고 적혀 있는 문을 지나, 짧은 복도가 나타날 때까지 모퉁이를 두 번 더 돌아서, 아무 것도 표시되어 있지 않은 잠긴 문 앞에 섰다.

트랙스는 그의 손바닥을 판독 패드 위로 흔들었고, 문이 열렸다. 나는 거의 그를 넘어뜨릴 듯이 하면서 안으로 뛰어 들어갔다.

그곳은 서류 보관함과 작업 테이블 몇 개 외에는 가구가 별로 없는, 창문 하나 없는 사무 공간이었다. 작은 간이침대 하나가 벽 옆에 있었고, 그 위에는 담요 한 무더기가 헝클어져 있었다. 나는 담요를 옆으로 밀어젖혔다.

비어 있었다.

나는 침대에 주저앉아 시트의 냄새를 맡았다. 타일러가 여기에 있었다. 깔려 있는 시트에는 아직도 그 애가 누워 있던 자국이 남아 있었다.

"가 버렸어요." 내가 말했다. "그가 데려갔어요. 올드맨이 그 애를 데려갔다고요."

집행관이 옷장과 욕실을 확인하고, 서류 보관함 서랍을 열어 보며, 점검을 수행했다. 쓸 데 없는 일이었고 우리 모두 그 사실을 알고 있었다.

나는 울기 시작했다. 멈출 수가 없었다. 눈물이 뺨을 타고 줄줄 흘러내렸다. 나는 할 수 있는 모든 일을, 그 애를 위한 모든 것을 다 했다. 그런데 그 애는 사라졌다. 나는 그 애가 어디에 있었는지 알고 있었다. 타일러는 올드맨과 함께 헬기에 있었다. 나는 가까이에 있었다. 그리고 그 애를 잃었다.

"전에는 여기에 있었어. 정말로." 트랙스가 말했다.

그와 본 상원 의원은 거기에 서서, 다른 방향을 쳐다보고 있었다. 나는 작은 간이침대 가장자리에 앉아 있었다. 콧물을 흘리고 있는 내 모습이 얼마나 멍청한지 누가 무슨 생각을 하든지 그런 것은 중요하지 않았다. 너무나 절망적인 상황이었다. 나는 내가 할 수 있는 모든 짓을 하면서, 진창 속을 기어 왔는데, 내 동생을 찾을 수조차 없었다.

아빠, 저도 아빠랑 약속했던 거 알아요. 저는 노력했어요. 정말이에요.

나는 공허하게 속을 후벼 팠다. 그 아이는 외로움과 두려움으로, 자루 안에서 괴로웠겠지. 올드맨과 함께. 흐느낌이 점점 커지면서 나는 몸을 떨기 시작했다.

트랙스가 나를 진정시키려고 손을 뻗었다. "정말 미안하구나."

"날 내버려 둬요." 나는 그를 몰아세우며 말했다.

나는 일어나서 허공에 악을 썼다.

"당신이 할 수 있는 말 중에 도움이 될 것은 아무 것도 없어. 당신들 바디 뱅크 사람들 모두, 당신들 전부의 책임이야. 어떻게 그 아이에게 그럴 수가 있어? 그냥 어린애란 말이야. 어린애가 될 기회조차 없었던 어린애란 말이야."

나는 휙 돌아서서, 본 상원 의원을 쳐다봤다.

"당신들 엔더, 전부 당신들 잘못이야. 왜 모두에게 백신을 주지 않았어? 당신들이 그렇게 인색하게 굴지 않았더라면 우리들은 이렇게 엉망이 되진 않았을 거야."

상원 의원은 창백해 보였다. 그는 두 손을 목 뒤로 올렸다.

방의 점검을 마친 집행관이 내 시야에 들어왔다. 그는 본 상원 의원에게 고개를 저어 보였다. "여기에 없습니다."

집행관의 입에서 나온, 저 말인즉슨……. 나는 수없이 집행관을 피해 숨었고, 그들이 나를 또는 내 친구들을 아니면 다른 스타터들을 찾지 못하기를 바라며, 보고 있었다. 하지만 이번에는 그가 내 동생을 찾아주길 바라고 있었다. 만약 내 동생이 그를 보았다면, 그 애는 밖으로 나오지 않았을 것이다.

우리는 집행관들이 절대로 찾아볼 생각을 안 하는 장소에 숨었다. 벽 속이라든가. 분명히 보이는 곳이라든가. 위쪽 같은.

나는 일어서서 방을 살펴봤다.

엔더들은 내가 무슨 짓을 할지 몰라 두려워하기라도 하는 것처럼, 나를 경계하는 눈으로 쳐다봤다. 나는 천장을 쳐다봤다. 만약 동생이 내가 아니라 집행관을 먼저 봤다면……. 그리고 내 목소리를 못 들었다면…….

나는 욕실로 들어가서 위를 올려다봤다. 나를 따라온 엔더들이 문가에서 몰려 있었다. 변기 뚜껑이 닫혀 있었다. 첫 번째 단서였다.

나는 그 위를 밟고 올라섰다.

사람들이 앞으로 몰려와서, 내가 넘어지면 잡으려는 태세로 팔을 뻗었다. 나는 세면대로 올라섰다. 나는 천장 패널에 손자국을 발견했고 그걸 밀었다.

"괜찮아, 타일러." 나는 천장 위에 소리쳤다. "나야."

나는 패널을 밀어올리고 옆으로 제쳐 뒀다. 타일러의 머리가 수줍은 여우처럼 살짝 보였다.

"캘리 누나?"

심장이 목구멍까지 튀어오를 것 같았다.

"타일러. 이리 와, 이 녀석."

나는 그 애가 숨어 있던 곳에서 그 애를 힘차게 껴안아서 집행관에게 내려줬다. 나는 세면대에서 내려와서, 최대한 꽉 동생을 끌어안았다. 아기처럼 부드러운 머리카락에서 나는 달콤한 향을 들이키며, 타일러의 머리에 키스를 했다. 가슴이 너무나 묵지근해서, 마치 트럭에 깔려 있는 것 같았다.

타일러가 울었다. 나도 울었다. 사람들도 울었다.

그리고 나는 이번에는 놓지도 않았다.

* * *

타일러에게 수없이 포옹하고 키스하고, 타일러의 건강 상태가 좋은지를 확인한 후에, 엔더들은 우리를 소음 수준이 열에서 다섯 정도로 감소한 아래층의 로비로 데려갔다. 우리는 타일러를 로렌에게 소개했다. 본 상원 의원은 담요를 들고 있다가 동생에게 둘러 줬다.

"동생은 괜찮니?" 로렌이 내게 물었다.

"그 사람이 먹을 것을 줬어요, 올드맨이, 그리고 나한테 약도 줬어요." 타일러가 말했다.

나는 그 행동이 이타적인 의도였는지는 의심스러웠지만, 타일러에게는 아무 얘기도 하지 않았다. 그때 나는 플로리나가 생각났다. 그들이 호텔에서 끌려나왔을 때 그녀는 타일러와 함께 있었다.

"타일러, 플로리나는 어떻게 됐어?" 나는 물었다.

"그 사람들이 플로리나를 차 밖으로 밀어냈어."

"뭐?"

"그 사람들이 우리를 차에 태우고 나서, 두 블록 정도 갔어. 그러더니 플로리나를 내리게 했어."

"그 애가 괜찮았으면 좋겠는데."

타일러는 고개를 끄덕였다.

"플로리나가 일어나는 걸 봤어." 그 애는 한동안 생각했다. "플로리나에게 고모할머니가 있다는 거 알아? 산타 로사에?"

나는 고개를 저었다.

"플로리나가 자기 이야기를 해 줬어. 아마도 거기로 갔을 거야." 타일러가 말했다.

상원 의원이 타일러의 머리를 쓰다듬었다. 집행관 한 명이 상원 의원에게 걸어 들어온 렌터와 기증자의 짝을 맞춘 명단을 보여 줬다. 그는 그들이 각각의 렌터와 그들의 기증자를 짝지어 놓은 방 옆을 가리켰다. 매디슨은 리애넌 옆에 서 있었다. 틴넨바움은 리 옆에, 로드니는 라즈 옆에 그리고 도리스는 브리오나 옆에 서 있었다. 마이클은 커다란 코와 똥배가 불룩 나온 한 노쇠한 엔더 옆에 서 있었다. 그는 200세쯤일 것이다. 저놈이 마이클의 몸을 하고 있을 때 나를 건드린 그 자식인가? 나는 토하고 싶었다.

스타터 기증자들과 엔더 렌터들의 줄은 복도를 따라 구불구불 이어졌다. 로렌과 타일러와 나는 그 줄을 따라 걸어가면서, 모든 사람의 얼굴을 살펴봤지만, 엠마와 닮은 사람은 아무도 찾지 못했다. 로렌도 그녀의 손자 케빈을 찾지 못했다.

"나도 승산이 거의 없었던 것은 알고 있었어." 로렌이 말했다. "그래도 너는 절대 희망을 포기하지 마."

"우리는 계속 찾을 거예요." 나는 그녀의 어깨를 두드렸다. "그 애들을 찾을 때까지는 끝나지 않을 거예요."

* * *

기나긴 밤에서 아침이 되어 갈 때, 모든 것이 막이 내렸다. 조부모들은 그들의 손자손녀를 되찾으려고 왔다. 아직 어두운 아침에 보호자가 없는 미성년자들이 사라진 것을 본 조부모들은 놀랐지만, 나는 이해했다. 그 애들은 엔더를 믿지 않았다.

타일러는 도리스의 사무실에 있는 소파에서 잠이 들었다. 마이클과 나는 그녀의 책상 근처에 있는 의자에 털썩 앉아 있었다. 우리는 진이 빠져 있었고 반쯤 잠들어 있었다. 어쨌든, 나는 왜 이렇게 마이클이 멀게 느껴지는지 자문해 보았다.

"그럼 플로리나는 산타 로사에 있는 고모할머니가 계셨다는 거

네." 내가 말했다.

"응. 그 애는 고모할머니가 자길 맡아 줄 거라고 말했었어."

"행운아구나."

"내가 자기랑 같이 갈 수 있었으면 좋겠다고 했었어. 물론, 보호자가 없는 채로."

"왜 안 갔어?"

그 애는 어깨를 으쓱했다. "거긴 너무 춥잖아."

나는 고개를 끄덕였다.

"그래서 말인데 우리 수당 못 받겠지." 그 애가 말했다.

"기대 안 하는 게 좋을 것 같아."

"그다지." 그 애는 고개를 저었다. "우리는 아무것도 아닌 일에…… 목숨을 걸었던 거구나."

"야, 아무것도 아닌 건 아니지. 우리 머리에 이 정도 수준의 기술이 담긴 칩을 얻었다는 거래 내용이 빠졌잖아."

나는 웃었다. 그밖에 우리가 할 수 있는 일이 무엇이 있었을까? 나는 우리가 갈 곳이 없더라도 나의 작은 부족이 다시 함께 모였다는 것이 행복했다. 매트리스와 샤워와 작별을 고하고, 딱딱한 콘크리트 바닥과 물 양동이와 재회하겠지.

로렌이 문가로 걸어왔다.

"캘리, 잠깐 나 좀 볼까?"

나는 타일러의 잠든 몸을 봤다. 마이클이 고개를 끄덕이고는 자기가 타일러를 지켜보겠다고 했다.

"네가 듣고 싶어 할 이야기라고 생각해." 로렌은 미소 지으며 말했다.

그녀는 나를 그녀의 변호사가 책상 앞에 앉아 있는, 틴넨바움의 옛 사무실로 데려갔다. 그전에는 그렇게나 깊은 인상을 받았던 그 분수가 이제는 소름끼치게 싫었다.

"윈터힐 부인이 유언장을 남겼어. 네 이름도 거기에 있단다."

나는 로렌을 쳐다봤다. 그녀는 책상 앞에 있는 의자들 중 하나에 앉으라고 손짓했다. 그녀는 다른 의자에 앉았다.

"그런데 언제……?" 내가 물었다.

"헬레나는 렌탈을 시작하기 전에 유언장을 작성했단다. 그녀는 자신이 위험에 처하게 할 몸의 주인인 소녀에게 빚을 진다고 느꼈어." 변호사가 말했다.

"그녀는 네게 자기 재산의 반을 남겼어." 로렌이 말했다. "본가 저택과 별장."

집이라니.

말이 안 나왔다.

변호사는 종이를 읽었다. "그녀가 말하길, '나는 너를 모르지만, 이런 식으로 너를 이용하게 돼서 미안하구나. 그리고 우리가 너에게 남겨 준 세상에 대해서도 미안하다.'"

집? 나는 숨을 내쉬었다. 꿈을 꾸고 있는 것이 틀림없었다. 나는 뺨을 만져 보고 너무나 현실적인 실밥을 느꼈다.

그들은 내가 못 믿는다고 생각했는지, 나를 위해 다시 한 번 반복했다. 그리고 자세한 내용을 설명해 줬다. 하지만 내가 알아들은 단 한마디는 집이었다.

그래. 헬레나가 약속을 지킨 거였다.

나는 로렌을 쳐다봤다. 그녀는 고개를 끄덕였다. 맞아, 이건 전부 현실이야. 그녀의 눈이 반짝였다. 그러더니 눈물이 솟구쳤다. 나는 눈을 감았다. 내 눈에서, 왠지 눈물이 터져 나왔다.

집.

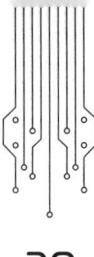

29

 아침에, 나는 타일러를 데리고 새로운 집에 살러 갔다. 나는 우리가 로렌과 그녀의 변호사의 호위를 받으며 그 대저택에 걸어 들어갈 때 타일러의 얼굴을 잊을 수 없을 것이다. 그들이 유제니아를 한쪽으로 불러서 유언장의 조건을 설명하는 동안, 타일러는 모든 가구들과 장식을 눈을 크게 뜨고 쳐다보고 있었다.

 그 애는 협탁 위에 있는 청동으로 된 강아지 조각 앞에 멈췄다.

 "만져 봐도 돼?"

 나는 고개를 끄덕였다.

 "하고 싶은 대로 뭐든지 해도 돼. 이제 네 거니까."

 그 애는 강아지 조각상을 들어 올려서, 가슴에 부드럽게 안았다. 1킬로그램 정도 나가는 무게임에도 불구하고, 타일러는 자신이 가는 곳마다 들고 다니길 고집했다. 내가 그 애를 주 침실의 커다란 침대에 눕혀 줬을 때에도 그 애는 여전히 강아지 조각상을 끌어안고, 같이 자기로 한 결심을 버리지 않았다. 나는 조각상을 그 애의 얼굴에 가까운 탁자 끝에 놓아두었다.

"마이클은 어디에 있어?" 타일러는 강아지의 머리를 쓰다듬으며, 무거운 눈꺼풀을 하고 말했다.

"예전 건물에 자기 소지품을 가지러 갔어."

"마이클도 여기 와서 지낼 거지, 그렇지?"

나는 미소 지었다.

"그럼. 걔는 손님용 작은 집을 예술가의 스튜디오로 꾸밀 거야."

"이제는 마이클이 뭘 그릴지 궁금해. 이제 우리는 길에 있지 않잖아." 타일러의 목소리가 느려졌다.

그러더니 눈을 감고 깊은 잠에 빠졌다.

***

그 뒤로 며칠이 지나고, 우리는 새로운 삶을 시작했다.

나의 법적 보호자인 로렌 덕분에, 내가 보호자가 없는 미성년자였다는 것을 근거로 유언장에 이의를 제기하는 사람들로부터 보호받을 수 있었다. 헬레나의 재산의 반과 그녀의 두 저택은 계속 내 것이 될 것이다. 나머지 반은 언젠가 내가 찾아낼, 엠마의 몫으로 남겨 두었다. 나는 그녀를 찾아낼 것이다. 나는 헬레나에게 빚을 졌다.

그 돈은 내가 바디 뱅크와 계약함으로써 얻게 되길 바랐던 돈을 훨씬 넘어섰고, 나는 진심으로 감사했다. 타일러는 돈으로 살 수 있는 가장 좋은 약을 먹게 되었고, 나날이 건강하게 자랐다. 나는 빠진 이를 새로 해 넣었고, 찢긴 상처와 멍은 거의 다 나았다.

마이클은 사유지에 있는 작은 집으로 이사했지만 곧바로 휴가를 떠났다. 그 애는 설명하지 않았지만, 자신의 물건들은 놓고 갔다. 나는 그 애가 분명히 플로리나를 만나러 갔을 거라고 생각했다. 실망스러웠지만, 나에게는 그럴 자격이 없었다. 블레이크를 잃은 것이 내 가슴에 커다란 구멍으로 남겨져 있었다. 그 구멍이 얼마나 큰지 깨달은 것은 일들이 진정되고 나서였다.

우리가 헬레나의 집으로 이사한 지 일주일 후에, 해리슨 상원 의원이 "사냥 중 일어난 사고"에서 회복하고 있다는 뉴스를 들었다. 프라임 바디 뱅크 스캔들의 여파는 그 다음 몇 달 동안 영향을 미칠 것 같았다. 선거가 끝난 후에, 10대를 살아 있는 죽음으로 이끌 파멸을 준비했던 사람을 엔더들이 재선출할 수 있을지 여부가 바로 판가름 났었다.

해리슨 상원 의원은 블레이크를 엄하게 구속하고 있었다. 나는 그 애에게 메시지도 보내 보고, 전화도 해 봤다. 그 애는 전혀 응답이 없었다. 그 애를 영영 포기하기 전에, 그 애를 직접 만나야겠다는 결심이 들었다. 내가 모든 것을 설명할 수 있다면, 한 번 더 기회를 달라고 설득할 수 있을 것 같았다. 아니라면, 그땐 마지막 해답을 얻게 될 것이고, 정리하면 될 거였다.

그 애의 빨간 스포츠카가 밖에 주차되어 있는 것을 발견하기 전까지 나는 여러 번 그의 집까지 운전을 해 가곤 했다. 마침내 그 애의 차를 보았을 때, 나는 심장이 달음질치는 것을 느끼면서, 노란 로켓차에서 뛰쳐나가기 전에 자신을 진정시켜야만 했다.

나는 위엄 있는 튜더 양식의 대저택을 올려다보며 인도에서부터 정문까지 이어진 장미가 줄지어 있는 오솔길을 따라 오랫동안 걸었다. 현관 앞에 발을 딛고, 그만 돌아갈까 싶을 때까지 초인종을 눌렀다. 문이 열렸다.

유니폼을 차려입은 쌀쌀맞은 얼굴의 엔더 보디가드가 총을 꺼내더니 내 머리를 겨냥했다.

"집행관 불러." 그가 집 안의 누군가에게 소리쳤다.

"소란을 부리려고 온 게 아니에요." 나는 손을 들었다. "그냥 블레이크를 좀 만나고 싶어요."

블레이크가 문으로 나왔다.

보디가드가 우리 사이로 끼어들었다. "물러서요."

"괜찮아요. 제가 얘기해 볼게요." 블레이크가 말했다.

경비원은 이어폰을 눌렀다. 그는 누군가가 하는 이야기를 듣더니 "네, 알겠습니다." 하고 대답했다. 블레이크와 나는 서로 표정을 살폈다. 그 애는 어깨를 으쓱했다.

경비원의 거동이 달라졌다.

"오늘 운이 좋은 것 같구나." 그가 내게 말했다. "괜찮다면, 수색을 좀 하겠다."

그는 총을 권총집에 넣고는 위부터 아래로 내 몸을 수색했다. 그러더니 다리에 찬 벨트에서 무기 탐색기를 꺼내서 내 몸을 훑었다.

그런 후 보디가드는 블레이크만 문가에 남겨 두고, 안쪽으로 걸어 들어가더니 시야에서 사라졌다.

"안녕." 그 애가 웃으며 말했다.

"블레이크."

나도 마주 웃었다. 그 애의 얼굴을 다시 보니 너무 기뻤다. 게다가 나에게 웃어 주고 있었다. 희망적인 징조였다.

"무슨 일이야?" 그 애가 물었다.

"이야기를 좀 했으면 좋겠어."

"뭐에 대해서?"

"그간 있었던 모든 일에 대해서. 설명할 게 너무 많아."

"이거 농담이니?"

그 순간 심장이 멎는 것 같았다. "블레이크?"

그 애는 고개를 들었다. "너, 이름은 뭐니?"

"나를 모르는 척 하지 마."

블레이크는 뒷덜미를 문질렀다. "내 친구들 중 하나가 너한테 이러라고 시켰어?"

"아, 알겠어." 나는 팔짱을 꼈다. "나를 용서하지 않은 거구나."

그 애는 그냥 쳐다보기만 했다. 조금의 양보도 없이.

"나는 네가 이해할 거라고 생각했어." 나는 말했다. "모든 일이 밝혀진 후에."

블레이크의 표정이 심각해졌다.

"미안해, 나는……." 그 애는 어깨를 으쓱했다. "너를 모르겠어."

손이 차가워졌다. 공허한 표정으로 나를 돌아보고 있는 내가 너무 잘 아는 얼굴을 보는 것, 그것이 나를 뼛속까지 찌르는 것 같았다. 무슨 일이 있었던 걸까?

"블레이크? 정말로 기억이 안 나? 아무것도?"

그 애는 고개를 저었다.

"승마는? 공원은……. 뮤직 센터는?"

그 애는 계속해서 고개를 저었다. 블레이크는 나에게 미안해하고 있는 것 같았다.

"내가 미친 게 아니야. 휴대 전화를 봐. 우리 사진이 있을 거야."

그 애는 과거에 손을 뻗는 중인 것처럼, 눈을 가늘게 떴지만, 아무것도 잡지 못했다. 블레이크는 나를 기억하지 못했다.

이것보다 더 고통스러운 일이 있을 수 있을까.

눈앞이 캄캄해졌다.

해리슨 상원 의원이 한쪽 팔을 어깨에 붕대로 매단 채로, 문가로 왔다. "캘리."

나는 뒤로 물러섰다.

"이 애를 아세요?" 블레이크가 물었다.

상원 의원이 내 쪽으로 다가왔다. 나는 뒤로 물러섰다. 그가 내 어깨를 두드렸다.

"괜찮다, 캘리. 안으로 들어와라."

그는 다치지 않은 팔을 내 어깨에 두르고 나를 이끌고 넓은 로비로 갔다. 보디가드가 그 옆에 완고하게 서 있었다. 아치형의 길을 통해 벽난로에서 장작이 타고 있는 거실이 보였다.

상원 의원이 블레이크에게 돌아섰다. "내 손님과 둘이서 이야기하고 싶구나."

블레이크는 고개를 끄덕였다. 그 애는 나가려고 돌아서기 전에,

어깨너머로 나를 한 번 흘깃 봤다. 그것이 추억의 작은 깜빡임을 보여 주는 것이길 몹시 바라고, 희망했다. 어느 것이라도. 하지만 그 애의 얼굴은 내가 그저 호기심의 대상임을 말하고 있었다.

해리슨 상원 의원은 내 팔을 잡고 나를 서재로 이끌었다. 그는 가죽 의자를 가리키고는 문을 닫았다. 나는 그 의자 뒤에 서 있는 쪽을 선택했다. 나는 해리슨 의원을 믿어야 할지 확신이 서지 않았다. 우리는 이제 고풍스럽게 장식된 방에 들어와 있었다.

"그래, 이제 네가 내 손자를 만났구나." 해리슨 의원이 말했다.

"블레이크에게 무슨 일이 있었던 거죠?" 나는 입술이 떨리는 것을 느꼈다.

그는 문 뒤를 가리켰다. "저게 내 진짜 손자야. 진짜 블레이크 해리슨이지."

그는 책상 앞에 앉으면서 얼굴을 찡그렸고, 팔걸이 붕대를 조정했다.

분명히 그의 말을 들었다. 그러나 그 말들이 이해가 되지 않았다. "진짜 블레이크라고요?"

그러자, 누군가 소리를 줄이기라도 한 것처럼, 사방이 조용해졌.

그의 책상 위의 유리 장식장에 들어 있는 골동품 시계만이 감히 소리를 내고 있었다. 금으로 된 공 세 개가 앞으로 뒤로, 앞으로 뒤로 안에서 회전하면서 째깍거렸다. 얼마나 빠르게 돌아가는지, 방향이 혼란스러웠고, 어지럽고, 구역질이 났다.

누군가 숨이 턱 막히는 소리를 냈다. 나였다.

상원 의원의 눈이 가늘어졌다. 그는 고개를 끄덕였다.

"전에는 블레이크가 아니었나요?" 나는 물었다.

해리슨 의원은 고개를 끄덕였다. "몸만."

손이 입가로 올라갔다.

그는 다시 고개를 끄덕였다.

나는 의자 뒤를 짚고 기댔다.

"그렇다면 누군가가 블레이크 안에서…… 그 애를 이용했다는 거군요."

"맞아." 상원 의원은 내가 그것을 받아들이는 동안 기다렸다.

누가? 누가 블레이크의 몸을 계속 원했던 걸까? 그러자 뭔가 내 머리를 스쳤다. 아니야. 차가운 한기가 전신에 흘렀다. 그 생각은 말로 꺼내기엔 너무나 끔찍했다.

"올드맨." 상원 의원이 말했다.

나는 손으로 머릴 감쌌다. 아니야. 그는 안 돼. 블레이크 안에? 내 정신은 시계 안의 금으로 된 공보다 더 빠르게 돌아갔다.

"그렇지만 저는 올드맨이 보호소에 왔을 때, 그를 봤어요." 내가 말했다. "동시에 두 곳에 있을 수는 없잖아요."

"그때는 정부와의 거래가 끝난 뒤였어. 그는 그때 블레이크를 떠났어."

"에어스크린으로 발표했던 것에 대해서는? 그건 그 전이잖아요."

"미리 촬영한 거였어."

나는 심호흡을 하느라 말을 멈췄다. "어째서 이렇게 되도록 두신 거예요?"

"올드맨은 블레이크 모르게, 내 손자를 인질로 잡고 있었어. 그 애할머니와 나만 알고 있었지. 그는 강제로 내가 정부와 프라임 데스티네이션 사이의 합의를 발표하게 했어."

"블레이크는 프라임과 계약한 것이 아니고요?"

상원 의원은 고개를 끄덕였다. "올드맨이 그 애를 납치해서 칩을 심었어. 블레이크는 아무 것도 몰라. 그 애는 자기가 요 몇 주간 아팠다고 생각하고 있어."

나는 손가락을 머리 사이로 찔러 넣었다. 줄곧, 공주로 가장한 시골 처녀처럼, 나는 나를 가짜라고 생각해 왔다. 그런데 사람 잡아먹는 괴물은 쭉 왕자였던 거였다. 나의 세계에, 그런 것은 없었다. 그리고 누군가를 다시 믿을 수 있을지조차 알 수가 없었다.

상원 의원이 내 어깨에 손을 얹었다. "캘리, 내가 너에 대한 고소를 기각하도록 검사에게 계속 압력을 넣어 왔다는 것을 알려 주고 싶었어."

나는 나 자신에 대한 모든 것을 잊고 있었다. "고맙습니다."

"그리고 네게 부탁 하나 하고 싶은데."

"뭔데요?"

내가 그를 위해 할 수 있는 일이 있다고는 상상도 되지 않았다.

해리슨 의원이 내 얼굴 가까이 얼굴을 대서, 그의 숨결에서 시가 냄새가 났다.

"우리 손자에게는 이것에 대해서 아무것도 말하지 말아 주렴."

* * *

나는 블레이크를 다시 만나지 않고 해리슨의 집을 떠났다. 나는 걸음마다 나를 비웃는 밝은 빛깔의 장미들이 있는 오솔길을 걸었다. 어리석은 계집애. 어떻게 그걸 모를 수가 있었니?

무릎이 후들거렸다. 뱃속에 끔찍하고 공허한 계곡이 생겨나서 나는 바닥에 쓰러졌다. 나는 그 고통이 멈출 때까지 배를 움켜쥐고 있었다. 블레이크와는 재회하는 일조차 없을 것이다. 그 애는 진짜가 아니었다. 우리가 했던 모든 것이 현실이 아니었던 것 같았다.

타는 듯이 뜨거운 눈물이 솟아났다.

그 애는 영원히 사라졌다. 엄마와 아빠처럼.

아빠.

아, 아빠, 너무 보고 싶어요.

* * *

나는 밤새도록 블레이크가 했던 말과 했던 행동 하나하나를 마음속에서 곱씹었지만, 그것을 올드맨의 말과 행동으로 다시 상상하게 되었다. 룬 클럽, 목장, 시상식 축하 행사. 이 순간들을 다시 또 다시 마음속으로 재현해 본 후에, 이런 장소들로부터 될 수 있는 한 멀리 떨어지고 싶었다. 그래서 다음 날 아침 나는 타일러를 데리고 샌 버너디노 산에 있는 새로운 별장으로 갔다. 우리는 양모 스웨터와 재킷을 꾸려서 북쪽으로 향했다.

헬레나의 두 번째 집은 2500평의 땅 위에 지어진 넓은 2층짜리 오두막으로 뒤로 호수의 전경이 보였다. 저택과 달리, 헬레나와 엠마의 흔적이 별로 없었다. 초상화나 홀로그램 액자도 없었다. 내가 그들을 잊으려고 애쓰는 중이었기 때문에, 그런 점은 이곳이 진짜 우리 것인 것처럼 느끼는 데 도움이 되었다.

바위 위에 앉아서 내가 얼마나 잃었고 얼마나 얻었는지에 대해 생각하는 동안, 타일러는 숙련된 몸짓으로 호수에 낚싯줄을 던졌다.

모든 것은 올드맨이 그의 바디 뱅크와 정부가 협상하도록 하기 위해 상원 의원을 이용하면서 시작됐다. 상원 의원에게 그런 일을 시키면서, 그는 블레이크를 납치해서 그 애의 몸을 인질로 이용했다. 헬레나는 그 점에 대해서는 아무것도 몰랐지만, 그녀는 해리슨 상원 의원이 정부와 협상하도록 만들 계획을 가지고 있다는 것은 알아냈다. 그래서 그녀는 내 몸을 빌려서 그를 죽이려 했다. 그녀는 그 협상을 막고, 가능한 최악의 경우에, 기증자의 몸이 살인에 이용될 수 있다는 것을 보여줌으로써, 프라임이 처음으로 공공연하게 드러나길 바랐다. 그녀가 레드먼드에게 살인 방지 스위치를 끄고 우리 칩을 개조하게 했을 때, 올드맨은 개조된 신호를 잡아내고 그녀의 음모를 발견했다. 올드맨이 이미 블레이크 안에 있었기 때문에, 그는 헬레나의 계획에 대해 더 알아내기 위해서 블레이크의 몸을 이용한 거였다.

바에서 그녀와 이야기를 하고 날짜를 정한 것이, 그가 룬 클럽으로 그녀를 따라갔을 때였다. 하지만 레드먼드는 칩을 개조하면서, 불안정하게 만들었다. 그렇게 해서 헬레나는 그 클럽에서 의식을 잃었고 블레이크 안의 올드맨이 그것을 본 거였다. 그리고 나는 그를 만났다. 그는 헬레나를 예의주시하기 위해서, 우리가 상원 의원이 대통령을 만나기 전에 그를 죽이지 않을 것을 확실히 하기 위해서 나와 관계를 맺기 시작했다. 그리고 내가 얼마나 살인 변조 스위치의 개조에 적응하는지도 알아보기 위해서. 나와 헬레나의 대화가 연결되고, 헬레나가 내 머리로 들어오게 되었을 때, 올드맨은 이것이 특히 정부를 위해서, 얼마나 가치 있는 소재가 될지를 알고 있었던 거였다.

그가 했던 모든 행동 하나하나가 사기 행위였다. 증조할머니를 방문하는 진짜 10대인 척, 내가 그를 믿도록 나를 좋아하는 척 가장했다. 우리가 목장에서 보냈던 시간도, 차 안에서의 시간도, 모두 거짓이었다. 그 어떤 연기상을 받은 슈퍼스타보다도 더 연기를 잘했다. 내 뺨을 만지고 싶은 척, 내 손을 잡고 싶은 척, 내게 키스하고 싶어 하는 척을 했다.

나는 손으로 입을 막았다. 하지만 기억을 모두 지워 내는 방법은 없었다.

나는 아팠다. 나는 블레이크와 함께한 시간을 사랑했다. 하지만 그것을 싫어해야 한다는 걸 느꼈고, 이제는 그 시간들이 올드맨이 나를 가지고 놀았던 것이란 것도 알았다. 가슴이 미어졌다. 한순간, 나는 이 기억들을 보석 상자에 넣어 보관하고 싶어졌다. 그 다음 순간에는 재로 태워 버리고 싶어졌다.

나는 타일러가 물에 낚싯줄을 던지는 것에 집중했다. 그 애의 낚시 실력은 향상돼 있었다. 적어도 타일러에게 집중할 때는, 평화로

움을 느꼈다. 그 애가 절대로 배고프지 않고, 다시는 차갑고 더러운 바닥에서 잠들 필요가 없고, 죽어 가지 않을 것을 알기에 편안했다. 나는 상쾌한 솔 향이 나는 공기를 들이마셨다. 매우 깨끗하게 느껴졌다. 나는 운 좋게도 이곳에 있었고, 감사하게도 두 집이 있었다. 나는 이곳이 얼마나 아름다운가를 제외하고는 모든 것에 대한 생각을 그만두기로 결심했다.

"타일러!" 나는 소리쳤다. "코코아를 만들러 갈게. 거기 있어, 알았지? 헤매지 말고."

그 애는 고개를 끄덕였다.

나는 뒷베란다로 이어지는 나무 계단 몇 개를 올라가서 따뜻한 부엌으로 들어갔다. 싱크대 위의 창문으로 타일러가 보였다. 나는 재킷을 벗어서 의자에 걸쳐 두었다. 찬장을 열고 코코아와 머그컵 두 개를 꺼냈다. 나는 코코아를 퍼서 각각의 머그에 넣고 정수된 뜨거운 물을 부었다. 무한한 물. 영원히.

나는 각각의 머그를 채운 뒤 카운터에 올려놨다. 뭔가 이상하다는 것을 느낀 것은 그 순간이었다. 뭔가 이전에 없었던 것이, 싱크대의 오른쪽 카운터 위에 놓여 있었다.

표범 무늬의 어두운 보라색이 섞인 노란 난초 한 줄기.

가슴이 조여 왔다. 이건 (올드맨이었던) 블레이크가 목장에 소풍을 갔을 때 줬던 것과 같은 품종이었다.

어떻게 이게 여기에 있을까? 언제부터 있었지?

나는 창밖을 내다봤다. 타일러가 안 보였다. 그 애의 낚싯대가 바닥에 놓여 있었다. 나는 목구멍에서 엄청난 공포가 솟아나는 것을 느꼈다. 창문의 가장자리로 움직여서 그 애를 봤을 때 나는 막 소리를 지를 참이었다. 타일러는 양동이에서 미끼를 집느라 허리를 숙이고 있었다.

나는 안도의 한숨을 내쉬었다.

그러자 머릿속에서 목소리가 들렸다.

안녕, 캘리.

헬레나만이 내게 말을 걸었다. 하지만 이건 남자의 목소리였다. 올드맨. 이를 갈리게 하는 끔찍한 전자 목소리.

오한이 몸을 훑고 지나갔다.

너는 크게 성공했어, 캘리. 프라임은 이제 폐쇄됐고 파괴될 예정이야.

"어디에 있어?" 나는 타일러가 낚시를 하고 있는 호수를 살펴봤다. "어떻게 내 머릿속에서 말할 수 있어?"

물론, 나는 백업을 갖고 있거든.

"백업?"

다른 장소에.

나는 그것이 휴대용 드라이브일 수도 있는지가 궁금했다. 가까이에 있을까?

"어디에?"

여행이라도 할래? 너한테 보여 줄 수 있어.

"그런데 왜 내 머릿속에 들어왔지?"

밖에는 그의 모습이 보이지 않았다. 나는 빠르게 부엌 서랍들을 열기 시작했다.

나와 함께하자, 캘리.

"당신이랑? 나랑 하고 싶은 게 뭔데? 나는 그냥 여자애잖아."

더 이상 아니지. 네 머리에 있는 칩은 최고의 기술자가 개조한, 특별한 거야. 우리 팀에 들어온다면 최고의 연봉을 제의할게.

"나는 이제 내가 필요한 건 모두 가졌어." 나는 강경하게 말하려고 애썼지만, 신경질적으로 찢어지는 목소리가 나를 배반했다.

너는 네게 필요한 게 뭔지 몰라.

나는 서랍에서 커다란 푸줏간용 칼을 꺼냈다. 손이 떨렸다.

네가 힘을 맛볼 때까지 기다려.

"나는 당신이랑 어떤 맛도 같이 보는데 관심이 없어."

나는 그렇게 쉽게 포기하지 않을 거야. 내가 전에 말한 것처럼, 너는 내게 매우 특별하니까.

나는 반쯤 웃음 섞인 숨을 내쉬었지만, 그 말들은 나를 산성 용액처럼 쐈다.

"단지 내 머리를 비집어 열고 레드먼드가 어떻게 칩을 개조했는지 보고 싶은 거잖아."

타일러는 여전히 낚시를 하고 있었다. 나는 부엌에서 나와서 복도로 슬며시 들어가서, 올드맨이 숨어 있을 만한 곳을 찾아봤다.

나는 네가 우리 팀에 들어오길 바라. 그리고 너도 명분이 필요하지. 넌 아마 무척 잘할 거야.

"내가 당신네 팀에 어울린다고 생각해?"

네 친구, 레드먼드도 우리 팀 중 한 명이야.

그 순간 나는 깨달았다.

"헬기 안에 있던 사람이 레드먼드 씨였군."

너는 그를 좋아하잖아.

"그래, 레드먼드 씨를 좋아해. 레드먼드 씨는 자기 두뇌를 다른 사람을 돕는 데 썼지, 해치는 데 쓰지 않았어." 나는 살그머니 홀로 가는 동안 그와 계속 이야기를 나누고 싶었다. "그래서 내내, 당신이 내게 말한 것들, 그것들 중 어떤 거라도 진심이었어?"

네게 말한 것들 중 다수가 사실이야. 하지만 전부는 아니지. 어느 부분이 진실인지 알고 싶다면, 나에게 와.

"당신은 거짓말을 했어. 내내 계속, 다른 누군가인 척 했잖아."

나는 거실을 살펴봤다. 그곳엔 없었다. 창문을 통해 보니, 타일러는 여전히 아무 일 없이, 밖에서 낚시를 하고 있었다.

그럼 네가 했던 것은 정확히 뭐였지?

나는 멈췄다. 그가 맞았다.

"나는 그래야만 했어."

아니야, 너는 떠날 수 있었어. 하지만 그 돈은 몰수당했겠지.

"동생을 위해서 내겐 그 돈이 필요했어."

나는 칼을 움켜쥐고, 거실을 지나서 옷장으로 다가갔다. 옷장을 열었다. 그는 거기에도 없었다.

만일 네가 정말로 그 애를 보호하길 원한다면, 우리에게 합류해. 장담하건대, 다가올 몇 달 뒤에는, 보호자 없이는 어떤 아이도 안전하지 못할 거야. 너는 네 인생이 언제 끝날지 절대로 몰라. 지진이 네 집을 부술 수 있지. 아니면 화재. 네 법적 보호자도 교통사고로 죽을 수 있고 그러면 정부는 그 재산을 몰수할 거야. 모든 것이 일순간에 네게서 사라질 수 있어. 믿을 만한 건 아무것도 없어. 힘을 빼고 말이야. 나는 네게 그걸 줄 수 있어.

나는 복도로 달려가서 계단을 올라갔다. 나는 그에게 닥치라고 소리를 지르고 싶었다. 그가 한 말이 무슨 뜻인가, '어느 아이도 안전하지 못할 거야'라니? 나는 타일러의 방으로 갔다. 올드맨은 그곳에도 없었다.

돈을 위해서 그랬다고 생각하는구나. 하지만 나는 너보다 더 너를 잘 알아. 너는 동시에 다른 사람들처럼 살고 싶어서 그렇게 한 거야.

"아, 제발."

그에게 가면을 주어 보라, 그러면 그가 네게 진실을 말할 것이다. 누가 그렇게 말했지? (오스카 와일드의 말로 전체 문장은 이렇다. "사람은 자신 그대로일 때 가장 솔직하지 못하다. 그에게 가면을 주어 보라. 그러면 그가 네게 진실을 말할 것이다."—옮긴이)

"당신이."

나는 층계참으로 나와서 방 안을 엿보면서 복도를 걸었다.

너는 연결이 작동 안 했을 때 프라임으로 돌아가지 않았잖아. 너는 헬레나가 되고 싶었던 거야.

"누가 나를 위협했지, 돌아가면 죽게 된다고."

그리고 너는 짧게나마, 누구처럼 부유하게 살 수 있을 거라고 그렇게 믿고 싶었겠지.

나는 멈췄다. 거기에는 일말의 사실이 있었고, 나는 인정하기가 부끄러웠다.

나는 네게 그런 경험을 다시 시켜 줄 수 있어, 캘리. 헬레나의 것

보다 더 재미있는 인생.

나는 새 삶을 원했던 걸까? 맞다. 다른 장소, 다른 시간. 그러나 그와 함께는 안 된다.

"아니." 나는 말했다. "나는 다른 누군가가 되고 싶지 않아, 나는 그냥 나이길 원해. 당신이 내가 뭐가 되길 원하든 간에, 난 절대, 절대 안 할 거야."

네 호기심이 너를 이길 거야. 나는 기다릴 여유가 있어.

"영원히 기다리게 될걸."

나는 칼을 낮게 쥔 채로, 다른 빈 방을 들여다봤다.

아, 캘리, 네가 알 수만 있다면. 너는 완전히 잘못 알고 있어. 나는 정말 좋은 사람이야.

뭐? 어떻게 감히 저렇게 말하지? 드디어 나는 그가 이 집 안에 있다면 이곳에 있길 바라는 지점에 이르렀다. 나는 그와 정면으로 맞서서, 그 즉시 그 가면을 찢어 버리고, 모두 끝내 버리고 싶었다.

마지막 문은 닫혀 있었다. 그곳은 내 침실이었다. 나는 그곳을 닫은 기억이 없었다.

나는 그 방문에 살며시 다가가서 문고리에 손을 얹고 돌렸다.

얇은 커튼이 너울거리고 있었다. 아니면 누군가 그냥 지나간 걸까? 커튼 뒤의 두 짝으로 된 유리문은 열려 있었다. 나는 그쪽으로 걸어가서 넓은 발코니로 한 발짝 내딛고, 잔디밭, 호수, 그리고 타일러를 내다봤다. 땅거미가 지고 있었고, 새들조차 고요했다.

그가 아무 말도 하지 않았음에도, 나는 내 머리와 연결된 올드맨의 존재를 느낄 수 있었다. 나는 유리문 옆에 서서 기다렸다. 우리 둘은 불확실한 교착 상태에 있었고, 내 숨소리가 가장 크게 들렸고, 그 다음으로는 내 심장 박동 소리가 유일했다.

그러고 나서, 나는 그가 떠난 것을 느꼈다.

30

 한 주 후에 나는 바디 뱅크 밖에 서서 철거반이 프라임 데스티네이션을 수용했던 거울 같은 건물을 파괴할 준비를 하는 것을 지켜봤다. 코트와 재킷을 두른 사람들은 거의 노동자 계급 엔더들인 경비원들과 상인들로 그들은 그 빌딩의 목적을 전혀 몰랐다. 대부분은 예전의 렌터들로 이루어진 부유한 엔더들과 보호자가 있는 미성년자 몇 명이 있었다. 다른 한 모퉁이에는 나처럼 예전 기증자였던 보호자 없는 스타터들이 건물을 부수기 위한 거대한 쇳덩이를 열심히 구경하고 있었다.

 나는 몇몇 아는 얼굴들을 봤다. 리가 있었고, 라즈와 브리오나가 있었다. 그들은 더 이상 떼어 놓을 수 없는 트리오가 아니었다. 각각 혼자서, 서로를 알아보지도 못하고, 떠돌고 있었다. 짧은 금발의 매디슨은 내 왼쪽으로 몇 미터 떨어져서 서 있었다. 우리의 눈이 마주쳤다. 내 얼굴에 웃음이 번졌다. 나는 그녀를 본 것이 기뻤다. 그 애는 무표정한 얼굴로 나를 쳐다보면서 가만히 있더니, 나를 건너 다른 곳을 봤다. 나는 그 애는 그저 바디 뱅크가 끝장나던 그날 밤에 나를 딱 한 번 봤을 뿐이라고 자신에게 상기시켰다. 그 애는 나를 기억조차 못하겠지. 아니 어쩌면 기억은 할지도.

나는 그에 대응하는, 쾌활한 진짜 몸의 리애넌이 내 오른쪽에 있는 것을 발견했다. 그녀는 보행기에 기대서 손을 흔들었다. 마주 손을 흔들고 그녀에게 막 합류하는데, 사람들 뒤로 가는 길이던 마이클이 보였다. 그 애는 우리들 나머지처럼 건물을 쳐다보면서 기다리고 있었다. 혼자서.

"마이클!" 나는 외쳤다.

그 애는 너무 멀리 있어서 듣지 못했다. 그 애의 주의는 바로 앞에 집중돼 있었다. 나는 기운이 났다. 마이클은 막 도시로 돌아왔을 것이다. 돌아서서 그 애의 뒤쪽으로 가기 시작하는데, 은발의 무리를 헤치고 내 왼쪽에서 나타난 누군가가 문득 보였다.

블레이크였다.

목구멍이 조여 오는 것 같았다. 여기에서 뭘 하고 있는 것일까? 그 애는 바디 뱅크에 대해 알아서는 안 되었다. 나는 그 애의 집에 갔던 그날 이후로 한 주 넘게 그 애를 만나지 않았다. 나는 뒤에 있는 마이클을 봤다. 이번에는 마이클이 나를 봤고 그 애의 얼굴이 밝아졌다. 그 애는 매우 좋아 보였다. 그 애는 자기 쪽으로 오라고 손짓을 했다.

나는 블레이크에게 돌아섰다. 우리의 눈이 마주치자 그 애는 내게 작고, 인색한 미소를 지어 보였다. 그 애는 사람들 틈을 지나 내 쪽으로 오고 있었다.

나는 마른침을 삼켰다. 어찌해야 할지 알 수가 없었다. 그냥 가 버리기에는 블레이크가 너무 가까이에 있었다. 나는 마이클을 돌아봤다. 지금 서 있는 곳에서, 그 애는 일이 어떻게 되어 가는지를 볼 수 있었다. 마이클의 얼굴 앞으로 흑백 필름이 지나가는 것만 같았다. 그 애의 미소가 엷어지고, 그 애의 어깨가 쳐졌다. 그 광경은 내 맘을 아프게 했지만, 나는 대중들 사이에 박힌 채 그 자리에 묶여 있었고, 내가 할 수 있다 하더라도, 설명하려 하기에는 너무 멀었다.

블레이크는 단 몇 발자국 떨어져 있었다. 나는 그 애에게 지나간 일에 대해 아무 것도 말하지 않기로 그 애의 할아버지와 약속했는데, 무슨 말을 해야 할까?

생각할 시간이 없었다. 블레이크가 이미 여기에 있었다.

"캘리." 그 애가 고개를 까닥했다.

"네 가정부가 네가 여기 있을 거라고 말해 줬어." 그 애는 주머니에 손을 넣고는 눈길을 돌렸다. "내 친구들은 내가 너무 진지하다고들 해. 아마 상원 의원의 손자라서 그런가 봐."

블레이크는 어깨를 으쓱했다.

"우리 아빠도 진지한 타입이셨대. 우리 엄마는, 어떻게 하면 즐길 수 있는지를 아셨고." 그 애가 아쉬운 미소를 지었다.

블레이크는 무슨 말을 하려는 걸까? 그 애의 말은 꼭 연설이라도 준비해 온 것처럼 들렸다.

"어쨌든 모두들 나는 책벌레라고, 친구들이 끌어 주지 않으면 외출도 잘 안 한다고들 해."

그 애는 발을 이리저리 움직이며, 자기 신발만 쳐다봤다.

"내가 하려던 말은 이거야." 그 애는 자기 휴대 전화를 꺼내서 내게 거기에 있는 사진을 보여 줬다. "그 사진을 봤어."

나는 내가 그 애에게 얘기했던 그 사진을 봤다. 우리가 승마하러 갔던 날 찍었던 것들 중 하나였다. 불쌍한 블레이크는 실제로 그곳에 없었고, 사진 속의 그는 올드맨이었다는 사실은 찍혀 있지 않지만. 그 애는 내 뒤에 서서, 자신의 팔을 내 어깨에 두르고 내 머리 옆에 자기 머리를 얹고, 난 그 애의 팔에 두 손으로 매달려 있었다. 우리는 그저 말을 탔을 뿐이었지만 행복하고, 뜨겁고, 약간은 달콤해 보였다.

우리 둘 다 순수한 기쁨을 발산하고 있었다. 그 사진을 보는 것은 나에겐 힘겨웠지만, 블레이크는 그 이유를 절대 이해하지 못할 것이다.

"사실 이런 거 아무것도 기억이 안 나." 블레이크가 말했다. "하지만 나는 무척 행복해 보여. 전에는 그렇게 행복해 보였던 적이 없거든. 전혀."

내 눈을 마주한 그 애는 이번에는 시선을 돌리지 않았다.

"내가 기억할 수 없는 잃어버린 나의 이 몇 주 동안, 우리가 무엇을 했든지, 나는 다시 해 보고 싶어."

나는 그 애의 얼굴을 살폈다. 장난치고 있는 것이 아니었다. 그 애는 진지했다.

"그럴래?" 그 애가 내게 물었다. "너도 다시 해 보고 싶지 않아?"

가슴이 두근거렸다. 하지만 우리가 우리 것이 아니었던 것을 다시 우리의 것으로 회복할 수 있다는 확신이 들지 않았다.

"괜찮아, 당장 결정하지 않아도 돼." 그 애가 말했다.

그 애는 내 손을 잡았다. 나는 얼어붙었다.

"넌 정말로 무슨 일이 있었는지 알잖아, 캘리. 내가 기억해 낼 수 있도록, 네 도움이 필요해."

그 애는 자신의 밧줄을 잃어버리고 생명줄을 잡을 단 한 번의 기회가 아니면 영원히 무한한 어둠 속을 표류할 기로에 놓인 채 우주 공간을 둥둥 떠다니는 우주 비행사와 같은 얼굴을 하고 있었다. 나도 그 느낌, 초가 년으로 변하는 왜곡된 시간에 대한 공포와 함께 세상 전체에 대한 의구심이 들 때까지 한 사람뿐만이 아니라 여러 사람들, 이웃과 더 큰 사회로까지 확대되는 불량배 무리들에 의해 상처받는 깊은 아픔의 감각에 대해 알고 있었다. 그리고 마지막으로는, 손가락이 생명줄에 거의 닿을 때까지 팔을 뻗듯이, 어떻게든 살아남는다면 부서진 것을 고치는 데 도움이 되는 방법을 찾을 것이고, 고치고 나면 다시 세상의 일부가 되길 원하게 될 거라는 생각이 들었다.

이 사람은 내가 알던 블레이크가 아니었다. 하지만 그 애인 것처럼 보이고, 그 애인 것처럼 느껴졌다. 그 애는 잃어버렸던 사람이고, 나는 그 애를 도울 수 있는 유일한 사람이었다.

두고 보아야 할 것이다.

그때 나는 누군가 숨 쉬는 소리를 들었다. 머릿속에서.

심장이 빠르게 뛰었다.

꼬마 캘.

나는 오랫동안 그 목소리를 듣지 못했었다.

매가 울면, 날아야 할 시간.

아빠. 아빠를 볼 수 없다는 것을 알면서도, 나는 머리를 획 돌렸다. 모여 있는 사람들이 내는 소리가 희미해져 갔다.

아빠, 살아 계신 걸까?

블레이크는 호기심 어린 미소를 지었다. "괜찮아?"

나는 나 자신을 살펴봤다. 귀를 기울였지만, 더 이상 아무 소리도 들리지 않았다. 하지만 따스함이 나를 채웠다.

거대한 쇳덩이가 바디 뱅크의 거울 같은 정면을 강타하자 블레이크가 내 손을 꽉 잡았다.

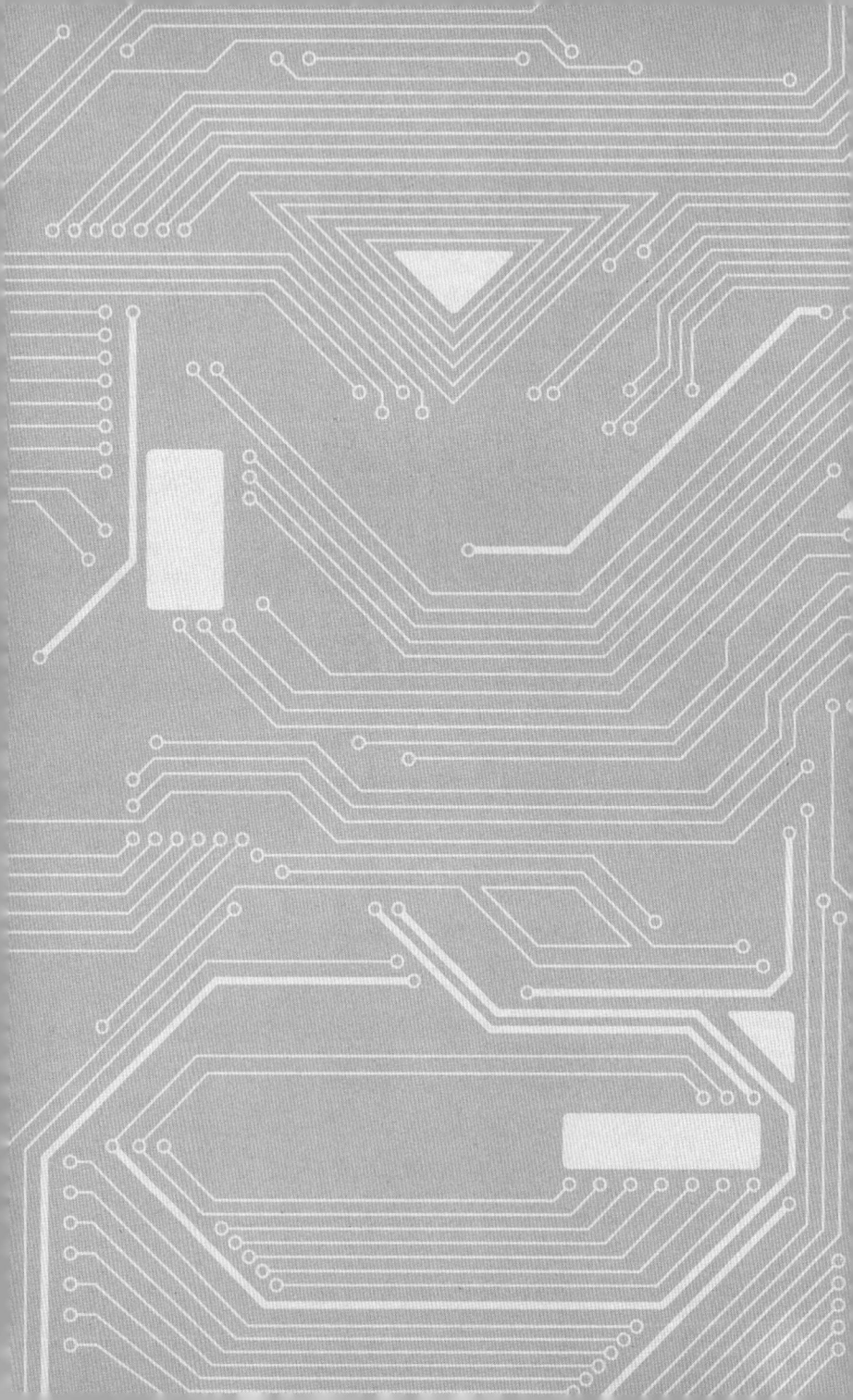

감사의 글

만일 이 자리가 시상식이라면, 아무래도 오케스트라가 무대 뒤에서 저에게 연주를 해 줘야만 할 것 같습니다. 감사드려야 할 사람들이 너무 많거든요.

무엇보다도 먼저, 이 모든 일을 이룰 수 있게 해 준 장본인, 바바라 포엘은 6일만에(주말 연휴를 포함해서요!) 이 책을 어떻게 팔지를 정확하게 깨달았답니다. 그녀가 아름답다는 사실에 속지 마시길, 그녀는 뛰어난 에이전트니까요. 우리를 함께하게 한 운명에 감사드립니다.

바바라가 소개해 준 웬디 로지아는 정말 멋진 사람이자 완벽한 편집자입니다. 그녀의 주석과 지원 덕에 『스타터스』는 더 좋은 책이 되었어요. 그녀는 항상 재치넘치는 다정한 태도로 이 모든 일을 해냈습니다. 고마워요, 웬디. 그리고 랜덤 하우스의 모든 분들에게 제일 위부터 깊은 감사를 드립니다. 매력적인 장난꾸러기인 칩 깁슨, 그리고 작가의 요정 대모(요정들이 출판에 대한 지식과 지혜가 있다면 말이죠.)가 되어 준 베벌리 호로비츠. 존 아다모, 쥬디스 아우트, 노린 헤리츠, 케이시 로이드, 에이드리언 웨인트라웁, 그리고 트레이시 러너, 새로운 대중 매체의 린다 레너드, 소니아 내쉬, 그리고 마이크 헤로드. 조앤 데마요와 판매부 여러분. 멜리사 그린버그와 미술부. 저의 BEA 방문을 특별히 다정하게 맞아 준 레이첼 펠드. 그리고 사무실 이전과 휴일 때문에 문을 닫았을 때도 랜덤 하우스의 모든 사람들에게 먼저 이메일을 보내서 이 책을 읽어야 한다고 말해 준 이니드 챠반. 그리고 영국 랜덤 하우스의 루스 놀스와 모두들, 또한, 캘리의 영혼을 표지에 담아 준, 놀라운 재능을 가진 밥 리에게 특히 감사드립니다.

세계를 떠도는 홍행에 도움이 될 평판과 소문 이용법의 전문가인, 해외 판권 에이전트 헤더와 데니 바러에게도 감사를 전합니다. 자유 표현 연수회를 운영하는, 재능 있는 로린 오버위거, 그리고 언제나 빈틈없이 준비된 인재 스테파니 미첼 역시 이 책에 도움을 주셨습니다.

기다려요…… 아직 마무리 음악은 연주하지 마세요!

노바스코샤 주의 작은 마을에 살고 있는 스무 살 엠마, 그녀는 원고를 즐겁게 읽어 주었고, 제게 큰 힘이 되었습니다. 저의 친애하는 벗이자 동료 작가인 S. L. 카드는 연락 담당자이면서 또한 탁월한 출판 전 검토 독자이자 이 기획의 확고한 옹호자였습니다. 제 책을 출판 전에 검토해 주신 다른 독자들, 페티, 마리, 작가 수잔느 게이츠,

그리고 오리건에 있는 자기들의 집을 제공해서 제가 초고를 마칠 수 있게 해 준 사랑하는 친구 던과 로버트에게도 감사드립니다. 저의 동족, 우리 멋진 작가 그룹에게도 특별 감사 인사를 드립니다. 리암 브라이언 페리와 데릭 로저스, 둘 다 놀라운 작가들이랍니다.

출판하기까지의 친구들의 지원은 세상 무엇과도 바꿀 수 없을 겁니다. 레나와 넛쉘, 폴과 조앤, 루크, 그레그, 마이클, 마르코, 수잔, 진, 폴과 매트, 레이와 마리온 세이더, 레오나르드와 앨리스 말틴, 마르틴 바이로, 골디거스, 그리고 저의 작가 친구들인 제이미 프레벨레티, 로버트 브라운, 브렛 배틀스, 보이드 모리슨, 그레이엄 브라운, 스티븐 제이 슈와르츠, 소피 리틀필드, 제임스 롤린스, 그리고 아포칼립시즈. 고마워요, ITW, 그리고 로버트 크라이스, 특별히 작가의 천사가 되어 준 당신, 너무나 고마워요!

음악보다 크게 외치면서, 대단한 이야기 감성을 가진 제 남편의 변함없는 격려와 지지에 감사를 표하며 마치겠습니다.

리사 프라이스

블랙 로맨스 클럽을 열며

　로맨스 소설에도 흐름이 있다. 한참 인기를 지속하던 칙릿 이후 10대에서 출발해서 무서운 속도로 영역을 넓혔던 인터넷 소설 시장에 이어, 과히 광풍이라고 부를 수 있을 정도로 전 세계를 평정한 뱀파이어 소설이 최근의 주류를 이루고 있다. 하지만 한 작품이 인기를 끌고 나면 그 뒤로는 아류작이 쏟아져 나오는 시장의 특성상, 너무나 천편일률적인 작품들이 유행에 따라서 서점을 채우고 있다.

　블랙 로맨스 클럽은 바로 이 획일화 되어 있는 로맨스 소설 시장에 대한 고민에서 출발했다. 사실 로맨스 소설은 다 비슷한 게 당연한 것 아니냐고? 천만의 말씀. 그냥저냥 잘생긴 남자랑 예쁜 여자가 만나서 악역 조연들에게 시달리며 오해를 겹겹이 쌓아가다가 어느 순간 너를 너무 사랑하니까 하고는 결혼에 골인하면 되는 거 아니냐고? 부디 블랙 로맨스 클럽을 통해 그 편견을 버려 주시길 바란다.

　블랙 로맨스 클럽 편집부는 로맨스라면 흔히 떠올리는 소재나 플롯 등에서 벗어나 다양한 소재를 다룬 신선한 소설, 탄탄한 이야기 구조를 기반으로 재미와 감동을 전해 주는 소설만을 엄선하고자 한다. 시리즈의 작품들은 하나 같이 기존의 로맨스 소설의 공식을 깨는 개성 넘치는 작품들로, 시대를 초월한 재미를 추구하는 작품만을 선정했다. 추리, 호러, 스릴러, SF, 판타지, 역사, 좀비 등 소설에서 기대할 수 있는 모든 이야기에 로맨스라는 양념이 덧붙여진 종합 선물 세트와 같은 다양한 소설들로 독자들에게 색다른 재미를 드리고자 한다. 블랙 로맨스 클럽의 '블랙'은 하얀색, 분홍색, 빨강색 등의 색조로 흔히 표현되는 로맨스 소설을 뒤집어 개성 넘치는 로맨스 소설을 담고자 하는 출판사의 마음을 담고 있다.

옮긴이 | 박효정

고려대학교 생물공학과, 생명산업과학부 졸업, 동대학원 석사. 현실과 가상의 살아있는 것을 좋아한다. 번역서로는 『웜 바디스』가 있다.

스타터스

1판 1쇄 펴냄 2012년 3월 30일
1판 15쇄 펴냄 2022년 9월 1일

지은이 | 리사 프라이스
옮긴이 | 박효정
발행인 | 박근섭
편집인 | 김준혁
펴낸곳 | 황금가지

출판등록 | 2009. 10. 8 (제2009-000273호)
주소 | 135-887 서울 강남구 신사동 506 강남출판문화센터 5층
전화 | **영업부** 515-2000 **편집부** 3446-8774 **팩시밀리** 515-2007
홈페이지 | www.goldenbough.co.kr

도서 파본 등의 이유로 반송이 필요할 경우에는 구매처에서 교환하시고
출판사 교환이 필요할 경우에는 아래 주소로 반송 사유를 적어 도서와 함께 보내주세요.
06027 서울 강남구 도산대로 1길 62 강남출판문화센터 6층 민음인 마케팅부

한국어판 © ㈜민음인, 2012. Printed in Seoul, Korea

ISBN 978-89-6017-407-8 03840

㈜민음인은 민음사 출판 그룹의 자회사입니다.
황금가지는 ㈜민음인의 픽션 전문 출간 브랜드입니다.